The Editor's Eye

徐德霞 —— 著

儿童文学编辑散论

编辑眼编之

长江出版传媒
长江少年儿童出版社

权利保留　侵权必究

图书在版编目（CIP）数据

儿童文学编辑散论.编辑之眼 / 徐德霞著.—武汉：长江少年儿童出版社，2023.6
（长江儿童文学研究论丛）
ISBN 978-7-5721-3499-9

Ⅰ.①儿… Ⅱ.①徐… Ⅲ.①儿童文学－文学评论－中国－当代－文集②儿童文学－编辑工作－中国－当代－文集 Ⅳ.① I207.8-53

中国版本图书馆 CIP 数据核字（2022）第 168316 号

ERTONG WENXUE BIANJI SANLUN · BIANJI ZHI YAN
儿童文学编辑散论·编辑之眼

作　　者：徐德霞
出 品 人：何　龙
项目策划：姚　磊　胡同印
责任编辑：胡文婧
美术编辑：陈　奇
排版制作：昊雅工作室
责任校对：莫大伟
督　　印：邱　刚
出版发行：长江少年儿童出版社
网　　址：http://www.cjcpg.com
承 印 厂：湖北恒泰印务有限公司
经　　销：新华书店湖北发行所
规　　格：787 毫米 ×1092 毫米
开　　本：16 开
印　　张：25
字　　数：396 千字
印　　次：2023 年 6 月第 1 版　2023 年 6 月第 1 次印刷
书　　号：ISBN 978-7-5721-3499-9
定　　价：80.00 元

本书如有印装质量问题，可向承印厂调换。

▲在翌平长篇小说《野天鹅》研讨会上

▲在史雷长篇小说《绿色山峦》研讨会上

▲在叶广芩《花猫三丫上房了》研讨会上

在葛竞长篇童话《永远玩具店》▶
研讨会上

▲代表中国儿童文学研究会为浙江武义童话基地授牌

▼与几位作家好友在江苏阳澄湖（2013年）

◀朝气蓬勃的《儿童文学》编辑

参加"大自然原创儿童文学▶作品征集活动"终评会（中国儿童文学研究会与辽宁少年儿童出版社合办，2019年）

▲ 温泉杯童话大赛评委在武义童话节上（2019年）

▼ 参加云南儿童文学作家培训班（2020年）

▲ 工作中

在黄蓓佳《奔跑的岱二牛》▶ 新书发布会上

▲ 与中华全国台湾同胞联谊会、台湾光复书局共同举办海峡两岸少年征文，与获奖者合影

▼ 在汤汤童话作品《绿珍珠》研讨会上

◀ 主持由《儿童文学》主办的中国幻想文学创作研讨会

参加"童声里的中国"少儿 ▶
歌谣创作大赛评审会

▲魅力诗歌获奖诗人在山东平度

▼给小读者签名

▲参加第六届《儿童文学》擂台赛颁奖暨长篇作品深度交流会（2010年周庄）

在北极与当地人合影（芬兰▶罗瓦涅米北极圈）

▲北极一行六人在安徒生故居（丹麦） 　　▲小作家在香港参观凤凰卫视电视台

▲参加全国青少年家书写作暨家书征集活动启动仪式

▲在鲍尔吉·原野的长篇小说《乌兰牧骑的孩子》新书发布会上

图书评论

2	儿童文学不写故事，还能写什么	
	——评李东华的长篇小说《焰火》	
6	理性思考，诗性表达，慈爱情怀	
	——读殷健灵的《致成长中的你》	
10	大疫与大爱	
	——《我和小素》带来的心灵冲击与震撼	
14	一部具有时代意义的英雄书写	
	——读韩青辰的《因为爸爸》	
18	在奔跑中成长	
	——读黄蓓佳的长篇小说《奔跑的岱二牛》	
21	窑变之精神礼赞	
	——读彭学军的新作《建座瓷窑送给你》	
25	贫穷生活下的儿童天性	
	——读刘海栖的新作《街上的马》	
28	男孩的成长需要一种精神	
	——读赵菱的新作《乘风破浪的男孩》	
32	逐光的不仅仅是孩子	
	——读舒辉波的长篇小说《逐光的孩子》	
36	指点迷津、开卷有益	
	——读肖复兴的《读书知味》	
40	一部纯真而美好的草原颂歌	
	——读原野的新作《乌兰牧骑的孩子》	

44	亲近母语，他乡情更切
	——读荆凡的《遥远的彩虹班》
48	一部文学气韵与科学精神完美结合之作
	——读吴岩的《中国轨道号》
52	一部有故事、有灵魂的厚重之作
	——读殷健灵的新作《访问童年》
56	《蓝海金钢》：深蓝国土的坚贞信念
60	《深蓝色的七千米》的三大看点
64	为了那不安分的灵魂
	——评周晓枫和她的长篇童话《星鱼》
67	一幅多彩而辽阔的"童年中国"地图
71	纯净美好　直达童心
	——读葛竞的《永远玩具店》
73	欢脱足球背后的真实较量
	——读张品成的新作《最后的比分》
77	用孩子成长的力量照亮生活
	——评翌平的新作《野天鹅》
81	一部大书的感人力量
	——读徐鲁的长篇儿童小说《追寻》
85	人是需要一点精神的
	——读赵菱的新作《我的老师乘诗而来》
88	举重若轻，大智若愚
	——读萧萍的《沐阳上学记》
92	典型化传统手法的魅力
	——读刘玉栋的长篇小说《我的名字叫丫头》
97	一部在艺术上着力突破之作
	——读李东华的《少年的荣耀》
100	品读苦难书写
	——读舒辉波的《梦想是生命里的光》

104	周静和《一千朵跳跃的花蕾》
107	黑鹤带你游草原
	——读黑鹤的新作《凤山的狼》
109	一部雅俗共赏的大作
	——读叶广芩的新作《花猫三丫上房了》
113	阳光无界的孩子们
	——读李梦薇的《阳光无界》
117	新颖别致　牧歌声扬
	——读董宏猷的新作《牧歌》
120	《戴面具的海》：面具摘不下来以后
126	书写诗性的生命之美
	——评彭学军的短篇小说集《等成一棵树》
131	深情永驻风雪那年
	——长篇小说《风雪那年》二人谈
136	《你爱苦瓜我爱糖》：儿童本位　游戏精神
139	《和平方舟的孩子》：钢铁"大白"是怎样炼成的
142	普世理趣下的新探索
	——读汤汤的童话《绿珍珠》
145	在汤汤《绿珍珠》前置批评会上的发言
148	独特的生活，独特的书写
	——谈刘虎并他的新作《你好，珠穆朗玛》
152	《女兵安妮》：一个好故事一定要有悬念
156	童眼看世界，处处都是诗
	——读李姗姗的两本诗集
163	大山深处的少年群像
	——评张国龙的《麻柳溪边芭茅花》
167	纯净轻快，意趣皆美
	——简评郭姜燕的《布罗镇的邮递员》
169	《草屋里的琴声》：深植于民间文化传统中的故事

172	中国女孩独有的精神特质
	——试析"中国女孩"系列丛书的选题构想
175	中国男孩的成长之路
	——读徐玲的《长大后我想成为你》
178	《天使的国》：令人感动的生命华彩
181	温暖、轻盈、灵动
	——谈谈王君心和她的新作《风的孩子》
186	一部题材独特的儿童小说
	——读宋安娜的《泥土里的想念》
189	用眼睛听世界，用爱看世界
	——读殷健灵的儿童小说《象脚鼓》
192	《三十六只蜂箱》的五大看点
194	多重物化视角下的苦难书写及现实意义
	——评胡永红的《上学谣》
198	一部充满探索精神的奇书
	——读陈诗哥的《童话之书》
204	童年生活的一次理性检索
	——读彭冬儿的"沃顿女孩小时候"系列
207	新世纪儿童文学理论的建树
	——写在"新世纪儿童文学新论"的出版之际
211	那不堪回首的岁月
	——评谷应和她的《谢谢青木关》
214	阳光下的真情故事
	——读李建树的长篇小说《真情少年》
216	一部值得研讨的侦探小说
	——评谢鑫"课外侦探组"系列小说
222	阳光下每一朵花都在开放
	——读马嘉的新作《凤凰花开的学校》

225	有志不在年高
	——评谢长华的《驭蜂少年》
227	评《猴戏团》等三本中青年作家新作
231	自由浪漫的和谐追求
	——读迟慧的幻想小说《藏起来的男孩》
233	一本令人难以释怀的短篇作品集
237	阳光下的森林
	——简评赵小敏作品的艺术特色
240	为一本刊物把脉
243	阳光下的童年纪事
	——读谢宗玉《涂满阳光的村事》
246	绘就边疆儿童生活新画卷
	——读谢倩霓的《天蓝蓝,梦蓝蓝》
250	有情怀、有温度、有故事
	——评"抱抱地球 点亮生命"丛书
252	《这样的鲁迅》带给我们的启示与感动
255	万物平等,和谐共生
	——走进《三江源的扎西德勒》
259	真心·真实·真情
	——评刘海栖的新作《风雷顶》
263	一套独具创意、别开生面的大书
	——评"童心向党·百年辉煌"主题绘本书系
267	万物有灵,生生不息
	——读赵丽宏的童话《树孩》
269	朝前走是一种最可贵的生命姿态
	——读阮梅的《一个女孩朝前走》有感
272	一部用心又用情之作
	——读张忠诚的长篇小说《米罐》

276	平中出奇，小中见大
	——点评《迎来春色换人间》
279	从一个普通故事看一个民族的精神气质
	——读孙卫卫的《装进书包里的秘密》
283	追摹人象和谐相处的美丽图画
287	推窗开门，一个新奇世界扑面而来
	——读湘女的新作《勐宝小象》
290	《使者》：一部具有开拓意义的启迪之作
293	让石油精神代代相传
	——读于潇湉的《冷湖上的拥抱》
297	走近大兴安岭那片老林子
	——读薛涛的新作《桦皮船》
301	闪耀五十年，她是文坛的一个奇迹

书稿审读

306	《爸爸星》审读意见
309	"抱抱地球"系列审读意见
313	"抱抱地球2"系列审读意见
316	《朵朵的星》审读意见
318	《耗子大爷起晚了》审读意见
321	《羊群里的孩子》审读意见
323	《激进的儿童文学——少年小说的未来展望和审美转变》审读意见
327	《理论视野中的当代儿童文学和电影》审读意见
330	《邦金梅朵》审读意见
332	《北极火焰》审读意见
335	《布罗镇的邮递员》审读意见
337	《乘风破浪的男孩》审读意见
339	《乍放的玫瑰》审读意见
341	《敦煌小画师》审读意见
343	《飞机楼》审读意见
345	《风筝是会飞的鱼》审读意见

349	《蓝百阳的石头城》审读意见
352	《第十四对肋骨》审读意见
354	《米罐》审读意见
356	《鸣鹤》审读意见
358	《乔乔和他的爸爸》审读意见
360	《少年黄文秀》审读意见
362	《世界上没有真正的空房子》审读意见
364	"童心向党"系列之《小小脚印共成长》审读意见
366	《锦裳少年》审读意见
369	《颜料坊的孩子》审读意见
370	"我是你的守护星"系列之《奔弦之箭》审读意见
372	《我是天才》审读意见
374	《古镇少年》审读意见
377	《童年烟火》审读意见
380	《我们的宣言》审读意见

图书评论

儿童文学不写故事，还能写什么
——评李东华的长篇小说《焰火》

这是一部难得一见的青春心理小说。作者以深厚的文学修养和高超的艺术表现力，把一部常见的，甚至有点滥俗的青春故事演义成了一部有高度、有深度、有韵味、有新意的真正的文学作品，让一个普通的、常见的通俗故事开出了奇异绚烂的艺术之花。

这部书原名叫《亚麻色头发的女孩》，表面看来是写一个有着一头亚麻色头发的外来女孩哈娜，实际上，主要内容不是写两个女孩儿之间的钩心斗角、争风吃醋，而是一部深刻的、精心构建、精心打造的青春心理长篇小说。

在两个主要人物主人公"我"——一个十四岁的女孩儿和对手哈娜形象的塑造上，作者采用了两种不同的艺术手法：一实一虚、一远一近、一工笔一写意，而且远近照应，虚实结合，把主人公"我"这部心灵交响曲演绎得起起伏伏、低旋回转，错落有致。特别是对处于青春期少女的心理刻画得真实细腻、微妙而精准，同时又入木三分。

在这部作品里，作者以童年追忆、自述的口吻，自我剖析微妙的心理变化和情感波澜，既一览无余，坦诚宣泄，又精微真切，鞭辟入里。"我"学习努力，成绩好，又是语文科代表，原本日子如水，心平如镜，但某一天漂亮的、多才多艺且生活优越、自带光芒的哈娜来了，她给"我"带来的不是一般的心灵冲击，那简直就是一场风暴、一场灾难，她不只是我的对手、"敌人"，更是深深扎进"我"心里、融进我的血液里、与"我"相伴终身的一个青春伙伴。作者用极其细腻逼真、类似工笔的手法，以心之血泪细细描摹哈娜带给"我"的心灵冲击，用"羡慕嫉妒恨"来表述已远远不够，还有自卑、不甘、不服、不容等等复杂情感。"既生瑜何生亮",对于"我"来说,哈娜的存在本身就是一个错误。

如果仅仅是写到哈娜来了以后对女孩心理造成的冲击,这戏份已经很足了,但作者尚不满足于此,还设计了一个更狠的情节:哈娜来了,"我"的父母却离开了。这样的情节设计真是老辣,作者有意把矛盾推向极致,形势越来越向两极发展。"我"的处境越来越难,哈娜更加高而贵,作者用推波助澜、水涨船高的艺术手法,给塑造人物性格提供了一个更大更广阔的平台,从而产生了一系列生动故事。

作者艺术上的老到,不只表现在写故事上,主要还在心理描写上,她用了大量的篇幅和笔墨写女孩的心理。一般说来,儿童文学中对于心理描写是很谨慎的,很多作家采取的态度是能不写尽量不写,能少写尽量不多写,因为孩子是没有耐心读完大段大段的心理描写的。为什么这部重点描写心理的小说,不但能让人看下去,还能走进去,同时还能被深深打动呢?我认为作者很好地把握了两个关键词:真情与诗意。

为什么作为主人公的"我"有那么多小心思、小手段,不但不讨厌,反而让人觉得可爱,很能打动人?就因为她真实。作品呈现的人物心理脉络非常清晰,女孩儿的心理微妙而复杂,这些微妙而复杂的心理不是剪不断理还乱的愁情闲绪,它是合情合理、有根有底、水到渠成的,不夸张、不突兀、不造作,此情此景中,这个女孩子的心思就该这样,如果放在你身上,你也会这样做。比如,为了打压哈娜,"我"使出一些小手段,在那种情绪蓄积酝酿得很足的情况下,"我"就该这么做,就该不告诉她在哪个校门口集合,就该不告诉她背诵老师要提问的那篇课文,就是想让她出丑,她不出丑,不足以平"我"心头之愤。

这部作品无论是在小情绪还是在大的情感转折上,都是步步为营,顺理成章。在这里,情感与故事是相互交融、互动互补的。是故事带动了情感,也是情感推动了故事。

其次就是"诗意"。李东华是作家、评论家,更是诗人,早年她写过很多诗。她把在诗歌上的修炼自然地带入到这部长篇的创作中,体现在她的语言和意境上。她的文字表现力是非常强的,叙述、描写、比喻、抒情都很精准贴切,生动形象。比如,她写教室:"在哈娜进来之前,教室像一只蹲在雨地里的大狗,疲惫、慵懒、浑身湿答答、水淋淋。"比如,她写花凋落:"哈娜来的时候,校园里的八仙花正开始凋落——那一天,我望着它的花瓣露出颓败的底子,被雨水浸泡过,像揉皱的手纸一样,脏污、憔悴。我从来没有用这样的眼神看向它——怒气冲冲、指责的、厌恶的。"她的描写更是生动,比如,对于哈娜外形的描写:"教室里需要开着灯,才能看清黑板上的字。我确信哈娜的眼睛改变了这一切。当她黑黑的眸子这么轻轻一扫,那比溪水还要纯净的眼神,仿佛一下子洗净了这个昏黄的世界。你想到微风、流云、蔷薇的香气,灿烂的晴空。你忘记了那绵延不绝的秋天的雨水,以及与雨水相关的一切:泥泞的土路,散发着橡胶臭气的劣质雨鞋,连雨鞋都穿不起脚裹在湿透的布鞋里,每走一步都咕滋咕滋地冒泥泡。"不一一列举了。语言的诗意与张力让文字有了节奏,有了色彩,有了生命力,灵动而美丽。

如果说作者对于小主人公"我"是工笔细描的话,那么对于哈娜形象的刻画,就是大写意的手法。对这个人物客观描述不多,她的形象主要是源自"我"的观察与表述。她远远的、高高在上的,自带光芒的,这样的形象来自女孩子的描述和勾勒,有很多虚构的、理想化的不真实的成分。在女孩儿的眼里,哈娜是天使般的人物,她美丽、大度、高贵,是含着金汤匙出生的人,是完美的化身。在她面前"我"只能自惭形秽,"我"学习好又算得了什么,哈娜会弹钢琴"我"不会,哈娜有钱"我"家穷,哈娜穿得洋气"我"很土,她吸走了"我"的朋友,就连顽劣的男生沈振宇也在她那里得到蜕变,变得收敛、纯净有真情——哈娜处处都胜"我"一头,哈娜的形象是女孩虚妄构想出来的一个"神"。她知道她有病,也看到了她的养母,就是不想去一探究竟。不是不能,而是不想去深究她的身世和处境,让她始终处于一种高高在上的位置,保留着那一种神秘感,即使她去世后也不想揭开这层面纱。其实主人公的这种心理很有典型意义,很多时候,我们也有和女孩同样的心理,那就是自欺欺人。戴着有色眼镜看人,人就难免变形,本有点丑陋的变得愈加丑陋不堪,而优美者则宛若神仙下凡。因为心扭曲了,眼神也难免不扭曲。作者这样处理,也揭示了人性的一种悲哀。

另外,我说它是一部心理小说,还因为最后两章的设置,如果是从故事出发,写到哈娜不幸去世,故事也就结束了,主人公都死了,还有什么好写的呢?正因为作品的重点不是写故事,而是写心理,作者又用了整整两章来写哈娜对于"我",对于全班同学,对于沈振宇终身的影响。比如,全班同学心灵默契、不约而同地保留着哈娜的座位,发卷子和复习资料时也要给哈娜发上一份。比如,多年后,老同学聚餐,哈娜依然是大家心中的一个"结儿",特别是对于深深爱着哈娜的沈振宇。

如果说整个作品都是正面地、感性地抒写易伤易碎的青春故事和青春情感的话,后两章则是一种对已经逝去的青春的理性审视。一是哈娜对"我"及对他人的影响,哈娜在人们心中是永生的,特别是在"我"心中,只要有一个相应的触点,哈娜就会款款地走过来。她似乎已经变成了一个青春的符号,影响人的一生。二是对哈娜本身的理性审视,"如果哈娜还活在这个世界上,她能够让寄居在她身体里的天使长到多大?"还有她和沈振宇的爱情,真的就能永恒不变吗?这是作者的诘问,也是作者对于青春的思考。它从反面阐释了青春的可贵与易逝。三是从哈娜到对单亲家庭孩子的思考:"假如滑下深渊的孩子,其罪恶的渊薮仅仅是因为她有一个破碎的家庭,那么,哈娜是不是比任何人都有理由堕落呢?"总之,正因为有了这两章,大大提升了这部作品的思想内涵和感染力。它摆脱了一个浮浅故事的窠臼,真正迈向深层的、有内涵、有韵味的艺术高峰。

(发表于《文艺报》2019 年 6 月 10 日)

理性思考，诗性表达，慈爱情怀
——读殷健灵的《致成长中的你》

殷健灵是我非常喜欢的一位作家，她是一位有文学理想，有艺术追求，而且很有实力的作家。我们读过她很多作品，有长篇小说、诗歌、散文随笔等，她的《爱——外婆和我》感动了很多人。今天读她这本书信体散文集《致成长中的你——十五封青春书简》，同样让我充满了惊喜和感动。这本书也让我们进一步走近殷健灵，了解她的成长之路、她的情怀、她的追求，因此也更加喜欢她这个人。

用三句话来概括她这本书，即理性思考，诗性表达，慈爱情怀。

理性思考

一是对生活的理性思考；二是对创作题材的理性采撷；三是对创作手法的理性选择。

殷健灵有多重身份，作家、诗人、记者和心理咨询师，这样的多重身份最终构成了她作为一个儿童文学作家的丰满性和完美性，这也是她不断学习，有意追求，不断完善自我修为的结果。从一个创作者的角度来说，我觉得目前她达到了自觉、自如、自在的境界。在自如自在的境界当中，自觉是基础，这些年来她自觉地有意识地积累生活，不断调整姿态，以便更加亲近少年儿童，走近少年儿童的情感、心灵，从而不断拓展丰富自己的创作领域，独驾文学之舟，泛舟生活之海，是一个理性的、智慧的、娴熟的文学弄潮儿，是当前儿童文学界为数不多的独树一帜的很有后劲和创作潜力的著名作家。

从这十五封青春书简中,我们能够真切地感受到作者生活积累非常丰厚,素材、案例俯拾皆是,信手拈来,最可贵的是这些生活素材的采撷看似无心,实则有意,经过了对生活的认真梳理、判断、比较、提炼、升华,点、线、面完美结合,有机统一。可见作者是花了大工夫的,题材的精当我认为是这本书的第一亮点。

以教育为基调的书信体散文集,特别是针对处于青春期的成长中少年,很容易受概念化、问题化的影响,失之于"知心姐姐"式的头疼医头、脚疼医脚,就事论事式的浮泛与粗浅,因为处于这个时期的少年可谓问题多多,随便选取一个问题或者角度都可成文。殷健灵并没有这样做,十五篇作品,包含了青春期孩子成长中的方方面面,都是孩子们在成长中经常遇到的问题,比如,如何面对自我,怎么管理自己的情绪,怎么对待孤独,为什么上学,怎么看待这个世界,怎么看待人生以及未来,怎么为人处世,怎么对待爱情亲情,以及文学、艺术对于成长的意义,选择之重要,恻隐虔敬之心的培养等等。这些问题都来自孩子的内心与情感,是成长中的拔节之痛,很多是隐秘的内心之殇,是敏感细微到说不清道不明的情感折磨。这些波动的情绪、苦闷、挣扎、无奈、纠结等等,甚至是连当事人自己都难以捕捉、难以言表,作者却捕捉到了,整理概括成十五大病症,综合治理,为青春把脉,给出的方子也具有化浊为清、疏朗通透的力量。

由此可见作者对青春期少年的心理与情感是有深切体察的。正如她在自序中所说的:"这不是一本短时写就的书,里面的篇章其实凝聚了我写作二十年来对成长的零星思考。"丰富的生活积累、精心的选择、理性的思考成就了这样一本题材精到、有教益、有收藏价值的图书。也就是说,再过若干年,同样的处于青春期的女孩子还会碰到类似的问题与困惑,读这本书的还会受益良多。内容的普遍性、典型性,决定了这本书的恒久价值和经典品相。

诗性表达

殷健灵是位诗人,最初她是以诗人身份亮相文坛的,后来她才写小说和散文,但诗性一直溶化在她的作品中,甚至可以说,诗性溶在她的骨子里、血液里,自然而然地流淌在她的笔端和字里行间。诗意地写作,已经成为她生活的一部分。在这部作品里,不仅每一篇的前面都有她精心选择创作于20世纪90年代的一首诗,与正文内容遥相呼应,相得益彰,而且流淌在字里行间的诗心诗性,也是打动读者的一个重要组成部分。这样灵动的、充满美好诗意、才情丰盈的语言,具有极大的艺术美感与感染力。她说:"在书里面,谈到了女孩子成长中可能遇到的一些问题,我不想居高临下以一个成年人身份教化她们,只是作为一个'曾经的女孩'与今天的女孩倾心交谈。"这是作者主观上所采取的一种姿态,其实,这本书的实际效果远远高于作者的主观愿望,我想到的一个词是"滋润"。正如那首脍炙人口的古诗所写的,"好雨知时节,当春乃发生,随风潜入夜,润物细无声"。文学的独特功能不是教化,而是"滋润",优秀的儿童文学作品,本身就应该具有"滋润心灵"的作用,我觉得殷健灵这本书达到了这样的艺术水准,有温度、有才情,体贴、温和,如春风化雨,点点入心。

慈爱情怀

书信体是文学中常见的一种文体,古来有之。最著名的如《傅雷家书》,冰心的《寄小读者》,还有最近出版的一系列民国大家、名人的书信、家训等。他们都有一个共同的东西就是"慈爱",表达方式或威严或宽和或智慧,不论是循循善诱式的开导,还是醍醐灌顶式的训诫,无不饱含着前辈对于晚辈的殷切期待,舐犊情深。正因为有这种源自亲情与大爱的责任感,他们才不吝将自己的人生体悟、经验、思想凝结成道德文化的甘霖,浇灌给下一代,这本书也同样如是。

对处于青春孤岛中的少年,作者有一种发自内心的真诚关爱,她在鼓励引导孩子们自救的同时,更多的是以一种文学的独特方式救赎、引领处在迷茫惶恐之中的心灵,其中有坦诚的沟通,耐心的疏导,理性的分析,诗性的感染,善意的提醒,温和的建议等等。其言其行与其说像慈母师长,其实更像一个有才情、兰心蕙质、诗心清朗的大姐姐。对于处在"少年不识愁滋味,为赋新词强说愁"阶段的未成年人来说,她这种诗意才情正好应和了少年们的浪漫情怀,在取得信任的同时,也会收获到一份孩子们发自内心的喜欢与敬佩,这比师长式的可亲可敬更近一层。所以这样的一本好书,能成为央视推荐的"中国好书",以及"大众喜爱的50种图书"之一就不足为奇了。

祝贺殷健灵,相信她在文学之路上会走得更远更好!

(发表于《光明日报》2016年11月8日)

大疫与大爱
——《我和小素》带来的心灵冲击与震撼

2020年初,一场突如其来的大灾难席卷整个人类,犹如打开了传说中的潘多拉盒子,新冠病毒恣意肆虐,横行无忌,数月间就吞噬了成千上万人的生命。大疫带来的影响是惨烈而深刻的,它注定要给人类历史留下难以磨灭的浓重一笔,同时毫无悬念地必将掀开世界格局新的一页。

大疫之下,无人能置身事外,犹如大考,每个国家都必须交出一份答卷。若论新冠病毒对于人类的精神冲击以及由此引发的人生思考,每个人也都有一份属于自己的必答题。疫情是对国家机器、社会制度的检验,也是对人类灵魂的拷问,是人类精神的一次集体裸奔。

著名儿童文学作家黄春华以文学的方式,交出了一份优秀答卷——一部十几万字的长篇儿童小说《我和小素》。

受出版社和作家本人的信任,我先睹为快,有幸在出版前读到这部书稿,那时它还叫《隔离》。一口气读完,掩卷而思,心情久久不能平静。是作品打动了我,更是作家本身的行为感动了我。我在想,黄春华身为武汉作家,整整76天,身处疫情中心,纷繁喧嚣,自身安危难料,何以安心并创作出如此圆满之作!

作为一部应时应景之作,很多人可能担心它不够"艺术",品质不饱满。这也难怪,很多应景命题作品往往都难以如愿,不是概念先行,血肉不丰满,就是带有钙质不足的先天软骨病。起初我也有这样的忧虑,但当我看完这部作品,深感自己的担心是多余的。《我和小素》这部作品实为情之所至,有感而发。我深感作者首先是被疫情深深触动,事件之大,足以触及灵魂,唯有此,才能使作者把自己的情感满血复活,并灌注在作品之中;其次才是作者的职业敏感度与责任心;第三是关乎作者的生活积累与才华。经过多年修炼,黄春华文学创作功夫日长,渐达峰顶。我认为是以上三个元素合而为一,才得以产生这样一部优秀之作。作为一个相熟的朋友并陪伴着他们这一代作家走过多年的老编辑,我衷心为他的进步与成长而骄傲。

　　这是一部不可多得的精品力作。真实而不浮泛、深刻而不沉重、动情而不煽情,阳光而不刺目。它是圆润的、温暖的、真诚的、感人的、鼓舞人心的、有力量的。我甚至建议出版社,尽快把它推向世界。大疫当前,正处在水深火热中的他国人民,除了防疫物资,同时也需要这样的精神食粮,给他们以温暖与抚慰、信心与力量,以助他们尽快战胜疫情、渡过难关。

　　典型化是作家们很喜欢用的一种艺术创作手法。就像一滴水可以反射太阳的光芒,这部作品也是用以小见大、典型化的手法,通过一个女孩子的眼睛,直面武汉大疫之下丰富而有质感的社会生活。主人公本是一个普通的初三女生,妈妈是医院的护士长,爸爸在外地工作。大疫袭来后,爸爸回到武汉。一家三口生活在一起,关系并不融洽。正处于青春期的叛逆少女撞上了强势的妈妈,母女间关系自然紧张,经常擦枪走火,口角颇多。好在她有外婆的疼爱和爸爸的理解,更重要的是她有"闺密"小素的陪伴。两人过着亲密的素常少女的素常生活,如果不是大疫袭来,她们会相约一起上美术专科学校,幻想着将来一起从事绘画艺术。可是突然而至的疫情改变了这一切,先是最疼爱她的外婆感染病毒去世了;随后便是小素爸爸"中招",在家隔离;没几天,小素就相继失去了爸爸妈妈,她本人也因重症肺炎住进了医院。接连的打击,彻底击垮了小素的意志,她万念俱灰,只求一死……作者就这样,从容舒缓地揭开了一幕幕人间悲剧,让我们清晰而无奈地看到,乌云是怎样迅速弥漫了整个天空,疫情之下武汉的真实生活是如此不堪。从作品中,我们既感受到了疫情初起之时管理的混乱,市民的恐慌焦虑、无助与无奈,更让我们看到了疫情之下,政府强势出手,封城封路,社区隔离;医务人员的奋力抗争,感染者与病毒的近身肉搏;全民动员,手牵手、心连心、互助互帮、共克时艰、不屈不挠的大疫阻击之相。作者曾说,这部作品起初之所以叫《隔离》,就是要表现大疫之下,人虽被隔离,但隔不断亲情与友情,隔不断政府的关爱、人间的温暖。这是一个非常棒的立意，它在构思之初，就奠定了这部作品的基调，悲而不怒，伤而不怨，充盈着阳光的底色。在整部作品故事情节的设置中，都紧紧地围绕着"大疫与大爱"这一作品之魂展开，非常典型地展示了中华民族在大灾大难面前，刚毅不屈的精神气质，讴歌并弘扬了可贵的、充满正能量的爱之主旋律。

  从艺术上分析，首先这是一部小说，其次才是一部应时而生的直面抗疫生活的小说。我以带有编辑职业病式的挑剔眼光审视这部作品，最终也不得不承认，这是一部故事内容丰富、情感饱满、人物个性鲜明、细节真实、情节生动之作。最突出的有三点，一是真情实感扑面而来，让这部作品有一种沉甸甸的艺术之美。二是人物形象鲜明。作品展示的是一个群体形象，主要人物有六七位，涉及社会各个阶层和不同岗位，有柔弱的好友小素；敢作敢为、重义气、重友情"刚直男"一样的小主人公；强势的妈妈，一直像战士一样冲在抗疫一线；还有小主人公最喜欢的外婆，她从小跟着外婆长大，和外婆感情极其深厚；有了强势与自己关系不睦的妈妈，便有了宽和厚道可亲可爱的爸爸，多亏了他在她和妈妈之间和稀泥，才让这对母女关系不至于闹得太僵。还有小素的父母，爸爸是出租车司机，妈妈是家庭妇女，他们都是朴实本分的普通人，可惜没有挺过这场灾难，过早地离开了人世。还有外卖小哥，小区管理人员，这些人物着墨不多，但同样栩栩如生。第三，是有一个打动人心的好故事，这一点对于一部儿童小说非常重要。家庭亲情、同学友谊、邻里关系、医患同心，多处情节无不让人泪奔。看着这样的故事，我总是不由自主地、发自内心地感叹，我们中华民族是一个多么善良、多么伟大的民族。14亿人是很多，但是每一个生命都是宝贵的，大疫当前，从政府到民间，正是以一种一个都不能少的精神来救治每一位感染者，哪怕他一百岁。要讲人权，这就是最大的人权。要说不同，这就是社会主义制度与满口标榜自由、民主的西方资本主义的最大不同。

  作为一部儿童文学作品，这部作品不只是疫情之下真实生活的展现与真实情感的流露，最难能可贵的是刻画了少年的成长。小主人公以及她的好友小素，原本是再普通不过的中学生，过着他们有滋有味的无忧生活。尤其是主人公"我"在父母面前，骄纵任性，常常与妈妈对立，心中积满了对妈妈的不满和怨怼。是突如其来的疫情,让她从另一个角度认识了妈妈,同时也重新看清了自己。其间有个情节设计非常感人。好友小素父母先后感染离世,小素也因重症感染住进了医院,为了完成和小素的约定,实现两人共同完成一幅画的愿望,她偷偷地跑到小素家,被人发现进入感染区,不得不被隔离。她这一莽撞之举,无疑给日夜奋战在一线,无暇他顾的妈妈添了大乱。在隔离室中,她看到疲惫不堪的妈妈泪流满面,一向强势的妈妈在软弱无助时的真情流露,深深打动了她的心,妈妈的眼泪彻底冰释了母女前嫌,让她真切认识到什么才是平凡中的伟大。正是在大疫之中,面对生死,经受磨难,看到万众团结一心、拼死抗争的场面,让这一代原本无忧无虑的少年突然长大了,懂事了,不再轻飘任性了。而作者在表现少年成长时,她的足迹很清晰,是有层次感的渐进式,因而真实可信,更具打动人心的力量。

　　灾难文学是文学的一大门类,在此之前,我们曾从名著中、影视作品中,看到过很多很多的灾难大片,其中的惨烈场面、英雄主义、人性光芒、求生之欲、人间温情等等,总能打动我们的心,只不过再感动也是别人家的故事。如今大疫之下,身处其中,感受完全不同。数百万的感染者,数以千计万计的医护人员,数亿的物资支援,不再是冰冷的数字,而是真情现实。带着这样一种难以描述的心情,去读《我和小素》,真是别有一番滋味在心头啊!

(发表于《中国新闻出版广电报》2021年4月23日)

一部具有时代意义的英雄书写

——读韩青辰的《因为爸爸》

孩子们是崇尚英雄的,每个孩子心中都有一个英雄,这是孩子成长的榜样、立志的向导。同时每个孩子心中也都有一个英雄情结,他想成为一个这样的人,这是孩子成长的动力。但是把什么样的英雄推送给孩子,让他们走进孩子的心中,成为孩子思想行为的楷模,进而影响孩子的"三观"的形成,却是当下一个值得探讨、值得重视的问题。

不可否认,英雄是时代的产物,每一个时代有每一个时代的英雄。比如在战争年代人们崇拜的是大义凛然、舍生忘死的战斗英雄,在和平年代人们崇拜的是勤奋工作、舍己为人、默默奉献的平凡劳动者,比如雷锋、王进喜、时传祥等。但在今天,在这个社会高度发达,物质生活极大丰富,物欲横流、物质至上的时代,精神文化生活多元化,思想价值多元化,人们对于英雄的评判却进入了一个模糊甚至扭曲的地带。对于少年儿童来说,他或许崇拜航天英雄杨利伟,也可能崇拜世界首富比尔·盖茨,还可能崇拜大款、明星,甚至是来自文学作品的同龄伙伴,这个时代,唯一鲜见的却是那些平凡英雄,那些在平凡岗位上爱国爱家、认真负责、一心为公、舍己忘我、默默奉献的人,很难成为青少年推崇的对象。说到底,这种精神迷茫、是非不明、心态失衡、价值混乱的社会通病波及青少年一代身上,责任不在孩子而在成人。正是从这个意义上来说,这部当下比较少见的时代英雄书写,具有独特的社会价值和教育意义。

在《因为爸爸》这部长篇小说中,作者直面生活,把英雄置于平凡的生活之中,从孩子的视角,观察社会,审视父亲,以人性的尺度丈量精神,以亲情化解父子矛盾,用最基本的道德精神感化人心,用最真实的故事,生动的细节,塑造了一个具有高贵精神品质的平凡民警形象,同时生动展示了一个少年走出狭隘人生、摆脱胆小懦弱,逐步健康成长的心路历程。体现了当下人们对于传统精神道德的珍视与呼唤,是对英雄人生价值的深刻解读与弘扬。

在这部书写英雄的作品中,作者没有着意拔高渲染英雄业绩,也没有刻意去突出英雄的高大形象,甚至没有正面去描述作为民警的爸爸是如何英勇、如何伟大。恰恰相反,她以先抑后扬的手法,把英雄放在一个真实广阔的生活背景之下,特别是一个思想比较混乱、多元化的社会背景之中来展现。比如,金果的爸爸是一名转业的战斗英雄,在平凡的警察岗位上,他勤奋工作,时刻把人民的安危冷暖挂在心上,因而无暇顾及妻儿及家庭,特别是不断对孩子食言,所以招来儿子的怨怼和妻子的不满,而与他同时转业的战友退役后经商做买卖,很快成了明星企业家。为此儿子也曾问他,"爸爸,你为什么不学甘伯伯,换一个轻松一点的工作?"儿子对甘伯伯的事业是肯定的,对他家的花园别墅是充满羡慕的,他和妈妈对于爸爸的选择和现状是如此不满意、不理解,而他们这种不理解反映的不正是当前社会的普遍心态吗?曾几何时,金钱成了衡量事业的标准,大款成了人人艳羡之人,真正的英雄却在人们心中渐行渐远。唯有在金果爸爸心中,那个风烟滚滚下的英雄始终挺立,那种正义的爱国爱民的英雄本色始终没有褪色,他忠于自己内心的坚守,忠于自己的信念,忘我地工作着,直到有一天永远地倒在了工作岗位上。

爸爸牺牲了,党和人民并没有忘记他,上级领导、相濡以沫的战友同事,他曾经帮助过、救助过的街邻百姓,都在以不同的方式怀念着这位亲人、这位英雄。正是在爸爸牺牲之后,在人们的痛惜与怀念之中,金果才真正走近了爸爸,理解了爸爸,看到了爸爸的伟大,爸爸一生所践行、所坚守的爱国情怀、甘于奉献、大爱精神正是人性中最基本的道德,也正是这种精神体现出了平凡中的不平凡。正是在痛失爸爸以后,他才开始认真地思考"我是英雄的后代,我长大了会是怎样的人"这样一个严肃的人生问题。特别是当他转学到一所新学校,面对新环境和人生新挑战,他开始有意识地学英雄、做英雄，用英雄后代的精神鞭策自己，摒弃胆小懦弱，变得坚强勇敢起来，从此伟大的英雄父亲终于成为自己的精神支柱，父亲的精神也永远地照亮了他的人生之路。我想正是这一点，有力地提升了作品的精神内涵和精神品质，让它在一堆浮躁轻飘的"轻阅读"作品中，像宝石一样闪耀着思想、正义、高贵的独特光芒。

另外，在这部作品中，作者充分运用了典型化的手法，在塑造了金果爸爸这个英雄形象的同时，还塑造了几个不同类型的父亲形象，《因为爸爸》这书名似乎也是一个开放性的题目。因为爸爸是警察，因为爸爸是英雄，十岁的金果有了不一样的人生，并决心不辱爸爸的英名，做一个真正的英雄的后代。

而另一个主要人物周明亮，因为父亲是罪犯，周明亮发愤读书，试图以优异的学习成绩，出人头地，改变残缺卑微的人生。但是，当他得知抓走他父亲的正是金果的爸爸金秋时，他内心深处对这对父子充满了仇恨。他处处与金果为敌，不断地欺侮他，伤害他，直到金果的爸爸牺牲以后，他才了解了事情的真相：金果的爸爸虽然抓走了他的父亲，但父亲是罪责难逃、咎由自取；而金果的爸爸不求任何回报地一直无私关爱着他和爷爷，关心着自己那个锒铛入狱的父亲，这个倔强的孩子被深深地打动了。读到此处，被打动的岂止是周明亮，作为读者，也为金秋警官的精神所感动，对于金秋警官之死同样是不胜唏嘘，恨天不假年。

为了真实地反映生活，作者还精心设计了另外两个人物，金果的同学王佳琪的父亲是大款，在奢华的物质生活外，他却难以给女儿一个幸福圆满的家庭，生活的富足难以弥补孩子精神的孤独。至于另一个，小主人公金果的好朋友崔雨阳的父亲是商人，常年在外包养小三，导致父母感情破裂，更是给孩子的精神和生活带来巨大的伤害。

通过不同的"因为爸爸"，带来孩子不同的人生境遇，我们深切认识到，不错，这本书是写英雄的，同时它也是写亲情的，它在一定程度上探讨了"父亲的角色"这样一个重要的人生话题。对于一个正在成长中的孩子，无论怎么强调"父亲角色"的重要性都不为过，无论是英雄民警，还是强盗罪犯，无论是大款富豪，还是平民百姓，在孩子眼里，父亲都是同一个字眼。父亲是天,父爱如山,在孩子心里,"爸爸"两个字不仅是骨血亲情、子嗣传承,更是人生楷模。

《因为爸爸》正因为爸爸,这部作品才有如此撼动人心的力量。

(发表于《文艺报》2018年6月29日)

在奔跑中成长
——读黄蓓佳的长篇小说《奔跑的岱二牛》

初看黄蓓佳这部《奔跑的岱二牛》，还以为是一部写某个农村孩子擅长跑步，然后跑出了了不得的成就，就像马俊仁手下的女子长跑队一样。等看了这本书以后，才知道完全不是那么一回事，我想大名鼎鼎的黄蓓佳也不会写这么一部落俗的著作。这么多年来，她一直是一个很有追求的作家，对自己的要求很高，产量不多也不少，但每一部都可圈可点，大奖拿到手软。那这部书到底是写什么的，为什么叫《奔跑的岱二牛》，奔跑二字代表什么？

看完这部书，细细品味觉得这个名字还是贴切的。文中确实没有多少笔墨写岱二牛奔跑，尽管他也很擅跑，爱跑，一走路就跑，鞋子坏得很快，但不是本书的主要内容。主要内容是写岱二牛捡了个手机，引起的一系列故事。黄蓓佳在"后记"里特意提到，在这部书里，这部手机是个象征和道具。我很同意她这种说法。特别对于小主人公来说，如果说手机只是个象征，那么"奔跑"就只是一种状态，既是一种生活状态，也是一种精神状态，是一种快速成长，像奔跑一样昂扬的、意气风发的、朝气蓬勃的状态，岱二牛在奔跑着成长。

我认为这部作品有三大看点：

故事很好看，构思很巧妙。岱二牛在草丛里捡到一部高档苹果手机，这件事在整部作品中的作用非常大，既是这部作品之所以成立的基础同时又是主线，串起了整部作品。岱二牛捡到一部高档手机，在小小的旅游村里引起了很大轰动，村民和学校的老师、学生都听说了这件事，每个人的态度又大相径庭。二牛坚决要退还给失主；他爸想偷了卖钱；他哥偷走了想自己用。

二牛想退还人家又找不到主儿。听了村民小武的话,和同学光头旺进城去修手机,又让人家掉了包,好不容易要回来,走到半路又丢了,然后又到派出所找回来。本来没信号的手机,突然有了动静,手机亮了,可是怎么进去,没有密码还是联系不上失主……最后到底怎么着了,我就不剧透了。

作者很会编故事,可谓一波三折,整部作品起起伏伏很好看,每个情节都是水到渠成,不生硬,不造作。这些情节都围绕着这部手机展开,由它作为主线,作品的完整度很高。

另外,这部手机不但在结构故事中发挥了很大作用,同时用一部手机试出了红草坝上形形色色人的道德品行,就像一部X光机,透视人心。这部书让我一下子想起有个电影叫《百万英镑》,像我们这个年龄的人都看过,有两个富豪打赌,开始是无聊,想开个玩笑。然后选了一个穷光蛋,故意丢了一张面值百万英镑的大钞让他捡到,从此这个穷光蛋开始过上了富豪的生活。关键是这张百万大钞没有人用得上,因为找不开零,但那些人不管,主动提供吃穿住行一切用度,一张百万大钞试出了世道人心。在这部电影里,那张百万大钞是个象征和道具,在这部书里,这部手机也有这神奇功效。

第二个就是鲜活生动、谐谑活泼。我不知道黄蓓佳还这么熟悉农村生活,也不知道她还这么幽默。她的写作功夫了得。对于场景、环境、人物的描写那真是老到,文笔真切、细腻、生动,一下子就能把读者带到场景中去。看完这部书,一闭眼,那个长满粉黛乱子草的红草坝就在眼前。另外,通过这个故事,活画出一幅当下农村真实生活图景。那可不是20世纪的中国农村,也不是北方农村,就是江南农村生活。

作品的鲜活生动还表现在人物形象刻画上,那些个人物也在眼前栩栩如生。可以说凡是有名有姓的人物都写得很生动,哪怕是一个串场小人物,比如,那个数学老师慕容那写得真是活灵活现。

我最喜欢的是这么几个人物。小主人公岱二牛自然是排在首位的。在这个孩子身上有很多优秀的品质,善良、质朴、宽厚、正直、听话、懂事等符号都可以加到这个孩子身上,可是你在读的时候,一点儿也感觉不到这个孩子多高大,多么显眼,他就是一个普普通通的农村孩子,甚至还有点憨厚老实,特别是面对他爸爸的时候。岱二牛捡了这部手机,对于他本身来说,绝不是一件多么快乐惊喜的事,他总是含着焦灼的心情,千方百计地四处寻找失主。这手机给他添了很多麻烦,如果作为一个象征的话,那手机改变了他的生活,给他的人生设置了一道道坎。他成功地闯过了一个又一个难关,经受住了考验,获得了奔跑式的成长。第二个我喜欢的是岱二牛的爸爸妈妈,这两口子简直是绝配,也不知道最初他妈是怎么看上他爸的。他妈是一个泼辣能干、火暴脾气、恨家不发、很强势的一个女人,靠做卤煮支撑着这个家。而他爸爸则是一个具有浪漫情怀的人,总有各种各样的奇思妙想,但不务实,很难成功。作者用了大量笔墨写这个人物,一开篇就是让儿子坐在他的试验品滑板车上去滑草,那就是一块破板,坐上去滑草,把岱二牛摔得七荤八素,都摔怕了。后来又给滑板装上轮子,结果又把大儿子铁牛摔得够呛。他还不死心,还想在空中扯一根钢缆,为此偷了老婆1000块钱,在警务室的所长一顿劝说后,终于罢了。后来听说有无人机,他又想到用无人遥控这个滑板机肯定不错,可惜那只是他的浪漫想象罢了。作者对这个不切实际,心怀梦想的人也是很喜爱的。还有个人物是开饭店的李金田,那个如混混般不良商人的形象很生动,恨不得前一分钟还往酒里兑水,被人发现后,转脸就甜言蜜语,无理也能搅三分,真让你气不得、恼不得。还有那个学习好,在城里读书的岱铁牛,一家人把他供得像大少爷一样,他还不懂感恩。还有逃婚的芮先生等等,每个人物都个性鲜明,生动有趣。

另外,为这部书增色添彩的是作者生动文笔中的谐谑顽皮,特别不像黄蓓佳,带着几分男人气质,文笔大气、洒脱,不像小女人。我原以为只有东北人那么好玩,那么风趣,原来温婉的南方人也挺幽默好玩。究竟怎么好玩,请读者慢慢细品吧。

(本文系2020年11月在上海举办的新书发布会上的发言)

窑变之精神礼赞
——读彭学军的新作《建座瓷窑送给你》

很早就听说彭学军要写一部反映瓷都生活的儿童文学作品，一直都很期待，今天终于得见。我对她这部作品有期待，首先是知道彭学军是位很严肃的作家，在艺术上有追求，在创作上自我要求很高。在此之前，有过近三十年的写作历练，无论短篇小说还是长篇小说，可圈可点之作甚多，几乎每一部作品都能引起业内和读者的关注与好评，对她有信心。但是也有一点担心，因为知道彭学军没有这方面的生活积累，不熟悉瓷都生活，对于窑文化、瓷文明缺少了解，要写这样一个题材，需要进行大量的采访、研习，只靠深入生活、靠现学现卖的生活素材会写成什么样，这对她实在是一个考验、一个挑战。

很认真地读过这本书，深感彭学军的著名作家不是浪得虚名，那真是一本一本写出来的，在文学创作上，一步一个脚印走出来的，写到现在，彭学军的创作进入到一个相当成熟阶段。当然她早就是一个艺术上成熟的作家，无论文笔、结构故事的能力、塑造人物的功夫，早就有相当高的文学造诣，这本书更凸显了这一点。因为有很多作家，写了一辈子都是本色写作，离开了自己熟悉的生活，就大失水准。

这部反映瓷都儿童生活的作品，对于彭学军来说，最大的挑战不是主题，也不是人物形象塑造，而是文化，是独具特色的瓷都文化。俗话说，一方水土养一方人，能不能写出在这个特定文化、特定生活、特定氛围中的孩子，写得真实、自然、生动，不露破绽，这才是对作家手下功夫的考验。我觉得她做到了，而且还做得相当好。

作品一开篇就给我们一个惊喜,黑指和小天去上学,大冷天先从窑房的火膛里掏半块烧得烫烫的砖头,用厚棉垫子裹上,当手炉。上午这块凉了,下午再绕到窑房里掏一块。这是瓷都独有的,别的地方的孩子不可能揣着半块热砖头去上学。还是对窑场环境的描写,寥寥几笔,就非常准确地描绘出窑场独特的生活场景。如"刚看见窑房的一角,黑指就已经感觉到几分热度了。走得越近,热度越强烈,它温暖了黑指,也温暖了周围的空气,冬天藏有无数蜂针的硬冷的空气变得絮软起来,轻盈起来,棉花一样暖暖地裹住了黑指"。几个词用得非常好,很独特:藏有无数蜂针、硬冷、絮软、轻盈。

下一段,说窑工偎在墙角打盹,像是围着火塘边酣睡的猫,写得非常生动形象,像一幅画一样呈现在读者面前。上面写了温度的变化,天气,还有人,下面又写了窑场静谧的环境、窑的形状和气味。确实,窑场是有独特气味的,不同的材质会散发出不同的气味,如果是烧煤,一定会有焦油味。

她用了两段,十行,二百五六十个字,就把一个静悄悄、热烘烘、懒洋洋的冬日窑场,立体化地描写出来了,没有一句废话。我们说彭学军的文笔好,什么叫好,这才叫好,真是教科书式的准确生动描摹。

除了这些简洁生动的描写,还有独特文化对孩子的滋养与熏陶,这种潜移默化的力量,作者也写出来了,黑指,为什么叫"黑指",因为瓷都的孩子都爱玩泥巴。他和小天,一个爱玩泥巴、做陶器,一个爱画画,且都有与生俱来的艺术素养。小伙伴们玩的东西,是偷偷地放进窑里,搭车烧的小玩意。黑指就烧了一对龙挂件,一个头朝左一个头朝右,然后是每人一个,这是与小天结下深厚友谊的信物。大孩子欺负小孩子,是让小天画20个小挂件。结果小天非常用心地在白瓷板上画了20幅画交给了金毛。还有在窑里洗澡、用瓷片打水漂,下河摸瓷片等细节,大大提升了这部作品的真实性和可读性。

当然,最传神的还是作者对于独特瓷都文化的直面书写,以烧窑工艺命名每一章,烧窑、拉坯、塑形、窑变。同时对应的是一段摘自清代对于这工艺的描写。让读者大开眼界,增长了不少有关窑文化的知识,加深了对烧窑技艺的了解。这部分文化,深邃、神秘,具有传奇色彩。还有贯穿整个作品始终的柴窑和一把家传的红色瓷壶,这两样东西具有某种象征意义,既构成了故事的主要内容,同时也是作品之魂。整部作品就是围绕着柴窑拆与不拆,还能不能烧出那么一把精品红色瓷壶来展开的。所以作者在窑和壶的描写上都下了很大功夫。那把祖传的红色瓷壶，显然不只是一个道具，同时具有某种祭祀礼器的高贵与神秘，代表了一代又一代窑工的精神追求。还有对于太爷爷、爷爷烧窑时的描写，那是一种全身心投入的、极致入微的、入定的、魂魄与泥土与窑火三者一体的神圣劳动。

正因为有了这么全方位的、细致入微的真实描写，这部作品才产生了独特的艺术魅力，能让人一下子读进去，并有深深的感悟、感染和感动。

第二个就是人物形象塑造。三个主人公，黑指、小天和金毛三个男孩子个性鲜明，黑指是作者着力塑造的一个男孩子形象，有勇气、有担当，属于粗拉拉放养的孩子，在自然中随意野蛮生长的孩子，看似无人管，无人教，无师自通，实际上，祖辈、父辈对于他的影响最深，如果不是时代变化的话，他就是在瓷都文化浸染中成长起来的烧窑接班人。他会继承父辈手艺，成为一个能工巧匠，一个令人尊敬的窑师傅。小天与黑指相反，这是一个白白净净、文文弱弱、像女孩一样的小男孩。他酷爱画画，作者对这一点有非常生动的描写，是他受欺负，给金毛画挂件。本是一个被迫行动，却变成了他的自觉创作，体现了他对艺术的虔诚、本分、一丝不苟的艺人之风。这得益于母亲的言传身教。最有意思的是金毛这个人物。本是一个霸道、顽劣的坏孩子形象，最终却做出了令人刮目相看的举动——做出了一个"高帮运动鞋"式的艺术窑，还为父辈们重置了最后一个艺术柴窑。干出一件适应时代的大事，这对于提升这部作品的立意和思想内涵起到了至关重要的作用。可惜这个人物形象在作品前半部分着墨不多，只写了他也热爱窑艺，追求自己喜欢的女孩子要送瓷挂件，让小天给他画。小天没有按照他的要求画挂件，而是精心创作了二十多块瓷板板画。按照金龙的本性，应当是暴怒，甚至把它全砸碎。相反，他意外惊喜，非常欣赏。这一笔写得很好，这才是瓷都的孩子，对于艺术有天然的喜好，识货。这是对他后来搞艺术窑的一个小小的铺垫，但还不够，他的创新意识和商业头脑还可以写得再明显一些。

其实，除了这三个孩子以外，作者写得好的还有那些成年人形象，黑指的爷爷、窑工饶伯伯、小天的妈妈、不想让黑指当"泥巴佬"的父亲。从某种意义上说，这部作品就不只是给孩子们看了，它的内容很丰富，思想内涵很深,文化视野很开阔,成人也会很喜欢读。

第三,谈一谈这部作品的立意。近年来,大家很重视传统文化,有关传承中国文化遗产、世界文化遗产的作品也很多。大家的主题都是守护与传承,而这部作品不一样,它的主题是适应时代变化,改良与创新。说句实在话,科技发展、时代变迁,是大势所趋。随着时代的进步,很多东西都被淘汰了,不要说掌箩的、锔盆锔碗锔大缸的、手织土布的都没了,骑兵也没了,高射炮不知还有没有,就连一代高科技产品电报也没有了。以烧松枝为原料的柴窑,注定是要被电窑、气窑所代替。但是它并没有消失,而是以艺术窑的形式存在着。作者认识到这一点非常好,虽然写足了人们对于柴窑的不忍与不舍,最后柴窑还是被拆了,具有高超技艺的窑神一样的能工巧匠们失业了,不得不外出找工,这是时代的必然。但是烧出像祖辈传下来的那样的红色茶壶,却是融进他们血液里、刻进他们骨子里的追求,是他们的最高精神向往。作品结尾是父亲要复制那祖传宝贝,不管他能不能成功,窑工们的精神品质是永远不会被历史所湮灭的,会一代一代地继承下去。读到这里,心头不能不为之一震。我想这部作品不叫《黑指》(初稿名),叫《窑变》会更好。

总之,这是一部思想性与艺术性都很好的作品,是彭学军的又一部成功之作。

(本文系 2020 年 1 月于北京图书订货会上,在该书发布会上的发言)

贫穷生活下的儿童天性
——读刘海栖的新作《街上的马》

活上个六七十年,每个人都会成为一本大书,每个人心里都有很多故事,只不过有人经历丰富一些,故事就多一些,有的人经历少,故事就单薄一些。总之,每个人都是一本大书,每个人都有故事。

但并不是每个人都会把自己的故事写出来,而且写得别人还愿意看,这就不仅是一个爱好,同时也彰显了一个人的文学艺术功底。刘海栖是一个实诚的人,当然也不是说人家不写的就不实诚,不管怎么说,海栖很实在、敞亮,很愿意和别人一起分享他童年的故事。特别是他把童年生活写成儿童小说,让当代孩子们了解他的童年,这就不单纯是一个爱好,而是一种责任,他觉得他童年时经历的那些人、那些事,有意义,特别是对当今孩子们有教育意义。所以他退休后,华丽转身,从出版家到作家,不到十年,出版了一系列儿童文学作品,不断给我们带来惊喜,也逐渐形成了自己的独特风格。从创作题材上说,他以真挚的情感,坦诚的心态、率真的品性、平实幽默的语言,真实再现了20世纪六七十年代的少年生活。有农村,有城镇,有军营,尽管他们生活在不同的社会环境里,但风格和基调是一致的。他笔下的生活,欢快、热忱、喧腾,生气蓬勃、热烈而阳光,好像是看到一地大玉米棒子,一地红高粱或者是一地向日葵,生机勃勃,带着希望和欣喜。他笔下的人物,不管是成年人还是孩子,都带着北方人独有的粗糙、朴实、热情、慷慨,有血性,讲义气,简单粗拉又不失纯粹和本真。他笔下的故事不是编出来的,而是流出来的,这很难得。法国著名诗人埃德蒙·雅贝斯说,"我们每个人都在制造自己的回忆。然而还有另一种记忆,它比回忆更古老,它与语言、音乐、声音、喧响和沉默紧密相连：经由一个手势，一句话语、一声哭喊、一阵痛楚或一时欢乐、一个形象、一次事件，这一记忆被唤醒。那是世世代代沉睡在我们身体里的记忆，它存在于创造的核心。"我觉得海栖的文学创作活动，正被这位大诗人所言中，不知哪一点记忆触动了他，然后那些鲜活的生活就呼啦啦浮现出来。于是就有了他的大作《有鸽子的夏天》《小兵雄赳赳》和《街上的马》等一系列作品。

这部作品写的是城市一条街的故事。我给这本书，概括了几个字，穷、馋，从大人到孩子都为了解决穷和馋而劳作。但这部书所反映的生活和人物，贫穷但不悲苦，穷到极致、馋到极致，真实到变形，就有漫画式的喜剧效果，带来了不请自来的欢乐。

应该说山水沟街就是 20 世纪 70 年代全中国的缩影，物质极度贫乏，有的人家还吃不饱，好一点的人家可能也是糠菜半年粮的状态，白面很金贵，包饺子不能用纯白面，得兑上红薯面，没电视，有收音机，但买不起。孩子们没有玩具，玩具都是自己做，所以才有了"钢铃车"、石锁、自做的哑铃，作品中作者用了很多情节和细节写一种贫穷的生活，构成了这部作品独特的社会背景。正因为穷，没有好东西吃，才有了孩子们的馋。想到吃猪油，抓一把白面，淘出面筋，用这面筋粘知了、吊鳖等等儿童生活。这时孩子们的生活都是围绕解决馋的问题展开的。最极端的例子是大亮子吃做水果罐头的下脚料，果皮果核什么的，一吃一大盆。正因为穷和馋，何健家那两只鸡才带出来那么多故事，有了大亮子蒙冤挨揍，鸡又送到农村给了一个孤寡的老奶奶等故事情节。

这本应该是一种暗沉的色调，巧的是作者用孩子天性、用成年人的道德的光芒遮蔽了这暗色，就像月亮点亮夜色，太阳驱走黑暗带来光明一样，让这本书闪耀着另一种明丽的暖色调，《街上的马》尤其凸显了这种苦而不悲、乐观豁达的精神。

海栖的东西真是越写越好，越写越精了，体现在"精准"二字上。一个是对孩子生活的精准描写上，二是体现在对人物形象的精准刻画上。这本书中孩子很多，有七八个，每一个都个性鲜明。会画画的小主人公刘家豪，残疾的何健，在家练块儿、怎么打也不屈服的大亮子，在家砸石子的逮柱兄弟，还有个可爱的小二妮，着墨不多，但很可爱。成年人也不少，形象同样很生动。

手巧心细的徐叔,正直憨厚的大亮子爹。打大亮子那一场写得特别生动,用了多个"啪啪啪",把倔强而且正直的父子俩的形象活画出来了。

另外,海栖特别擅长用道具。这里面他用了好几个具有时代特征的道具,一个是收音机和武装带。徐叔自己装收音机,用肥皂盒做机壳,还教会那个残疾小孩子何健也装了一个。小主人公很羡慕,就把他爸退役时带回来的一条皮带拿出来显摆。再一个就是自己焊的一辆"钢铃车"。这辆车是这本书里一个重要道具,带动了很多故事情节,给孩子们带来了极大的快乐。读这本书的时候正值疫情期间,小区隔离,孩子们都不上学,满院的孩子骑着自行车狂奔,浩浩荡荡。女孩子一队,男孩子一队,同样是大院里的马。从自行车到轮滑,到平衡车,一家买一辆。两相对比,我们今天真是有钱了,富了。

今天的孩子和过去孩子的玩法不一样,其实质是一样的,孩子的天性大解放。我那外孙女不到7岁,是其中的骨干分子,大的也找她,小的也找她,我每天陪着。她说了,玩的时间很宝贵,一分钟都不能浪费。多贫穷、多困苦、多大的灾难也阻挡不住孩子玩,玩是孩子的天性,这本书把孩子的天性、孩子的生活真切地表现出来了。除了拉着"钢铃车"在街上像野马一样跑,还有一个好道具,就是石锁和哑铃。石锁是大亮子在家练块儿用的,后来丢了,哑铃是徐叔给小主人公特意浇铸的一对。还有个道具就是那两只鸡。就这几件道具串起了整本书,写足了在那个贫穷困苦年代,一代少年激情燃烧的生活。这样看来,穷是社会大背景,馋是孩子的现实写照,玩则体现了一种藐视贫穷、苦中作乐的精神。

另外,海栖不仅会讲故事,同时还很幽默。他的幽默好像是天生的。"啪啪啪"那段很幽默,吃猪油滑大肠;一个老太太藏在柴火堆后等着抓几个坏小子;孩子们拉着"钢铃车"像野马一样满大街跑;三极管是三个戴黑色小礼帽的小人,从情节到细节到语言都很形象,很生动。这种幽默大大提升了本书的可读性,读来好玩,有意思。

如果说不足,就觉得这本书故事散了点儿,它集中在一条街上,是从一个孩子的眼里看街上的人和事,而不是集中在一个故事上,多视点,故事就比较分散。

(本文系 2020 年 10 月 24 日在该书研讨会上的发言)

男孩的成长需要一种精神
——读赵菱的新作《乘风破浪的男孩》

那是在2020年6月中国作家协会重点扶植项目的评审会上,赵菱的《乘风破浪的男孩》一经到手,立刻引起了我的注意。在申报材料上赫然印着三句话:一个海军孩子从弱到强的成长史,一群帆船少年为国争光的冠军梦,一曲海军军人强国强军的英雄颂。短短三句话,包含了多个关键词:海军后代、帆船少年、冠军梦、海军军人、强国强军、成长、英雄,每一个关键词都是热烈的,足以点燃人的激情,让人对这部尚没有成型的作品充满了期待。我以一个从事儿童文学编辑30多年的老编辑的敏感,捕捉到了这样三层意思,这是一部蕴含着强大的时代精神,与最高领导人思想非常吻合的主题出版力作;这是一部尚不多见的描写海军后代成长故事的新题材;这是一部能极大鼓舞人心,引人向上的阳光之作。还有一个关键点,那就是我熟悉这位作者,赵菱,著名青年作家,十几岁开始创作,有近二十年的创作经验,《大水》的作者,曾获包括"中国好书"年度奖及其他多项奖励。还有一个值得信任的关键点,江苏凤凰少年儿童出版社,这是一家儿童文学出版重镇,是推出了曹(文轩)、黄(蓓佳)、金(波)三位重磅作家、多次获得中宣部"五个一工程"奖的优秀出版社。此选题诸项条件齐备,够硬,这样的选题可遇不可求,进入重点扶植项目肯定不会落空。所以一经提出,毫无争议地被列入中国作家协会重点图书扶植项目。

正应了那句话,理想很丰满,现实很骨感。尽管这部作品的构思已趋于圆满,目标诱人甜美,就像挂在枝头的红苹果,仿佛近在咫尺,唾手可得,实际上创作之路却很艰辛曲折,正如作者在后记中坦言,"开始《乘风破浪的男孩》这部作品的创作时,我并没有想到会这么难。"从2017年作者去南京一所小学采访一位获得"江苏省美德少年"称号的帆船男孩起,到此书2020年11月问世,历时近三年,经过四五次大的修改,其间打磨之功忽略不计。为了完成这部作品,出版社也高度重视,特意请来海军方面的专家把关,我也曾受出版社之约,为这部作品把脉。按照各方意见和建议,作者又以"烧窑的工匠、制陶的艺人、刺绣的绣女一样用心、用情、用功打磨修改",今日终于出版面世。如果说作品塑造的是一个坚忍不拔、不获全胜誓不罢休的男孩形象,作者又何尝不是如此呢!

付出总有回报,好作品都是"磨"出来的,这部小说再次印证了这是一句至理名言。今天,我依然以一个专业编辑的挑剔眼光来看这部作品,不能说它无懈可击、完美无缺,但不得不说,它比较圆满地完成了作者的创作初衷,没有辜负中国作家协会重点项目扶植工程的期待。

这是一部以中国海军发展壮大历程为宏大背景创作的长篇小说,是一部体现习近平强军思想,反映海洋强国建设,弘扬社会主义核心价值观,为青少年培根铸魂的优秀现实主义作品。站位高,起点高,立意高。这部作品通过对秦海心父子两代人的追求,海军基地真实生活的丰富呈现,多位海军将士平凡而又具有英雄特质群体形象的塑造,很好地诠释了当代中国军人的崇高精神,艺术地完成了一个"高大上"主题的书写。

其实作为一部文学作品,我最在意的还是文学艺术那点事儿,故事好不好看,人物形象生动不生动,情感能不能打动人,等等。所以无论多么"高大上"的作品,都必须放在艺术的盘子上称一称,量一量。这样说来,这部小说够不够格,读者才是最好的评判者。

《乘风破浪的男孩》讲了一个鲜为人知的故事。作品的主人公是一个十来岁的男孩叫秦海心,爸爸是海军军官,远在海南某军事基地服役,父母多年两地分居,终于盼来了全家团聚的机会,他和妈妈要"随军"了。从北方来到南方,从地方来到部队,生活环境发生了很大变化,对于秦海心来说,一切是那么新奇又充满希望。没想到的是,磨难就此开始。首先是爸爸以一个军人的标准要求他和妈妈,像管理军营一样管理家务。家要整洁,一尘不染,被子要叠成豆腐块,每人洗脸、洗脚两个盆要放得整整齐齐——不巧的是妈妈爱写诗，是个浪漫的文艺青年，一脑门子的风花雪月，不事家务，连个鸡蛋都煎不好，过去在家自有奶奶照顾，现在独立门户，搞得秦海心天天吃"暗黑"餐食。比起妈妈来，秦海心也好不到哪里去，第一天到校就被同学嘲笑，原来是他的皮肤太白了，像个奶油小生。更可怕的是上游泳课他连水都不敢下，因为他小时候被水淹过。更糟糕的是爸爸毫无怜爱恻隐之心，还给他报了一个帆船培训班。由此秦海心的糟心日子开始了，打击组团而至，磨难排队而来，好在他身旁有几个好友，有三个是和他一起训练的队友，还有一个温婉漂亮、能歌善舞的江南女孩，他们给了秦海心极大的温暖和帮助，当他一次次在波涛中挣扎，一次次摔倒又一次次爬起来站上帆船，是同伴给了他巨大的鼓励。而更为重要的精神力量则来自爸爸，看似不近人情的父亲，原来有一颗博大深沉的爱子之心，他一心想让儿子战胜怯懦，成为一个意志坚强的男子汉。特别是当秦海心读到当年爸爸参加中国海军护航编队，在亚丁湾、索马里执行国际护航任务的日记时，他才真正理解了父亲，并为有这样的爸爸而自豪。从那一刻起，秦海心变了，他变被动为主动，更加刻苦地投入到训练之中，有意识地磨炼自己的意志品质，不断增强体魄，提升驾驶帆船的技能，并最终在世界少年帆船比赛中夺冠，为国增光。

作品中最有意思的还是母子互相鼓励、共同成长，秦海心的妈妈生活能力很差，她同样也得到了其他部队家属的关照和帮助，泼辣能干的女军官苗薇阿姨，还有会做各种小菜的于向海的妈妈，她们手把手地教妈妈做饭料理家务，妈妈也很快找到自己的位置，帮助战士们学英语，在帮助别人中找到快乐，提升了自身价值。

有人说环境改变人、适者生存，这话一点也不假，正是在部队这样一个独特的环境中，周围的所有人，同学、父母、军人、军嫂、教练包括退休的老将军郑爷爷，自然而然地为秦海心的成长构建了一个良好的人文生态环境，让他从一个懦弱的小男孩变成了一个具有坚强意志品质的少年世界冠军。

有时我在想，假如小主人公秦海心没有和妈妈一起"随军"，没有经历海军基地这样的特殊生活，更没有参加帆船训练的机会，他会成为一个什么样的人？无疑，他会像大多数普通孩子一样，白白净净，安于学习，沿着小学、中学、大学的路子走下去，毕业后谋一份体面的工作，最终成为众多白领阶层中的一员。当然也不排除他在爸爸的影响下,长大以后成为一个军人,为国戍守边疆、建功立业,可那是在十年之后。这么说来,岂不是"随军"的偶然性奠定了这部作品的基础,没有"随军"的偶然是不是就没有秦海心成长的必然?如此说来,这部作品的意义又体现在哪里呢?

我认为作者的真正意图不仅仅是给我们讲一个别开生面的故事,而是假借这个故事的外壳,弘扬一种精神。她所意欲铸就的作品灵魂、她所着意宣扬的内在精神是永恒的、坚定的,是当下新时代的少年所缺失而又万万不该缺失的宝贵品质。她塑造了一个新时代的少年形象,也为当今少年儿童树立了一个榜样。她不仅是鼓励一代少年儿童要像秦海心一样强身健体,更要在精神上"补钙"。忽略了这一点,这部作品就失去了灵魂。

从一个男孩儿到一个男子汉的蜕变与成长,是需要一种精神的。遗憾的是这种精神正被七十多年和平无战事的社会环境一点点所销蚀。特别是改革开放40多年来,我国取得了举世瞩目的、引以为傲的骄人成就,亿万人民逐步摆脱了饥饿和贫穷,社会物质极大丰富,一部分人已经如愿以偿地先富了起来,大多数人也都行走在奔向小康的光明大道上。我所质疑的是,在这样前所未有的繁荣富强之下,中国人的精神是不是依然强悍?新时代少年身上是不是还有中华民族自古以来的刚毅坚强、勤劳与勇敢?咬紧牙关、挺直脊梁、为国之强盛而奋斗的精神还在不在?

读这部作品,我的耳边时时回响着一百多年前梁启超老先生的铿锵之音:少年智则国智,少年富则国富,少年强则国强,少年独立则国独立,少年自由则国自由,少年进步则国进步,少年胜于欧洲则国胜于欧洲,少年雄于地球则国雄于地球。

这部作品不正是对梁老前辈的回应吗!

(刊于《出版人》2021年第2期)

逐光的不仅仅是孩子
——读舒辉波的长篇小说《逐光的孩子》

近两年，儿童文学创作紧跟时代步伐，出现了多部扶贫支教题材的作品，其中也不乏优秀作品。舒辉波的这部《逐光的孩子》作品内容丰满，艺术质地很好，情感也丰满，立意更是深刻厚重。如成熟的丰硕的果实，闪烁着诱人的光芒。

和同类作品不同，这部《逐光的孩子》没有简单化地处理生活，不只在"扶助"二字上做文章，也不只是写故事，重要的是写人。一位支教老师来到山村小学，他给予孩子们的是有形的帮助，收获的却是无形的回报，这是一个双向救赎、共同成长的故事。展示的是人的初心、人的本性以及人性的光芒，探寻的是生命的意义和人生价值。从这点上看，它比一般作品的角度要新颖，内涵更厚重，也更高级一些。

这个前来支教的年轻大学生苏老师，其实是带着隐情来到神农架大山深处的蓝溪小学的，他受女朋友的感召，带着复杂而迷茫的情感，阴差阳错地来到蓝溪小学。

苏老师一头撞进蓝溪小学，就像孙悟空被投进太上老君的炼丹炉里一样，不得不经历三昧真火的淬炼。与其说这部作品是反映贫困山村儿童生活和精神的图景，是写山村老师的坚守与奉献，不如说是写一个青年大学生的精神成长与蜕变。

贫穷艰难的现实生活对于苏老师来说，绝对是一种磨难。面对温饱都没保障的生活，进出大山都很艰难的生存环境，他被搞得灰头土脸，好在他没有手足无措、不能自已，也没有被严酷艰难的生活所吓倒，而是和学校里唯一的一位老师一起，积极投身到改变小学的面貌之中，自己开荒种菜，改变教学条件，在村民的帮助下，自制各种体育设施，通过参加运动会，提振孩子们的士气——在这里他结识了一帮个性纯朴、心灵纯净的孩子，真诚可敬的老师和朴实厚道的村民，给了他极大的精神上的滋养。

　　作品中塑造了多个孩子形象，个性鲜明，个个鲜活。有聪明的最有希望走出大山的郑天齐；还有很讲义气被人尊为"盟主"的覃图南；学习很好，热爱写作的白花蕊；学习很差，但忠于职守、堂堂课都保证按时敲钟的覃廷雍；不甘永远当没有户口的"黑人"的戚海燕，还有吴娆、陈天翔等。可谓穷人的孩子早当家，这里的孩子都很早熟，十一二岁的五年级学生，每一个都被当半个劳力在用，帮助家里干活，为家分忧；白老师要生产，是三个大个儿男生帮着把白老师抬下山；还有几个孩子退学外出打工挣钱。贫穷的生活让孩子们早早地进入社会，担起家庭的责任。作者用了很多笔墨从多侧面塑造这些孩子形象，写他们纯净的心灵，善良的品质，肯于吃苦耐劳的精神，懂事孝敬肯担当，重义气，知错就改，还有超出他们年龄的成熟。

　　其实，这部作品真正的主角是齐老师，作者着力塑造了一个多重色彩，不尽完美，甚至颇能引起争议的山区小学教师形象。作者在写到这个人物的时候，有意勾画了多重色彩，不红不专，不黑不白，外表形象与内在精神多处错位。表面看来他就是一个普通得不能再普通的山村教师。卑微的小人物，而且是个残疾人，蝇营狗苟地生活，费心巴力地工作，为了保住这个仅有30多个学生的村小学不被撤并掉，他拖着残腿，翻山越岭一家一家地去"劝学"——但他又是一个内在精神极其强大，很有人格魅力的人。他爱学生，爱得巴心巴肝，恨不得把整个心都掏给学生们。他有追求、有情怀，爱写诗，"他把眼睛放在路的尽头"，路的尽头是什么，我理解就是光，是希望之光，美好生活之光，也许还有诗和远方。他希望他的学生能走出大山，考上大学，过上不一样的人生。另外，他有一颗宽厚、慈爱之心，关心每一个孩子，尊重每一个稚嫩的心灵，哪怕是一个什么也学不会的覃廷雍，也从不训斥、打击，而是悄悄地给他一块表，让他为同学们敲钟，找到自信和存在感。他翻山越岭，一户一户地家访，劝孩子们返回学校，表面上是为了保住这个小学，实际上是怕他们耽误了学习，影响了人生。对于他曾伤害过的学生，就是那个被他开除的"盟主",他真诚地道歉。在暴风雨中,他舍命保护孩子们,为了修一座桥,他想捐出自己的全部积蓄。孩子们爱他也爱得真诚而纯粹,在孩子们眼里,他就是天使。但是他又是一个传统思想很重的人,在这一点上和这里的村民并无二致。文化水平有限,教学水平不高,唠唠叨叨,一个大道理能讲上很多遍,管教方式也不对,学生犯了错就用教鞭抽打。作者就是塑造了一个半是老师、半是家长,既像严父又像慈母,平凡而高大、真诚并不完美的村办小学代课老师的真实形象。

而正是在这个贫穷的小山沟里,从纯真的孩子身上,朴实的乡民身上,特别是从与他朝夕相伴的齐老师身上,小苏老师找到了最高尚、最纯净的东西,那就是生而为人的本真、初心与良善,还有在贫穷环境下自然生长出来的坚韧、乐观、勤劳、友爱、朴实、正直、仁义等优秀品质。他真正得到了"三昧真火"的淬炼,找到了人生的航标和灯塔,他的精神得到洗礼,"三观"改变,情感离民众越来越近,心与蓝溪小学的孩子们紧紧贴在一起。他真正爱上了这里,爱上了这里的学生,把这贫穷的学校当成自己的学校,话里话外全是"我们的学校"。由此他也真正理解了自己女友,懂得了为什么她执意要去大山里支教,消除了迷茫,实现了自我救赎和精神升华。

这部作品还有很重要的一点,就是对于原生态生活的真实再现,既写出了生活中的美好,也写出了生活的粗粝、丰富与复杂;既展示了阳光的一面,也有意无意地暴露了一些丑陋与阴暗,比如张生财拐走郑天齐事件,比如戚海燕的身世。还有作品中两处暗示,当地肯定有拐卖人口、贩卖人体器官的现象。还有很多适龄学生退学外出打工问题,还有教育局要刻意把小苏老师树为徐本禹式的支教典型,等等。

在人物形象塑造上,也没有绝对的好人和绝对的坏人,我想这也是作者的着意设计。孩子们的心地是很纯洁,但不是幼稚,他们为了帮助家里,过早地接触社会,过早地尝到了生活的艰辛,经历了磨难,比如,郑天齐一望便知胖子粮贩往米里掺沙子,故意找碴压价。聪明优秀如郑天齐也会为了受伤的爸爸,偷偷拿走一支云南白药喷雾剂。高尚如齐老师也会因无奈而开除一位学生,他明知道这位学生是为了正义;而且作为老师,他还经常打人。还有商贩张生财,穷途末路之中,险些犯罪,发财之后又拿出钱来赞助他人。戚海燕因为父母超生，从小没有户口，"黑人"一个，因此没资格上中学，要打工也没有身份证。生活逼迫下，她不得不采用造假、贿赂等不良手段。其实，作品中展示的很多故事都是灰色地带，看来作者是忠实于生活的，真实的生活从来就不是非黑即白，作者的艺术功力体现在，既能自然真实地表现生活，又能从中找到闪光的东西，感人的东西。总之，这部作品很好地写出了生活本色，写出了人性的微妙与复杂，这在一般儿童文学作品中是不多见的。他没有虚假地一味歌功颂德、粉饰太平，体现了一位作家的责任与担当。

另外，从作品的字里行间，能真切感受到作者是怀着一腔热血和激情来写这部作品的，从始至终情绪饱满，越到后面情绪越激越，描写越生动感人。其中有很多戏份的处理很用心，很到位，可见在艺术上很用心用情，特别擅长设计"梗儿"，把细节做成打动人心的泪点。当然更值得赞叹的是作者诗性的文笔和诗意的表达，同时自带冷幽默，读来非常生动有趣。

但也有一点不得不说，这部作品有点成人化。内容上虽然没有什么不适合孩子看的，只是不知他们能理解多少，会不会喜欢？这直接关系到这部作品能不能既叫好又叫座。另外，就是作者创作指向是向内的，直指内心，也就是我内心有东西，不吐不快，这种写法的好处是情感真挚充沛，在这饱满情感之下如果对读者能更关注一下就完美了。这样说并不是倡导作家迎合读者，而是心中要有读者。这是两种不同的创作观，值得斟酌探讨。

（本文系 2021 年 3 月 28 日在该书研讨会上的发言）

指点迷津、开卷有益

——读肖复兴的《读书知味》

一口气读完肖复兴的《读书知味》,掩卷细思,深为感佩。一部谈阅读的图书,能写得这么生动、这么有意思,实不多见。更为重要的是它通俗、简洁、明了,一看就懂,一点就透,一学就会。实是一部老少皆宜、雅俗共赏,指点迷津、开卷有益的精品力作。

在这本书里,作者以亦师亦友的姿态站在读者面前,据说肖复兴本人就当过中学老师,懂学生心理,懂教学,知道怎么能把课讲得生动有趣,入情入理,让人爱听。在这本书里,他就是要给你讲一讲,书该怎么读,读书的乐趣在哪里,读书重在读什么,读书与读"人"的关系,等等。全书分五章,每章谈六七个问题,囊括了有关读书的方方面面,泾渭分明,条块清晰,构建起了一个有关阅读的理论体系。另外,此书表面看来说的是谈阅读,其实谈的是艺术,涉及文学艺术创作手法的方方面面,无形之中,也传授了有关写作的技法技巧,从某种意义上说,这也是一本写作指导用书。在写法上,作者非常用心,也非常睿智,每一个问题都不是空谈,而是精心选择两三篇经典作品作为范文,结合范文而谈,有理有据,入情入理,具体而生动。从而把"阅读"这点事,讲得清清楚楚,明明白白。说他是朋友,是说他不妄言、不虚言、不赘言,结合自己的阅读经历,如采花酿蜜般,倾情奉献出自己几十年的读书经验和体会,真诚、亲切、自然,娓娓道来,就像老朋友聊天,与你分享自己读书的心得体会,言之有物,言之有情,言之有理。所以这本书就读得舒服熨帖、有滋有味有收获。

说实话,对于阅读,人人都知道很重要,没有哪一个家长是不鼓励孩子读书的,大家都明白书里藏着智慧,这是比金钱、钻石更宝贵的,也是任何人也拿不走的、受用终身的好东西。阅读为孩子的精神打上底色,阅读改变人生,这些道理人人皆知。而现实是,随着信息时代、网络时代的到来,拇指阅读大大影响了纸质图书阅读,据中国新闻出版研究院发布的第十次全国国民阅读调查结果显示,2012年全国18岁至70岁公民每人平均一年读书量为4.7本,以色列是人均64本,日本是40本,法国20本,韩国11本。还有一种说法是去掉学生必读的教科书,人均每年读书不到一本。有些人除了上学必读书外,一生就没有再读过一本书。现在的一大奇观是人手一机,地铁上、公共汽车上、马路上到处可见手机一族。其实这种拇指阅读是碎片化、娱乐化阅读,不思不想不记,水过地皮湿,造就的是一大批"知道分子",而不是知识分子。在这种社会情形下,《读书知味》这本书的出版就显得更有意义。

常言道:"外行看热闹,内行看门道。"这本书就是教你如何看"门道"的。它的书名叫《读书知味》,强调的是"知味"两个字。我理解"知"就是"品",读书要品味,像喝茶,慢慢咂巴,慢慢品,品它个回味绵长;也像美食家,细嚼慢咽,由口入心,吃它个心满意足。不是猪八戒偷吃人参果,一口吞下去还没尝到个味儿。作者不仅告诉你读书要品味,还悉心告诉你怎么去"品味"。比如,他说,要"做读书的有心人","读书需要联想,要看到文字背后或之外的一些东西",好的文章讲究的是"韵味",我们就是要品出这个韵味来,通过联想,"文字舒展了腰身,如同被水泅开,漫延到更开阔的地方"。他结合秦牧的《社稷坛抒情》、史铁生的《二姥姥》,具体分析作者在作品中是如何联想的,有观点、有事例,具体而生动。当然联想只是读书方法之一,另外还有想象,要带着思想去读,带着问号去读,要学会关联阅读,把两篇同类文章对比着去读等等。

为什么要这么读呢?因为这么读才能读出"韵味",找到读书的乐趣。我觉得这种观点,特别应和了读者的阅读心理。说实话,读一篇小说、散文或者诗歌,有多少人是抱着受教育的目的去读呢?大多数人都是为了"消遣",为了找到心灵的慰藉、情感的宣泄和思想的共鸣,或者就是想从中找个乐子。这就要学会"玩味",在玩味中找到艺术的魅力,品出艺术的韵味来,这就是所谓的"看门道"。若看懂了作家的门道，自然也就找到了乐趣。

因为找到读书乐趣很重要，因此作者用了两章的篇幅讲读书的乐趣在哪里，读书读什么。其中涉及数十个阅读技巧和写作技巧。比如，读书要细读。他举例汪曾祺的《鉴赏家》，通过一个卖水果的小贩和大画家季陶民的交往，说明敏锐而细致的眼光是多么重要。那小贩能通过画上紫藤的乱花看出藤架下有风；画家画了一幅《老鼠上灯台》，他能一眼看出那是一只小老鼠，因为老老鼠没有这个气力，也没有这么顽皮，还把尾巴在灯柱上缠绕好几圈；他还能指正画家画的莲花颜色不对。读书就是要像那位卖水果的小贩一样，能够从细枝末节看出作品的微妙之处。看出来了，乐趣也就有了。另外，他还讲到"以小见大"，好的作品不是大而空，而是从一滴水反映出太阳的光芒。还通过冰心的《小橘灯》讲到寄情于物的妙处，讲到写文章和画国画一样，不要写太满，要注意"留白"，给读者以回味、想象的空间。在写作技巧上，他还讲到插叙的力量，讲到明暗对比、反衬的作用。还有写作要注意细节，因为细节最能展现人物的个性；还通过孙犁的《荷花淀》，讲到"情境"的味道，讲到顺水推船的妙用之功。另外，他借贾平凹之口，告诉读者也是告诉写作者，在写文章时要少用形容词，多用动词，这些真知灼见，都是课堂上听不到的大家经验之谈。还有用拟人化激活文字，通过拟人化的描写让文章变得形象生动起来；还有以多种方式来设置悬念，妙用"重复"等，不一而足。

作为一个著名作家和大刊主编，肖复兴深谙"文学就是人学"，所以他用了整整一章来写"读书与读人"。文学作品最讲究的就是塑造人物形象，所谓千人千面，就是要写足人物的个性特点。从肖像、思想到言行，不同的人有不同的表达方式。我认为古今中外经典名著不胜枚举，但在塑造人物形象上《红楼梦》应该是首屈一指、技压群芳。《红楼梦》中有数以千计的人物，个个形象鲜明，哪怕是一个不起眼的老妈子、老奴才也写得有血有肉、栩栩如生。在这本书里，作者没有谈《红楼梦》，而是举了若干个短篇的例子。塑造人物的手法有很多，作者也没有老生常谈，大概是觉得很多手法人们都已熟知，不必赘言。说他是拾遗补阙也好，另辟蹊径也好，总之他谈的东西比较新鲜。比如讲以物写人，他用艾青的《忆白石老人》举例，从齐白石的画入手而写齐白石这个人。再比如，他用门罗的短篇小说《脸》来谈，如何从最简单的人物关系、最简单的故事入手,平地起波澜,来展示人物错综复杂的心理世界;用冰心的《小橘灯》来阐述怎么以物寄情、以物传情。为了说明"写人是写性格,更是写人物的命运",他用老舍的《骆驼祥子》举例来谈,作家是如何表现人物命运的。我认为他所选的范文都很精当,观点鲜明、角度新颖,通过对作品的分析,读者马上就明白了,哦,原来是这么回事,有醍醐灌顶、一语点醒梦中人的力量,因此公认这是一部阅读点津之作。

对于中小学生来说,此书不只对提升阅读能力、水平有用,对于学习写作也大有裨益。因为在课堂上老师大多是按中心思想、段落大意、写作特点老套路来讲,不会这么讲。所以上了多年学,读了许多篇课文,还是没有学会欣赏,还是一遇到作文就头痛。有此书在手,真可谓踏破铁鞋无觅处,得来全不费工夫,有关写作技巧一看就懂,一学就会。我希望同学们读读这本书,读完以后,再把书中提到的范文找来读一读,读后再品一品,看作者讲得对不对,好不好,也许还会发现自己的独到见解,有新的更多的收获。再把这些技巧吃透,在写作中试着用一用,你的写作功力肯定会大大提升。

(本文节选刊载于《贵州晚报》2018 年 1 月 17 日)

一部纯真而美好的草原颂歌
——读原野的新作《乌兰牧骑的孩子》

乌兰牧骑,这是一个响亮的名字,一个在 20 世纪闻名全国、人人皆知的名字。乌兰牧骑是蒙语,泛指一支支活跃在草原上的文艺小分队,当年他们的歌声不仅仅回荡在广阔而美丽的大草原,很多歌曲都被广泛传唱,有些流传至今,成为经典,是一代人的共同记忆。随着电视、网络的普及,乌兰牧骑完成了它的历史使命,和许许多多时代的道具一样,不知不觉被收藏进历史的皱褶之中,以至今天的孩子对此鲜有人知。好在它并没有被彻底遗忘,只是深藏在那代人的记忆之中,一旦被重新打捞,便会焕发出夺目的光彩。感谢作家原野先生,以一部长篇小说《乌兰牧骑的孩子》,带领我们再一次走近乌兰牧骑,并随他们走进深深的草原,走进那难以忘怀的纯美岁月。

真正优秀的作品从来没有违和感,哪怕你并不熟悉作品里的生活,也能很快地随着作家的笔触,走进书里的场景,走进故事内容,并深切感知作品里的人情冷暖、世态炎凉。不记得是哪位大家说过,一部真正的好小说反映的就是世道人心。这部作品反映的是大情大义,关乎一个民族真诚的历史,关乎中国共产党对刚刚翻身解放的草原牧民的深切关怀。不然怎么会想到这么好的政策,组建一支支人数不多、轻便灵活的文艺小分队深入到草原深处,一方面送文化、送知识、送文明,另一方面送医送药,开展暖心工作,真正把党的温暖与关怀送到最偏僻的草原深处,送进牧民的心中,这是乌兰牧骑组建的初衷,也是乌兰牧骑的神圣职责。

这部作品的感人之处,就在于它真实再现了 20 世纪 60 年代的草原生活,彰显了人与人之间单纯朴实的情感,刻画了一群纯朴善良、坚强乐观的草原儿女,不露痕迹地歌颂了伟大的中国共产党。

20世纪60年代的草原生活,不同于当代。那时牧民刚刚获得政治上的解放,翻身当家做主人,一种发自内心的喜悦之情溢于言表,对党和政府怀着最真挚、最朴素的感恩之心。说起北京,一种神圣的向往油然而生,到北京去,看看天安门,是草原人终生最大的愿望。

和当代比,草原还没有被污染,也没有被现代化、商品化所影响,还是水肥草美的原生态,牧民们也很好地保留着本民族独特习俗和独特文化。自带毡房,逐水而居,夏季转场,冬季抗寒保羔,传统的生活方式,闭塞、落后,牧民们依然在温饱线上挣扎,一顶蒙古包容下了全部家当。但是这一切并不影响牧民的幸福感,特别是听说乌兰牧骑来了,方圆几十里的牧民像过节一样,喜气洋洋地赶过来看演出。作者用了大量笔墨描摹牧民生活和小分队的演出。草原上没有电,一盏汽灯与其说给草原带来光明,不如说给牧民带来了惊喜和欢乐,这样的新鲜玩意他们从来没有见过!而一个小小的半导体收音机,那简直是一件神物,他们想破脑袋也搞不懂声音是怎么来的。每当演出快要结束时,演员们就把收音机高高地挂在白桦杆子上,一群人围坐在收音机前,个个伸长脖子,两眼放光,带着新奇与兴奋,虔诚地聆听来自中央的声音,这便是乌兰牧骑的保留节目。愚昧落后的牧民真是单纯得可爱。

作者不仅展示草原牧民的真实生活,同样满腔热情地描述乌兰牧骑队员的生活。其实真实的乌兰牧骑,大多靠一辆简陋的大篷车,由几个或十几个能歌善舞的年轻宣传队队员组成一个文艺演出小队,常年奔波在草原上,顶风冒雪,不辞劳苦,长途跋涉,从一座蒙古包走向又一座蒙古包,不仅让从来没有看过歌舞戏剧演出的牧民,享受到文艺的滋养,更是通过这种方式把党的温暖传到草原深处,传遍四面八方。从这个角度来说,他们是文艺战士,更是党的方针政策的宣传队,同时还是草原工作队,是真正扎根基层,和牧民心贴心的文艺战士。

该作品中的乌兰牧骑,并非专业演员,而是由两个家庭包括五个孩子组成的一支文艺演出小分队。到位于草原深处的白银花草滩,条件艰苦,家长们本不想带孩子,可是孩子们挖空心思、想尽办法追了上来,其中同一家的三个孩子为了穿过沙漠还差点丢掉性命。他们来到白银花草原,以最真诚、最朴素的阶级情感,和牧民同吃同住,真心实意地关心热爱着牧民。晚上演出,白天帮助当地牧民劳动,送医送药。一个妇女生孩子难产,他们赶紧借出大车,帮忙送到几十里外的旗医院,成功地救了一对母子;几个孩子除了帮演出小队干活,还帮当地牧民捡牛粪;办识字班,教牧民们识字;为了给偏瘫的老奶奶买一剂再造丸,孩子们到处收集脱落的羊毛,把挂在树枝上、落在洗药浴的水池里的羊毛都收集起来,终于实现愿望,帮助老奶奶站了起来。同时他们还意外发现了当年日本军队留下的防御工事,为当地排除了一大隐患。作者通过大量真实的故事情节和细节,很好地塑造了一群善良、纯真、朴实、厚道的草原孩子形象,成功地把我们带进了20世纪60年代的草原,热情讴歌了纯真岁月里,人与人之间的纯真情感,就像水晶一样,不染纤尘。另外,也通过孩子的视角反映了最普通、最本真、最传统的草原生活,写出了这个民族独特的生活习性,独特的文化传统,独特的性格,褒扬了草原牧民乐观、开朗、坚强、勇敢的精神,整个作品从始至终闪耀着温暖、明朗、和谐、自然的光芒,同时又深具浓郁的生活气息和时代气息。正因如此,读这部作品总有一种身临其境的感觉,代入感很强,就仿佛随乌兰牧骑一起走进了纯净的草原,身心愉悦,从头到脚透着一种平和自然的舒适感,这是读其他任何一部儿童小说都没有的奇妙感觉。

更为可贵的是作者站在客观的角度,既写足了乌兰牧骑与当地牧民的真诚情感,同时也很好地表现了孩子们在与牧民的相处过程中,自然而然地受到当地传统文化的滋养,开阔了眼界,增长了知识,受到精神上的陶冶。比如,他们听当地牧民讲蒙古族民间故事,从中体悟传统文化的魅力;从猎人那里习得狩猎常识,对真正的蒙古人流露出真诚的崇拜;在捡拾牛粪的劳动中,感受草原独特的生活习俗,懂得粪便也有很大区别,牛粪最干净,而人的大便则很脏,不可与牛粪摆在一起。而在人与动物的关系上,在猎人的眼里,人是丑陋的,老虎则是真正的兽中之王,是值得尊敬的可汗。这种随时随地获得的蒙古族独特的自然史观,深深影响着孩子们的成长,在他们幼小的心灵里第一次深深植下天人合一、自然至上的传统观念。可见不只是乌兰牧骑帮助教育了看似愚昧落后的草原牧民,草原牧民也在无意中为孩子们启蒙。可见这是一个正向交往,互相给予,双方各有收获。相信你读了这部纯真而美好的草原颂歌般的著作,也会有意想不到的收获。

(发表于《文艺报》2021年4月16日)

亲近母语，他乡情更切
——读荆凡的《遥远的彩虹班》

这是一部题材独特的儿童长篇小说，记述了一位女性中年知识分子在遥远的南非约翰内斯堡，以家教的方式传播中华传统文化的故事。

林如荠在一个浸润着中华传统文化的知识分子家庭中长大，从小喜欢古典诗词歌赋，结婚生子以后，在国企工作的丈夫被派驻到非洲，为了家庭团聚，她带着11岁的儿子来到南非的约翰内斯堡。在完全陌生的国度里，为了排遣孤独寂寞，也为儿子的教育成长考虑，她开始有意识地教儿子中文。消息传开，陆续有中外几家送孩子过来学习，组成了一个小小的汉语学习小组，他们自命名为彩虹班。两年后，林如荠要随丈夫回国了，大家对于这个充满友谊、小有成绩的汉语班是如此恋恋不舍，于是她又费尽周折找到了一位身在南非的退休大学教师，继续把遥远的彩虹班有声有色地办下去。

应该说这是一个平淡的、并无多少波澜的真实故事，读罢却让人内心久久不能平静。掩卷而思，究竟是什么东西打动了人心，我们从中又感悟到了什么？

以我浅见，首先想到的是一个大词：文化。这部作品非常生动形象地诠释了"文化"这个大主题，突显了文化的根脉性。

主人公林如荠生于中国，长于中华，可以说在她出国之前，一直浸润在浓浓的中华文化之中而不自知，直到来到约翰内斯堡，从在飞机上看到迥异的圆形田野的那一刻起，她才意识到自己已被连根拔起，被"移栽"到了一个汉语文化荒漠之中。南非是美丽的彩虹之国，大西洋和印度洋日夜交汇，无数珍奇野生动植物生生不息，商业社会与原始部落和平共存，欧洲的精致与非洲的狂野冰火共存——可是这一切都无法填充她从母语的世界里骤然抽离的失落与孤寂。正如她在"后记"中写的,"这里的中国面孔不多见,中文书更是难觅踪迹,这对长期与汉语做伴的我而言,无异于一场灾难"。

对此大凡有过海外生活经历的人一定会感同身受。跟前没有中国人,耳边没有中国话,眼前也看不到中国文字,满目西洋文,满眼外国人,如果再不懂外语,内心就会更加空落落,凄惶惶。此时此刻,此地此景,缺失了中国文化的浇灌与滋养,内心焦渴无奈,思乡之情不由自主地漫上心头。想家里温暖的床,还有一想就口水欲滴、其实淡而无奇的一日三餐,想有一搭没一搭的邻居,想嘈杂热闹的自由市场、街角修车的老头、斑驳的墙、坑洼不平的石板小巷、高一阵低一阵的街头喧嚣,想到极处,甚至连大街上汽车的喇叭声也是亲切的——其实正是这一切构成了我们安身立命的一方小天地,独特的社会生活中包含着浓浓的文化因子。

文化是什么?对于一个国家来说,文化是民族精神、民族气度、民族个性,文化也是带有烟火气的生活,是一个国家的软实力。相比政治与经济,文化是根基,是立国基础。正因文化如此重要,习近平总书记才多次强调中华民族的文化自信。对于一个人来说,文化是血肉,是根脉,是精神,是气韵,是一个人赖以生存的土壤。无论你走到哪里,文化都会如影随形,你的言谈举止,所思所想,都是文化的外化。人只有生活在自己的文化圈子里才更加怡然自得,身心舒适。而在异国他乡,恰恰缺少这一点,文化氛围变成了最奢侈的向往。为了弥补心中文化的焦渴,林如荠除了感受网络上的中文世界外,最大享受是带着孩子上中国餐厅,吃中国餐,教孩子认菜单上的中国字,逛唐人街,在不足50米的小超市里流连忘返,反复看包装上的字体、间距甚至排版方式,一字不落地阅读包装上的货物名称、说明、使用须知、配料表、用量表等等,此时看每一个中国汉字都如同甘霖。好在,最终她找到了一条滋润心灵的途径,开办了一所辅导孩子们学习中文的小汉语班——彩虹班,在中华文化的荒漠里开辟了一块小小的绿洲,终于如鱼得水般地重回中华文化的海洋怀抱。

林如荠通过教孩子们诗词和汉语,不仅自己找到了"自适的生活",重新连接上了中华文化的根脉,同时也传递给孩子们以中华传统文化垫底的中国精神。

初到约翰内斯堡,林如荠最担心的是孩子的中文会退步,在没找到合适的学校之前,她决定自己教儿子苏远学习汉语和诗词。没想到她的担心正是很多旅居海外家庭的担心,她的想法是一个很典型的、具有代表性的旅外华人的想法。很多中国父母特别是祖父母一代,最担心的就是他们的子孙出国以后,不仅忘了中国语言,不会说中国话,不认得中国字,而且也疏离了中国的文化,全盘接受西方的世界观和价值观,变成黄皮白心的"香蕉人",所以一听说有人教中文,马上把自己的孩子送来。另外,随着中国国力的日益强大,很多外国人也想了解中国,走近中国并与之发生联系,在海外学习中文的人也越来越多,正是基于这样的时代背景,有几个外国孩子也加入到彩虹班的学习之中。

中华文化博大精深,中华古典诗词浩如烟海,林如荠从孩子们的特点和兴趣出发,把中华文化和中华诗词分成专题来教,比如,四时季节、山水情怀、思乡、报国等等。不仅是教他们认识中国字,更注重让孩子们理解诗词的内涵和意义,把中华文化的精髓传递给孩子们。她深知各国文化不同,但绝无优劣高下之分,"要让孩子们善待每一种不同,也珍惜自己的独特"。她这种思想,正是中华传统文化的核心之一,即包容,有容乃大。她希望孩子们在学习"有用知识"的同时,也具备阅读欣赏"无用的诗歌"的能力;在探寻外语魅力的同时,不忘沐浴母语的光辉;希望他们在世界任何一个角落,心中永远有一块属于自己的绿洲,能够战胜困难,与自然和解,与当地社会和解,同时更重要的是与自我和解,自如开合内心之锁,自适地生活。应该说,作者这种博大胸怀和具有现代意识的世界观和人生观,均来自中华传统文化的滋养。她又通过教授古文和诗词,将这种思想以春风化雨、润物无声的方式传递给孩子们,更加凸显了中华传统文化博大精深的内在气韵和与时俱进、具有现代气质的伟大的中国精神。

还有不得不说的一点是作者举重若轻、柔和圆润、不着痕迹的艺术表现力。

我很欣赏作者真实的笔法,平和的心态。她慎用渲染与编造,无意结构跌宕起伏、一波三折的故事情节,哪怕她遭到歹徒抢劫、夜入贫民区,在这样的章节中，也恪守真实，张弛有度。另外，也无意着力描述南非旖旎美丽的风光和独特的人文历史，不靠异域风情博人眼球，而是一切遵从心的方向，从我的所历、所思、所做出发，整个故事情节如小桥流水，不疾不徐，缓缓流淌，大有波澜不惊、水到渠成之功效。最可贵的是，她无意拔高主题，人为增加厚度，将作品染成讨巧、时髦的红色书写。明明这部作品具有这样的潜质，很容易扣上宏大主题，可是她没有这样做，她只据实描写平实的生活，质朴而真实的思想。恰恰唯有真实，才最具打动人心的力量。在她的彩虹班里，有中国孩子，也有南非孩子和英国孩子，不同国度的孩子，年龄相差较大，汉语水平不齐，而他们彼此信任、真诚相处，组成了一个快乐和谐的小集体，孩子们经过两年的学习，学有所得，学有所益，结下了深厚的友谊。以至于在林老师要结束南非之行，不得不回国时，还要千方百计物色一位老师，把彩虹班继续办下去。在一个本来就高、大、上的立意中，作者既没有刻意传播中华传统文化的功利心，更不刻意渲染家国情怀、神圣使命等重大命题，一切都是顺势而为，自然天成。之所以教孩子们学习古文、诗词，是因为她自己从小就喜欢中华传统文化，对这些古诗词耳熟能详，烂熟于心。之所以教孩子们学习诗词歌赋，是因为她认为孩子们学习这些东西，对他们的成长有好处并能终身受益。什么文化、交流、沟通、融入、友谊、传承、使命、担当等一系列美好的关键词，都是作为读者的体认，是我们读此作品的个人感悟。

正因如此，我们才认定，一篇优秀的文学作品一定会具备丰厚的内涵，才可以引得读者从多纬度、多角度进行解读，并从中找到触动自己心弦的部分。我以为《遥远的彩虹班》就具备这样的素质。

（发表于《中国出版传媒商报》2022年2月23日）

一部文学气韵与科学精神完美结合之作

——读吴岩的《中国轨道号》

在文学界和教育界很多人都知道吴岩,因为他太有名了。多年来他一直在大学里从事幻想文学教学与研究,后来又着手人类想象力研究。他有一大堆头衔:教授、博导、中国科普作家协会副理事长、世界华人科幻协会联合创始人等。这是一位集教学、理论研究、文学创作于一身的学者型作家,是科幻文学界领军人物之一。

对于成功者我们总是对他的身世充满好奇,这下好了,吴岩教授在他的新作《中国轨道号》里,自曝个人成长历史,尽管他在本书"后记"里说,"这是一部假想的自传,是给我自己重温过去的"。

之前并没读过更多吴岩老师的作品,对其更缺少研究,只觉得有了这部书,吴岩就不是浪得虚名。这是一部内涵丰厚,具有文学大气象之作。吴岩说这是他的第一部儿童小说,十年前已动笔,因不得法而搁置。可见这部作品在他心中盘桓酝酿已久,厚积薄发,一朝问世,便不同凡响。这部作品集儿童性、文学性、科学性于一身,是文学气韵与科学精神的完美结合,是儿童生活与成人生活的高度融合,是轻与重、大与小、深与浅拿捏得很好的一部力作。

这部作品以20世纪70年代的北京为背景,在天子脚下、举世闻名的王府井旁边有一个神秘的大院,那就是空军第六军事装备研究所,简称军装所,故事就发生在这个大院里。1972年,主人公小岩还是一个小学生,这一年军装所接受了一个大任务,参与中国轨道号的设计,目标是把飞行员送到100千米以上的空中去,故事就以四章的篇幅、围绕着这项前所未有的大工程层层展开。

20世纪70年代初的中国,荒诞岁月即将结束,科学曙光初现,但极"左"余毒未消,一方面是斗志昂扬的科研人员,立志要完成任务、在航空航天事业上建功立业,另一方面,还有诸多不利因素对科研和科学家造成干扰。最典型的例子就是科学怪人老洪蒙冤而死,还有被打倒的老所长不能恢复工作。特殊的时代背景决定了这不是一部简单的儿童文学。实际上,对于这个题材来说,写"深"容易写"浅"难,最难把握的是作为一部儿童小说,如何谨守艺术之本,解决好大小轻重的问题,不能把儿童文学成人化。

看来作者很有创作经验,他牢牢地把握住了儿童视点,全书以第一人称"我"即男孩小岩的角度来描述,从激动人心的大工程开篇,以热点抓住读者眼球,然后笔锋轻轻一转,转到儿童生活上来。第一章叫"水系"。主要故事情节是小岩在一个名叫王选的大孩子家里看到一张老北京水系地图,这张图引起了他的极大兴趣。他仔细研究地图,然后按照地图上的标注,由近及远,开始探索北京水系。先从王府井大街上的"井"探起,进而实地勘察老北京的暗河。几经努力,最终发现北京城的水系隐藏着极大的秘密,即西城是一条明水系,而相对应的东城水系则是由"井"和暗河构成的。作者很好地把握住了两个典型环境,一个是北京,另一个军装所。北京是伟大祖国的首都,有着六百多年深厚的历史文化传统,而军装所又是一个知识分子成堆的地方,是科研氛围最浓厚的地方。对于少年儿童来说,在这样一个优良环境中成长,从小受传统文化的深厚滋养,并在浓郁的科研氛围中长大,科学精神和科学素养的培养是在潜移默化、耳濡目染中自然形成的,这得天独厚的生活环境,造就了大院孩子们从小热爱科学、勤于探索的良好习惯。作者不遗余力地营造了整个作品浓郁的科学文化氛围,为展开故事、塑造人物打下了良好的基础。让一个轻薄的儿童故事始终充盈着深厚的文化内涵和科学气韵。

和当时大多数孩子相比,应该说,军装所的孩子是幸运的,在某些方面,岂止是幸运,简直是幸福。比如,暑假里,军装所给孩子们安排的活动也是其他地方的孩子望尘莫及,甚至超乎想象的。由顾所长亲自出面,特意在青海选择了一块类似火星表面特征的沙漠,举办"火星探险夏令营",他们要从全国选拔一批品学兼优、热爱祖国、热爱部队、热爱空军特种兵事业的孩子参加。身为军装所子弟的小岩，当然势在必得，北京水系研究正是他为参选夏令营而精心准备的强势项目，几经角逐，第一次他却落选了。但这并不能影响他对火星的痴迷，不能参加夏令营，他就颇有创意地用一块"羊肚"模拟火星表面，做出了相当逼真的火星模型，顺利地进入第二批火星探险夏令营活动，并在受训期间，利用自己掌握的科学知识，成功将受困队员救出沙漠。通过一系列生动情节和细节，作者把一个热爱科学、热爱航天事业、肯于开动脑筋、积极探索、不屈不挠的少年形象完美地塑造起来。

其实小岩的"科研"活动还不止于此，前两章是纯粹的儿童生活，后两章作者又让他走近科学家，亲历科学实验，并最终为科研事业做出了特殊贡献。在和科学家的接触中，对他影响最大、可谓终生难忘的人是科学怪人老洪。这是一个长相丑陋、性格怪僻、不谙人情世故，说话办事耿直粗暴，一心痴迷于科学研究并颇有成就的老科学家。小岩跟着他学习观察天象星座，从而对天文学产生了很大兴趣。遗憾的是当时"文革"余毒未消，有人告密，说老洪借观察星象通敌，于是老洪被强迫遣送回老家，不久便含冤而死。这一章名为"飞堑"，意指飞行器进入大气层之后，有一段通信盲区，也暗指国家政治上的"飞堑"。依我看这是全书写得最好的一章，甚至可以独立成篇。在这一章里，故事情节高潮迭起，人物情感层层递进，把小岩对老洪，由怕到爱、再到敬仰、再到痛惜的过程，细致入微地表现出来。成功塑造了一个心地明澈单纯，痴迷科学事业的老科学家形象。同时通过老洪的人生悲剧，深刻揭示了时代之殇，赋予了这部作品更深刻的社会意义。

除此之外，作者满怀真情，通过一系列精心设置的故事情节，精心塑造了周翔、王选、小岩父母、顾所长等多个人物形象，包括具有赤子之心的科学家和有追求、有抱负的少年形象，并以这样一个群体形象，构成了这部作品的主旋律——一切为了祖国，为了航天，为了孩子，为了未来。

在精心编织故事、塑造人物形象的同时，把科学与文学自然结合起来也是这部作品的一大特点。作者发挥了自己科学素养深厚、知识丰富，并具有多年从事科幻创作经验的优势，让这部儿童小说在讲故事的同时焕发出了多姿多彩的科技之光。如果说现实生活是夜空，那么科学知识就是繁星点点，试想没有星光的夜空是多么了无生趣。这些信手拈来的科学知识和令人耳目一新的新名词、新概念，犹如灵光乍现，闪耀着作者智慧的光芒，不仅满足了读者的阅读快感，同时也充实了阅读者的大脑，开阔了眼界，丰富了知识，整个故事也因此变得充盈而丰满，妙不可言。让文学与科学在一部儿童作品中互相辉映，又相得益彰，真的别有风味。更可贵的是作者并没有在自己熟悉的科学领域内信马由缰，相反他很节制，把科学与文学的比重拿捏得很好，牢牢把握住了一部儿童长篇小说的艺术特质。

另外，这也是一部深具现实意义的作品。应该说今天的中国与20世纪70年代相比，已不可同日而语。社会进步、科技发展一日千里，令世人刮目相看。但是也要看到，有很多好的传统、很多中华民族的优秀品质被丢弃、被侵蚀，甚至被消磨殆尽。如果说当代人与20世纪50年代到70年代的人有什么不同，我认为最大的不同是初心不再，纯粹不存，再也难寻像顾所长、小岩爸爸那样朴实而纯净的人；再也难寻像科学怪人老洪那样不计名利、率真耿直、痴迷科研之中不能自拔的人。如果讲初心，我觉得他们是最具备科学初心的人，在他们身上体现出来的纯正而纯粹的科学精神，正是我们这个时代所缺失的，尽管今天科学技术进步很快。这真是一个令人尴尬的时代悖论。

对于当代孩子们来说则是另一种失落，即被升学考试以及各种各样补习班挤压得喘不过气来的中小学生，再也难有像小岩那样宽松自由的生活环境，可以随心所欲地去发展自己的兴趣爱好，从事自己所喜欢的科学探索活动。今天我们生活条件这么好，难道不应该把成长的空间还给孩子们吗？可以断定，假如没有童年的小岩，就不会有今天大名鼎鼎的吴岩教授。

（发表于《中国新闻出版广电报》2021年3月17日）

一部有故事、有灵魂的厚重之作
——读殷健灵的新作《访问童年》

殷健灵的新作《访问童年》，是一部有故事、有灵魂的厚重之作，值得好好阅读，细细品味。作者访问了26位不同年龄、不同身份的普通人，忠实记录了他们的童年故事，同时辅以精辟论述与评点。这是一本经过作者深思熟虑、用心设计的大书，体现了作者独特的视角和才情，举重若轻、有宽度、有长度、有厚度，而且还有温度。

首先，这是一本慧眼独具的书。童年，这是一个多么诱人的、多么具有人生意味的话题。正如作者在自序中所说："访问童年，其实是访问一个人的精神故乡。这不仅是因为童年决定一生，更因为，一个人毕其一生的努力就是在整合他自童年时代起就已形成的性格。人的一生看似是走向遥远的终点，本质上却是迈向生命的原点。通往童年之路，就是通向内心和自我之路。"作者这段充满哲思的议论，精辟而深刻。正因为童年对于我们每一个人的人生的重要性，以及童年的不可取代、不可复制的独特性，决定了这本书的普适性，即不同年龄、不同层次的读者均可阅读，孩子可读，大人也可读，教授学者可读，贩夫走卒也可读。可以是浏览式的粗浅阅读，也可是反复玩味、深入思考的深度阅读。作者选择了这样一个题材，真是慧眼独具，很有见地。

其次，这是一本共鸣性极强的书。这本书提供了多重、多义、多角度的解读与诠释的可能性，内涵很丰富，话题感很强。比如，可以从人生的角度来解读，还可以从社会学的角度、心理学的角度、教育学的角度甚至是宗教的角度来解读。而且面对同一个人、同一个童年故事，人们的感受是不同的，不同的人会有不同的解读。也许有人从中得到的是人生经验与启迪，有人从中得到的是教训与警戒。读这本书,是一场观赏他人与反省自我的精神共振,是回望童年与思考当下的人生反思,它是大众的,也是学术的,是一本大众性与学术性兼具的书。

值得赞赏的是作者以"写在边上"为题的点评,或议论,或点拨,或补充,总之都是锦上添花的点睛之笔。有了这一笔,平面的自我叙述不仅有真情实感,而且变得立体化,有内涵、耐品味。那些感性的故事得到理性光芒的照耀之后,故事就有了思想、有了灵魂,其内在品质得到升华。

同时这还是一部以孩子生活为表现主体的百年社会生活画卷。这本书通过 26 人的童年追忆,像水过留痕,大写意式地描绘了一幅中国社会百年生活画卷。童年成就一个人的性格,决定一个人的一生,给人生及精神打上深深的烙印,同时不同时代的童年生活,也给社会打上深深的烙印。一个时代有一个时代的童年生活,从这个意义上说,这部作品呈现的个体童年又具有一定典型意义,他们是个人化的,独特的,同时也是社会的,是我们分析认识某一阶段社会形态的典型范例。

这是一部很有立体感的书。有可待挖掘的长度、宽度和厚度,同时质感也很好,自然、质朴、温暖、实在。在这部书里,大多数童年生活是不快乐的,有各种各样的苦难、悲伤、孤独、不幸。我有时想是不是苦难写得太多了。其实,不怨作者,人的记忆很怪,快乐如光,一闪而过,伤痛却如刀,划过后就留下疤痕。因为本书是从成人的角度追忆童年,回望童年,才会讲出如此多的苦难和伤痛,如果是让一个孩子讲讲自己当下的生活故事,也许快乐就会多一点。可喜的是,作者没有沉溺在灰暗悲伤的童年叙事之中,在每个人的童年故事中,我们总能找到光,找到向上生长的力量。同时,我们也看到当那些童年不幸、生活无助的孩子,在失去了家庭之暖、父母之爱后,总能在邻居、老师、伙伴,甚至保姆那里找到关爱和温情,一方面说明人间自有真情在,另一方面孩子们那颗感恩的心一直都在,这也构成了这本书的另一种美,人性之美、人情之美。

一口气读完这本书,掩卷而思,深有感触与启迪。我想从教育的角度,简述一下自己的感受。

第一个关键词是土壤。人就像一粒种子或者是一棵树,落地生根之处有很大的偶然性和不可选择性，你不能选择地域、国籍、家庭、父母，作为一个孩子，也无力阻挡天灾人祸、亲人的生老病死、家庭变故，甚至连父母吵不吵架、离不离婚也不能左右，这就是人生的无奈和童年的无助。在这部书里，绝大多数人的童年之痛来自家庭变故或其他人为因素。比如，生于1954年的沈金珍，父母先后不幸去世，生活的重担过早地落在几个孩子身上，她13岁就去给人家当保姆。贫穷与苦难并没有把她压垮，反而磨砺了她立志发奋、坚强不屈的性格。还有"文革"中父母相继蒙难的徐晓放，8岁那年不得不开始一个人的生活；还有父母去援藏，一岁多就离开爸爸妈妈，和奶奶一起生活的张圆圆——这些残缺的童年生活，让孩子们过早地承担了本不该承担的生活重担，与之相伴的还有精神上的孤独无依，这样的处境，带给孩子的只能是伤痛和苦难。这些故事从反面告诉我们，童年本来就是稚嫩的、易伤的，弱小的、无助的，给孩子提供一个幸福成长的土壤才是成年人应该重视的问题。包括远离战争、社会安定、父母双全、亲人平安、无病无灾、身边有爱等等。比如，文中有几位出生于20世纪二三十年代的老人，生逢战争年代，无论家境贫富，他们的生活都沾满了血和泪。其中有一家很富有，但红木家具都被日本兵劈了当柴烧。覆巢之下岂有完卵，苦难童年正是苦难中国的缩影。还有两个生于"文革"动乱年代的孩子，父母蒙难，自顾不暇，孩子们野蛮生长，学业荒废，身心受到极大摧残。

另外，即使不打仗，社会相对安定，也有很多孩子的童年是破碎的、残缺的、不健全的，这些孩子成长的土壤依然是贫瘠荒凉、缺少关爱。即便是父母双全，因为父母不懂爱、不懂教育、不懂孩子心理，也会深深伤害到孩子幼小的心灵。其中有一个孩子恐怕一辈子也忘不了，她妈妈把她一件漂亮的粉红色全毛毛衣，染成了又深又暗的绛紫色，就因为粉色不经脏。这本书，通过无数大大小小、正面的反面的例子，告诫我们，针对童年来说，家庭是地，父母是天，爱就是阳光雨露。成人所能做的，就是呵护童年，呵护成长，静待花开。

第二个关键词是力量。成长本身就是一件苦事，是一件不容易的事情，就像一颗种子，顶破泥土，栉风沐雨，顽强生长一样。我们都在讲人生建构，其实人生的建构始自童年如何建构，而在童年建构上主要取决于大人。恰恰大多数时候，面对孩子的成长，我们只是旁观者，不能代替他们成长。我们所能做的是抚养与教育，陪伴与关爱，扶持与鼓励。既不能越俎代庖，也不能放纵不管，更不能揠苗助长。对于成长中的孩子，我们只是助力者。

而最好、最重要的助力，就是激发孩子内在成长的力量。这是本书中的孩子们给我的启示。比如，生于1983年的白茉莉，她很自信、很强势。那个惊世骇俗的题目首先吸引了我，"什么是完整的家，和有没有父母无关"。显然，这种说法有悖常理，好像宣言一样，对父母在不在、管不管无所谓。这孩子是家中的第二个女儿，因为父母一直想要一个男孩，无奈的是生了5个女孩以后才如愿。她从小就被送到爷爷奶奶家，其实叔叔的关爱一点不少，他们过着贫穷并快乐的生活，她阳光、开朗、自信、自强，犹如一棵不服输、不低头、不信命的小草，倔强而顽强地生长着。她的故事让我很有感触，贫穷与不幸，不是都生长苦难与怨艾、自卑与懦弱，自古寒门出英才，这样的例子很多。

书中还有一个富家子弟，一个叫鲍展鹏的男孩子也让我非常感动。他出生在一个知识分子家庭里，家庭条件优越，上的是国际学校。这是个有理想、有抱负、有思想、成熟自律又脚踏实地的孩子。他中学时开始读马克思、卢梭等伟人的著作，对人生、社会、对世界都有自己独到的见解。他成长的姿态那么美，双脚紧紧地踩在地上，昂着头，向着太阳自由舒展地健康成长，令人感动与难忘。

还有那个后天失明的盲孩子，为治他的眼睛，父母竭尽全力，跑遍全国各大医院求医问药，在经历了无数次打击之后，他爸爸终于对儿子说："我们没有能力照顾你，你必须自立。"我想当他父亲说出这句话时，肯定带着锥心之痛和深深的无奈，好在这个孩子经过炼狱般的挣扎，凤凰涅槃，终于站了起来，在音乐中找到精神之光，找到人生前行的力量。

我认为一部优秀作品，不只是为了博人一笑或让人一掬同情之泪，从别人的故事中，读者所要找寻的不只是同情与悲悯，还有感动、启示和力量，还有人生的回味与思考，从这个意义上说，《访问童年》做到了，而且做得特别出色。

（本文系2018年12月8日在该书首发式上的发言）

《蓝海金钢》：深蓝国土的坚贞信念

读了陆颖墨的新作《蓝海金钢》这部作品，脑子里突然冒出一句话："知己知彼，百战不殆。"这位作家以及这部作品很好地诠释了这句古语。从作品可以看出，作者生活积累厚实，对海军生活十分熟悉，对海军战士的所思所想有深切体察，同时了解南海独特的自然环境。作品的主人公除了军人，还有一条军犬。当然，作者很懂军犬，有这方面的生活体验，有生活，不胡编乱造，这是作品成功的基础。同时也能看出，这位作者在创作上有实力，文笔从容不迫，自信而老到，作品读起来很流畅，波澜起伏且没有疙瘩。另外，他很懂读者，知道十几岁的小孩子喜欢什么，更可贵的是知道怎么才能叫他们喜欢。各种因素齐备，才有了这部堪称南海颂歌的成功之作。

首先，这部作品题材好。南海和西沙是我国的国防战略要地，近年局势紧张，时常出状况，越南、菲律宾船只经常来骚扰；再就是我们在南海搞填海建岛工程，利用高科技吹沙船，建成了几座岛屿，人称不沉的航空母舰。美国针对我国在南海建设，小动作不断，时时在提醒我们要保持高度警惕，所以南海的战略地位很重要。南海的经济地位也很重要，南海石油一直是几个周边国家争抢的重点，我国在南海也建有海上石油基地。再一个就是南海的自然风光，碧海蓝天，有全国最大的珊瑚礁群，奇异的热带自然风光也很吸睛。总之，南海和西沙本身就是充满神秘感的热点地区，这个题材无论从哪个角度去写，都有故事，都会引起关注。

但是作者并没有去写这些高、大、上的东西，而是从儿童本位出发，着力展示了两个最能吸引孩子注意的东西，那就是军人和军犬，紧紧抓住了孩子们的兴奋点，孩子们崇拜解放军，更喜欢军犬，特别是男孩子。假如这个作品不写军犬，只写军人，那就会逊色得多。军人和军犬，你中有我，我中有你的生死战友情，构成了这道独特的南海靓丽风景线。

同时这部作品充满了英雄主义精神，是响当当的主题出版。南海岛礁星罗棋布，每个岛礁都像珍珠一样，小而美，小而险，高温、高湿、高盐、台风、恶浪、险礁，对于守岛战士来说，环境恶劣，条件艰苦，对每个人都是意志、品质的考验。该作品把守卫祖国边陲的军人和军犬的内在精神品质充分体现出来，对于当代少年儿童就是最好的教育，再加上它写足了军人与军犬之间生死相依的战友之情，作品就更加打动人心。

题材好是基础，最关键的还是有一个好故事。其实对于一部儿童文学来说，最重要的是故事，爱听故事是孩子的天性，一部作品，孩子们首先看的是故事，这是儿童文学和成人文学最大的不同。成人文学作家可能不屑于写故事，认为那太轻浅单薄，不入流。成人作品更注重写人情世故，深刻揭示社会现实和世道人心，这当然值得大力倡导。但儿童文学不同，碍于孩子们涉世不深，认知水平有限，儿童文学在注重立意与内涵的同时，首先要有一个好故事，这样才能吸引孩子们注意力，只有读进去之后，才能谈别的东西。这部作品故事就写得特别好。

首先是故事情节紧凑，波澜起伏，一波未平一波又起，始终处于一种高昂的激情描述之中，悬念迭出。作品开篇是特种兵训练，钟金泽超优秀，当你以为这部作品是写一个特种兵成长故事的时候，故事轻轻一转，钟金泽训练中腿断了，他自己选择到南海六号岛礁去。当你以为他自己独自前往的时候，另一个主角军犬金钢上场了，当你以为金钢是最优秀的军犬、高调上场的时候，它在船上晕得七荤八素，别的狗都不晕了，它还晕，以至于差点就去不成了——作品总是在这出人意料又情理之中的布局中，一环紧扣一环地展开故事情节，让我们领略到一个又一个惊喜。

另外，这部作品采用的是儿童文学中常见的单线条结构，却是双主角设置。一个主角是优秀的出类拔萃的特种兵战士钟金泽，另一个则是军犬金钢，两个形象都塑造得非常到位。在笔墨的分配上，似乎军犬金钢更强势一些。

对于军犬金钢,作者完全把它当成一个人物来塑造,有故事,有形象,有情感,更有撼人心魄的内在精神。在作者笔下,钟金泽选中的这条军犬,是一条沉稳型、感知力特别好、擅于思考、能独立作战、意志品质特别顽强的军犬。作者稳稳地把握住了这一特点,依据它的个性来设计故事情节,总能独辟蹊径,绝境逢生,大放异彩。无论是在海上开辟新的巡查路线,还是下海救人,金钢总是表现得与众不同。为了增强故事性,作者总是把这条狗写到置之死地而后生的地步,凸显这条军犬的坚毅品质。比如,当它晕船晕到吐出胆汁,以为它无法适应海岛生活的时候,它顽强地站了起来。尤其是在最后,在一个篮球场大的岛上,在高温、高湿、高盐的恶劣环境下,每天看到的除了海水就是蓝天,战士们和军犬一同过着寂寞的生活,人一般三个月就要换岗,军犬也一样,几个月就要换岗,不然就会精神错乱出意外。金钢没有换岗,果然就抑郁了,开始咬人。对于一条军犬来说,这就废了,不能再继续留下去了,必须要退役。但没有船来,走不出去,金钢只能被就地处决。钟金泽哪里忍心亲眼看着金钢被处决,因此就有了让金钢独自漂流回到南海六号岛上去的一系列感人的、惊心动魄的故事,这又是一场置之死地而后生的精彩描述。

与塑造军犬金钢形象的艺术手法不同,在塑造军人钟金泽的形象时,作者总是让他处于两难的选择中,在选择之中彰显军人本色。比如,第一次选择是从前途无限的、人人羡慕的特种兵转行,在两个选择中他选择了到更艰苦更危险的海南六号岛上去当一名普通战士,彰显了一位普通战士高尚的理想主义情怀。第二次选择是上级决定推荐他上大学,他放弃了,他放不下金钢,放不下海岛。在此不得不说一位老士官王海生对钟金泽的影响。作品用了大量笔墨,很好地塑造了王海生这个军人英模形象,在他身上集中了军人的一切优秀品质,最后牺牲在海岛上。受王海生影响,当钟金泽面临再一次选择时,他以"做了就是得到的精神",不计个人得失,甘愿像老士官王海生一样,选择了继续留在海岛。两年后,他提了排长,但又一次面临选择,是继续留在六号岛还是到西沙去,谁都知道西沙比六号岛更艰苦,他还是义无反顾地带着金钢前往。故事的最终结局是,因为多年扎根海岛,钟金泽留下一身伤病,患上严重的风湿性关节炎。但他无怨无悔,他想好了,退伍以后,就到退休军犬队去养这些退下来的军犬,他知道每一条军犬都有一个故事。读到这里,真是让人唏嘘感慨,热泪盈眶。作品很好地展示了一个军人的情怀和大爱,概括起来就是两个字——忠诚,对国家忠诚,对人民忠诚,对于和自己朝夕相处的战友忠诚,哪怕它是一条军犬。

(发表于《文艺报》2021年2月5日)

《深蓝色的七千米》的三大看点

很久以来，我们都在期待中国作家能用孩子喜欢的中国语言、中国方式讲述中国故事，特别是我国改革开放以来，昂扬向上并取得世界瞩目伟大成就的新时代的中国故事，今天终于有了这样一部作品，那就是于潇湉的长篇小说《深蓝色的七千米》。在我有限的视野里，这是一部题材独特、风格独特、艺术上比较成熟的主题出版之作。这部作品进一步证明，讲好中国故事最好的方式就是文学。这部书就是把文学与科学完美结合，如果说科学是骨骼的话，文学就是血肉。文学让科学变得有血有肉、有情感、有生命。在这部作品里，作者饱含激情，生动展示了中国几代人的家国情怀、爱国之志，从故事到人物，无不闪耀着科学之光、励志之魂。

这部作品有三大看点：

一是蛟龙号。蛟龙号本身就有吸引人眼球的巨大魅力。这艘最深能下潜 7062 米的潜水器，是我国近年发明的科技重器之一，在世界上也居于首位。在没读这本书之前，或者在没有阅读过有关深潜器资料之前，它就像一个披着面纱的神秘女神，隐没在多种国之重器之中。我们总是怀着极大的好奇心，急于了解有关深潜器的一切。比如研制它的重大意义，它在世界同类潜水器中的地位，它长什么样，它为什么长成这样。它是怎么工作的，深潜 7000 多米意味着什么，又有什么危险，在蛟龙号的研制和下潜中都发生了哪些故事。围绕着蛟龙号读者有一大堆问题急切地想去了解。

作者是深知这一点的，她通过虚实结合的方法，把与蛟龙号有关的科学知识，巧妙地融入到故事之中。开篇"引子"就是蛟龙号下潜，在一片位于

3000多米奇妙瑰丽的海景描写之后,危险突然降临,蛟龙号靠近一个火山喷发形成的"黑烟囱",它身上最脆弱的玻璃窗很可能受损。主驾马上决定上浮,而就在决定上浮时,蛟龙号出现故障,一块压舱铁放不下去,这意味着什么?意味着蛟龙号很可能浮不到海面上来,永远沉在海底。这样具有戏剧性的故事情节,是不是作者为了吸引读者编织的故事?不是,这事故是真实的。在结构这部作品时,作者很睿智,很聪明,巧借实事,为我所用。她不是还原现实,而是创造现实,真真假假,虚虚实实,把蛟龙号本身发生的惊心动魄、命悬一线的故事一个个融入到作品之中,创造了一个艺术上的真实世界,随着故事的进展,一层一层揭开了蛟龙号的神秘面纱。

这和单纯的科普作品有很大区别,很多科普作品都比较生硬枯燥,作者和编辑也试图尽量搞得通俗生动一些,比如用图文并茂的形式、通俗的语言讲高铁,讲火箭,还有介绍天眼、大飞机、模拟太空生活的故事,题材都很好,可惜写得好的不多,真正的文学作品更是罕见。

在这部作品中,作者通过文学的笔法写蛟龙号,通过生动的描摹、氛围的打造、深入细致的刻画,达到了妙笔生花、栩栩如生的境界,让一个冷硬的铁家伙在作者的笔下,在读者的心中复活了,具有很强的质感。看了这本书以后,它不再是一个抽象的科技产品,一个符号,而是鲜活的、有形象的、可爱的、有生命、有感染力的家伙,一闭眼睛它就在眼前,如果再有人问起深潜器蛟龙号,我也能现学现卖地介绍一大堆。

第二个看点就是作品本身。这是一部结构严谨,故事生动,人物形象十分鲜明又充满正能量的纯小说。按照文学艺术的标准,从题材、结构、立意、故事到人物、语言等各个要素来衡量这部作品,都是不错的。我比较欣赏它的故事内容,依托蛟龙号,但不完全依靠蛟龙号,而是把蛟龙号的硬核掰开揉碎了,融化在作品之中,变成艺术作品的一部分,如骨骼如血肉,它不是支棱在作品之外。作为一部小说,它完全遵从小说的艺术手法来结构故事,塑造人物。在故事情节上作者很注意悬念的设置,开篇是蛟龙号事故的悬念,接下来是人物形象的悬念。主人公付初的悬念来自他对爸爸的认可,他爸爸在向阳红9号上工作,和深潜英雄同姓,同学们都误以为他的爸爸就是深潜英雄付云涛,遗憾,他离英雄只有一步之遥,他不是英雄而是个大厨,一个在船上做饭的，这让爸爸的形象在儿子心中，在同学面前大打折扣，付初能不能转变对爸爸的看法，是小说的一个看点。另外一个人物是唐冉，因为家境困难没考大学，但他痴迷海洋事业，他爸爸就是考蛙人没有如愿。他先是考蛙人，受伤又落选，是付初为他悄悄报了名，又去考深潜员，他能不能成为深潜员又成了一大悬念。第三个人物是神秘的、想来就来、想走就走的小女孩梅兰竹，她的身世和来龙去脉更是一大谜团，作者一再把读者往"间谍"上引导，根据她的行为，我们也真怀疑她很可能就是个间谍，而且是外国间谍。三个主要人物每个人都很有故事，很有看头。当然，作品中的悬念远远不止于此，作者调动了很多艺术手法，时时牵动着读者的心，让你欲罢不能，一定要一口气把这部作品读完不可，这种高度重视可读性的作品，也是不多见的。

不得不承认，这是一部反映现实生活的、高大上的、主旋律作品，应和了上级有关部门的期望。从另一个角度说，像这样一部作品，很可能直面去写"英雄"，写伟大的英雄的深潜员，他们就在其中；写英雄群体，这个英雄群体也在其中。比如，付初的爸爸、妈妈、住院的老科学家、蛟龙号的总设计师以及在母船向阳红9号上工作的船员和勇敢的蛙人们，事实是作者的笔墨并没有聚焦在他们身上，给他们的定位是平凡中的不凡，平时他们就淹没在人群中，但他们每个人身上都有闪光的品质，需要我们用心去感受。付初正是通过日常的点点滴滴真正感受到了爸爸的不凡，发自内心地敬佩爸爸，爱爸爸。这种转变就是价值观的转变，特别真实、特别深刻、特别感人。这种对人物的把握也证明了作者艺术上的老到，作为一个年轻作者非常难得。

由此可见，这部作品不是不写英雄而是会写英雄，懂得英雄也是平凡人，英雄就在民众中。我们要注意从小培养孩子的英雄情结，让他们立大志、成大才，所以她的笔墨始终围绕着三个具有海洋情怀、立志成为新一代海洋人的青少年做文章，深入细致地刻画出了他们每个人的个性。作品的内容非常丰富厚实，既写了他们的率真友谊，也表现了两代人之间的矛盾和亲情，更感人是他们面对困难时的勇气和志气，在他们身上，让读者感受到了沉甸甸的"成长"的分量和清晰的成长轨迹。这是一部有大格局的时代赞歌，但更是一部真实感人的少年小说。

第三个看点是环境、场景的描述和氛围的营造。这也是很能体现作者艺术功力的地方。比如,对青岛这座城市的描写,街道什么样,建筑什么样,风的味道,海的气息,海浪冲刷后的海滩,以及暖烘烘、潮乎乎的气候,把一个真实的触手可及的青岛展示在读者面前,让我们爱上青岛。而写得最生动的是大海,比如,第222页有关天与海的描写,第87页有关海浪的描写,还有顶着巨大的海浪,蛙人怎么去拔插销,让蛟龙号脱离母船;蛟龙号下潜到多少米是什么景色,海底下景色的瑰丽与奇妙,都有细致生动的描摹。作者的语言生动准确,而且有诗意,很懂儿童文学怎么写,在写景状物上不铺展,很懂得适可而止。没有作者这种如花妙笔的描述,这部小说绝没有这么好看,单纯从写作的角度,少年儿童也应该好好读读这部作品。

(发表于《文艺报》2019年5月17日)

为了那不安分的灵魂
——评周晓枫和她的长篇童话《星鱼》

　　20多年前，周晓枫大学毕业，入职《儿童文学》，在中少社待了几年以后，转入成人文学领域，并在文学创作特别是散文创作上取得了很大成就和知名度，成为当今著名的年轻作家。今天她又返回头来写儿童文学，依然是有童子功，老把式，驾轻就熟，出手不凡。接连读了她的《小翅膀》和《星鱼》都非常好，《小翅膀》获得2018年中宣部的"中国好书"奖，《星鱼》在《人民文学》上发表以后，也引起了很大反响。

　　都说文如其人，依我对晓枫的了解，《星鱼》里有她自己的影子，她就是一个有梦想，不安分的人。乐于过新奇的、有激情、有追求的生活，如果老让她过一成不变、一眼就望到头的生活，那还不如去死。所以至今为止，她已经折腾了好几个单位，好几种角色，在每一个岗位上都做得有声有色，但她绝不是好高骛远、没长性、这山望着那山高的纨绔子弟，她心里对名利地位、仕途前程什么的都不太在乎，她追求的是一种丰富精彩的人生，要体验人生的不同味道，生而为人，不白走一遭，有着一种很高的精神追求。书中的小驽就是她的人生写照，她借这个人物，很好地表达了自己的人生观和价值观。

　　《星鱼》是一部想象大胆、内容丰富、思想内涵很丰厚的童话作品。故事主线非常清晰，艺术手法也比较传统。作品就一条主线，紧紧追随着星星小驽的行踪来写，运用的是童话作品中常用的移步换景的手法，让我们不由想到经典童话《小蝌蚪找妈妈》。但在《星鱼》里面是小驽找哥哥，不过就内容和思想内涵来说，这两篇可是天壤之别。

　　一颗星星为什么要受许愿天使的蛊惑，受一个星星变大鱼的民间传说的影响，非要跳到大海里变成一条大鱼呢？星星小弩这个异想天开的想法，其实就是人类想上天的逆向思维的翻版，这是一种非常可贵的精神。试想如果没有人类想上天的狂妄之想，哪有今天的飞机、火箭、航天器？哪有外太空科学？人类怎么能登上月球进而还想到其他星球去看看？在小弩身上体现了我们人类的伟大梦想和伟大精神。在作品的前两章，作者用诗性的语言，非常生动地描述了星星变大鱼的过程，其实就是"凤凰涅槃"的过程，把那种血与火的历练、生与死的磨难，写得十分真切感人。唯有把这种磨难写足，才能更真切地表达小弩的坚强意志和不屈不挠的精神，满怀激情地讴歌了这种不畏艰难险阻的追梦精神。里面有一段话，表现小弩的生活理念，写得非常好，也可以说是主导小弩纵身一跃，开始一个新的人生的宣言。他说："小弩，偏偏情愿冒险，拿闪耀的星途去换短暂的鱼生——不，是余生。星际浩渺，可小弩觉得，单调的生活美好却消极，一眼望到未来和终点——他不想要。"他对哥哥小弓说，"这种活着就像死了一样的活，不值得歌颂，没有起伏，没有意外，没有奇迹——我会不甘心的。"

　　遗憾的是，这想法虽然可贵，但这是小弩的想法，是他的人生观，哥哥小弓并不这样想，他没做好离开星空的准备，他不知跃入大海变成一条鱼有什么意义。更遗憾的是，哥哥小弓对弟弟小弩的情感是如此之深，对小弩是如此依恋，他不能想象在没有小弩的日子面对一块闪亮虚空他怎么过，所以当小弩趁他睡觉悄悄离开的时候，小弓也跟着跳下来了。

　　这种构思实在是太巧妙了，既合情合理，又为本书设置了一个宏大而广阔的场景，兄弟二人以不同的心态进入同一个场景，故事内容就不是一加一等于二，可以写得非常丰富生动。同时也给作者诠释另一个更加深刻的思想内涵提供了一个厚重可信的内容基础，即追求梦想与自由固然可贵，但更可贵的是爱与责任。这是这部作品要表达一个重要思想内涵，对于青少年尤其弥足珍贵，也更有针对性。年轻人有追梦的理想和冲动，脑子一热就做了。接下来的是什么？是面对实现理想的困窘艰辛和危难能不能承担，是你的行为给家人造成的影响，你能不能担起这份除了对自己负责，还要对家人负责的这份责任。作品成功地塑造了小弩这个有理想、有抱负，同时又有大爱、有责任、有担当的少年形象。令我们非常感动的不是小弩为了寻找哥哥历尽了怎样的艰辛,而是最后,当他发现哥哥搁浅在一片潟湖上,本来死里逃生的小弩一定要追随拖船而去,"这时小弩做出一个决定,人类把小弓运到哪里,小弩都决定追随,无论是上天堂,还是下地狱。小弩会陪伴到最后"。最后结局是什么,是人类把两只鲸鲨运到了水族馆里,最令人唏嘘不已的是哥哥因为长时间缺氧,大脑受损,他已经失去了记忆,并不认得那只整天伴他而行的鲸鲨就是自己的弟弟小弩。即便如此,小弩对哥哥依然不离不弃,无怨无悔地陪伴在身边,这种手足之情不能不令人感动。

而最让我们感动的还不是故事,而是精神。对于小弩来说,从他最初一心要追求梦想,追求自由,追求心之向往,到大海里变成一条鱼,到他终于来到大海,见识到大海的狂风恶浪,经历了人间的种种艰难险阻。其间他见到了鱼类恶行,也曾受人欺侮,同时他也帮助过别人,和白鹤结下终身的友谊。可以说他尝遍了人生的酸甜苦辣,他把自己弄得遍体鳞伤,确实有了一个丰富无悔的人生,但他的心灵却是充盈而美丽的,他获得了一个神圣而高贵的精神。他陪伴着一个失忆的傻哥哥,被关在一个有限的局促的狭小空间内,但他的心灵是自由的,他获得了超乎自然和现实之外的安逸和满足。这本书与其说是一本内容丰富的童话故事,不如说是一本生动感人的精神教科书。

另外,这部作品中蕴含着大量有关海洋和海洋生物知识,也是给青少年提供了别样的学习内容。

如果说不足,这部作品写得"紧"了点儿,"满"了点儿,不够从容舒展,整本书有一种剑拔弩张的感觉。作者追求一种"极致",一颗星星从星星变成鱼的极致痛苦、小弩为了找哥哥不惜脱离大海让自己身陷囹圄,这种极致化的生活看了让人揪心,并不舒服。

(本文系 2019 年 7 月 8 日在该书研讨会上的发言)

一幅多彩而辽阔的"童年中国"地图

收到河北少年儿童出版社寄来的20本"童年中国书系",惊喜万分,这套丛书的作者大多数我都熟悉。当年,我主掌《儿童文学》杂志,经常读他们的作品,那些鲜活生动故事、独特的人文风景、地理风光、家乡民俗以及一个个活灵活现的人物总能深深地吸引我,打动我。如今翻阅这套丛书,每个人的面庞一下子就浮现在眼前,那么亲切。

其实每位作家之所以能成为作家,都是有来路的,每个人文学风格的形成也是有根有脉的,今天收获的文学硕果,很多都是童年播撒下的种子、埋下的根。比如,我从高凯的《高小宝的熊时代》里,找到了"诗根",原来他一直在垂钓童年,反思童年,诗化童年。而湘女的童年一直绵延到今天,她很多作品里所呈现的彩云之南,比童年记忆中的风景更丰饶、更美丽。韩青辰则一直在守护着她童年的"王园子",并在那里孜孜不倦地精心耕耘,为当代少年儿童捧出了一串又一串硕果。而赵菱呢,读她的《红蜻蜓,我的红蜻蜓》,就想到她的《大水》——这部作品拿奖拿到手软,包括"中国好书"大奖。最近她风头正劲,不断有精品力作推出。还有牧铃经常在手写稿上自配插图,劲道而娟秀的硬笔小字规规矩矩地写在一张张稿纸上,题头、章节配着线条细腻的素描画。就觉得这个作者很特别,多才多艺,还有闲情逸致,把一部手稿打扮得如此精雅别致。通过这本书终于揭秘,在家里排行小九的他,原本就出生在一个多子女的艺术之家,从小就受到音乐、绘画等艺术的熏陶。

俗话说,三岁看大七岁看老,这话一点不假,比如,童年顽皮的杨老黑又把风趣、顽皮的童年搬进了他的作品里,在作品里牛屎集变成了牛屎凹,作品中的小秧秧们，一如小时候的他，自由自在、恣意而张扬地生长着；张洁小时候很文弱，邻居小孩抢走了她心爱的小板凳，也不敢抢回来，只能求助于姐姐，至今她依然文弱而文静。而写出很多少男少女懵懂情愫、青春故事的张玉清，原来七岁时就开始"花心"，看上了老师的女儿小莹。还有在北京西二环边中央音乐学院长大的翌平，当年就学会了老北京的损人不带脏字，如今成了外表儒雅、内心刚劲的汉子，艺术大院的童年生活也多次呈现在他的中、长、短等各类小说作品中。还有从广西独特民风民俗中走来的王勇英，童年生活已变成骨血，融在她的生命里，浑然天成般地流淌在她的作品中。还有以"公猪咬了白屁股"开篇的毛芦芦，幽默仿佛来自天性。当然还有更多更多的作者，在"童年中国"这幅地图中都留下了自己最美、最心仪的一笔。从这套书里我们找到了他们之所以成为作家的根。

另外，这套书也佐证了儿童文学既有边界又无边界。说它有边界，就是儿童文学作家心中有担当，肩上有责任，就不可能恣意妄为，无边无界，无论在写什么还是怎么写的问题上，都是自抬标杆，自设警戒线，有所顾忌，有所收敛。纵观这套"童年中国书系"，每一部作品的内容都是健康的、积极阳光的、温暖感人的、亲切好玩的。每个读者都能从中体味到亲情、友情，感受童年童真的美好与纯净，同时，也会从乡俗民情、传统文化、亲情乡邻、为人处世中学到事理，受到教化、感化与道德的引领，每一个人在"边界"的问题上都拿捏得很好。

"童年中国书系"收入的都是"冰心奖"获奖作者的童年纪事，不是获奖作者进不来，也说明这套书是有边界的。同时，每个人在"童年中国"中独占一隅，一幅一幅的小彩图以多重风格、多重色彩，构成丰富斑斓的"童年中国"的大地图，同时还可以不断补充、拼接，从这个角度来说它又是无边界的。

这套书汇集同一个时代的人从不同角度对中国的观察，实现了从个人视角到社会广角，从个人话题到共同话题，从小个体到大时代的书写，无疑这套书的分量重了，升华了，就像小溪汇入大海，从轻盈到磅礴，有了质的飞跃，成了一部"时代中国"的重大选题，选题策划上很巧、很独特。可见出版社有眼光、有魄力。在当今出版市场竞争激烈，商业气息浓郁，很多出版社都在追求效益,追求短、平、快的情势下,这套书别具一格,博人眼球,一定会受到读者及行业内的关注。

那么这套书能给孩子们带来什么呢?我们应该怎样去引导孩子们读这套书,怎么去从别人的故事中汲取营养,我认为有以下几点:

第一是品味独特人生,让孩子们变得更加自信而刚毅。这套书是多人集成,数十位作家来自天南海北,每一位作家都有独特的生活,独特的故事,独特的语言,独特的风格。作家们是独特的,每一个人也都是独特的,是世间的唯一。了解这一点,相信孩子们就会变得更加自信,自重,自爱,树立起远大的人生目标。人生有了目标,就不怕困难和挫折,人就会变得刚毅而坚强。

第二是提升道德情操,滋养美好心灵。最近看网上一篇文章,讲中国之所以伟大,攻不破,击不垮,其中一条原因就是中国绵延五千年,有不曾断裂的中华传统文化与道德精神。这是中国精神、中国的灵魂之所在,是中国的强大根基。这套系列图书也体现了这种精神,尽管作家笔下的童年生活如此迥异,作者的文笔风格如此多姿多彩,但是,他们的精神内涵是一致的,何为真、何为善、何为美,是非标准,善恶美丑,标准一以贯之。从这套书中,少年儿童会找到感动,学会感恩,明辨是非,爱憎分明,获得最重要的道德引领与精神升华,也是此书最可贵的精神品质之所在。

第三是尊重历史,珍惜当下。无疑,今天孩子们的生活和作家们的童年有很大不同,甚至天差地别。但是我们也应该看到,远逝不久的乡土中国文化图景,这一个个有来历的童年经历,连接着当下的孩子与前辈,续写着祖祖辈辈一脉相承的精神内核。今天的少年儿童有自己的生活,那是父辈及祖辈的开拓与奉献,是他们创造了今天的幸福生活,珍惜当下,更要尊重父辈的童年。这二者并不矛盾,孩子们的人生永远叠映着父辈甚至更久远的祖先的童年,要知道"你是谁""你从哪里来",这样才能更清楚"你向哪里去"。

最后我要说的是,出版这样一套书也与"冰心奖"的精神相契合。"冰心奖"历时30年时光,奖掖提携几代作者,获新作奖的作者1600多人,获奖图书近2000册,作文奖也有近千人获奖,这是一项大工程。荣幸的是,本人也曾两获"冰心奖",我十分珍惜这个荣誉。"冰心奖"是新时期中国儿童文学一道连绵不绝的文学风景,这个风景是"无边界"的,还会不断扩大,不断绵延。在此我们由衷感动敬佩的是冰心先生以及"冰心奖"创办者雷洁琼、韩素音、葛翠琳这三位不平凡的女性前辈,她们以执着、坚毅的姿态践行着冰心先生的名言"一切为了爱",为儿童文学事业默默奉献着,在发现新人、培养提携年轻作者上功不可没。相信"冰心奖"会持续不断地办下去,"童年中国"也会以开阔的胸怀,把更多的获奖者延揽在自己的麾下,以数百计作家之手,描绘出辽阔无边、色彩丰富的童年中国地图。

(发表于《光明日报》2020年11月11日)

纯净美好 直达童心
——读葛竞的《永远玩具店》

近几年我们看了很多追忆童年的作品,各有千秋。但是真正从儿童本位来说,真正尊重童年、尊重童心或者写出儿童本质和儿童精神的作品,其中一部就是葛竞的《永远玩具店》。

回忆童年的作品往往承载的东西太多,调子很凝重,主题很深刻,总觉得与当代孩子之间隔着一层,很难体现出儿童身上最本质、最天然的纯净。事实上,他们正是因纯净而美好,因美好而可爱。孩子身上最天然的东西往往也是最有力量的。我觉得葛竞的作品也是在童年的记忆中打捞,打捞上来的最珍贵、最美好的东西,那就是童心。

葛竞选择从童年玩具入手,非常有节制地选择了四种玩具——一个纸灯笼,一个泥哨子,一个八音盒,还有一个草编蚂蚱。有的作者可能会通过这四样玩具书写那个时代,把很多社会内容糅进来,从而让这部作品有厚度、有深度,但葛竞偏偏没有这么写。她隐去了那个时代,只写孩子的生活,从人物到故事内容,从幻象再到语言,都是孩子的,是为孩子而写的。

感受美好的"爱",是我对这部作品的另一个理解。

第一章"隐形的小飞鱼"中,父亲直到老年得了阿尔茨海默病,依然对忘记儿子儿时的生日深感愧疚,这是让人落泪的有力度的一笔。葛竞对时空、故事结构的把握都非常讲究,故事穿插、过渡自然。初读,会让人觉得通过书里的幻想片段好像回到了童年,但出现了父亲之后又会觉得是现实生活,两个时空交错恰到好处。

第二章"花将军"中,爱的内涵与哲理并重。它引申出的其实是另一个故事，一大块泥巴被分成了两块，分别被做成了贵重的瓷花瓶和小小的泥哨子。瓷花瓶被富豪收藏，锁在冰冷的库房里；泥哨子被小孩拿到，当成了宝贝。葛竞用故事告诉读者，金钱不是万能的，这一点不仅守住了童心，更守住了爱。

第三章"一生只唱一首歌的鸟"中，一只不起眼儿的小灰鸟被一个聋哑女孩收留了，这符合弱起势故事结构的章法，然后人物之间相互疼爱、抱团取暖，结下深厚友谊。小灰鸟长大后，变成了一只漂亮的五彩鸟，于读者而言，这可能代表着祥和、美好。但关于五彩鸟最有力度的一笔，就是它变成了一只令人恐惧的吞音鸟，这就是作家一种异风突起结构故事的能力。此时故事的走向出现了绝妙的转折，吞音鸟为了聋哑女孩，唱完了一生只能唱一次的歌，自我灭亡了。

最后一章"永生小虫"中，玩具设计师小茉需要设计出 100 件昆虫玩具，可只差最后一件做不出来。她回到家乡，想从姥姥那里找灵感。姥姥做了一个草编小蚂蚱，里面可以装上种子，这样就成了一只永生小虫。葛竞选择把现实生活移植到童话作品中，且移得非常巧妙、感人，一个代表"爱"的种子种了下去，整个玩具都得到了升华。

葛竞具有很强的编故事的能力，她的故事讲得跌宕起伏、一波三折且举重若轻，没有过多的复杂的刻画，却总能一针见血，用一个简单美好的童话故事表现出"爱"这种永恒的感情和可贵的献身精神。

（本文系 2020 年 11 月 8 日在该书研讨会上的发言）

欢脱足球背后的真实较量
——读张品成的新作《最后的比分》

张品成的这部作品,在艺术表现手法上运用了一个大家都很熟悉的哲学概念:矛盾的对立统一关系。首先是在题材的选择上,运用了对立统一关系,把残酷的战争和欢脱的足球组成一对矛盾。这么大胆地书写红色革命战争,似乎还不多见。我们在一个不是套路的套路、不是模式的模式中已经徘徊很久了,一提到红色书写,一提到重大题材,立马就会变得格外庄重、格外严肃起来。而张品成却另辟蹊径,把整个战争背景下的足球作为正面题材来写,同时又不失庄重与严肃,题材不谓不新,给人眼前一亮的惊喜。心中不由暗暗敬佩,创作就该有这种创新的勇气和足够的才气。

细想想,这又不算什么,文学创作本没有定式,难道战争就是流血牺牲、艰难跋涉、你死我活、前赴后继,不可以有欢乐,有游戏,有足球吗?当然可以。那为什么这么多年来没有人这么写呢?是谁束缚了我们的头脑,禁锢了我们的想象力和表现力?也许能找出很多很多客观因素,但说到底还是作家们自己束缚了自己,自己禁锢了自己。一旦有人比如张品成像孙悟空一样,摘掉紧箍咒,勇敢地走出唐僧划定的圈圈,就会乐见一片新的艺术天地,风景这边独好!

这是一个多么巧妙的构思,战争加足球,属于错位搭配,违和,反常规,而不和谐就是对立,就是矛盾,就会产生故事。从矛盾的对立到统一的过程,就是戏剧性。所以说这个题材本身就自带光芒,自带激情,自带戏剧性,不用人为设计,作品的内在动力就足以推动整个故事情节的发展。

作品一开始从一个像风一样奔跑的男孩游根放写起,他每天在河堤上跑得让人莫名其妙，让人目瞪口呆，不过那时和足球还没有关系，直到他从船老大谭丰秆那里取回一只"瓜皮帽"，把这瓜皮帽一充气，足球就来了，故事的大幕才徐徐拉开，原来游根放就是一个热场的，真正的大戏是红军首长要组建一支足球队，于是招来了各路人马，有红军的，有白军的投诚人员，还有白军的俘虏等。而故事里的各色人物成分更复杂，有知识分子，有兵痞，有土匪，有当官的，有泥腿子，有厨子，还有两个小男孩，七拼八凑的这支杂牌军都和足球有缘。这支凑起来的队伍本身就有极强的戏剧性，果然队伍里的三个"球神"就互相不服气。一个是红军里的参谋长代高仁，一个富家子弟，金陵大学学生，也曾是校足球队队员；另一个是白军投诚来的甘凤举，他原是县足球队教练，后来在白军的足球队当教练，随队投诚，被招募来自然是要当教练的；还有一个是白军俘虏黄绅山，至死也不投降的死硬派，足球却玩得出神入化。三个"球神"各怀绝技，自然要比试一番，这三个人的冲突本身就带来了很大的喜感，更别说还有两个小孩和一群不着调的杂牌军混在其中，故事自然是色彩丰富，喜乐多多。

　　作为一对矛盾的另一方，即战争，作者很好地把握了战争时期的典型环境，在典型环境下塑造典型人物。战争期间物资匮乏，说实话，连衣食住行都难以保障，何谈还要组建一支足球队。另外，足球是一项规则性很强的对抗性运动，规则和不规范之间就是一对矛盾：比如，球场就不规范——小，不能达标；球门也不规范，随意找来几根棍子凑合而成；没有球衣，没有草地，一群土包子，七长八短，就在泥土地上踢球，一身汗水一身泥。野场子、野队伍，偏偏还要一本正经地组队、训练和比赛，也学正规足球队，除了球员、教练、领队，还有后勤保障一大摊子：比如，医疗、营养、体能训练、技能训练一应俱全。实际情况是练体能没有正规器械，营养就靠游根放和张焕水两个小孩去上山下河，弄来"山珍海味"，保健靠中医，体能靠厨房，其实就是熬一大锅解暑汤。战争期间，比赛和训练在时间上都没有基本保障，因为要打仗，一打仗就不知道要推到何时。最让人心焦的是减员，不是正常伤病减员，而是牺牲，一场仗下来，双方都有人员牺牲。作者就是通过走到极致的矛盾的两个方面的尖锐对立，以足球的欢腾反衬战争的残酷,以满怀悲伤与仇恨反衬足球战士的乐观与坚韧,以球赛之争蕴含着"主义"之争。

作者在作品里也反复讲到三分军事,七分政治,其实这部作品是三分足球,七分政治,隐藏在足球背后的东西才是作者最想表现的,不然这个题材就没有意义。这是一部内涵与立意颇为深厚的作品,也是一部雅俗共赏、老少皆宜之作。不同的人可以读出不同的味道,品出不同的内涵。

那么部队首长要组建足球队的目的和意义是什么呢?我认为有三点:其一,是鼓舞士气。这部作品的背景是在第一次国内革命战争时期,地处湘西赣南的红军形势险恶,条件艰苦,装备很差,国民党对红军已经进行了四次"围剿",红军一直处于劣势。在残酷的失利的战争环境下,需要鼓舞士气,提振精神,在战争的间隙有球赛,一是表明这支队伍打不垮,拖不烂。球赛犹如阴霾中的一道光,照亮人心,驱赶阴霾,特别能缓解郁结心头的郁闷之气。其二,是聚拢人心、团结对敌。当时红军所在地带,各种势力集结,红军、白军、地方武装、老百姓混成一团,白军"围剿",土匪骚扰,红军必须要争取民心,团结地方武装,一致对敌。一场球赛就可吸引许多人,因为这是当地人从来没有见过的新鲜玩意。一场球就让红军扬名千里,这是最好的宣传。其三,是主义之争,得道多助。这里有一典型人物黄绅山,代表着白军中的死硬派。他在一场战斗中被俘,他就是想不明白泥腿子的红军怎么就打败了他们的精兵强将,他要看个究竟,到底谁的主义真。于是死不投降,属于国民党中的顽固派。他虽然被招募到足球队当教头,又让他从各队中挑选精兵强将组成联合球队,准备和红校队对垒,他还是坚持要离开红军。首长答应他只要赢了这场球就让他走,说好5月3日比赛,打完就走,可是天有不测风云,战斗来了,一场仗打下来,不但球赛推迟到月底,结果双方各有两名球员在战斗中牺牲。在这种气氛下踢球,双方从上半场红队略占上风,下半场又踢平,加时赛再踢平,激战到点球大赛,怎么踢也是平局,因为双方都不愿意让自己牺牲的战友看到败局。意料之外,情理之中,正是从这里,黄绅山看到了蕴藏在红军战士心中的内在力量,他决定留下来,参加红军。

多年以后,国民党几百万大军溃败,孰输孰赢终见分晓,《最后的比分》

是正义的胜利,得道多助,失道寡助,得民心者得天下。真可谓球场如战场,欢脱的球赛背后是"主义"的较量。所以,从一场野路子足球引申到真理主义的较量,不能不说作者艺术上的高明。

(发表于《出版商务周报》2021年5月30日)

用孩子成长的力量照亮生活
——评翌平的新作《野天鹅》

翌平的新作《野天鹅》是一部有深度、有厚度、有激情的作品,是他个人创作中的又一高峰之作。一群孩子在十年"文革"之中,栉风沐雨、磕磕绊绊的成长故事,带给我们很多感触和深深的思索,社会、人生、人性等重大命题包含其中,在走样变形的社会形态中、在混沌昏蒙的道德幽巷之中看到光,看到亮,那是来自一群孩子身上的最本真、最质朴的圣洁之光,是孩子成长的力量照亮了生活,照亮人们的心灵。

一群生长在那段特殊时期的孩子,承受着本不该承受的时代之殇。主人公林栋、雪晴兄妹及其艺校红楼的大多数孩子,父母都受到冲击,不是关牛棚就是下"干校"。林栋作为一个十岁左右的男孩不得不撑起这个家,担负起照顾妹妹的重担。而另一个主人公小雪因为爸爸梁胄告密,害得林栋家也包括艺校好多孩子家遭受磨难。她爸爸是一个人人唾弃的道德小人,小雪自然也受到同伴的鄙视、厌弃,甚至仇恨,没有人愿意和她一起玩。她想学舞蹈,老师一听是梁胄的女儿就不收她;一群孩子出去玩,把她独自扔在桃林里……可见在那个时代,无论整人者还是被整者的孩子都处于苦难之中,那个时代是对整整一代少年儿童的戕害,无人能幸免。今天我们常说的一句话是,"文革"十年,毁了整整一代人,一个"毁"字分量何其重也!

《野天鹅》表现的正是这样一个时代里一群孩子的成长。这部作品的可贵之处在于作者非常清醒,对于这样一个敏感题材,面对一段很复杂的社会生活,还有对儿童文学本身的特殊要求,他深知该写什么、不该写什么以及怎么去写。他就像一个有经验的寻宝者,在一堆乱石之中,知道哪一块才是最闪光、最有价值的宝石。他以艺术家的敏锐和老到,利用砍斫、打磨、雕琢、抛光等一系列艺术手法,潜心创作、静心雕琢、悉心打磨,最终让它露出最本真的光芒。

生活是纷繁复杂、多姿多彩的,对于文学创作来说,任何一个题材都会有百样呈现。但是作家写什么,不写什么,却反映了一个作者的价值取向和审美取向。我认为作者选择了一条最熟悉、最便捷的路径,这部作品带有很强烈的个人生活印迹,当他打开童年记忆之窗,那些人、那些事就扑面而来,一切的一切都历历在目,它是那么亲切,一想起来就让人激情难抑,热血沸腾。所以他把笔墨紧紧地扣住孩子生活,小主人公林栋仿佛就是作者自己的化身。厂区大院的大壮,部队大院一溜十几个身穿军大衣的孩子,艺校红楼的童年伙伴们,妹妹、小雪、爱华、阿明、阿亮等十几个孩子形象都生龙活虎、活灵活现地站出来。可以看出作者对这段儿童的生活非常偏爱,为了集中表现孩子们的生活,他把很多东西要么蜻蜓点水,点到为止,要么模糊成背景,要么干脆就不写。比如林栋兄妹和妈妈之间亲子之情就没有涉及:按说妈妈和他们兄妹分离,妹妹肯定是想妈妈的,有时哭着闹着找妈妈也在情理之中,特别是在妹妹无学可上,最困苦的时候,林栋向妈妈诉说求援也不为过。几年之中他们偶有书信往来也是人之常情吧,这些他都没有写。我觉得,作者就是非常急迫地要表现林栋及这一群孩子的生活,看似没有一个中心故事,其实形散神不散,他搞的是一组孩子的群雕形象。什么社会生活、政治风云、大人间的恩怨都退其一旁,就突出这一群孩子的生活,这么处理反而让这个情节更集中,故事更好看。就像削去枝蔓,露出主干,削去石皮,露出宝玉一样,因为这才是作品的精华所在。

所谓磨,就是打磨,即把小主人公放在生活中去磨炼。没有比生活更粗粝的了,作为一个孩子没有选择生活的权利,更没有抗争的力量。作为那代人,孩子们的生活是错位与混乱的非正常状态,每个孩子都成长得不容易。作品的可贵之处,就在于作者没有写苦难,而写的是磨炼。

首先他把孩子内在成长的力量写得非常足,这群孩子犹如荒野中,早春破土而出的一蓬蓬野草,顶霜带露,蓬勃向上,蛮性生长,自带一股不可遏制的内在力量。这种力量是非常感人的,也构成了这部长篇的主体内容。特别是林栋这个形象,那股有责任、敢担当、不畏难、不服输的男子汉气概,表现得非常充分。而小雪则是另一种姿态,柔韧而优美,简单而纯净,她以这种美的力量征服了野豹子一样的林栋,像水一样化解人们对她的歧视和嫌弃。

　　另外就是生活的磨炼,凸显了孩子们成长的质感,他们过早地成熟,学会了很多生存的能力,独立而强韧。比如,林栋因生活所迫,他学会了很多技能,修车补胎、攒自行车,为了给妹妹补养身体,他还学会了打鱼和钓鱼。当妹妹到了上学年纪却无学可上时,为了妹妹上学,他又不得不四处求告,低下那颗桀骜不驯、倔强的头,去求曾和他打过架的大壮的妈妈,甚至还想给人家送礼,把最宝贝的自行车给人家。为了保护妹妹和小雪,一个本来个子不高、块头也不大的半大孩子,也学得好勇尚斗,打架斗狠,心虚嘴硬地应承来自土街的几个坏孩子的挑战——磨难,让孩子们在磨难中成长,我认为这是作者精心设计的第二主题。

　　三是雕琢,就是雕琢出人物的神韵。作者具有极准的刻画人物形象的能力,有的是精雕细刻、着力塑造,有的则是素描式的勾勒,三笔两笔就声情并茂地活画出一个人物形象。比如,林栋到大壮家去求大壮妈妈那一节,大壮一家三口,每个人的言谈举止,刻画精准。还有梁胄这个人物形象,通过他的衣着、发型、言谈举止,把一个痴迷艺术、苟且偷生的小人形象刻画得入木三分。他两次从指挥台上掉下去,又带有戏谑调侃的意味,作者的褒贬好恶不言自明。

　　当然,作者用情最深的是一群孩子形象。他把孩子们分成了三拨,是三个不同群体:艺校红楼知识分子的孩子们、厂区大院的工人子弟和部队大院的孩子。应该说,这种划分带有鲜明的符号式的时代特征,把人们的视线一下子就拉回到了那个年代,进入到一个特定的社会历史文化语境之中。不同家庭生活环境、不同的社会文化土壤、不同境遇的孩子,造就了他们不同的个性特征。艺校孩子们都躲家学艺,厂区大院孩子的优越感,部队大院孩子的傲娇,这种集体的走样变形,很符合那个时代的特色。三拨孩子、十几个形象,个个鲜活生动。他们之间有仇视、打架,也有仗义、互相帮扶,到最后都能宽容和解,人人都走向一个光明的结局。作者不仅是写外在形象,更重要的是通过一系列故事情节,开掘出孩子式的由内而外自然散发出的正直、良善和美的光芒，点亮了生活和人性。

四就是作者刻意打磨上光，让艺术的光芒取代生活的粗粝，让美好遮蔽丑恶，让光明驱逐灰暗，让昂扬代替沉郁。

以几个故事情节为例。第一个是小雪和林栋他们一起去看桃花，她迷失在桃林里，作者的处理完全出乎意料，他不是写她如何绝望痛哭，而是夕阳西下，在一片美不胜收的桃林里，踩着柔软的沙地，小雪开始翩翩起舞，此情此景此境，这种美的力量对于我们心灵的震撼胜过百倍哀号。意料之外，又在情理之中。第二个是爱华，那个被继母嫌弃的孩子，作者没有写他精神如何压抑痛苦，而是写他在红楼顶上，沿着一条窄窄的石栏，像飞一样来来回回地奔跑，做出各种舞蹈动作。旁边的孩子看得心惊胆战，他却跑得那么投入，那么忘我，他的每一步都那么有力，弹跳那么准确，原来他已经去世的妈妈就是跳舞的，还会弹一手好钢琴，也只有这个人物才能不顾生死地这样发泄。还有就是阿明和阿亮这对兄弟，两个人都拉小提琴，阿亮有天赋，阿明很用功，如果没有"文革"他们都有望成才。可是爸爸要到干校去，必须要带走一个，骨肉分离之际，作者也没有写兄弟分离，如何凄惨，而写阿明的一个梦，哥俩向着月亮飞升而去的美梦，正戏反写，撼人心魄。

在这些情节的处理上，作者虚实结合、进退有度，刻意地用艺术、用美去取代苦难悲伤，用艺术的诗意之光照亮生活。更让我感动的是，他给每个孩子都设计了一个完美光明的结局，几年之后，风雨已过，这群孩子也都长大了，有的上了艺校，有的上了大学，有的当了兵，有的成了小提琴演奏家，人人都如愿以偿，心想事成。在这里不得不说阿亮，自从他随父亲去了艰苦的干校以后，就料定这个天才的小艺术家毁了，唯有毁了，这部作品才具有批判力量。果然阿亮在干校砸掉了一根手指，这个天才的孩子再也不能拉小提琴了，回城后做了一个调琴师。如果结局在此也完全说得通。出人意料的是，作者给了他一个更光明的未来，一位世界级的艺术大师看中了他，他可以成为一个作曲家或者指挥。到这时我才明白，作品的着力点不是批判，更不是揭露，而是感染，他是要用一群孩子至真至善至美的力量感染读者。感染，难道不是文学最本质的艺术品质吗！

（本文系 2018 年 7 月 16 日在该书研讨会上的发言）

一部大书的感人力量
——读徐鲁的长篇儿童小说《追寻》

著名作家徐鲁的长篇儿童小说《追寻》出版以后，引起了社会的广泛反响，受到文学界特别是儿童文学界的专家、学者的一致好评。大家从不同的角度入手，条分缕析、深入剖析、褒奖有加，我也深感这是一部难得的优秀之作。

从编辑的角度看，这是一部很难写、很难把握的重大题材，是现实主义创作的"主题出版"之作。多年来我们一直在呼唤有力度、有温度的现实主义作品，徐鲁勇于大胆尝试，自觉担当，精心创作的《追寻》这部长篇小说，给我们提供了研究探讨重大主题出版的优良范本。

首先这部作品中呈现出来的思想内涵非常丰富，或者说作者自己在创作之初就有很明确的主观诉求。徐鲁在一篇创作谈中说过："作为一部现实题材的作品，我的创作'初心'，大致有这几点，一是希望小读者能感受到中国科学家们为保护和研究白鱀豚付出的艰辛和努力，感受到科学家身上的一种热爱理想、追寻梦想的励志精神。二是唤醒孩子们对我们母亲河长江、对自己的家乡洞庭湖的热爱和守护之心。每一个时代总是在艰难地解答着一个个难题而一步步向前迈进。三是给孩子们一些关于长江中的珍稀动物白鱀豚和江豚保护方面的科普知识，也让孩子们看到白鱀豚的生存现状与濒临灭绝的命运，感受到长江、洞庭湖的自然环境保护的必要性、紧迫性，唤醒孩子们的环保意识。"这部作品，在主题上至少有这样几个关键词：追寻、励志、唤醒、热爱、守护、科普知识与环保意识。可以说，把这样一些理念加诸在一部儿童文学作品上，每一个都可以单独成章，每一个都是沉甸甸的大主题。

要写好这部作品,作者必须要处理好大与小、轻与重、深与浅、理念与形象的问题,不然就会造成小马拉大车的窘态,理念大于形象的尴尬。

事实证明作者处理得还不错,以暖暖的爱意、流畅的笔触、丰富的人文与专业知识,精心编织了一部人类与白鱀豚生离死别的故事,带给我们巨大的无尽的情感冲击。

作品从1914年美国少年霍伊在长江洞庭湖上捕捉到第一只白鱀豚着笔,自此人类与白鱀豚结下不解之缘,几代人开始对这种素有"水中大熊猫"之美誉的珍稀动物进行研究。作者以史实为根基,以人类保护白鱀豚为主干,虚构了两队人马,分别以不同的方式,对白鱀豚进行保护与研究。一队是以徐老、刘俊为代表的科学家,对受伤幼体白鱀豚"淇淇"22年的精心救治、养护与研究。另一队则是居住在长江边上的老艄公和孙子柳伢子对家乡的守望以及对幸福生活的追寻。作者把两条线索巧妙糅合,形成了一股巨大的力量,它唤醒人们的良知,引起政府的高度重视和国际社会的关注。作品意在激发人类心底最柔软的情感、最人性的理智:保护白鱀豚,保护长江,保护自然,也是保护人类自己。

我认为,这部书最难写的是科学家保护白鱀豚的故事,既要写出科学家追寻科学梦想、锲而不舍、默默奉献的精神,写出人格的高度,还要完成人物形象塑造的立体感和丰满度。他们是可亲、可感、可学的普通人,而不仅仅是写进书里、挂在墙上和荧屏上的模范,所以不仅需要"事迹",更需要"细节"。给我印象最深的是这样几个细节,一是当在长江上捕捉到一只白鱀豚的消息传来,徐教授弓着腰身,一丝不苟地洗刷着饲养池的一层层台阶,接着又仔细测量和记录着饲养池里的水温,她觉得自己好像又回到了初为人母的时候,心里充满了为自己的儿子大星整理柔软的摇篮,铺设温暖和舒适的小床的幸福和期待——作者用这么一段细腻温暖的文字,表现了一个科学家在迎接新生命的同时不由勾起的丧子之痛。自然真切的描写,带来的是一个科学家献了自身献儿孙的可贵精神,读来很感人。另一个细节是写刘俊千辛万苦、小心翼翼把受伤的白鱀豚接到水生生物研究所时,他并没有欣喜,反而是担忧和困惑,他在反思如此珍贵的一个物种,我们应不应该弄到水生所来进行人工饲养?此时刘俊不只是作为一个科学家,而是一个普通人的真实情感的流露。他的担忧和困惑恰恰是读者的担忧和困惑,作者一箭双雕,既真实地表现了人物情感,同时又解答了读者的问题。还有一个细节就是三代科学家为白鱀豚起名字,那欢腾喜悦的气氛不亚于人类家中新添了一个宝宝。当然类似细节还有很多,对于一部作品来说,如果说情节是骨骼,细节就是血肉,没有细节,形象就难以饱满丰盈,我想在这方面作家是充分关注到了的。

与科学家这条线相比,以老艄公与柳伢子为代表的民间追寻这条线,在形象塑造以及故事的鲜活度上就更胜一筹,也许这是作者熟悉的生活,加入了鲜活的童年记忆和童年经验,写来张弛有度、挥洒自如。老艄公罗老爹、柳伢子、女教师王小月以及柳伢子的妈妈玉娥等人的现实生活故事,具有鲜明的时代特色,他们对自己乡土的守望与依恋,对幸福生活和美好明天的期待,何尝不是另一种更富深层意味的追寻,如果说科学家是在追寻白鱀豚进而追寻科学梦想的话,他们却是更大意义上的追寻。母亲之河长江和八百里洞庭湖40多年来,生态遭到无情破坏,珍稀动物白鱀豚几近灭绝。作者不避现实之残酷,正是要撕开伤疤给人看,唤醒人们的良知,记住乡愁,唤醒更多的人对大自然的敬畏和守护之心,保护大江大河。这是浓墨重彩的一笔,在儿童文学中鲜见这样有深度、有厚度、有温度的作品,直抵现实痼疾,也直达人心向背,它用形象诠释了国家"共抓大保护,不搞大开发"战略性决策的重要性。

在人物形象塑造上,作者除了精心塑造了三代科学家的形象,还塑造了罗老爹、教师王小月以及柳伢子妈妈等一系列人物形象。特别是主人公柳伢子应该是一个成功的典型形象,他执着、勇敢、善良,同时还带几分顽皮的乡野之气,他是水乡之子,更是大自然之子,在他身上那种未经雕琢的孩子的自然本真形象尤其感人。他让我想起儿童文学的那个经典形象《小兵张嘎》中的张嘎子,那个虎头虎脑、生龙活虎的男孩子形象,是多年来我们求之不得的经典形象,今天在21世纪的洞庭湖边,在徐鲁的笔下,我们似乎又看到了这个久违的、鲜活可爱的典型形象。

其实,说一千道一万,对于一部儿童小说来说,最看重的还是故事,不管成年文学作家如何不屑一顾、如何诟病,儿童小说也难逃故事的宿命,这也是儿童文学长久以来老在故事上徘徊,不得挣脱的原因(也许很多儿童文学作家认为这不需要,或者压根就不想摆脱故事的老巢)。爱听故事,是儿童的天性,儿童文学自觉不自觉地要满足儿童的这一精神需求。通观《追寻》这部作品的故事性,还是相当好的。作品采用复线结构方式,把科学家的故事与以柳伢子为代表的民间现实生活交替进行,以保护白鱀豚为纽带,把两个故事紧紧相扣,形散神不散。科学家们以 22 年的执着精神,饲养研究一只白鱀豚,建立了一整套完整、科学的白鱀豚保护研究资料,领先世界研究水平,为保护长江、保护白鱀豚做出了巨大贡献。22 年,乡野少年柳伢子长成了一个有理想、有追求、有担当的帅小伙,故事情节在自然流淌,人物在成长,感人的故事一直在揪着读者的心,人们的情感随着故事一波三折地推进在层层激荡。这是真事吗?这三个科学家是真实存在吗?淇淇那么重的伤能活下去吗?啊,科学家们费尽心力给淇淇找来的情侣,怎么会那么快就夭折了,不能不让人心痛!更心痛的是美丽的、神女一般的白鱀豚真的就再也见不到了吗?作为一部非虚构作品,作者很好地处理了真实资料与虚构故事之间的关系,真假融合、虚实相交,彰显了作者严谨的治学精神、广博的历史人文知识以及驾驭文字的能力。最重要的是作者以饱满的情感带动了读者的情感,这部作品带给我们的回味、反思无穷无尽,也许会缠绕我们一辈子。

(发表于《文艺报》2019 年 6 月 21 日)

人是需要一点精神的
——读赵菱的新作《我的老师乘诗而来》

在诸多反映支教扶贫题材的作品中,赵菱的这部新作《我的老师乘诗而来》写法不俗。一位年轻的特岗教师只身来到一所闭塞落后的山村小学里,他首先用信念支撑了自己,在贫穷中看到希望,在质朴中发现美好;他在泥土中开垦艺术,用浪漫装点了简陋,他用爱浇灌孩子们的心田,用浪漫的艺术启迪孩子们的心智;用真诚回报真诚,用执着回报期盼。他凭一己之力,在点燃自己的同时,也照亮了别人,终于改变了这所山村小学的面貌,为孩子们打下了一道乐观浪漫、积极向上的精神底色。这是一部充盈着美好与浪漫主义情怀之作,文笔清新自然,读来如沐春风。

和很多自愿到艰苦地方支教的大学生不一样,江浩是学生中的佼佼者,一毕业就过五关斩六将、万里挑一地考上了一个特岗教师职位,却不想被分配到了一个偏远的古村落——鹰嘴崖。这里有一所小学,也仅有四个年级,孩子们一到五六年级就转到镇上去了,学校条件相当落后。学校里只他一位外地老师,一间石头搭建起来的单身宿舍,周围野草没过膝盖,显然已经很久没有人住过,泥地破墙,四面漏风,夜里与黄鼠狼为伴。面对这样的环境,"江老师来之前的美好憧憬,似乎一下子幻化成七彩泡沫,在他眼前一个个浮现,又一个个轻巧地破碎了"。他茫然地站在石头宿舍前,心中涌起一种无法言说的失落和迷茫。

在这巨大的落差面前,是校长和孩子们的真诚,是质朴老乡的热情和期盼,是远在城里的女友的鼓励拯救了他。他不禁回想起,自己"曾无数次雄心勃勃地说,将来要做一名有自己教育理念的好教师,让孩子们因为有你的参与,而成为他们一生中最美好、最明亮的回忆……"由此可见,这本是一个有理想有抱负的优秀青年。面对这样的艰苦环境,他对女友说,"我要改变生活,决不能让生活改变我"。正是这样的信念支撑着他,很快从灰暗情绪中挣脱出来。自己动手,丰衣足食,他用艺术装点生活,让简陋的石头小屋处处充满艺术气息;他铲除了屋外的荒草,带着孩子们开辟成葱茏翠绿的小菜园。当屋里屋外焕然一新之时,他也把自己锻炼成了多面手,他是泥瓦匠、木匠、电工、水管工……十八般技艺样样拿得起,同时他还是一个优秀厨师,会做各种各样的美食,把自己的小日子过得有声有色、有滋有味。丰富鲜亮的生活,也让他的心中充满了阳光与激情,他把所有的爱都倾注在孩子们身上,把所有的激情都倾注在实现自己的教育理念上。

作者塑造的是一个既有理想抱负,又能脚踏实地,肯于动手动脑,自强自立的当代优秀青年形象。从他身上我们感悟到,人是需要一点精神的。战争年代,一代青年靠坚定的信念,打下一片江山,和平时期的青年,同样需要信念和理想,没有信念就没有前行的动力和活力,生活就会失去方向。想想现今很多城市青年,生活优越、衣食不愁,偏偏提不起心劲,精神委顿,内心晦暗,变成"宅男""宅女",失去了生活的热情和情趣,从这个意义上讲,塑造这样一个青年形象是很有现实意义的。

同时从这个人物形象上,我们还感悟到另外一点,生活需要浪漫,一个具有浪漫情怀的人是幸福的。作品中有多个情节和细节描绘了江老师不被乡亲们理解的浪漫,比如,他每天早起顺着乡间小道长跑,身后腾起一股股黄尘;还用一个废弃的石磙练举重;在荒无人烟的山中吊嗓子,唱京剧,被乡亲戏谑为狼嚎。他让学生们种菜种花,美化校园;教孩子们背古诗,学生们最喜欢的是玩诗歌接龙游戏。他还把"诗歌兴趣课"开在了小菜园里,让孩子们给每一种蔬菜写一首诗……所有这些浪漫的事儿,在朴实而又务实的山村人眼里都是"不着调儿"的西洋景,人们常常带着戏谑眼光远远望着这个年轻人。江老师的浪漫与乡民谐谑的调侃,大大增强了作品的生活气息和喜剧效果,有时真的让人忍俊不禁。

其实这些都是作者的精心设置,也是作品的神来之笔,不仅彰显了江老师的教育理念,同时也让读者看到一个城里大学生的到来,不仅给落后闭塞的小山村带来了知识和文化,同时还有现代生活方式,他通过自己的言行为孩子们打开了一扇窗,从这里可以窥探到外面的世界,大大激发了孩子们对当代文明的向往。当一队孩子跟在江老师身后排成一行,沿着乡间小路像野马一样奔跑,江老师让孩子们体验风呼呼地吹过耳旁的奇妙感觉时,他已经成功打开了孩子们自由自在的精神世界,让他们的天性得以充分张扬和解放。

和江老师形成鲜明的对照的是另外一个老师,他是钓鱼高手,日常工作敷衍了事,他的全部热情和兴趣都在钓鱼上,这是一个饱食终日、无所事事混日子的主儿。在这个人物反衬下,更显江老师精神之高尚。他是一个真正热爱教师事业的人,这种发自内心的热爱,让他能看到每一个孩子的亮点。比如,多愁善感的小桐,别人都说她得了怪病,江老师却认定她是当作家的好苗子,不久她的童话在报刊上发表;男孩森森喜欢刺绣,多受村民诟病,他的作品却获了大奖,江老师说他有成为大艺术家的天分;喜欢跑步的米宝、秀秀分别在县里的跑步比赛中得了第一名、第二名,他们的照片就张贴在学校的大橱窗里……在江老师眼里每一个孩子都是可塑之才,而他正是点亮孩子们心灯的人。他把古诗引进课堂,把艺术引入生活,把爱植入孩子们的心田,也让孩子们以爱的眼光来打量生活,在生活中发现美,表现美,孩子们在芫菁、萝卜、香菜上找到了诗意,在泥土里找到了与诗相通的灵魂,他们正在慢慢地学会诗意地栖居。在他的引导下,孩子们的精神世界变得丰富多彩,这是比任何技能知识都重要的精神启蒙。是江老师用爱心,用独特的教育方式,开启了孩子们的心智,在他们蒙昧懵懂的心灵世界里,注入了一道柔和浪漫之光,把乐观坚忍的精神化为孩子们的品性,这样的精神启蒙是如此难得、如此宝贵,相信这良好精神素养也必将陪伴每个孩子的一生,不断激发他们前行的力量和勇气。从这个意义上来说,如果在童年能遇到一位像江浩这样的老师是多么幸运,难怪人们把教师誉为人类灵魂的工程师,把教师比作蜡烛,点亮自己,照亮别人。

一部优秀作品在带给人们愉悦和感动的同时,也会带来新的思想启迪,让读者从中受益。我很愿意把《我的老师乘诗而来》推荐给大家,让更多的人共同感悟这部佳作的魅力。

(发表于《文艺报》2021 年 3 月 16 日)

举重若轻，大智若愚
——读萧萍的《沐阳上学记》

读过 N 多同类题材的小说，感觉萧萍这套《沐阳上学记》比较"另类"，在题材上说它是长篇系列小说吧，它又没有重视塑造人物，也没有一般意义上的描写，比如，景物描写、肖像描写、心理描写等，故事情节也不连贯；说是教育读物吧，又没有"说教"，也没有总结出示范性的家庭教育理论或经验，以供大众借鉴参考。它只是非常真实生动地记录了一个家庭陪伴孩子成长的点点滴滴，具有很强的私人化、个性化。在表现形式上它又是以诗、文、日记混搭的方式，也给人耳目一新的感觉。独特内容、独特形式，是这部作品的一大亮点，更重要的是通过这部作品，我们深切感受到了作者具有举重若轻、大智若愚的艺术功力。

说实话，我们中国儿童作家的写作，大多都过于庄重、刻意、用力，有点使横劲的感觉，出来的作品就难免虚假、雕琢、有斧凿编造的痕迹，缺少行云流水、自然流淌、润物无声的艺术魅力。萧萍的《沐阳上学记》写得很散淡、随意、随性。比如她的诗，不讲究韵律，不讲究韵味，不讲究语句的精当与张力，也不注重内容的饱满度，天马行空、信手拈来，就像是顺嘴咧咧，想象力十足、又谐趣好玩，细品品，又寓教于乐、乐在其中。更重要的是它符合孩子的欣赏趣味，小孩子就喜欢这种异想天开、无厘头的瞎咧咧。比如，很多歌词的篡改："太阳当空照，小鸟对我笑——你为什么背上炸药包？我去上学校，天天不迟到，一拉弦，轰一声，我把学校炸飞了。"这部书里也有歌词的篡改，比如，有个孩子用《隐形的翅膀》的旋律，改了一首《帅哥的翅膀》。不过最后几句"杀老师"什么的，有待商榷。

再比如她的"老妈日记",形式上也不是标准的日记,但在内容上又非常符合日记的特性本质,那就是一个"真"字。真实地记录了老妈的内心独白,她的纠结、郁闷、智慧、感悟,还有教育儿子一时奏效的小得意,等等,直抒胸臆,行文自由,想写就写,想停就停,散漫得真够可以。说来也怪,正是从这些散淡的文字中,我们看到了一位母亲的真性情和一位母亲对儿子倾情之爱。

爱子之心人皆有知,但爱的方式不同,有的会爱、懂爱,有的不会爱、瞎爱、胡爱。集博士、教授、作家、诗人、戏剧老师等多重身份于一身的萧萍,无疑是懂教育、懂孩子的。从本书中我们可以清楚地看到这一点。特别是每一节的"沐阳自述",她以孩子的视角、孩子的语言、孩子的思维,来叙事抒情,具有很强的现场感。真的以为是儿子在说,不是萧萍在说。没有对孩子生活的细致观察、对孩子心理情感的真心体认是写不出这样的内容来的。

其实很多人教育理论一大堆,但在实操层面往往跑偏,最爱犯的毛病是充大,自以为是,好为人师。面对孩子是高高在上,对孩子指手画脚,错了也不认错,倒驴不倒架,很强势。萧萍在与儿子相处过程中,不只是与孩子平等,做孩子的朋友,而且很多的时候是"示弱",给孩子以思考、磨炼、自我成长的空间。这就是我说她举重若轻、大智若愚的原因。比如,"孩子近视了"一节,她采取一个极端得连自己都很纠结的手段,让孩子休学一周。这样做对不对,她也不知道,很纠结,孩子也有点小小的疑问:"我老妈是不是有点小题大做呀?"在这件事上,表现的完全是一个爱子心切,有点霸道、有点小糊涂的母亲形象。日常她在孩子面前也不避讳暴露自己的弱点和软弱,甚至有一章还写到她要刻意示弱,以求得父子俩的关怀照顾。可见她是真正懂孩子的,对孩子教育上的用心程度非常人所比。比如沐阳第一次登台,要和另一位同学一起来个钢琴的四手联弹,心中紧张害怕得要命。妈妈已经从老师那里得知了这件事,也能想象得到儿子内心一定很害怕,她就是忍着,不去问儿子,直到儿子自己讲出来,她把这次机会当作一次孩子自我成长的宝贵机会。不是随便哪一个父母都能认识到这个高度,也不是哪一位父母都能做到冷静观察、适时出面、正确引导的。再比如,引导孩子与作家们交往,我觉得写得最好玩、最真实的是与金波老师、圣野老师的交往。无疑金波老师是懂孩子的、特别会与孩子打交道的那一位。二人的电话交流非常有趣,金波老师称他为沐阳先生,既有逗趣的成分,又体现了二人地位完全平等,把他当小大人看。然后沐阳听说金波老师要过生日了,就问金波爷爷,"你想要什么生日礼物呀？我过生日的时候特别想要一架遥控飞机,不过你可别要,我可买不起,或者等我长大了——",而金波老师说,"遥控飞机,听起来不错,要是有人送你了,你借给我玩几天就行,这样省钱啊"。而沐阳说,"金波爷爷,你也挺机灵的,我只能借给你一天半,也就是36个小时"。金波说,"哎哟,那我得不睡觉抓紧玩"。你看看这一老一小的对话,多有意思。后来沐阳给金波爷爷画一张生日大蛋糕作为礼物,还把健康长寿的"寿"字写成了难受的"受"。此时孩子难免会难为情,金波老师一句话,化解了尴尬,"我就是喜欢沐阳这特别祝福,让我每天都能长长地享受"。瞧瞧,老先生多睿智！难的是萧萍记住了,写出来了。还有"好大好大一片圣野啊",这节记录的是沐阳与圣野老师的一次交往,圣野老师的激情朗诵独树一帜、全国闻名,对此萧萍写得活灵活现、情趣盎然。最好玩的是,这次聚会上还有金波和蒋风二老,和圣野三个人站在一起,高低错落,就像哆来咪,萧萍说"好像三支笑脸棒棒糖,很好玩"。那次也恰逢圣野老师90岁生日,妈妈让沐阳朗诵自己创作的一首诗,《好大好大一片圣野啊》,可孩子不愿意,想画一张画,和给金波爷爷过生日一样。设想了若干内容以后,想画一条毛毛虫,仰着圆圆的脑袋,说这最像圣野老师,然后在旁边写上"好大好大一片圣野啊"！这主意点燃了妈妈的激情,最后买了三条毛毛虫玩偶,挑了一只最瘦、色彩最鲜艳的送给了圣野老师。

在这部书中,像这样与儿子平等快乐相处的事例俯拾皆是,当然在玩的过程中,还有适时的引导与教育。比如,在"请投我一票吧"这一节中,把孩子有点不好意思地偷偷拉票,在家长的引导下,变成了一次堂堂正正的民主选举,同样是拉票,意义完全不同,好像是把中国式的有点暧昧的拉票,变成了堂堂正正的民主选举,提升了品位和民主意识,对孩子的成长的意义不可小觑。这些我们在审读中最看重的所谓"教育意义和社会意义",都是在这样的不经意中体现出来的,随时随地,随心随性,看似无心,实则用心之专、用情之深,令人感佩。

说到这里,就说到了这部书的"社会意义",惯常我们的作品总是特别强调"教育性和正能量",不是说强调这个不对,而是说怎么体现这种教育意义,怎么评价一部作品的教育意义和社会意义。依我们对儿童文学作品的要求,和对老师的要求差不多,"师者,传道、授业、解惑也"。我们在对作品的评价中,也常常过分强调教育意义,对这种很私人化的作品是比较排斥的。而萧萍偏偏无意做"大众导师",在内容上也没有可圈可点的心灵鸡汤式的警句提炼,似乎也没有系统化的教育理念教育思想,但是每一个读者都可从中找到自己家生活的影子,看到某一段某一章,会不由自主地会心一笑。也就是说,这部作品的思想内涵就像阳光雨露已经化作营养,渗透进这片生机勃勃的原野之中。看到这片绿,你自然就会想到,我也要像她一样,辛勤哺育、精心教养,好好关爱自己的孩子,帮助他们健康成长。而从创作上说,这也正是文学艺术的高妙之处。

(本文系 2017 年 3 月 2 日在该书研讨会上的发言)

典型化传统手法的魅力
——读刘玉栋的长篇小说《我的名字叫丫头》

一口气读完刘玉栋的长篇小说《我的名字叫丫头》,心中有一种莫名的感动久久挥之不去。这是一个从泥土里刨出来的故事,带着粗黑的生活本色,就像一块直接从灶膛里扒出来的烤红薯,有一股香气撩人的甜滋滋的本真味道。全书没有一条明显的故事主线,片段化的故事,是男孩丫头童年记忆的钩沉,既然能被从记忆深处打捞出来,自然是在作者心中最深刻、最闪光、最有分量的东西。全书十六章,一章一个故事,一章刻画一个重点人物,在结构上看似散淡,但形散神不散,就像我们看《清明上河图》,一步一景,由点到面,非常典型地展示了20世纪70年代山东农村的生活图景。同时也如一颗颗珠贝,串起了一个男孩子的成长轨迹,让我们看到一个从小体弱多病的男孩,怎样通过生活的历练,成长为一个堂堂正正的男子汉。最可贵的是,作者娴熟地运用传统的现实主义创作手法,让我们再一次领略到了源于生活、高于生活、典型化传统创作手法的魅力。

魅力之一来自于真实。俄国文学艺术理论大师别林斯基说:"艺术是真实的表现,而只有现实才是至高无上的真实。"他对果戈理自然主义的创作手法大加赞赏,说"他对生活既不阿谀,也不毁谤,他愿意把里面所包含的一切美、人性的东西展露出来,但同时也不隐蔽丑恶,在前后两种情况下,他都极度忠实于生活"。

不是有意要把作者与果戈理并举,而是脑海里不由自主地就浮现出别林斯基上述这段话,实在是因为作者在忠实于生活、真实地再现生活这一点上,与文学大师有异曲同工之妙。真实应该是这部作品最突出的特点之一。

毋庸置疑生活是创作的源泉,没有生活的真实就没有艺术的真实。而生活的真实来自长期的观察与积累,可是我们已经许久不强调深入生活了。似乎只要有华丽的辞藻,就能妙笔生花,就能掩饰内容的苍白与情感的荒芜与贫瘠。其实不然,从动漫中滋生出的故事,就像先天不足的婴儿;临摹西方经典文学,也难免陷入画猫难画虎的尴尬;如果再痴迷于"轻松文学、快乐阅读"的艺术创作理念,那就无异于郑人买履、舍本求末了。

　　在这部作品里,我们欣喜地看到传统艺术手法回归并且结出了丰美的果实。那流淌在字里行间的浓浓的生活气息,如影随形,无时无刻不在包裹着我们、感染着我们,把我们带回到那个充满活力和烟火气的小村庄。冰凉沁人肺腑的空气中,仿佛听到马兰姑姑出嫁时马车吱吱扭扭、炕头暖暖烘烘、孩子们一路追跑欢叫、冷水从晾衣服的铁丝上滴滴答答地落下来——这一切的一切是那么自然亲切,仿佛触手可及。

　　我们都知道真实的魅力来自细节的真实。他有洗练传神的语言表现力,白描功夫也实在了得,三笔两笔,就能将一个人、一个场景勾勒得出神入化。"闷骚"式的幽默与诙谐也为本书增色不少,用生动传神、形神兼备、活灵活现来形容是不为过的。他没有粉饰生活,更没有拔高生活,始终牢牢把住一个视点,那就是从男孩丫头的角度看人看事、想问题,自始至终呈现出一种孩童式的纯朴真实和童稚式的幽默。比如,写姐姐和弟弟吵架,怕妈妈打她,"趁机跑出屋去,脚步零零碎碎,身子跌跌撞撞,跟一只被打晕了头的小狗似的,地上的盆子,灶台上的舀子,靠着墙的棍子,跟在她身后丁零当啷一通乱响"。再比如,写主人公隔窗看奶奶站在凳子上,踮着脚,掰树枝上的棘针,"奶奶穿着一件肥大的黑棉袄和一条厚嘟嘟的黑棉裤,笨笨地晃动着,活像一头正在够东西吃的大狗熊";写瘸腿的父亲和滚蹄子马走在路上的滑稽相,更是形神兼备,让人忍俊不禁、乐不可支;而写爷爷怕死后被火化,自己在家里死作活作的情节更是让人哭笑不得;即便写到生离死别,也没有缠绵哀伤、悲悲切切、哭哭啼啼。父亲收网时被拖下水淹死了,"我看到一条大黑鲤鱼从浊黄的水面一跃而起,它在空中划出一条漂亮的弧线,然后一头扎进水中,我看到水面圆形的波纹很快就被浪花抹平了"。爷爷死了,"像睡着了一样安详平静"。四眼狗被村里的打狗队打死了,"我"哭喊怒骂,最终还是挡不住它变成一锅香喷喷的狗肉;滚蹄子马死了,家里分到了整个马头,却让父亲连同四个马蹄一起埋了。

不得不佩服作者剪裁生活、表现生活的能力,真实、简洁、凝练、出神入化。这画龙点睛、点到为止、恰到好处的留白艺术,不正是这部作品的魅力之一吗?作者留下了一个多么大的想象空间有待读者去填充啊!由此可见,这是一个聪明睿智、艺术手法老到的作家。

其二是情感的魅力。这是一部充满温暖和至爱情怀的小说。我们都知道,情感是作品的血肉,没有情感的作品是苍白的,乏味的,没有生命力的。就这部小说来说,那温暖的情怀与深沉的爱就蕴含在字里行间,存在于生活的本真和人性的本真之中。

贫寒家庭的爱没有奢华物质的铺垫,本性多于刻意,也许还带着愚昧落后的痕迹,但并不影响它的真诚与美好。比如,丫头本来是男孩,之所以叫丫头是因为家里老人相信,叫个贱名好养活,所以完全不顾及孩子的心理感受,导致他已经是半大小子了还被整天丫头丫头地叫着;再如,丫头小时候得了一种怪病,经常喘不过气来而晕倒,奶奶号称是村里的土医生,除了会接生以外,还会自制各种各样的偏方给人治病,对孙子的病自然是看在眼里,急在心里,于是经常熬出一大碗黑乎乎的中药,用这偏方给孙子治病,治病手段之低劣,用心之良苦,情感之真挚,同样具有打动人心的力量。如果说家人的爱是来自血缘,出于本性,那么村里街坊邻居对丫头的关爱则更加凸显了民风的淳朴与善良。比如,洪水袭来,大人们都要上大堤抗洪,半大小子丫头也跑了上去,却被村支书赶了回来;当父亲和爷爷相继去世,家里生活陷入困境,14岁的丫头不得不辍学,可是他稚嫩的双肩又怎能挑得起这副家庭生活的重担呢。这时家人和村民都十分关照他,先让他去学女孩子们才学的织网,稍大一点,又随着邻家叔叔去卖虾酱,驮不动一满罐先驮半罐子,在暴风雪之夜,台阶叔一步一步把崴了脚的他背回家……作者正是通过这点点滴滴的描写,讲述一个男孩子是如何在充满爱与亲情的环境下一天天成长起来,不粉饰,不矫饰,更不着意煽情,这种爱是隐含在一粥一饭、一言一行之中的,是小树和泥土、春雨和小苗的关系,润物无声,于细微之处见真情。

其三是思想的魅力。如果说情感是作品的血肉,思想就是作品的灵魂。

一部没有思想、没有内涵的作品，描写得再生动再细腻又有什么用呢？我们的目的不单单是描绘风土人情，更不是展示贫穷落后，人们需要从作品中得到精神的抚慰和积极向上的力量。法国著名作家福楼拜说："文学就像炉中的火一样，我们从人家借得火来，把自己点燃，而后传给别人，以致为大家所共享。"那么像这样一部以传统的艺术手法写就的像一盆火一样的小说，究竟是哪里打动了我们？是久违了的记忆深处家乡的味道，带着熟悉而亲切的烟火气和泥土的芳香；还是里面的人物？比如自我感觉良好、家里家外忙活的土医生奶奶，一瘸一拐委琐善良的父亲，外表漂亮、内心狂野的姐姐和那个顽固而坚强的爷爷，抑或是那个娇贵到名字叫"丫头"、一天天长大的男孩。其实是没办法分的，丫头一家原本就和老枣树、四眼狗、滚蹄子马、乱草木屑还有破破烂烂的厚棉裤黑棉袄，和这里的土地、老屋、乡邻滚在一起的。从这部作品中仿佛触摸到了生活中最本真的东西，处处洋溢着质朴感人的人文品格、道德情怀。它是与很多美好的品质、美好的词汇联系在一起的，诸如：正直、善良、仁义、宽和、厚道、自尊、自强、爱与孝等等，而在艺术处理上，作者又让它含而不露，沙里藏金。最突出的、也是最易引起争议的是写爷爷怕火化一场。其实爷爷的心思，不知是多少没有知识没有文化的农村老人的心结，非常典型。传统、保守、落后、愚昧，是城里的文化人取笑，甚至看不起农村人的理由，可现实就是如此。爷爷，起先怕火化，要死要活地闹，可是一旦看到丫头的父亲意外去世，家中倒了顶梁柱，他突然硬朗起来，以老迈之躯，重操木匠的旧业，试图再次担起全家生活的重担。这样的老人，骨子里又是多么坚强不屈！他不服老，不认命，执意要与命运抗一抗，这种坚韧的精神不正体现了中华民族的宝贵精神吗？恰恰是在这些一头高粱花子两腿泥巴的农民身上，包含着中华民族最优秀的品质和品格。难道不是吗？瘸腿的卑微的父亲是那么善良，他专门挑来一匹没有人要的走不动、跑不快的滚蹄子马，他想的是，马与人一样，没有人用它，没有人理它，它多难受啊！父亲与滚蹄子马畸形绝配，左右摇摆，不知遭到多少人的嘲笑。他不在意，他是那么宽厚，放学回来的孩子们追在后面，嘻嘻哈哈地乐上一阵子，孩子们乐，父亲也乐。有的孩子不老实，拿柳条抽马屁股。啪，一下子，"我"父亲不笑了；啪，又一下子，"我"父亲脸涨红了；啪，再一下子，"我"的父亲就发怒了。为什么？

柳条抽在马身上，疼在父亲的心头，父亲与马同病相怜，他是那么爱他这匹残马。父亲多么盼望滚蹄子马能和别的马一样跑起来，为此费心尽力地给马做了一双鞋，这自然引来更大的嘲笑。羞愤之中，父亲失手打死了滚蹄子马，这对于善良、懦弱的父亲来说，无异于犯下滔天罪行，没有人责备他，那是一种发自内心、发自本性的自我谴责，这匹滚蹄子马就成了父亲心头永远抹不掉的痛，其间所彰显的正是一种人性之美。最难忘的还有丫头和去世的爷爷独处一场。这一天，丫头也许是预感到爷爷要走了，心神不宁之中，来学校报信的人到了，丫头几乎飞奔着回了家，见到已经停尸在外的爷爷，他却一声也哭不出来，深痛及心，欲哭无泪。夜深人静，守灵的妈妈已经睡着了，丫头走近爷爷的尸体旁，慢慢掀开爷爷头上的布片，眼前的爷爷，除了面色蜡黄以外，却是那么安详平静，如同睡着了似的。他用手轻轻地摸了爷爷的脸，又猛地垂下头，拿嘴唇轻轻地亲了一下爷爷满是皱纹的额头，作者写道，"在我小的时候，爷爷不知道多少次亲过我的额头，可我却从没亲过爷爷一次"。作者用白描的手法，以非常细腻传神的笔触，刻画了男孩对爷爷深沉的发自内心的爱，但他自始至终还是没有哭一声，没有掉一滴眼泪，而忍不住落泪的是我们读者，此处真是无声胜有声啊。正应了高尔基那句话，"文学使思想充满肉和血，它比哲学或科学更能给予思想以巨大的明确性和说明性"。

应该说，这部小说内容很俗很土，可贵的是俗而无俗气，土而有真情。很欣赏作者高度忠实生活的态度；提炼生活、表现生活的能力；外糙里不糙、沙里藏金的本领。他从一个孩子的眼里看世界，展示的是贫弱小民的平凡生活，在平凡中却透出不平凡的意味。它朴实无华，像泥土一样厚实，但它有血有肉。这有血有肉的故事、思想与情怀，正是这部小说的精神张力。

（发表于《中国图书评论》2017 年第 4 期）

一部在艺术上着力突破之作
——读李东华的《少年的荣耀》

在纪念抗战胜利70周年之际，我们欣喜地看到李东华捧出了她的又一部大作《少年的荣耀》。站在时代的特殊关口，以一位新时代青年的独特视角回望那段历史，别有一番特殊的意义，既是纪念，也是向老一辈革命者致敬。从文学艺术的角度上说，这部作品突破了传统战争题材的套路，实现了艺术上的创新。说实话，从战争故事孩子们站岗放哨送情报打日寇，到完成一部真正意义上的文学作品，艺术上还是有本质区别的。从这个意义上讲，这并不是一部应景之作，而是一部沉甸甸的、艺术品质非常饱满的精品力作，实现了长久以来，从抗战故事到战争题材小说的巨大跨越。

李东华出生在山东胶东高密，和莫言同乡。我们都知道莫言写了很多反映抗日战争题材的作品，最著名的当推《红高粱》。当年高密是抗日战场，父辈肯定跟她讲过很多他们这个家族的故事和抗日故事。另外，来自民间的口口相传的故事，以及来自艺术作品的熏陶。比如，小说、戏剧、电影、电视等抗战题材的故事，都构成了作者的生活积累。其实在她的心里，沙良、沙吉、沙慧以及三水、阿在、阿山、阿河等少年形象，早就在她的心中酝酿多时，呼之欲出。只是等待一个场景、一个故事。

这个场景就是作者少年和童年生活，书中有大量真实的农村生活描写，粗糙的、野性的、原生态的生活，真实而生动，也许作者早就想表现这段生活。这样的时机来了，那就是把父辈讲的家族故事、抗战故事和童年生活相结合，构成了这部小说的基本故事内容。它丰富、厚重，既有家族恩怨，也有在抗日大背景下的家国情怀，很有历史感。在轻阅读和娱乐化的今天，出版这样一本大书很有意义,再加上出版的时机很好,恰逢纪念抗战胜利70周年,又有一层别样的意义。

这部作品在结构上非常讲究,和大多数儿童文学作品不同,它不是一个单线故事,而是在一个宏大的背景下,设计了一条主线、多条辅线和三个不同的场景。

一条主线就是沙家与潘家之间的正与邪的较量。沙良的父亲曾经救过潘子厚的命,而这个人后来成了汉奸并且杀害了沙吉的妈妈,他的儿子潘清宝又与沙良、沙吉是死对头,杀母之家仇与杀汉奸之国恨是交织在一起的。这条主线贯穿始终。直到最后,潘子厚的亲爹被日本鬼子当面杀害,八路军诱捕了潘子厚,沙吉突然有了记忆,母亲被杀害,仇恨就像一粒种子,在心中生根发芽,如今已经是根深叶茂,他冲向敌人,举枪射击……

多条辅线既有沙家的家族史,也有潘家独特的家族史,以及抗日战士的故事,阿山、阿河与阿在的故事等多条辅线。三大场景,一是沙良生活的大木吉镇,还有他们逃难落脚的北大洼姥姥家和汪子洼太姥姥家,这三大村落构成了故事的重要场景。

从上述结构可以看出,作者并不满足于描写一个孩子参与抗日打鬼子的单线条故事,像小英雄雨来、潘冬子、小兵张嘎等等。她写的是抗日战争背景下的一个群体,塑造了多个少年的形象。坚强勇敢的沙良、懦弱的沙吉、聪慧勇敢的抗日女战士堂姐沙慧,以及三水、阿山、阿在、阿河等等,是一代人在抗日背景下的成长,是几代人的抗日故事。

书中有与敌人的正面接触,但没有正面战场的描写,这些孩子也没有进入抗日战争队伍中去,他们是平民,是孩子,战争与他们猝然相遇,他们身临其境,饱受战争之苦和战争之害,身心受到极大摧残,但是生活的粗粝和战火硝烟把他们锻造得更坚强、更硬朗。我觉得封底那段文字是写得很准确生动的。

相对于今天的孩子来说,这是一种别样生活。这样的生活对于今天的孩子是新鲜的、震撼的、有吸引力的。他们这代人身上的东西也是值得当代孩子学习,反思的,在学习反思中会受到教益。

另外,我认为作者既无意应政治之景,也无意迎合读者趣味。她创作动机很纯粹,就是要把心里的东西写出来。作者坚持这一点,有好处也有不足,好处是它很文学,甚至有点成人文学作品的痕迹。写成人文学和写儿童文学还是有区别的。儿童文学入戏快,情节发展快,线条不复杂。当然因为她不编造,无意取悦读者,这本书可读性相对来说弱一些。

另外,因为这个题材很大,作者要表达的东西很多,驾驭起来有难度。这本书还可以提炼得更精当一些,故事线索更清晰一些。特别是主线,现在前后的连贯不是很好。三个孩子逃难到了汪子洼村,又新结识了阿在、阿山、阿河和看坟的潘老爹,而阿山、阿河、阿在这三个少年之间的感情纠葛好像是另外一个故事,前面用了那么大的篇幅写沙家家族,到后来这个家族因为位移而写没了。假如沙良他们不到汪子洼,就在大木吉镇,八路军的伤员可以由沙良的父亲来救治,潘子厚也可由父亲和沙家三姐弟一块来解决,人是沙良父亲救的,最后也是沙父解决了他,这样故事是不是就会更完整一些。

同时,为了吸引读者,抗日故事的戏份还可以适当占得多一点,把孩子们的农村生活描写适当压一压可能会更好。当然,这些无碍于大局,我还是非常喜欢这样一部大书,也是当代轻阅读背景下难得的一部力作。

(本文系 2015 年 1 月 14 日在该书研讨会上的发言)

品读苦难书写
——读舒辉波的《梦想是生命里的光》

《梦想是生命里的光》这部非虚构作品,真实地记录了多个生活在社会底层的少年儿童的成长故事,十年前、十年后的两次采访,尽管中间生活有断裂,还是能够看到时光的印迹,看到苦难是如何雕刻人生,看到一个个孩子的成长足迹。

苦难书写一直是儿童文学的重要题材,但是把同类作品集中在一本书里还不多见,这需要作家的自信与勇气,也考验出版社的眼光与气魄。因为现在资讯发达,通过各种渠道听到看到的苦难、不幸、非人道的东西太多,渐渐地人们的心不再柔软,情感变得有些冷漠甚至麻木,不容易被打动;另外,在儿童文学作品中这类题材也很多,戏不够死来凑,动不动就是白血病、残疾儿童、不瘫即盲,还有失去双亲的孤儿,等等。这类刻意煽情之作,如若能博读者眼睛一热,掬一把同情之泪的还算不错,其中大多为浅薄廉价之作。苦难书写难在突破。

带着挑剔与担忧,不知不觉竟一口气读完了这本书,同时被深深打动。正应了那句话,人们的幸福是相同的,痛苦却各有不同。尽管书里写的都是"不幸家庭"的孩子,是在底层泥泞中挣扎成长起来的孩子,却各有各的故事,各有各的人生轨迹。作品呈现的不只是内容的丰富性,还有丰厚的内涵、理性的思索和诗意的光芒,是同类作品中的上乘之作。

首先这部作品是有力量的。里面写到了多位少年和家长,不服命运的任意摆布,在厄运面前,不低头、不服输,顽强抗争,顶破冻土层,追逐阳光与梦想,努力活下去,并且要活出个样儿来。比如,在《我得肩起这个家》中的徐涛,这孩子无疑是一个励志的典型,作者对这个人物也倾注了很深的感情。一个瘦小的、在父亲面前活得战战兢兢的小男孩,最后能发愤读书,考上大学,忍饥挨饿,靠打工自己供自己读书,然后又考上研究生,他这种坚毅顽强的生活态度,带有中华民族顽强不屈的坚韧。还有很多积极向上的好少年,我们在他们身上仿佛听到了生长的拔节声,他们活得很艰难,不容易,但他们一直在成长,内心有一股积极向上的力量。

其次就是爱与温暖。作者写的是一帮生长在逆境中的孩子,整个基调不是凄凉困窘、悲怆晦暗,而是昂扬温暖的。里面写到了多位自强自立、乐观向上的好孩子,比如,《妈妈至今仍是我的泪点》中的小姑娘吴懿。妈妈身患肝癌,爸爸却放弃她们母女,让她们母女在贫病交加中挣扎,后来妈妈做医院的"小白鼠",去做肝移植,经历了从绝望到希望再到绝望的挣扎。但这个孩子始终不怨不悔,身心成长得那么好。就像作者说的:"十年前和十年后判若两人,现在短发的吴懿是哥哥,笑得自信而坚毅,先前的是妹妹,笑得温柔而美丽。然而,正是吴懿现在的笑容,让我心生怜悯和疼痛。"作品结尾作者的一段议论也非常有力度,他说:"我想总有这样的人,坚强乐观如吴懿,他们把命运馈赠的坎坷当作了向上的阶梯,把最艰难的日子,也过成了一个个节日。"

还有体现在数位母亲身上的大爱。如前面提到的身患癌症的吴懿的妈妈,她的全部身心都牵挂在孩子身上,只恨自己的孩子长得慢,整天"担心我死了,你可怎么办"。因为爱之深忧之切,导致心理偏激、情绪反复无常,爱起来恨不得把命都给了女儿,而焦虑起来,又动不动就打孩子,恨孩子你怎么就长不大干不好呢?这种带泪带血的爱真的是深深打动我们的心。如果说吴懿的妈妈更多的是让人同情,胡梦奇的妈妈赵梦真则是让人由衷地敬佩。她面对一个患自闭症的孩子,不抛弃、不放弃,十几年如一日训练孩子,让他学会独立生活,走出雾霾般的灰暗人生,那真是一个伟大的母亲,用她博大无私的爱,拯救了孩子的一生!读这本书,真让我们经历了一次爱的洗礼,尽管书中人物表达爱的方式不同,有的如疾风骤雨,有的润物无声,但我们可以时时感受到爱的浸润,就如阳光雨露一样,散布在整部作品中,温暖着我们的心。

三就是能从中品读出人生哲理。这涉及怎么活，为什么活，人生的意义等话题。人生在世，难免会遇到这样那样的不幸、灾难、困境，生活的酸甜苦辣都能体会到，有时有的人家就是陷进泥泞之中不能自拔。面对这样的生活，以一种什么样的姿态来对待生活，是逃避还是抗争，是坚强地活下去还是不堪一击，随波逐流，做生活的俘虏。书里正反两面的例子都有，比如，被一场失败的生意打倒，从此一蹶不振，整天酗酒，给家庭和孩子带来又一重灾难的父亲；还有在《我尊敬爸爸，虽然他是个逃兵》中辛晴的爸爸，就因为自己痴爱的女人死了，经受不住打击，自己也疯了。当然还有像徐涛，像辛晴，像白血病患儿百灵，表妹雪莉，双胞胎姐妹王丽华、王美华那么一群在困境中顽强成长起来的孩子们。从这些孩子身上让我们明白一个道理，即使活得如同草芥蝼蚁，你也有活下去的意义和活下去的权利；命运是掌握在自己手中的，每个人都有改变命运的能力。我想这正是此书传达给我们的人生意义。

最打动我们的不只是这些孩子，还有那些大人，特别是母亲们，她们顽强的意志、挣扎的姿态、隐忍的情感、倔强的抗争、无奈的呼喊，真的让人心痛不已、唏嘘不已、感慨万千。因此我认为这本书不只是写给孩子们看的，也是写给家长看的。它直面生活，直面孩子世界，同时也直面社会，现场感和代入感特别强，就像身临其境，和作者一起追踪，一起采访一样，在情感上也能够充分呼应，和作者本人、和书里面的人物同喜同悲。所以这本书带给我们的不仅仅是感动，还有五味杂陈、难以言说的难过、悲悯、感叹和小小的庆幸。人生无常，从天堂到地狱也只一步之遥，如能将心比心，换位思考，它就能触动了我们内心最柔软的部分，进一步真切体悟到作为一个成年人身上的责任和义务。

生活是复杂的，也不是每个孩子都能像徐涛、辛晴一样逆向生长，也不是每个孩子都能像吴懿那样乐观坚强，我觉得这本书的好处就是通过十年后的回访，写出了各色人等的不同生活，写出了生活的险恶、命运的坎坷、情感的波澜、真实的迷茫与切肤的痛苦，写出了生活的多样性和复杂性。在此就不得不说《沉重的翅膀》，一个姑姑编造谎言，欺骗媒体、欺骗社会，利用孩子沽名钓誉，骗人钱财。这篇作品非常有震撼力，反映了社会的另一面，有深度、有广度、有力度,是这本书中不可或缺的、分量很重的一篇作品。

另外就是作者的写作姿态也打动了我们。舒辉波的写作一贯用真情、下实功、有追求、想突破,当然也有才气,是一位沉得下去,也飞得起来的作家。说他沉得下去,是说他的思想感情与大众相通,写作姿态严肃认真,文本内容质朴真实。说他飞得起来,是说他有才情、有诗意、有内涵,文学水准比较高。他的作品从容大气,收放自如,驾驭能力很强,他能平实简洁地叙述一个故事,同时也能够诗意地表达自己的思想和情感,并与读者心气相通。这部书也有这个特点。在此书里舒辉波与其说是一位作家,不如说他是一个虔诚的倾听者和一个睿智的记录者。有对冗杂生活现实不露痕迹的剪裁、梳理、提升,平实中透着深沉的情感和理性的光芒;同时他也有用才情、诗意、哲理点亮沉郁痛苦生活的本领,让本来苦涩的内容变得丰富多彩、令人回味无穷。我就感叹,唯有这样的作家才敢把一堆不幸儿童的苦难故事放在同一本书中呈现。

说到不足,其实作者已有清醒的认识,他在"后记"中已有深刻的剖析,毋庸赘言。另有一点小小建议,就是最后两章的"未完成的采访",多是片段与素材,不成文的东西还是不放或者少放为佳。

(本文系 2017 年 3 月 24 日在该书研讨会上的发言)

周静和《一千朵跳跃的花蕾》

周静是我们《儿童文学》杂志的主力作者,在本刊发表过很多短篇童话和故事。是一个刚刚崭露头角的文学新秀。她文笔清新活泼,故事生动有趣,文字又比较轻浅,因此很受中年级孩子的喜欢。

周静的这部作品在今年中宣部重点图书扶植工程评选中就读过,是一部反响比较好的童话书。我觉得这部书的结构很奇特,不太像一部长篇童话,更像是一部系列作品集,由12个既互相关联又可各自独立的故事构成,每一个故事都和"我"、和姥姥、和姨有关。这12个姨之间交集并不多,其中只有九姨和十姨是写在一个故事里的,但也是一个相对独立的故事。这12个故事有12个姨的形象,作者说是姥姥绣出来的,姥姥绣了12个女子,也绣了个"我",所以"我"也不知是哪个女子生的,因为没写"我"的妈,只写了12个姨。这12个俏姑娘,有的粗壮有力,有的俊秀,有的俏皮,有的端庄,有的文静,有的爱幻想,有的爱美,有的爱笑,有的疯疯癫癫——总之是形态各异,个个栩栩如生、呼之欲出。作者说是姥姥绣的,我觉得更像是泥人张捏出来的,那种立体化的质感,好像喊一声她们就会答应一样。

12个姨有12种性格和超凡本领,于是就有了12个不同的故事。比如,大姨性格豪爽、粗壮有力,但通过美的熏陶,体会到了美的力量以后,长了三根胡子的大姨变成了"花姨"。二姨喜欢葫芦,也爱喝米酒,还有点小贪心。正因为贪心,住进了卖酒婆婆的葫芦里,变成了一个不停地种葡萄、酿酒,再种葡萄、再酿酒,五天一轮回的种葡萄匠。形象地告诉人们,人的内心一旦被贪欲捕获,就如陷囹圄。三姨美丽富有梦想,并且为了实现自己的梦想,执着努力,她为了在湖底种出一种花,即使被老鲤鱼不断敲诈勒索也不改初心,最终实现了自己的梦想。此不一一列举。12个故事内含着12种不同的哲理和思想内涵。

有两点我比较欣赏。一个是作者寓教于乐的本事,没有直面说教,也没有简单的拟人化,而是通过一个故事说明一个道理。它的思想内涵都融在故事当中,有的比较明显,有的很含蓄,不是一般意义上的思想教育,耐品味。比如,《四姨的树》中的四姨,爱笑,不会哭。当姥姥告诉她,哭也是一种美妙的感觉时,她有点不理解,那到底是一种什么感觉呢?作者用了很多情节和细节写四姨各种各样的笑,但是当四姨精心管理的树开的花枯萎的时候,她的笑不再甜美,而是带着深深的忧伤,终于四姨不会笑了。当姥姥再次种下一颗种子,四姨精心地照料着这棵树,给它浇水,跟它说话,给它唱歌,她把这棵树当成自己的树,全身心地爱护着它,这棵"四姨树"终于开出了五颜六色的花朵,四姨也喜极而泣,流下热泪。这些泪变成小潭,花瓣掉进小潭变成小鱼。四姨的眼泪变成小溪,一路流淌,流过的地方,花朵开放,鸟儿歌唱。四姨终于体会到了哭的美妙感觉。那么我们说,这个故事只是写笑与哭吗?为什么要写笑和哭?"四姨树"又代表了什么?是不是代表着我们情绪,一个人要管理好自己的情绪才能获得真正的快乐。我这样想对不对呢?话说回来,我是这样想的,可是又有多少人能体会到这一点,或者从中感悟到了别的不同的用意和思想也说不定呢?因此说一部好的作品,不只是讲一个轻浅的道理,而是要为故事赋予丰厚的内涵,让不同的读者体悟到不同的东西,这才是有味道、有魅力的。

第二个就是故事情节的想象夸张与细节的想象夸张有机结合,轻快的笔调和轻快的情绪相呼应,明快中透着睿智。童话的特质就在于幻想,但是很多作品的幻想是一个"点子"的发酵,故事只依托在一个"点"上,如果这个"点子"选得不好,或者有瑕疵,这个故事就大打折扣。即使这个"点子"不错,因为笔墨郁沉,或者过于冷静写实,也不如周静这样的写法,能写得活色生香。比如,我也是写童话的,我曾经写过一篇《笑狼》还获得了海峡两岸童话征文奖。因为狼脸上的肌肉是死的,狼是不会笑的,可我让它笑,它想笑,于是带来了一连串的故事。而这个故事基本是写实的,不像周静这样,想象力爆棚，在细节上的奇思妙想俯拾皆是，信手拈来，亮点很多。比如，一个葫芦变成一个囚住人的场景，这是情节，一朵花投入罐子里就长出一罐子花，一葫芦酒倒也倒不完，这就是细节。三姨在湖底唱歌，这是情节，欢快的歌声带来湖底开出五颜六色的花朵，这就是细节。还有剪了的窗花长出嫩芽，种子会跳，姥姥的绣花针种到地里就会发芽，长成一棵大树，等等。有了这些细节的夸张想象，这个故事就有了色彩，有了欢愉的气氛有了灵性，有了蓬勃鲜活的生命力。

如果说不足，我觉得这 12 个故事如果能互相联系起来，在结构上不是相互独立，而是构成一个整体，可能会更好一点，分量上会重一些。

（本文系 2016 年在该书研讨会上的发言）

黑鹤带你游草原
——读黑鹤的新作《风山的狼》

对黑鹤大家都很熟悉，20世纪90年代他开始写草原生活，至今也有近三十年了。他的第一个短篇小说《油狼》就在我们《儿童文学》杂志上发表，署名包铁军，我有幸成为他的第一个责任编辑。这么多年来，他在自然文学和动物文学创作上笔耕不辍，出版了几十部长篇小说。他的作品特色鲜明，深受读者的喜爱和出版界文学界的重视，也可以说是当代草原写手第一人。

写了这么多年，黑鹤深谙读者的喜好，也深谙长篇之写法，在营造氛围、结构故事、塑造人物上轻车熟路。再加上他的语言很有文艺范，所以也能受到文学专业界的喜爱。

一个作家能同时受到市场和业界的关注不容易，有很多作家写了很多年，作品在读者中也有很大影响，可是一直得不到文学界的认可，也有些作家，在专家这里可以，但作品叫好不叫座。当然还有的作家既不叫好也不叫座，这类作家的基数还很大。黑鹤既叫好又叫座，这部《风山的狼》就是很好的例证。

这部作品以作者亲历为切入口，现场感极强。这是黑鹤作品的一大特色，真实到零距离。他很有本事一下子就能把读者带进去，在你面前展开一幅与大城市截然不同的生活。以笔为向导，引领着读者来一场草原牧场深度游。为什么说是深度游呢，这是一本全面、生动、细致展示当代草原牧民生活的作品，以亲历者的身份一点一点地、很从容地展开每一日的生活。也可以说是教科书式地教会你怎么在草原上生活，怎么和牧民相处。亲历感、现场感非常强。这是特点之一。

第二个特点是开眼界，知识丰富。对于大多数读者来说，草原牧民生活很陌生，只知其一，不知其二。即使你到过草原，也只是走马观花，远远没有深度细致地了解草原、草原人。包括牧民的情感，天人合一的自然观，和狼既对立又相依为命的独特关系，不到深处是了解不到的。所以开篇，就是牧民大叔驮了一只羊到草原深处，给狼送羊，这就是我们想不到的。

黑鹤一边讲故事，一边普及知识。这一次，黑鹤带着他的宝贝猎犬伊斯格，而主人家又有三只牧羊犬。如果黑鹤不说，我们根本就不知道猎犬和牧羊犬的区别，从长相到叫声，到行动，到情感。黑鹤给我们讲的远远不止这些，还有草原牧民生活，也非常细致真切。比如，一个两万亩的大牧场怎么转牧，春天在哪里，夏季在哪里，秋冬又在哪里，说得一清二楚；他不说，我们根本就不知道，大冬天牧马人回到了楼房居住，就把马扔在山谷里十天半月去看一次；还有马群的管理，主要是靠儿马带，也就是以公马为首领带一个群。还有偷猎者怎么埋陷阱，下夹子。除了真实的牧民生活，还有丰富的草原动物知识，比如，怎么捉弄艾鼬、獾、黄羊。现场感、丰富的知识，让人大开眼界。

关键他还很会讲故事，从容生动，张弛有度。该紧张的时候紧张，该逗趣的时候逗趣。有时候就像你也骑着一匹小马，随着他在一望无际的大草原上悠闲地溜达，边走他边给你讲，指给你看，哪是狼窝，哪是獾洞，哪儿适合下夹子，哪儿适合打埋伏，舒适惬意。有时像游戏，比如，拿着望远镜，偷看他们家猎狗和一只雄狼谈恋爱，看他们怎么捉弄一只小小的艾鼬，怎么围猎一只黄羊，有时又很紧张危险，比如，他用一张毡子蒙住一只被偷猎者夹住的狼。掰开夹住狼一条腿的夹子，还得用刀挑开套在狼脖子上的绳子，这可不是一般的技术活，得有点胆子。

不要说小孩子，就连我们成人，也抵不住这样的诱惑。说实在的，成天两点一线，从家到单位，一条路跑得连哪儿有个坑都知道。面对电脑，面对几个晃来晃去的熟悉的面孔，不断重复着枯燥的工作，又没有时间旅游度假，所以读读黑鹤的书，真是一个很好的消遣和调剂。

（本文系 2021 年 4 月 1 日于北京图书订货会，在该书发布会上的发言）

一部雅俗共赏的大作
——读叶广芩的新作《花猫三丫上房了》

《花猫三丫上房了》是叶广芩京味儿童年三部曲"耗子丫丫的故事"第二部。这部作品与第一部《耗子大爷起晚了》一脉相承,但是又有了更多的烟火气和童真童趣,写足了胡同童年的热闹和充实,里面有满满当当的爱,满满当当的友情,更有满满当当有趣又多彩的童年。

我20世纪70年代末来到北京,在位于东四十二条胡同里的中青出版社大院住了22年,家和单位在同一个大院里,早早晚晚都在这一带活动,对书中描写的东直门一带特别熟悉。从东四十二条胡同出西口,往北一站是北新桥,往南两站就是东四,我们也经常到隆福寺去吃小吃。从十二条胡同出东口,向北一站就到东直门,也常到东直门内老国营店东兴楼去吃烤鸭。虽然距离书中描写的时间已经过去了20多年,东直门城门楼和城墙已经拆了,东直门外的野地还在,我初来时那里还是一片片的玉米地。1980年刚修了东直门立交桥,东直门外还是一片荒芜。1982年我婆婆和二大娘第一次来北京,两个老太太出门闲逛,还从东直门外采来很多野菜。进家还说人家北京这么多人,这么好的野菜怎么没人采呢?后来东直门外才有了香河园,有了高楼大厦,逐渐发展成今天这个样子。这部作品描写的东直门内这块地的生活,对我来说很熟悉也很亲切。

这部作品有三个特点:

一是随着社会发展,城市改造,人们都搬出了胡同大杂院,住进了郊外的高楼大厦。这部作品再现了越来越少见的热闹喧腾、热热乎乎的和谐融洽的胡同生活。

说句实在话,生活纷繁复杂、细细琐琐、一地鸡毛。写什么不写什么,很考验作者的功力,对生活的提炼、剪裁、取舍很重要。她取四个最能突出表现当时胡同生活的场景来写。一是丫丫养猫;二是丫丫梦想有一群燕么虎子(蝙蝠);三是东直门外的探险;四是在房顶开辟了儿童乐园,把花猫三丫也弄上了房。在结构上首先是划定了四个框子,这有点像《西游记》,每一章节就写一个场景,作者尽情在这个场景里折腾,把人物写得活灵活现、活色生香,故事情节也是一波三折。写得多丰富、多有细节、多生动都行,但是不出大圈。重点突出、典型化又易于驾驭。这是作者的聪明老到之处。

但是怎么做到圆润贯通、散而不乱,形成整体呢?《西游记》靠的是唐僧师徒四人去取经,一路走来,一路发生了很多故事和事故。在这部作品里,靠的是丫丫,作者始终不离丫丫的视点,这一点很重要。是丫丫的生活、情感、所见所闻、一举一动、思想行为、情感波澜形成了这部作品的主线。比如,我们看过很多写养猫养狗的作品,第一人称的、第三人称的都有,作者写得别有风趣。她是一个小女孩的情怀,和一个糙老爷们或者一个半大小子养一只猫、一条狗完全不同,她是温柔的、细腻的、带有母性情怀的,是一个小女孩向女人的过渡时期的性情养成。那么疯那么野的丫丫,一接触到小猫,立马就像变了一个人。作者把养猫与人物性格刻画紧紧地融合在一起,不是单纯地写养猫,主要笔力不是写猫,而是写人。写一个女孩通过养猫这件事,怎么学会了责任与担当,她在成长。

不止这一章,所有的章节都是以丫丫为主线,以孩子视点,谨守儿童本位。第二章写孤寡老人黄老太,表现邻里亲情友情,要给儿童文学作家写,很可能关注力在主题上,会围绕着关心黄老太做文章,写孩子怎么懂事,也许还会通过女孩子与老太太的接触,建立了信任和友谊,把老太太的身世挖出来。叶老师没这么写,丫丫的关注力不在那个脾气古怪、充满神秘色彩的老太太身上,而是在蝙蝠身上。她突然发现了一个新奇而神秘的东西——燕么虎子,这些小玩意钩住了一个六岁小女孩的全部心思和注意力,要养这么一群燕么虎子,于是展开了一系列好玩的故事,半夜偷盐、挨打、与七哥老七的关系等。

第三章,去野外寻找彩虹的根脚更是儿童化的,也只有孩子才会这么做,相信那个挂在天上的彩虹,它的根脚离我们不远,于是就去寻找彩虹的根脚。这个不展开说了。最有意思的是小女孩在房顶上开辟了一个属于自己的儿童乐园。她把凉席、枕头、被单什么的都弄上房,把花猫及其小猫也抱上房。怎么上、怎么下写得非常生动,其实这些都勾起我们久违的孩童生活,说实在,在我们小时候都有房顶乘凉、观星星、讲故事的经历。她选取的一个个故事情节,饱满、丰富、细腻,生动、传神。所以故事就很好看。点、线、面都有了,生活的氤氲的气氛也造足了,一部作品就立起来了。

二是通过这种生活所彰显的越来越弥足珍贵的人的初心,即人最本真的善良、友爱与亲情。

这部作品没有附加高大上的主题,但表现的却是一个重大主题。她表现的是生而为人的初心,最基本的道德、最本真的人性。首先是善良与爱。表现在丫丫养小猫上,也表现在父母对孩子的教育上。有一个细节写得特别真实特别好,丫丫被妈妈追着打,但她只能围着院子跑,不能跑出大门,这就是教养,一个有教养的女孩子跑到大街上被妈妈追着打,成何体统!还有妈妈的鸡毛掸子高举轻落,还有他们从东直门回来,妈妈的表现,那种发自内心的亲情与母爱。丫丫和七哥的关系也写得妙趣横生,真切感人。和《耗子大爷起晚了》中的三哥的关系有异曲同工之妙。七哥老七这个人物着墨不多,但栩栩如生。单说给老七的一瓶牛奶就透着继母对孩子的悉心关怀,老七为了丢弃一只猫,差点儿没把自己走丢,家人的焦急中透着浓浓亲情。

另外就是写和谐社会、写邻里友情更是信手拈来,无处不在。丫丫从赵婶家要猫,写得特别生动细腻。黄老太摔折了腿,几家轮流照顾,搞得黄老太都不想站起来了,想永远享受这份不似亲情胜似亲情的邻里友谊。还有片警小程,热情为民的小民警形象也很鲜明。和谐友爱、相互照应,让孩子在健康和睦充满亲情与友情的人文环境中自由健康地成长,应该是这部书所蕴含的主旋律。

三是艺术技巧的纯熟老到,表现重大主题举重若轻,刻画人物形象不露痕迹。

这部作品具有老少皆宜、雅俗共赏的优势。文化浅的可以读故事,文化深的可以品内涵。读故事的可以读到绘声绘色的描述,观其人,听其声,看到活灵活现的人物就在眼前晃动,还有多处戳中笑点,让人会心一乐。品内涵的,可以看思想,看看老北京传统文化,看看老北京的人情世故,街坊邻里、家长里短,也总有让你的心里热乎乎、眼眶潮乎乎,让你不舍、依恋和久久回味之处。这部作品轻松之中有厚重,大俗之中有大雅。作者的艺术功力让人深深赞叹。

(本文系 2019 年 10 月 17 日在该书发布会上的发言)

阳光无界的孩子们
——读李梦薇的《阳光无界》

云南是我国儿童文学的重镇,独特的自然环境和人文环境似乎和文学有天然的亲近感,从这里走出了几代全国知名儿童文学作家。今天又走来一位年轻美丽的拉祜族作家李梦薇,她自成人文学华丽转身,携一部长篇儿童小说《阳光无界》引起了大家的高度关注。

作品取材于中缅边境上,一个多民族居住地的生活。这是一个鲜为人知的新奇世界,一条界河隔开了中缅两个小镇,和平时期,安宁祥和,两国边民友好交往不断。多依河蜿蜒曲折,日夜流淌,不厚彼此,滋养着两国边民。家畜不分国界,时而涉过界河,自由穿行;两岸边民自然交往,借界河两岸各有一二百米的隔离区,开辟成了一个天然的小集市,人们在这里买卖交易,因贸易而相识,甚至结亲联姻,成为一家人。这里还是一个多民族居住地,生活着拉祜族、哈尼族、傣族、佤族、汉族等多个民族,不同民族的人们有着不同的生活习俗,他们相互尊重,相互帮扶,和睦相处,生活和谐而安宁。作品中的小主人公扎而,一个拉祜族男孩,就是在这集市上结识了来自缅甸的漂亮女孩婉吉,扎而一下子就喜欢上了这个女孩子,自此开启了以两个孩子交往为主线、深刻反映此山此地人民生活的精彩故事。

书名《阳光无界》一语双关,既是孩子们生活中的阳光无界,又暗指孩子们纯洁美丽的心灵世界。作品正是在这两方面着力,以浪漫的文学语言,生动再现了热带雨林仙境一般的自然之美,同时又以精到的写实手法,真实再现了20世纪七八十年代,中缅两国儿童如何在艰难困苦之中,以善良的力量、纯净的心灵之光,照亮生活,激发人间温情与博爱,从而谱写了一曲爱与美的童真之歌。

因为作者本身就是拉祜族,生于斯,长于斯,深谙当地民族风情,有深厚的生活积累,再加上老练的文字,精当的语言,作品读来晓畅、自然而真实。大量丰富的生活细节仿佛信手拈来,边陲生活气息扑面而来,令人耳目一新,仿若置身于那个浪漫而多彩的中缅边界小镇之中。

更难能可贵的是,作品牢牢遵从小说的艺术特质,始终以故事与人物为主线,仿佛徐徐展开一幅长长的画卷一般,随着故事情节的发展,一应人物陆续登场,同时那美丽的热带自然风光、不同民族的生活场景也随之一一呈现,自然而不突兀。虽少了散文式的空灵与华丽,却多了内容的厚度、情感的温度、人物的热度。人随事动,景随情走,情景交融,丰盈而动人。既写足了边塞小镇生活的独特性,同时又能做到适可而止,闲笔不赘,文笔节制精准,新奇又不猎奇,质朴而不失雅致。

另外,在生活的开掘上,这部作品明显拓展了儿童文学的边界,把一个单纯的儿童故事引向深广的社会生活,引向人性的深处,以一时一地独特的社会生活图景,深刻揭示了该地少数民族同胞的内在精神气质,具有独特的美学价值,也为民俗学研究提供了一个生动范例。本人在这方面才疏学浅,不得要领,直感有以下几点:

首先是自然崇拜。这几个少数民族长期地处边陲热带雨林之中,远离现代文明,生活环境险恶,造就了他们独特的自然观和世界观。他们似乎比内地人更加崇尚自然,热爱自然,与自然为伴,以自然为本,天人合一,视人为自然一员。人生一世,草木一秋,所以把生死看得很透彻。在这样的自然观主导下,他们的生活态度泰然从容,宽和大度、处变不惊。比如,扎而和父亲在林子里邂逅野象,面对这个庞然大物,恐惧但不失态,终于化险为夷。后来扎而救助了一头小象,并与小象结下生死之谊。这是面对自然危机时的态度。而面对生活危机,他们更是不急不躁,坚定而沉着。比如,扎而的父亲因为意外事故受伤,变成植物人,在床上一躺就是几年,家人生活并不因此而受到多大影响(至少作品中没有表现出来),但一家人始终满怀希望,不放弃挽救父亲。在妈妈和兄妹俩不懈地呼唤中,爸爸终于苏醒,并逐渐站起来,最终恢复正常人的生活。另外,几个孩子的成长,也多有坎坷,都是在磕磕绊绊中,几经挣扎拼搏,最终达到理想的状态。单单从生为人而言,此地之人似乎更传统,更质朴,更本真,更接近人之所以为人之初心。

其次是刚毅坚忍的民族性格。这部作品冠以"阳光无界",实非生活一路阳光,恰恰相反,作者设计了多重磨难,采用的是对比反衬法,即让苦难与温暖相映衬、乐观精神与艰难生活相照应。似乎唯有如此,方显英雄本色,方显内在阳光永照。

20世纪70年代,中国边民生活还比较贫困,八分钱一个的馒头,小孩子们也不能经常吃到。而缅甸一方尚有内战,婉吉青梅竹马的朋友貌西图就不得不去当了娃娃兵。在作品中,数个人物多生活艰难,命运多舛。无论是身处中国安波小镇的扎而还是身处缅甸勐卡小镇的婉吉,他们都面临着生活的煎熬,眼前都有需要靠毅力和勇气才能跨过去的"坎儿"。尤其婉吉的命运一波三折,更令人唏嘘同情。爸爸在内战受伤,被送到中国治疗,从此杳无音信。婉吉孤身一人跑来中国寻父,因为婉吉的妈妈在重病之中,找到父亲是婉吉的最大心愿,也是妈妈的最后心愿。在扎而等人的帮助下,几经辗转,好不容易找到爸爸,不幸的是,爸爸也只是见了她最后一面就撒手人寰。悲伤欲绝的她回到妈妈身边,不久妈妈也因癌症,重病不治,抛下婉吉而去。可怜的婉吉连失父母,成了孤儿。幸而妈妈走前托孤一位远嫁中国的二奶奶收养,婉吉才得以在中国安身,并受到扎而等一应小伙伴及大人们的关心与爱护。而在扎而一方前面已说过,他的父亲因意外事故变成植物人。另外几位小伙伴,比如,静雪身患白血病,好在终得有人捐献骨髓而新生;黑皮由顽劣儿童到自强自立几经挫折。爱唱歌的妹妹哪哚,从山寨走向舞台,是一场犹如化蛹为蝶般的艰难蜕变;哈尼族女孩阿布雅因为妈妈生了双胞胎,全家被逐出村寨……还有扎托、大头鱼等几个孩子也各自在风雨挫折中历练成长,最终走向光明的人生。令人感佩的是尽管生活贫困,命运多舛,人们普遍生活在重重困苦磨难之中,却丝毫没有悲悲切切,作者的笔触阳光而明媚,作品的底色和基质始终是高光亮丽的,通篇充盈着一股乐观刚毅、温暖明快的气息。充分展示了这几个少数民族在生存环境恶劣、艰苦危难之中,历经数代磨砺,已经锻造出了从容镇定、憨厚质朴、豁达坚毅的独特民族性格。这种可爱可敬的民族精神,具有极强的感染力。

还有一个不得不提的独特气质就是善良宽厚的大爱精神。生活粗粝,并不影响内心柔软,心地善良。同情弱小、相濡以沫,相互支撑、互相帮扶、共渡难关是这部作品的主旋律。作品中的二奶奶着笔不多,但人物形象却非常感人。她从缅甸远嫁中国,多年来已经在本地扎根散叶,但故乡之情始终难以割舍。当得知婉吉的悲惨遭遇之后,她义无反顾地收留了婉吉。几年后婉吉的亲姨寻来,执意要把婉吉带回仰光外婆身边时,二奶奶无论心中多么不舍,也力劝婉吉回国。一个重情重义又深明大义的女子形象一下子就立了起来。再比如,哈尼族有一个独特习俗,女人生了双胞胎被视同生了妖怪,是冒犯神灵的大事。阿布雅妈妈恰恰生了双胞胎,因此违反族规,全家被驱逐出寨子。是扎而的父亲毅然把他们接到自己家中居住,两家并一家,直到乡亲们帮她家建起新屋为止。至于小主人公扎而,更是作者精心打造的纯良优秀的少年形象,他心地纯洁善良,面对欺负婉吉的黑皮,不畏强暴,勇敢上前。甚至在隔河相望,看到婉吉被人欺负时,也不顾一切地渡过界河,非法进入缅甸,引来一场越境风波。由此可见,一个民族,无论他们是多么保守落后,内在纯良的精神气质却是值得褒扬歌颂的,正是基于这一点,这个偏僻的中缅边塞才带给我们那么多感动与感慨。

总之,这部作品题材新颖,别开生面。生活的新奇性、故事的丰富性、内涵的深厚性兼具。同时又是一部典型的"边疆文学",独特的边塞生活、典型化的民族性格以及别致的美学精神浑然一体,值得一读。

(本文系 2021 年 4 月 11 日在该书研讨会上的发言,发表于《出版商务周报》2021 年 5 月 14 日)

新颖别致　牧歌声扬

——读董宏猷的新作《牧歌》

　　我和董宏猷相识多年,他是我们《儿童文学》杂志的铁杆作家,他把本刊视为娘家,我也把他视为兄长。从 20 世纪 80 年代开始在本刊发表作品,《一百个孩子的梦》本刊是首发,这么多年看他一步步走来,从帅小伙变成须发皆白的沧桑文艺大爷。

　　2019 年岁末,他倾情奉献了一部题材独特、识别度非常高的作品,因为只有他才会这样写,也只有他才能写出这样的作品。我觉得这是一部从他的心底流出来的歌,是一部浓缩了他的全部激情与热情的作品。我们大家都知道,他是一个"准专业"歌唱家,还是一个内存超大的曲库,从儿童歌曲到成人歌曲,从民歌到美声,从地方小调到经典名曲,从大陆到台湾,从中国到外国,无所不有。而且他音域极宽,从奶声奶气的童音到嘶哑深沉的沧桑老叟都能唱得以假乱真、声情并茂。他特别喜欢唱歌,走到哪儿唱到哪儿,哪儿有董宏猷,哪儿就有歌声。有时真是替他遗憾,这辈子怎么就没去当歌星呢?阴差阳错,让儿童文学界白捡了个歌唱家。今天这个歌唱家终于发力,给我们奉献了一部别致之作。

　　依我拙见,这是一部散文式的长篇小说。为什么这么说呢?第一,不太注重故事,故事内容比较单薄。这是一部发生在刚刚解放的武汉的故事,一个名叫江南的男孩儿,歌唱天赋极高,从小就受到音乐的熏陶,上学后就被选到学校合唱队担任领唱。男孩的妈妈是音乐老师,爸爸受党指派去了台湾做地下情报工作,因为不便公开身份,男孩受到个别人的猜疑与歧视,不能当领唱。男孩没放弃,他的小伙伴也没有放弃他,制造机会让他登台放声歌唱。第二，作者也没有着力刻画人物形象，主要人物男孩子江南出镜率很高，但作者并没有用心刻画这个人物。大多数情况下，他只是一个串场人物，他的个性并不突出，用来着意刻画这个人物的笔力不够。还有姐姐江燕，形象也比较单薄。只看到她关心爱护着弟弟。妈妈形象更模糊，她曾经是战地服务团的歌唱演员，和向前的妈妈同在一个团，如果想展开的话，也会有很多故事，因为作者的着力点不在这里，所以也没有展开。我们看到的是她脾气不太好，当别人排斥她的孩子时，她采取的方式是隐忍，不让当领唱，我们不去就是了。这个人物的性格也没有写出来。爸爸作为地下党，本是一个很有戏的人物，但作者没有写他，把他作为暗线处理了。倒是几个着墨不多的部队小孩如向前还有秋水，形象倒还鲜明一些。关键时刻，为了让江南出场，向前故意唱跑调，把江南推向前台。

作者的笔力既没有着重在讲故事，也没有着力在刻画人物形象上，那靠什么吸引了读者的眼球，它艺术魅力在哪里呢？是作者以满含激情的笔触，以抒情与叙事相结合的艺术手法，真实再现了刚刚解放时的大武汉。我们说一个时代有一个时代的生活，一个时代有一个时代的语言，一个时代有一个时代的歌，一个时代有一个时代的穿着打扮。是那些年，那些歌，那些人，那个时代，勾起了我们共同的记忆。他巧妙地以老歌作为那个时代的符号，让那些老歌为时代代言。每当我们看到那些歌词，心中就响起了那熟悉的旋律，禁不住哼唱起来。当我们看到那热烈奔放的载歌载舞的游行街景，心中的激情就立刻被点燃，仿佛置身其中。不得不佩服作者的精确传神的文笔，一小段文字就能创造一个即刻活灵活现的场景或者人物。不愧是老作家，熟悉生活，有功力。他特别擅长抓出代表一个时代的典型符号，歌曲自不待言，好像是老歌大串烧；还有列宁装、军装、军用大卡车，大操场上军人列队，排山倒海式的大合唱："向前向前向前，我们的队伍向太阳……"唱得人热血沸腾。另外，武汉也是作者用情很深、着力表现的地方。作为中南重镇，连通南北的大城市，南北文化也在这里交汇融合，文中很详细地介绍武汉的戏曲、戏剧，多达十几种，还有一再出现的长江以及长江号子，震耳欲聋的大钟声，能传遍武汉三镇。作者把武汉的特色，如文化、风俗、饮食、民俗、街景、江景写得很足，充分展示了这座城市的魅力和特色。这些内容占了大量篇幅，所以我说他是散文式的小长篇小说。

第二谈谈结构问题。这部作品的结构很特殊,用了一个明线暗线交织的结构方式。明线以男孩江南为主线,明线实写,写歌唱,从街区、学校到部队,到处充满了歌声,到处充满了激情和阳光。正像一首歌唱的,"解放区的天是晴朗的天,解放区的人民好喜欢",到处喜气洋洋的。整个作品基调是明快的,读来很欢快、畅快、痛快。

暗线虚写,写爸爸的故事,扑朔迷离、雪泥鸿爪、草蛇灰线,点到为止,或者是干脆欲言又止。文中提到爸爸的地方很少,两个孩子与爸爸的情感也很淡,没有爸爸,对他们的生活和情感似乎影响也不那么大。只有一次,江南被合唱团欧阳老师排挤,他的感情达到一种最激愤的状态,大雨中跑到江边,这时想到爸爸,喊出:"爸爸你在哪里啊!"按说,妈妈是有意回避爸爸的问题,不想影响到两个孩子。姐姐江燕年龄大一点,又曾随妈妈到上海去寻找爸爸,她应该对爸爸的印象更深一些,也没有写。爸爸这条线的处理,不是失误,而是作者有意为之,这是作者的聪明,甚至是狡猾之处,给你一条似有似无的线索,就像大山中远处的灯火,若有若无,总让读者怀有一种期待,也许下一章就该写他爸爸的惊奇故事了吧,结果也没有。一直到结尾用一整章的篇幅介绍了爸爸的情况。

作者把一个现实版的儿童生活故事和一个资料性的党的地下工作者的故事编织在一起,扬长避短,因为他熟悉的生活是唱歌,对生活在台湾的地下工作者的生活肯定不太熟悉。这样处理有几个好处,一是给这部作品带来很大的悬念和神秘感;二是爸爸地下党这条线的加入,增加了作品的厚度,思想内涵更丰富,提升了它的政治高度。第三也增强了作品的可读性。试想如果没有这条线,就单纯写歌唱的故事,内容会比较空洞,故事更单薄。作者很机巧,也不知怎么想的,把唱歌与地下党连在一起,真是神来之笔。

总之,在岁末年初,这部作品牵动了我们的绵长记忆,在童年书写上独辟蹊径,作品让人眼前一亮,给新年又添一喜。

唯一担心的是当代少年儿童不知道这些老歌,没有那个时代背景衬底,他们的共鸣会不会像我们这样强烈。

(本文系 2020 年 1 月 10 日在该书研讨会上的发言)

《戴面具的海》：面具摘不下来以后

这是一个男孩子成长的故事。正如作者彭学军在开篇写的：

男孩也会哭——
号啕大哭或在心里抽泣；
较之女孩，男孩成长的波折与艰辛
在别处

那海成长的波折与艰辛来自哪里呢？一切都因为一副"面具"引起。周末的午后，海和妈妈一起去逛街，他们来到了一家"藏饰店"，这是一个女孩开的专卖藏族配饰的小店，妈妈喜欢那些绿松石的小东西，经常来光顾。今天女孩子不在，看店的是一个藏族老奶奶。妈妈在挑选首饰，海被一个挂在柱子上的面具吸引住了。

这是一个很凶的面具，脸是绿色的，眉毛像两把剑，眼睛恶狠狠地瞪得很大，鼻子皱成一团，一张大嘴鲜红鲜红，嘴角还挂着一滴血。

这面具很薄很薄，不知是不是用树皮什么做的，后面有一个细细的带子。老奶奶见海喜欢这个面具，就把这个面具送给了他。妈妈买了一串绿松石手链，海拿着这个奇怪的面具就回了家。

平静而幸福的一天突起波澜，海把这个面具戴上以后，发现摘不下来了。一个家庭中风浪骤起，这部书的故事就这样拉开了大幕。

我们常说"文似看山不喜平"，一部好的图书，要想吸引住人的眼球，让读者一直追着看下去,一定要有一个好故事,最好是一波三折,一波未平一波又起。这部长篇就具备这个特点。过去我们都认为彭学军文笔温婉,意境优美,没想到她还是编故事的高手。更难得的是她在编故事上,比其他作者还技高一筹。我们都知道艺术包括歌曲、戏剧,文章讲究的都是低起势,你不可能把调子起得太高,一上来就很高,后面的戏还怎么演,歌还怎么唱?一开始平缓一些,渐入高潮,有起有伏,有高有低,张弛有度,错落有致,这样的故事才好看,这样的歌曲才好听。这部书的起势很高,试想如果你家孩子戴了一个假面具,一下子就摘不下来了,家里会慌乱成什么样?而且是一个丑恶"恶魔"面具扣在脸上摘不下来了。这样的开头一下子就把读者吸引住了。读者的心不由得提起来,怎么办啊?下一步会发生什么故事?这个丑恶的面具会不会给这一家人带来厄运,而且,在海和妈妈刚进店时就听到一种怪异的声音:

> 走吧,人间的孩子,
> 与一个精灵手拉手,走向荒野和河流。
> 这个世界哭声太多了,你不懂。

当时这个声音若有若无,充满了迷惑感,作者也通过这首诗造足了神秘气氛。这时海的妈妈突然想起来,这是不是一种咒语,她念了几遍,使劲摘还是摘不下来,此时他妈妈就快崩溃了。

这样的开头一下子就为整个故事垫好了底,把读者的神经调起来,把读下去的兴趣也调起来了,这么高的起势,下面的故事不能先抑后扬了,只能是水涨船高。

我最佩服的是作者既没有走幻想小说的路子,来点悬幻、惊悚、荒诞、怪异什么的,也没有走一般的俗世之路,一点小事故就搞得沸反盈天,鸡飞狗跳。她的文字非常节制,基调情绪一直把握得很稳。这样一个开篇的故事,没有大海的波澜壮阔,也没有大江大河激流险滩,作者就像一个淡定冷静娴熟的船夫,让这条故事小船始终行驶在一条静静流淌的小河上。每当波澜欲起时,作者或点到为止,或以柔克刚,总之,不掀起大风大浪。采取的是外松内紧的手法,故事情节很紧凑,故事内容很从容,读者很紧张,作者很淡定。

这条故事小船顺流而下,轻风微浪,顺顺当当,甚至还能看到两岸的风景,还能闻到一路花香。其实在小河的底部,读者能够真切感到或者预料到的是激流险滩,大有下一步要出点什么事的感觉,这种阅读期待一直牵引着读者的心。

沿着故事发展的自然规律,作者以写实的手法,设计了三大场景。一个是家族,一个是学校,一个是医院。

妈妈在绝望之中,急忙给爸爸打电话,爸爸为了公司的事情,正急得焦头烂额,本说不回家吃饭,被妈妈一通电话叫回家,一进门就没好气,看到儿子戴着个丑恶不堪的面具,还以为儿子在搞怪,冲着儿子就是一通大吼:"你把那个破玩意给我摘下来。"当他发现原来面具摘不下来时,傻眼了,对着妈妈就是一通埋怨,可是埋怨有什么用呢?冷静下来以后,赶紧带着娘俩去找那家小店。小店在,店主姑娘刚开门,一说这情况,姑娘说:"我这里根本就没有什么藏族老奶奶,我都一个月没开门了,刚刚回来。"

故事再一次掀起波澜。这一家人傻眼了。这个面具能不能摘下来,什么时候摘下来,要真永远摘不下来怎么办?还面临着一个最现实的问题,海怎么去上学?到学校以后,会不会掀起轩然大波?再说,这是一个有魔力的面具,那下面会发生什么意料之外的事?这些都构成了这部长篇的看点。

这时,最先崩溃的是海的爸爸,他留下一张纸条离家出走了。

三天以后,海上学去了,他妈妈把他的面具美化了一番,让这个丑恶的"恶魔"变成了一个小丑,他戴着面具上学去了。没有出现读者预料中的惊涛骇浪,海也没有引起学校的轰动。这得益于海的妈妈和学校老师。这场风波具体是怎么化解的,大家可以去看书。

海终于可以坐到教室里读书了,没有惊涛骇浪,不等于风平浪静,孩子们还是对海的面具充满了好奇,特别是他的同桌一个大眼睛的女孩子,还有一直和他不对付的名叫壁虎的男孩。一天,壁虎袭击了海,把海掀翻在地,去抢他的面具,结果怎么摘也摘不下来,壁虎顿时吓得失魂落魄,落荒而逃。面具摘不下来的秘密同时也被同桌发现了。这个女孩很善良,她不知从哪里听说,把这个面具画下来,烧掉,每天烧一次,再加上念咒语,就能摘下来。

他们相信,在小店前听到那首诗就是咒语,于是他们每天来到礼堂后面的一棵向日葵下,烧画,念咒语。本是两个人秘密在做这件事,却被跟踪的壁虎知道了。按照一般的写法,壁虎这时要搞点什么,没有,壁虎也参与其中,并最终和海和女孩成了好朋友。其中还穿插了美术课上老师让同学们画海的面具,并把画都送给了海,海他们也都悄悄地烧掉了,可是面具依然没有揭下来。这是第二个场景。

第三个场景是爸爸出走以后,奶奶病了,并且病得很重,妈妈一直在医院照顾奶奶,因为海这个样子,妈妈也不敢让海去看奶奶。时间一长,奶奶十分生气,和妈妈大吵了一顿,临死前一定要见到大孙子,没有办法,妈妈只能让海去医院看望奶奶。怎么去?见了面又会怎么样?读者的心又被揪了起来。海想了个办法,高高兴兴去了医院,还给奶奶跳了一段街舞。奶奶见到大孙子也十分高兴,在海的舞蹈中静静地睡着了。他们是怎么瞒住了奶奶?这又是一个谜。

海和妈妈闯过了一道又一道难关,难道海就永远这样戴着面具生活下去?这是读者最为揪心的事情,也是一直萦绕在读者的心头的一个结。

时隔不久,海的面具轻而易举地摘下来了。怎么摘下来的,其中还有一个故事。我不讲了,请大家去看书,不然,我都揭了秘,谁还看书呢?

最后的结局也很有意思,海的面具揭下来了,海的爸爸也回来了。原来他不是逃避,而是想到西藏去找那个老奶奶,他相信,解铃还须系铃人。西藏之行,爸爸吃了很多苦,疲惫不堪,像个流浪汉一样,可是他仿佛变了一个人,他洗涤了灵魂,心灵得到安宁。

妈妈和海也决定到西藏去,去找那个老奶奶。他们去了,还真找到了老奶奶,海把面具还给了她。并且得知,只有古格国王子戴上这个面具才揭不下来,海是这个王子吗?如果是,又会发生什么故事呢?书到这里结束了,作者也许还会写第二部,我和大家一样期待着。

那么通过这个故事,作者想表达什么呢?我们从中又感悟到了什么?我觉得作者有意无意之间弘扬了三种力量:

一是来自孩子的纯洁的力量。海的面具摘不下来了,他的父母急得几近崩溃,两人吵得昏天黑地,倒是海很坦然,这个面具很薄,不影响吃喝。海三天没上学,在这三天里他该吃吃,该玩玩,该睡就睡。他的淡定像一剂清凉剂,让争吵的父母一下静了下来。海的表现也很符合生活,面对生活的变故和意外,孩子比大人冷静、淡定。因为他们单纯,不知道事情的严重性。比如,一些患重病的孩子,在医院里,只要不是特别痛苦,该吃就吃,该玩就玩,精神承受力远比大人强。

二是贤良的力量。在这部作品中,作者很好地塑造了一个善良、外表柔弱内心坚强的知识女性的形象。儿子遭遇到了这么大的意外,是妈妈帮儿子渡过了难关,让他能正常走进学校,并且不留心理阴影。后来,爸爸承受不了家里家外的挫折和打击,留下一张字条离家出走,奶奶又生病住院,妈妈一个人默默地承担起这一切。最终皆大欢喜地迈过这一道坎,让我们从中看到贤良的力量。所以这部书也值得家长一读。

三是爱的力量。海遭到意外,他得到比别的孩子更多的爱,妈妈的爱,同学的爱,老师的爱。最后是爱的力量,让他轻松地摘掉了面具。读完这部书,我们不能不相信,爱是永恒的,万能的。

我们期待着作者的第二部书,之所以期待,是因为作者埋下了几个大伏笔,一是不存在的时间。开始海和妈妈明明进了一家小店,小店的老奶奶送给了海这个面具,当一家人再找到这家小店时,老奶奶并不存在。在西藏他们又一次找到老奶奶。不存在的时间代表着什么?不仅仅是在现实和虚幻之间穿行的桥梁吧?还有什么更深的内涵?还有美术老师小小,一个来校临时实习的小老师,她不但组织学生画海的面具,然后让大家把画送给海,小小老师也画了一幅送给小小,这幅画诡异,充满神秘感,为下部图书埋下了一个很大的伏笔。三是在书中反复出现的爱尔兰诗人叶芝的那几句诗:

> 走吧,人间的孩子,
> 与一个精灵手拉手,走向荒野和河流。
> 这个世界哭声太多了,你不懂。

它似乎也预示着什么?在这部书里并没有出现精灵,出现的夏蕾生小时候看到的一个精灵,下一部会不会出现呢?一个孩子与精灵手拉手,走向荒野和河流。

  总之,一部好书,不只是有一个好故事,还有丰富的内涵,值得守望的期待以及反复咀嚼的味道。这是一部好书,好书就值得推荐给全国的小读者。

(发表于《文艺报》2015 年 1 月 19 日)

书写诗性的生命之美
——评彭学军的短篇小说集《等成一棵树》

彭学军在文学创作上起步比较早，她从 20 世纪 80 年代末开始创作，起初主要是或者说全部是短篇小说，她那一篇篇精致典雅、意蕴深厚、美不胜收的短篇小说，给文坛、也给那一代读者的心中留下了一个个美好的回忆，很多人认识彭学军，喜欢彭学军，不是因为她近十年来创作的一部部长篇，而是她的短篇小说，可以说在 20 年间，她发表了数十篇短篇小说，每一篇都不负读者期待，每一篇都能给人带来惊喜。这些短篇小说，在彭学军的文学创作生涯中，是一颗颗珍珠，是一连串坚实的闪光的脚印，也是一道别具情趣的风景。在文坛上因短篇而出名的文学名家、大家很多，彭学军也是其中之一。正因为有近 20 年短篇小说的创作上的历练，有这么深厚扎实的基本功，她在后来的长篇小说创作上才走得那么稳，才能取得这么大的成就。

恰好她的短篇小说大部分都是发表在我们《儿童文学》杂志上，我也是她作品的责任编辑之一，对她的作品很熟悉。况且，在《儿童文学》名家汇第一辑中，我们又出版了她的短篇作品集《等成一棵树》，里面收录了彭学军的短篇小说 14 篇，是彭学军短篇作品的精华和代表作。很多喜欢彭学军作品的人对这些短篇都有印象，有些篇目或许耳熟能详。

为什么彭学军的作品这么受欢迎？她的短篇小说的特点是什么？我觉得可以用三个词来概括，那就是精致、唯美、纯粹。

首先，作者本身就是一个严肃的"唯美派"作家，她的每一篇作品皆是心血之作、深情之作，不论表面看来是自然天成，还是匠心独运，其实每一篇都是用心的，每一个细节、每一段描写都是走心的，这和当前那些崇尚"轻阅读"的"类型化"作家有天壤之别。她是一个属于"纯文学"的严肃作家。

其次，在她的作品中所体现出来的那种"美"也是大美。它涵盖了一部完美的文学艺术作品所要求的全部要素：故事、结构、人物形象、景物场景、内涵、意境、格调、语言等等，都在追求美，同时也呈现着一种美。下面我从两个主要方面谈一谈个人感受。

首先是故事之美。我对于一篇作品的故事是这样看的，我认为故事只是一个框架、一个载体，而情感、思想内涵、意境、语言等则是它的血肉，没有情感、没有内涵、没有意境的故事，只是一个没有生命力的空壳，或是一堆虚华浮泛、五颜六色的肥皂泡，比如当前充斥着儿童文学园地的"校园生活故事"，怎么读都觉得艺术成色不够，缺斤少两。彭学军的作品恰恰是一批内涵深厚、情感饱满、意境悠长之作，比如她早期创作的数篇以湘西生活为背景的短篇小说，如《油纸伞》《红背带》《染屋》《载歌载舞》等。其中《油纸伞》是我经手责编的，说实话，没有我的坚持、力挺，就没有这篇作品，至少不会出现在《儿童文学》上，如今它成了彭学军的代表作。一柄普普通通、过去农村人常用的用桐油油过的红油纸伞，在彭学军的笔下，它被描写得如梦如幻：像一个道具，承载了"我"与奶奶两代人的故事，但它更是一道风景，串起了"我"和奶奶两代人不同的愿景，同时也通过求河神、跳伞舞等场景展示了湘西所特有的风情。它更像一个有生命力的精灵，不仅救了奶奶，也在发大水的时候救了"我"。很多年过去了，"我"的脑海里，还有这样一个画面：在一个春雨潇潇的某一天，一溜红光的油纸伞蜿蜒而至，如一条溢彩流光的红绸带在山间抖动。原来，是因为有一天十七岁的奶奶撑着红艳艳的油纸伞、悠摆着一根乌黑的大辫子到镇上去赶集，被街边伞铺的一个书生模样的小学徒看中，他来提亲，奶奶的父母不答应，小学徒不泄气，整日整夜发了疯地做伞，用一柄一柄的油纸伞首尾相连，摆了二十里，一直摆到奶奶家门前。小学徒说，他不会让奶奶淋到一星半点雨，一辈子都这样。后来小学徒果然践行了自己的承诺，为了保护奶奶被日本鬼子杀害。《油纸伞》写两代人的故事，又融进了深深的亲情、爱情和湘西所特有的民俗风情。一个短篇里承载这么多的内容，集优美与厚重于一身，很耐读。

如果说《油纸伞》《染屋》是以一种风情之美、人生的命运之美打动我们的话，像《载歌载舞》《午后》《哥哥在电梯里》《看不见的橘子》等都是悲剧，完全可以搞得很悲情，但在这种题材的作品里，彭学军依然在着意追求一种美，即充满了一种人情之美。她在寻找一种心灵悸动、情感激荡的力量，同时也兼具人性拷问的力量。

《载歌载舞》讲的是一个妙龄的苗家女孩儿，实际是一个疯子，总爱围着陌生人跳一种曼妙的舞蹈，当地人司空见惯，而"我"从城里新搬来，觉得很喜欢。后来某一天，"我"家不幸着了大火，疯女孩儿以舞蹈的姿态两次冲进屋里，救出"我"和小妹。这时，村里人也赶来了，但是人们看着疯女孩儿大火中以舞蹈的姿态挣扎、扭动，却没有人去救她，在人们的心里，一个疯子死了就死了，没有什么大不了的。关键是作者写到人们观望女孩在大火中挣扎，只用了不足百字："人们齐齐地站着，看着，看什么呢？看金妹跳舞吗？他们是从来不看金妹跳舞的呀！"这种冷静的简洁到极致的描写，一声轻轻的诘问，却能鞭辟入里，直达人的灵魂。这种举重若轻、不动声色的批判力量，仿佛有千钧之力，瞬间击碎读者情感堤坝，让人由里到外地产生一种惊悚、不寒而栗的感觉，感到人心的可怕。在这篇作品里，她把一种近乎极致的疯女孩儿的舞蹈之美与村民的人性之恶一起推到读者面前，通过村民对人的性命的漠视，把人性当中深藏不露的丑恶、狠毒生生地撕开来让你看。就是看了这一篇，我觉得彭学军在艺术上是个厉害角色。相比之下，《午后》《哥哥在电梯里》《看不见的橘子》同样是写死亡，则显得更温和一些，但是这种穿透力和厚度、艺术质感同样不逊色。《午后》开篇写的是一个初一男生，捡到一张纸条，"今生今世只爱你一个"。他一边琢磨这张纸条，一边就遇到了两个人，一个是满头白发、生活安详、靠着墙根晒太阳，颐养天年的老太太，一个是顶着一头乱发、脏乎乎的小男孩，因为赢了很多玻璃球而神气活现，转眼失足落水而死，一个连乳牙都没有换掉的小男孩就这样消失了。这一老一少形成鲜明对比，作者揭示的是生命无常，所谓"今生今世"就是一条可长可短的橡皮筋。这篇作品充满人生哲理，让懵懂少年第一次思考有关人生、有关命运的重大问题。像《哥哥在电梯里》《看不见的橘子》揭示的是死亡对儿童身心的巨大影响和伤害。

还是回到我开始的观点，故事是一个框架，我们三言两语就可以简述一个故事梗概，但在作家的手里，特别是在彭学军的手里，却变成了或令人把玩，或令人回味，或唏嘘不已的艺术品。这就是伴随着内涵之美、意境之美、情感之美的故事之美带给我们的艺术享受。

第二，我想谈一谈结构之美。读彭学军的作品，我们都觉得很精致，很典雅。这种精致典雅尤其体现在她的短篇小说里。很多人认为，长篇是讲究结构的，一部长篇没有一个好的架构，就像一群乱七八糟的建筑没了章法，少了灵魂。其实短篇比长篇还难写，长篇可以藏拙，可以注水，短篇不行，因为篇幅有限，要想抓住读者，就更要讲究结构，讲究谋篇布局。同样一个故事，一百个写手能写出一百篇不同的作品，就是因为写法不同，结构不同，风格不同。可以说，收入《等成一棵树》这本短篇作品集中的14篇作品，每一篇都是经过作者精心构思的，在结构上都是很讲究。我一个最大的感受是她在故事结构上悬念设置不露痕迹，看似并不刻意追求一波三折、波澜起伏的故事情节，也不注重故事表面的吸引力，更注重故事内在的张力和思想内涵，其实她是一个很老练的编故事高手。

她很擅用"道具"，这个道具到最后又往往成为一篇作品的"点睛之笔"。比如《春桐秋景》点睛之笔是"剥毛豆"。开篇作者用了很长的一段笔墨写两个还在上幼儿园的女孩子剥毛豆，写得非常生动细腻传神。当你以为她要写一篇幼儿文学时，笔锋突然一转，十几年后，两个女孩儿在一所重点中学相逢，两人学习都很棒，同是奥数班的高才生，当你以为是要写两个女孩儿的友谊的时候，作者又笔锋一转，某一天学校放假，老师们一一布置了大量作业，奥数班又特别布置了一道很难很难的奥数题，如果能解出这道题对于将来获奖升学影响如何重要，等等，结果是两个女孩子很默契地放弃了做题，买了一筐毛豆，两人坐在葡萄架下，整整剥了一下午毛豆。这让她们想起了童年的某个午后，两个人在一起剥毛豆，首尾呼应，形成了一个完整的故事结构。在这里作者没有一句批评当前教育制度、学生负担过重的问题，而通过两个女孩子的行为，她们那种对于放空心情、恬静的、无欲无为无压的渴望，有力地批评了教育制度。像这种道具式的点睛之笔，作者好像随心所欲，信手拈来，比如《瓷器》中一套瓷器贯穿始终。开篇是父母一吵架，妈妈就摔那一套从景德镇买来的精美瓷器，并扬言摔完这套瓷器就离婚。为了阻止父母离婚,女儿和邻家的一位男孩就千方百计补足妈妈摔掉的瓷器,甚至去一家饭店偷相同的瓷器。直到有一天男孩子偷了盘子慌不择路遭遇车祸,像压碎了一件瓷器一样被压碎了一条胳膊。悲痛之中,女孩一件一件地从楼上往下摔瓷器,最后终于阻止了父母离婚。再比如像《废船》中的废船,写了一个残疾的女孩子想通过卖废船上的破铜烂铁自食其力而不得,一定要接受别人施舍的尴尬和无奈;《红背带》中的那条红背带,写尽了一个女人一生的渴望,那就是做一个母亲,用一条红背带背起一个娃娃;《油纸伞》中的那把有灵性的红伞;《黄昏的桥》中的两个孩子邂逅的那座桥……几乎每一部作品中都有一个"抓手",有一个点,这个点就是这篇作品的魂儿,有了它,整个结构也就紧凑了,精致了。

　　第三,是语言之美。这一点我不想多谈了,相信每一个读过彭学军作品的人开始都是被她的语言所吸引,还有很多专家可能也会说到这一点。关于她的语言之美,我只想说一点,独特的彭学军式的自然之美、含蓄之美、节制之美。我说这一点也是有针对性的,针对的就是当前盛行的欧风洋派,那种矫情、华丽、繁复的大长句子,带着刻意显摆的雕琢、修饰和浮华。相比之下,彭学军的语言则自然流畅得多,她很擅长描写,但不是"白描",而是状物与抒情有机结合,带着很个人化的情感和感悟,以独特优美、诗性的语言描绘出来。另外,她喜欢第一人称,以"我"的叙述,不疾不徐,娓娓道来,从容平和,自然亲切之中透着才情诗意。她的文字把那种艳丽的浮光、刺啦啦的冷光都打磨掉了,当然更不是原生态的粗糙、粗粝,是一种有质感的书面语言,柔和、温润,带着天然去雕饰的纯净。她还很懂得适可而止,注意留白,含蓄而节制。因此她的文字有很强的代入感,读起来很舒服,不知不觉你就进入了作品的情境之中,很自然地就想到那句话:岁月静好,安心读书吧。

(发表于《文艺报》2016年7月4日)

深情永驻风雪那年
——长篇小说《风雪那年》二人谈

徐德霞：你好刘虎。首先祝贺你的长篇小说《风雪那年》获得了2018年度的陈伯吹国际儿童文学奖。记得你原本是活跃于成人文学领域的，也写诗歌，对吗？后来怎么会想到进行儿童文学创作呢？

刘　虎：是的，我写过不少成人的小说和诗歌。至于儿童文学创作，那完全是女儿的一次激将所致。我生活在河西走廊一个偏远的小城，自小喜欢文学，所以孩子出生长大些后，我也给她订了许多文学类杂志。有一次她说："爸爸，你经常发表作品，有本事在《儿童文学》上也发一个我看看。"我接招了。因为我所生活的小城当时还没有人在这个刊物上发表过作品，而《儿童文学》和《少年文艺》是很多孩子都喜爱的刊物。我想打破她的神秘感，也让她为我自豪。没想到一连投了三次，总共六篇，都被刊发了。这也成为我走上儿童文学创作的动力。

徐德霞：原来如此。不过我还清楚地记得刚读到你稿子时的感受。那时我负责《儿童文学》的稿件终审。编辑第一次给我看你的稿子时，我就觉得这个作者的生活经历和一般作者不同，文字间透露出鲜活、独特的气息。这正是当下儿童文学中比较稀少的，所以果断签发了。后来我去甘肃参加一个文学活动，第一次见到你，并了解到你真的是一个工作在野外一线的地质工程师，长期在祁连山和大漠戈壁跋涉，经常和野生动物亲密接触。正是基于这种特殊的真实的经历，你的作品个性很突出，具有很强的艺术辨识度，而且题材丰富,创作态度非常真诚。

你自己觉得这种独特的个人生活经历对文学创作影响大吗?你在写作时又如何处理艺术真实和现实真实?

刘　虎:我非常看重真实,这是我文学创作的基础。我认为,生活比小说更精彩。现实里面的智慧、危机、情怀甚至阴谋,远比文学作品描写得还要丰富。生活是一座矿山,外表可能是驳杂的,内里充满了精确和精致。只有像勘探矿山一样用心勘探生活,才能寻找到属于自己的富矿。所以我觉得所谓艺术要高于生活,其本质还是发现生活中的闪光点,创作其实是对生活本身的提纯过程。这个过程好比勘探之后的选矿和冶炼,是让有益组分更加富集。但前提依然是能够在生活中发掘这样的有益组分。

徐德霞:现在业界称你是"西部动物小说之王",但我觉得你的小说中动物和人经常呈平行状态出现。你为什么喜欢这种叙述方式?

刘　虎:艺术形式是受制于内容的。在祁连山中,人和野生动物的生活圈子几乎是完全重叠的,写人离不开动物,写动物也避不开人,双方拥有平等的地位。所以这其实是自然界的一个真实状态,只有这种形式,才能承载这样的内容。

徐德霞:的确如此。而且我发现在你的动物小说(姑且先用这个定义)里,动物都不是一些作家笔下那种拟人化的,而是最大限度符合动物行为学,并给予动物与人类的平等。最显著的标志恐怕就是你的作品里不管人还是动物,人称代词都统一用"他"或"她"。你在给动物进行角色定位时,也没有按照时下流行的动物小说写法,让动物担负什么社会责任,也没有把人类社会的准则强加在动物身上。你想表现的是人与自然和谐的本质,即便牵扯到不同物种或相同物种间的敌对行为,也是为了表现真实的自然法则。这就形成了你的作品很好的科学性。当然,你在作品中也没有忘记设计悬念迭起的情节和细腻的情感表达。

刘　虎：是的。关于第一点，可能和我是理工科出身有关。我写作前，最喜欢干的事就是查阅大量的相关专业学术论文。不是在网上看百科词条，而是下载纯粹的专业论文，包括博士论文，请教动物学专家。这样做可能造成科普味比较浓，但能够最大限度地准确运用科学知识去表现我的人文观念。因为我觉得孩子们需要这些知识。故事性是小说的基础，没有悬念则很难激起读者的兴趣，所以这是我结构故事时用力最多的部分。至于情感，我个人觉得，这是艺术作品重要组成，没有情感的叙述，就很难做到生动。我力争通过感动读者，传达我的思想意图。

徐德霞：对了，再回溯一个创作缘起的问题（也是为了帮助读者更好地理解《风雪那年》这部获奖作品）。是否有具体事件激起你写《风雪那年》的冲动呢？

刘　虎：还真有。一个是源于我同事，她的妈妈是当年日本侵华失败后遗留在中国的孤儿，是受伤害的中国人养大了她的妈妈。另一个是听来的故事，说一只雪豹的幼崽被狼吃了，她在复仇的时候，发现那只狼已经被豺狗杀死，狼崽成了孤儿，结果雪豹的母性被激活，收养了狼崽。这两个故事在脑海里被联系在一起的时候，我的创作欲望被点燃了。

徐德霞：这两个创作背后的"故事"听上去是有些沉重的，但我发现你处理得很阳光，用流行语来说，就是化成了满满的正能量。而且作品给我印象最深刻的有三点：一是宏大的主题和悬念迭起的故事；二是里面有很多对内地城市读者来说陌生的、充满地域色彩的细节，很吸引人；第三就是有些情节特别震撼，比如康卓被迫开枪杀死自己一手养大的小狼巴桑后，悲愤地责备自己："我怎么连一只羊都舍不得给她吃？"再就是小说的外在文本结构和内生关系结构非常紧密，逻辑十分清晰，充满张力，这在当下的儿童文学中十分难得。

刘　虎：感谢徐老师的肯定。其实我在创作这些作品时，脑子里很少去想它属于什么类型,我只想表达最让我激动的、最想告诉读者的东西,因此有人也说我的创作有点杂(笑)。

徐德霞:其实创作本来就不应该被概念框住。拿《风雪那年》来说,它不算严格意义上的动物文学,其中主要还是写人;动物只是表现自然生态时的必然存在。我觉得你的本意是在写生态文学,甚至有借此全面表现个人自然史观的叙事野心。无论文本和主题,都有一定的开创性。

刘　虎:说到我的这种创作特点,还是和我曾经进行成人文学创作有些关系,因为可能思考时的角度和深度都会有一些差异化(或者说是走在中间道路上)。就像有些儿童视角的作品,其实是在审视成人世界,并不算儿童文学,也不适合孩子看。而一些成人视角的作品,倒能带给儿童符合他们审美能力的阅读收获。我在创作儿童文学作品(如果大家认可它为儿童文学)时,始终遵照两个原则:纯净和深刻。我可以弓下腰或蹲下身。孩子们很聪明,他们能够感知成人眼中的那个世界。我的创作目的也有两个,一是试图让孩子在享受阅读的同时,增强知识、培养坚毅高贵的品格以及勇于担当的精神;二是为了在孩子和成人之间搭起一座大家都能通行的桥梁。

徐德霞:正因为你的这种创作原则和创作目的,使得你的作品阅读对象很宽泛,应该说,小学三年级以上,一直到任何阶段的成年人都适合阅读(我身边就有真实案例,一位年轻编辑出差中偶然得赠一本《风雪那年》,结果在火车上读得不忍释卷,这是她亲口告诉我的)。
最后,我再代读者问你一个问题,你未来的创作规划是什么?

刘　虎:未来我的主要创作精力还是会放在"生命传奇"系列长篇小说上。我会在继续关注人与自然的同时,关注少年成长。也非常期待徐老师能随时给予我指导。

徐德霞:那就祝愿你继续在自己的生活里深耕细作,写出更好的作品。

因为你拥有那么多别人没有的创作素材。作为一个写作者,应加倍珍惜这笔财富,我能感受到,你在文学上是一个很努力很虔诚的人,目前正处在一个稳定高产的上升期,我相信你一定能走得更远。

刘　虎:很感谢徐老师。我一定会记住您的叮嘱,更加专注地投入儿童文学创作,拿出更好的作品,让读者跟我一起行走在自然间,感受自然和生命的壮美。

(发表于《儿童文学研究》,见 2019 年 11 月 15 日中国作家网)

《你爱苦瓜我爱糖》：
儿童本位　游戏精神

李姗姗是一位有实力、有潜力又有活力的年轻作家，在第一部《面包男孩》取得不俗影响力的今天，我们又欣喜地看到《面包男孩2：你爱苦瓜我爱糖》问世。这是一部轻松好玩的童话故事，具有浓郁的儿童情趣，充分展示了丰富多彩的儿童世界和儿童生活。面包男孩出身非凡，在该系列的第一本《面包男孩》中有重点交代，他是面包师罗德制作出来的一个大面包，自带魔法，有了这两点，本身就具备了典型而充盈的童话色彩，给这部童话作品奠定了无限可能性。但是作者并没有沿着玄幻或者魔幻的路子，无限拓展，搞成一部热闹的、脑洞大开、爆点颇出的幻想文学，而是谨守儿童现实生活，在真实的现实生活基础上，展开想象，结构故事，塑造人物，应该说这是一部具有传统色彩的童话故事，童话意趣很足。

我认为在这部童话中，作者遵守了两个原则，一是儿童本位，二是游戏精神。所谓儿童本位就是以儿童为中心，以儿童为本，尊重儿童的天性，真实反映儿童的生活、儿童的世界、儿童的精神。如果说《面包男孩》主要是表现亲情的话，《面包男孩2：你爱苦瓜我爱糖》则是在一个更广阔的社会背景下，从儿童的视点来表现儿童的成长，同时作品所反映的儿童生活也不是割裂的、单纯的，而是与社会生活紧密相连的。在作品中，她的笔触始终紧紧围绕着面包男孩，开篇不久就告诉读者，这是一个有追求、有梦想的男孩，他的梦想就是"我要做一个了不起的面包师"。自从他有了这个梦想以后，就执着地为实现这个梦想而奋斗。任何梦想的实现都不是一帆风顺的，同样面包男孩在实现自己梦想的过程中，也遇到了重重阻力和困难，首先是来自家庭的阻力,他的爸爸——也就是罗德大面包师强烈反对他学习制作面包,为此约法三章。其次是来自自然灾害的考验,那就是他们从逍遥岛返回不老村的途中,在大海上遇到风暴,经过一番搏斗,拼尽全力才把"梦之屋"推到岸上,回到了不老村。意想不到的是,他们的百变面包房却被不法商人龅牙周夺走了。在此一定要说一下,龅牙周这个人物的设置具有很强的时代特色,可以说具有这时代反面人物的典型特征,虽然略显脸谱化。在经历了海上风暴以及不法商人的巧取豪夺之后,他们变得一贫如洗,爸爸又失业,连基本生活都难以为继。可以说作者给面包男孩设置了一个全方位的考验和锻炼,它来自家庭、自然、社会整个环境。面临重重困难,面包男孩始终没有动摇要成为一个面包师的志向,他不灰心、不气馁,也不抱怨,积极地寻找生存的出路。他学会了捏泥人,并通过捏泥人换钱补贴家用。后来又找来了小麦,磨成面粉,解决了做面包的原料问题,进而又通过制作面包大赛夺得冠军,战胜了龅牙周,并且揭露了龅牙周的不法行为,最终夺回了百变面包房,实现了自己的理想。通过这一系列的故事情节,我们看到的是一个真实的儿童生活,而非不着边际的虚构和幻想,通过这些真实的故事情节塑造了一个勇敢、聪明、有智慧、乐观向上而又内心坚忍的男孩子形象。从这点上看,作者还是很有气魄的,她敢于打开儿童世界,让作品有了大视野、大格局,充分展示了正能量。

其次,说它遵循儿童本位,还是因为她尊重孩子,尊重孩子的天性。孩子的天性是什么?是玩,是游戏,是天真无邪,不畏困苦。我们常见无论在多么艰难的环境下,孩子的痛苦悲伤都是一时的,一会儿就过的,很快他们就沉浸在自己的世界里,该吃吃、该玩玩。作者也充分把握了这一点,把游戏精神始终如一地渗透在作品的故事、细节和语言之中。比如,写到面包男孩偷偷跑进爸爸的面包房里做面包,他站在小板凳上,第一步筛面粉,接着加牛奶,然后敲鸡蛋。在橱柜上敲破了两个,又在额头上试了试,很硬。随后又把一大堆水果扔进了面粉里,搞得面粉四溅,然后一边搅拌一边唱歌。经过这一番折腾,最后的结果是,"只见,面浆溢出了面盆,流到了桌面上,又沿着桌面溢到地面,流到了小面包的脚趾头上"。他还拿着打蛋器瞎搅和,把面团搞得东一团,西一团,有的泼到墙上,有一团还粘在他的鼻孔上。这一章描写非常生动，把一个沉浸在游戏中的孩子形象描写得惟妙惟肖，其实这样的描写在作品中俯拾皆是。作者很好地贯彻了一种游戏精神，再如，他们要从逍遥岛回到不老村去，把梦之屋改造成了一艘船，顺着倾斜的沙滩推进大海。途中又遇到风暴，把梦之屋打碎了，梦之屋随波逐流，恰好漂到了不老村的海边上。当作者写到这些情节的时候，完全是童话式的，轻松的、随意的，像小孩子过家家，也像是沙盘推演，这些情节和细节并不符合生活的真实，却并不违背艺术的真实性。从作品的氛围来看，作者营造的是一种轻松快乐的氛围，一种玩儿的、游戏的情绪弥漫全篇，从头到尾都是一种很舒服的、欣欣然的状态，不论是写到灾难、苦难、贫穷、欺诈、与坏蛋的较量，作品始终把握在一种孩子式的、游戏的基调上，没有故作高深和沉重，也没有人为地拔高主人公的形象，作者牢牢遵循的是儿童生活、儿童情趣、儿童视点，这就是儿童本位与游戏精神相结合的产物。

另外，这部作品还有一个与其他作品的不同之处，通常我们所见的文学作品都讲究代入感，也就是让读者能身临其境，感同身受，读者的情感随着故事情节的推进和人物命运的跌宕起伏而波动，与作品中的人物同悲同喜。为了达到这种艺术效果，作家们无论在故事情节的设置上、氛围的营造上、情感的渲染上总是千方百计地、挖空心思地想把读者带进去，而且通常我们也以能不能达到这样的艺术效果，作为评价一部作品优劣的标准，认为这样的作品才是好作品、优秀作品。而这部童话，我认为作者并没有在这方面下功夫，读者始终是一个旁观者，就像一个妈妈带着满眼的爱意，静静地看一个孩子在那儿玩，看着他沉浸在自己营造的游戏氛围里，看他玩得如痴如醉，不亦乐乎，而成人呢，似不忍打搅，只是静静欣赏，而这种欣赏也是挺美好的。但是也有点不满足，为什么这部作品的代入感差呢？我认为，作品的前半部分还是写得散了，作者过于沉溺于儿童生活情趣之中，细节过于充盈，淹没了故事主干。另外，还有个别情节和细节上的小瑕疵，若再精雕细刻一下会更好。

（发表于《中华读书报》2019年5月29日）

《和平方舟的孩子》:钢铁"大白"是怎样炼成的

提起我国海军"和平方舟"号医院船,大部分人都听说过它的名字,这艘英雄医院船是随着武汉抗疫走进千家万户的。

今天拿到简平先生这本书,就非常急切地想进一步了解它的具体内容,一口气就读完了,我想大多数人会和我的心情一样。其实从出版的角度来说,这就是热点,是这个选题的最大市场。在这本书里我首先注意到的是一串数字,入列11年,9次走出国门,航行24万海里,服务过43个国家和地区,救治23万余人次。数字是最有说服力的,它清晰简洁地概括了这艘医院船11年创下的了不起的惊人业绩。

就本书来说,作为一部写给少年儿童阅读的纪实文学作品,作者和编辑都深谙童书之道,可以说,有关这艘船要写的东西真是太多太多了,而他们选了一个很特别也很讨巧的角度,从孩子入手,书名就叫《和平方舟的孩子》,里面的内容又紧紧围绕着孩子,一章写"和平方舟"在国外救助过的孩子,一章写"和平方舟"指战员自家的孩子,也就是为了完成远洋任务,不得不抛在家里,远离父母的孩子。还有一章是写当年指战员自己也是孩子时,走访童年和少年足迹,让读者了解钢铁是怎样炼成的。然后再加上前一章总述,后一章再出发。结构上清清爽爽的,做到了点面结合,条块清晰,内容全面而生动。

我想用三句话来概括本书的内容,一是生动的故事,二是崇高的精神,三是有趣的知识。

先说生动的故事。在本书的核心内容部分,作者采用了典型人物与典型故事相结合的方式,每一章的人物和故事不多,也就三四个,但一下子就让人记住。特别是作者善用非常感人的细节,更令人过目不忘。

比如,在塞拉利昂,在"和平方舟"上为一个患糖尿病的高危孕妇接生,孩子平安落地,但有两行字是触目惊心的,"几乎没有羊水,胎盘大面积钙化,脐带水肿,短,缠绕颈部一周"。寥寥几句话,就让我们知道了当时这个孩子的情况该多危急,如果不是中国和平方舟的到来,很难说这孩子能活下来。从万里之遥来的中国军医,那简直就像从天而降的天使一样,所以这个孩子取名叫"和平",就是为了纪念中国的"和平方舟"。还有哥斯达黎加那个爱踢足球的孩子,不慎摔伤了腰,眼见着一个孩子,不仅踢球的梦想要破灭,就连今后能不能正常生活也成问题,是中国军医救了他,为他实施腰椎微创手术。还有那个手脚畸形的女孩子,要不是中国军医给她做了矫正手术,她一辈子也别想穿上裙子。中国医院船走遍五大洲四大洋,救治了数十万人,把中国人民爱好和平的声音传遍全世界,把中国人民的友谊也传遍全世界,也把中国军人的精神和美好形象展示在世界面前。

不只是救助国外孩子的故事感人,这些军人们抛子离家,舍小家,顾大局的精神同样感动人。我印象最深的是一个年轻的妈妈,两个孩子都很小,大的还在上幼儿园,妈妈就远赴重洋,有个情节是她走之前,给她儿子看地球仪,指着地球仪南太平洋上的一个个小国,告诉孩子,妈妈就是要到那里去,她儿子就一个一个地数,这情景简直不能想,一想就想落泪。

我觉得作为一部写英雄群体的书,这部作品很好地处理了英模平民化的问题,没有人为地拔高,也没有文学的渲染,文字很朴实,甚至可以说是通俗。但因为事迹本身就生动感人,越真实越朴实越有力量。我还记得有个军医的女儿看着她爸爸戒烟,多么普通常见的一件小事,可是当你隔着重洋接到女儿这样的信息,那股亲情、那股无以言表的暖流就会不由自主地涌上来。还有一个让人难忘的人物就是假小子烨哥黄芳烨。我原来以为船上的女兵不是医生,就是护士,要么就是服务人员。没想到她的专业是一个掌舵手,她还和男兵一样,苦练各种本领,她是防化兵、操舵兵、电工兵、帆缆兵、潜水兵、安检员、纠察员、引导员、军乐队员,她成了"和平方舟"上一个多面手,大能人,一个明星女兵。虽然是纪实文学,但作者很会塑造人物形象,个个有血有肉,个性鲜明。他们既是普通军人,也是平凡中做出不平凡业绩的楷模。

第二个是崇高的精神。"和平方舟"号是一艘军队的医院船,这和远洋货轮或者民用医院船是不一样的。封底上有几句话说明了这艘医院船的战略意义:"海军'和平方舟'号医院船是我国首艘制式远洋医院船,是加快推进海军转型发展的先锋舰船……锤炼远海后勤保障能力,开展人道主义医疗服务,砥砺强军,在卫护士兵中增强打赢本领,在救死扶伤中传递和平理念。"这说明"和平方舟"号的建立是强军的需要,是在现代战争环境下保卫祖国的需要。除了军人的特质和崇高精神以外,我们还从一个个小故事中,体悟到了更多的内涵。比如,爱,不分国境的博大深沉的爱。责任,视他国为己国的责任感和国际主义精神。还有视外国人为亲人的博大胸怀。比如,在菲律宾等国的灾难现场,中国军人奋不顾身忘我救人。起初人家不理解,不信任,就想办法以真情打动他们,然后开展医疗救援。还有精益求精的专业精神等,内涵真的十分丰富。

第三个是有趣的知识。包括有关舰船的知识,远洋的知识,比如,舰艇编号我们就不懂。船名和舷号也第一次听说。还有一艘医院船,要在船上做手术,想想都难,有一次给一个孩子做腰椎手术时,因为退潮船体大幅摇摆,不得不用人力固定船只。除此以外,还有各国不同的气候、不同的风情民俗等等,都是少年读者感兴趣的。读这本书,让少年读者大大地开阔了眼界,增长了知识。从这点说,作者虽然是个成人文学作家,但还是很懂孩子的。

(发表于《文艺报》2021年5月17日)

普世理趣下的新探索
——读汤汤的童话《绿珍珠》

汤汤是我们大家都熟悉的著名童话作家,从事童话创作十几年,写出了大量优秀童话。她创造了两个奇迹,第一个奇迹是她以童话创作带动了一方文化发展,当然不是凭她一己之力,是地方政府借助汤汤的名气和影响力,举地方上以及北京、上海、浙江等所有有关的文化、教育、出版等部门之力,联合打造童话之乡。已经成功举办了五届童话创作比赛和童话节,吸引了来自全国数十万中小学生参加,为地方文化建设和精神文明建设助力,同时也带动了旅游业、文创业的发展。每年的童话节,那真是孩子们的节日。

第二个奇迹是汤汤曾连续 3 次获得中国作家协会举办的全国优秀儿童文学奖。当然多次获奖的作家不止汤汤一个,但是在年轻作者中连获三次绝无仅有。汤汤作为著名作家被浙江师范大学人文学院特聘为教授,从一个小学老师到大学教授,这在全国也是绝无仅有的。

这样一位很有实力的、具有传奇色彩的童话作家,今天奉献给大家一部新作《绿珍珠》。我们都知道汤汤很勤奋而且创作态度一向严肃,在创作中不断进取,力求创新。这一部书就是她突破自己的一个尝试。过去汤汤大多立足孩子生活,在作品风格上偏于温情与美好,小情调的作品比较多。但这部作品却是在社会的大视野下,探讨人性与人情的一部更有力度、有深度、更有宽度的作品。也许这不是汤汤最好的作品,更不会是未来创作中不可超越之作,但却是汤汤最用心思、最花气力的作品。

正像我在封底所言,这部作品不是简单的主题之作,她写的是环保,是自然精灵与人类之间的恩怨情仇。精灵居住的大森林被人类所破坏,无以为家,小主人公念念最喜爱的妹妹因此而死,念念渴望让森林复活,更渴望让妹妹重生,她想借助人类力量得到这一切,结果事与愿违,不但意外地毁了整个城市,也破坏了她与人类孩子木木的友谊。此时念念的心情十分复杂,她既为得到森林而高兴,又为毁掉城市而歉疚,她向木木反复道歉解释,希望能得到她的谅解,重新找回友谊。遗憾的是木木被伤得太深,不但不原谅她,反而和一个年轻博士联手,捉住了念念,把她关在瓶子里进行研究。故事情节就这样一波三折地展开。

　　这部作品可贵的是作者本意以及作品内容本身,所呈现的远非是一个冤冤相报的故事,而是承载了更多更深的内涵。比如,爱与恨,自然精灵起初心中只有爱,不懂得恨,但残酷的现实让她心中不由自主地滋生了恨,由只知爱到不想恨而恨。汤汤找到这个角度是很新颖的,这个蜕变过程带来的警醒和震撼也是很大的。就如一个天真纯洁孩子,他是什么时候从只懂得爱到知道恨的?这个过程是必然与必备吗?能不能把孩子的幼稚、纯净、天真保留时间长一点儿再长一点儿,可是让一个孩子永葆童真是有益还是有害呢?文中还提出了另一个问题,那就是欺骗和利用,念念用欺骗的手段,骗取了人类一个孩子的友谊,然后借助这个孩子的手,达到自己的目的。作者在欺骗者和被骗者心理上都做了细致剖析。念念在一定程度达到了目的,被人类毁掉的森林又快速恢复了,却无意中毁了一座城市,那也是好朋友木木的家。这完全不是她的本意,是意外伤害,这种伤害带给她的是更深的愧疚和自责,特别是以往的好朋友那么恨她,让她的良心一刻也不得安宁。而用欺骗手段得来的森林也是一座病态的森林,没有生机,没有绿色,这更让她后悔不安。反过来作为被骗者木木,自然是屈辱与愤怒,发誓永远也不原谅念念,她想好了,有机会就要打回去。这二人之争难道不是人类社会的翻版吗?

　　我急切地想知道这个结尾怎么收,我相信作者决不会停留在这个层面上。这时作者的老到显示了出来,中国有句老话,叫解铃还须系铃人,这个故事的始作俑者才是拯救危局的真正人选。他到底是谁?他又用什么方式化解了双方的矛盾与仇恨,让故事圆满结局,同时让主题得到了升华?大家还是看书吧。

　　看了汤汤这部新作,我感到汤汤不仅是一个写童话的好手,她在成长,向一个更成熟、更有思想、更有内涵、更有理论支撑的大作家迈进。祝贺汤汤!

　　　　(本文系 2020 年 11 月 17 日在该书新书分享会上的发言)

在汤汤《绿珍珠》前置批评会上的发言

汤汤是一位在全国有影响的童话作家,出版了大量精美的童话作品,她的作品细腻、温暖、懂人心、知人情,是善与美的代表,很有感染力。在题材上,她大多是从孩子的生活与情感出发,少见重大主题作品,这部《绿珍珠》是一个突破。作家走出狭小的生活圈子,以大视野、大情怀来关注社会问题,探讨人生命运,关注社会进步与发展,这种与时代息息相关的创作态度,与时代脉动相一致的作品,是值得关注和倡导的。从作者的创作来说,作者走出固化的创作模式和套路,建立新的艺术风格和艺术手法,这种勇于创新、勇于突破自我的精神是应该大大提倡的。

我认为这是一部环保题材的童话故事,也包含着心灵的救赎、道德反省与清污。不仅仅是空泛化地表达对重大环保题材的关切,人们要保护环境,保护自然,与动物和谐共处,关键是怎么保护,以怎样的情怀和手段来保护。爷爷在错误理念下,满怀豪情地砍伐了树林,伤害了树精,相类似事件在生活中并不少见,在以粮为纲思想的指导下,开荒造田,围湖造田,围海造田,开山毁林,毁坏草原、沼泽的事情屡见不鲜。从这个意义上讲,爷爷的行为很有典型意义。爷爷毁坏了树精们赖以生存的树林,是故事的起因。

接下来的故事,可以说是一波三折,以树精复仇为主线,嵌进了精神道德的内核。什么样的复仇才是正当防卫,看似正义的事业,也要遵循道德的底线。人类破坏了树精赖以生存的树林,给树精带来了灭顶之灾,树精对人类自然是充满了仇恨。树精为了维护自身生存,讨还血债,也在情在理。而小树精篷篷却采取了欺骗的手段,骗取小女孩木木的友谊与信任,得以向人类复仇,将人类的城市毁坏。而人类关注的不是如何自救,或者调整自我,保护树林,保护树精的生存,而是利欲熏心,为了名和利,又利用了同一个女孩木木,诱骗了树精,将其抓获,进行研究。树精联合起来,制服了年轻的科学研究者。最后还是爷爷的自我反省,救了树精,也拯救了整座城市,恢复了人类与树精共生、城市与森林相依共存的和谐生活,重建生活秩序。

在这么一个童话作品中,我觉得作者要传达的东西很多,这部作品要承载的东西也很多,既不是一部空泛的重大主题作品,也不是一部简单的复仇故事。立意积极,内涵厚重,具有道德批判的力量。

但是从阅读的角度来说,这部作品不如汤汤以前的作品好读。前面已经说过,汤汤的作品大多是暖暖的、亲亲的、香香的、甜甜的,就像妈妈的怀抱,充满了温柔、慈爱、关怀,同时这爱也有力量。这部作品突然换了一副面孔,温柔慈祥的妈妈变成了大灰狼,它是冰冷的、严酷的,甚至是残暴的,充满了阴谋与欺骗。如果说过去的作品是糖,这就是药。

当然,我们不能一味地只给孩子甜品,也不能要求作者只能写爱与美,不能写丑与恶。关键是怎么写,特别在一部童话作品中。

下面我们分析一下写法。第一章,在一片美丽的树林里,住着一群快乐善良的树精,她们是七姐妹,每一个姐姐都有义务守候着一个妹妹的出生,在第六个女孩篷篷的守护下,第七个小树精出生了,六姐给她取名叫啾啾。这是一个充满爱与美的世界,秉承汤汤一贯的风格,抒情而美丽。这是一个很有悬念的开头,像一座中心花坛一样,道路四通八达,可以这样写,也可以那样写,读完第一章读者报以极大的期待。

第二章,作者写了看似毫不相干的另外一个故事,念念和木木。这一章插得很突兀,因为给篷篷换了一个名字,读者并没有把念念和树精七姐妹联系在一起,这当然是后面主体故事的铺垫,但这个故事铺垫得有点远。就好比,我们要在进门之前铺一块红地毯,但作者的这块地毯从野外的树林里就开始铺了,有点接不上气。

从故事内在结构来说,这一章收窄了通道,原来是四通八达的,想怎么写就怎么写,有了这一章,基本上给作品定了主线,树精与人类的生死之争。

说实话,这个立意虽然积极,有意义,但是比较直白,落俗套。树精与人类互骗互斗的故事，也缺少美感和新意。念念对于小妹的死充满了怀念和愧疚，立志要夺回树林的愿望是真实的。她应该有更高、超人意料之外的手段和故事桥段，那种超常的、情理之中、意料之外的东西没有写出来。她采取了欺骗好朋友的手段（让木木滴一滴血，抱住一棵大树到天明，结果大树根无限蔓延，摧毁了城市建筑），用不正当手段夺来的树林没有生气，整个故事的基调也是沉郁、消极、灰暗的。作为一部童话，写得太实了，那种意气风发的才气和超凡脱俗的想象力发挥不够，没有达到飘逸、浪漫、新奇而又美好的境界，没有达到读者对于作品的期待。

作品中当然也有写得好的地方，比如，念念有撒种成林的能力，可惜作者没有沿着这个思路写下去，一带而过。相反有的细节写得很实，比如，童安让木木通过给念念吃糖来定位，她吃下的是一个小小的定位器，还有精灵姐妹把童安绑起来，救出念念，这样的细节都写得太实，哪怕是让精灵们围成一圈跳舞，蛊惑童安，也比绑起来强。

这部作品写得太实了，它的失误不是细节，也不是改变哪一个情节就能提升的，是大的构思上落俗套、少亮点。作者想突破的想法是好的，但动作没有到位，有点心有余力不足之感。

（本文系 2019 年 10 月 19 日在该作品前置批评会上的发言）

独特的生活，独特的书写
——谈刘虎并他的新作《你好，珠穆朗玛》

2013年暑假，在甘肃省作协第一届"八骏作家"颁奖会上，我第一次见到刘虎。在这之前，他已经在《儿童文学》杂志上发了几个短篇，对他有所了解，知道他是一线地质队员，我就说"你有独特的生活，是别人所不具备的，这是一座富矿，你可以好好开挖一下"。

后来刘虎就有了《第十四对肋骨》等多部作品在我们中少总社儿童文学中心出版。他的作品大多立足于大西北、祁连山、雪域高原生活。从《第十四对肋骨》出版，差不多快十年了，刘虎像一匹黑马横空出世，给我国的自然文学创作带来了一道别样风景，开拓了我国自然文学的疆域，从某种程度上，强化了天人合一的自然生态观，同时也是时代烙印最重的一位作家。

刘虎说："生活是一座矿，外表是驳杂的，内里充满精确和精致。只有像勘探矿山一样勘探生活，才能寻找到属于自己的富矿。提纯，选矿和冶炼。"多年来，刘虎都是秉持这种精神，创作态度严肃，依靠多年积累，怀着极大的热情，开挖这座生活的富矿。他厚积薄发，至今已经创作了十几部长篇小说，形成了自己的独特艺术风格。概括起来有以下几点：

一是独特的生活。刘虎是地质队员，用脚丈量大地，他的作品是跑出来的。大西北粗糙、斑驳，未被现代文明所雕琢打磨的生活原生态，这是他独有的生活，具有不可复制性，他笔下的自然风光和人文特色都是别人写不来的。他的作品很独特，给了我们极大的新鲜感。他很钟情自己独特的生活积累和生活感悟，并从一开始就有意识地打造自己的艺术风格，是不可多得的有自主意识的作家。这么多年来，他一直在深挖自己熟悉的生活，我们从他的作品中,能清晰地感受到西北大地的辽阔、坦荡、原始,戈壁滩的苍茫、粗粝,雪山的严酷与壮美。他作品中的人物也多种多样,当然写得最好的还是西北汉子粗犷、木讷、沉郁、野性、刚毅、倔强的个性。更可贵的是他从不重复自己,追求每一部作品的独特性,从多种角度,用各种不同的故事来反映脚下这片热土。比如,两部写喜马拉雅的作品,一部是《飞越喜马拉雅》是写斑头雁飞越喜马拉雅;一部是他的新作《你好,珠穆朗玛》,是写人类攀登喜马拉雅,故事内容截然不同的。同样是征服最高峰珠穆朗玛峰,同样是写雪山,其风格笔触迥然不同,各具别致的艺术风采。

二是万物平等的自然观。刘虎的作品中,几乎所有的动物都有名字,有时看着看着,一不小心就当成人了。在个别作品中,有时因为人物众多,记不住,对阅读的流畅性会有一定影响。我也曾问过他为什么这样写。他说:"在大西北,人烟稀少,人与动物是重叠的,在同一片蓝天下,你中有我,我中有你,大家都处在同一个生态圈中。动物也是很重要的一个成员,人与动物是平等的。"我想,这就是他的自然史观,在很多作品中,他都着意彰显着这个理念。在他的很多作品中,人和动物都是纠缠在一起的,物竞天择,优胜劣汰,人和动物都在为生存而斗争。狩猎的旧习根深蒂固,所以在他的很多作品中都有偷猎与反盗猎的情节。他一直在关注生态环境,倡导人与动物共生共存,从这个意义上说,他不是纯粹的动物小说作家,尽管有人为他冠以"西部动物小说之王"的称号,他更像一个自然保护主义者,我把他的作品暂且妄称生态文学。

三是独特而丰富的故事内容。刘虎的作品大多具备三大要素:主题宏大,注重故事性,知识准确。

(一)主题宏大。刘虎的作品主题深刻,思想内涵丰富,不是一个环保、和谐概念所能包含的。他自己曾说:"我写的生态文学,全面表现个人的叙事野心,无论文本还是主题都有一定的开创性。"也就是除了明理还有暗喻。需要读者去品味,去揣摩,他为什么这么写,他想表现什么?传达什么?我觉得这是儿童文学最可贵的品质,有直白的东西,一眼就看透的东西,也有藏得深而厚重的东西,需要开掘和细细品味的东西,就像找矿。我说他是找矿上瘾,职业病,反映到了文学创作上。比如《你好,珠穆朗玛》,这是一部比较少见的攀登喜马拉雅最高峰珠峰的故事,既有人类征服珠峰的壮歌,又有中、尼、法三国登山者之间的情感纠葛。大山是如此威仪而庄严,在珠峰面前,人类是那么渺小与脆弱,一道山脊、一条冰隙、一阵强风、一场雪崩,可能就会葬送攀登者的性命,但是人类征服大山的信念却像大山本身一样坚定,多少年来,来自世界各地的有志者,前赴后继,踏着同伴的尸体勉力前行,在风险、生死面前从来没有犹豫,没有退缩,义无反顾地攀登,不达峰顶誓不罢休。作者不仅仅是在写故事,他要探究的是在恶劣环境、生死关头,关于人性、人情道义、品格精神方面的东西。从他的作品中,读者总能找到鼓舞人心的东西,坚毅而高贵的品格,以及勇于献身的大无畏精神。在生死面前,面对为什么要攀登珠峰的质疑声,一句轻轻的"它就在那儿""那就是我家""有些债总是要还的",这样最简单不过的回答,比千言万语更有内涵,更有力量。

（二）注重故事性。刘虎的作品故事性很强,在结构上很少有单线结构,鲜见一眼就看到底的作品。他很注重悬念的设置,总是想办法把故事编织得跌宕起伏、一波三折,但又峰回路转、错落有致,最终又能自圆其说,不失内在逻辑。就拿他的新作《你好,珠穆朗玛》来说,这是一部反映攀登喜马拉雅登山活动的长篇小说,也是儿童文学中比较少见的新颖题材。在这部作品里,充分显示了他结构故事、驾驭故事的能力。不只是人类在攀登喜马拉雅时生死搏斗的场面惊心动魄,同时发生在中、尼、法三个国家两代人身上的故事更是让人感慨不已。故事开始就设置了几大悬念,一个是尼泊尔留学生明玛本身有悬念、有故事,这个位于喜马拉雅山峰脚下、世代只能做背包和登山向导的夏尔巴人,怎么就能来中国留学,而且还没毕业就回国去攀登珠峰,很明显,他和老教授之间有故事;另一个是他回国见到他母亲,通过母子对话,看出这个家族有故事;第三是他在网上招募人组队攀登珠峰,他招募来的人,一个是83岁的外国老人,闻名世界的登山者,传奇人物自然有传奇故事。另一个是一对母女,30多岁的法国女郎特丽丝和她9岁的女儿,一位年轻女人带着一个孩子来登山,不言而喻一定有故事,凭第六感也能猜到这个女人和主人公明玛一定有关系,不然不会出现。可见故事一开场,就设置好了重重悬念,为整个故事的展开打好了基础,而且几条故事线索又你中有我,我中有你,紧紧地纠缠在一起,更强化了这个故事的可读性。

这种注重编故事的创作方法,可能是成人文学作家不屑于做的,而在儿童文学中,故事好不好,始终是最受重视的因素之一,也许这就是儿童文学与成人文学的最大不同。

另外,就是他很注意陌生的、独特的生活场景的描写,并通过细节完善这个场景。他是搞地质的,专业本能体现在作品中,就是他特别擅长营造故事和人物所依托的场景,故事的真实性和现场感很强,在《你好,珠穆朗玛》尤其凸显了他这个特点。特别是在这部作品中,场景尤其重要,也可以说,能不能营造一个真实的、人物赖以活动的典型环境,是决定这部作品成败的关键因素。因为这是直面描写攀登喜马拉雅山,每一个场景都很重要,假如写得不到位,感染力就大打折扣,若是没有生活,胡编乱造,让读者看出破绽,人文故事编得再好也于事无补。事实证明他的描写是成功的,能够紧紧抓住读者,有时甚至是心跳加速、屏息静气、不忍放手、难以释怀,说明我们读进去了,是一种身临其境、全情进入的阅读体验,充分彰显了文学艺术的魅力。从这一点上说,这部作品是成功的。

(三)知识准确。一般说来,文学作品注重生活的真实性,对于知识性不强求。而刘虎是理科生,具有多年养成的严谨求真的科学态度,同时还有点好为人师的劲头,他是小说家里为数不多的注重科学知识那一类人,他愿意让读者在他的作品中,开阔眼界,学有所得。他写动物小说,很重视表现真实的自然法则,注重科学性与准确性,无论写什么动物都要符合动物行为学,在这部《你好,珠穆朗玛》中,同样也涉及很多自然知识,我相信他一定做了很多功课,反复查阅了大量资料,不然就不会有那么真实生动的细节描写和惊心动魄的故事了。

(本文系预备2022年1月13日刘虎作品推介会上的发言,因故活动取消)

《女兵安妮》：一个好故事一定要有悬念

赖尔的新作《女兵安妮》是一部内涵丰富、具有传奇色彩的儿童长篇小说，故事的背景是1937年12月的南京大屠杀。一位名叫安妮的外国女孩亲历了那场惨绝人寰的疯狂兽行，混乱的人群中，她亲眼看见自己的妈妈被日军杀害。安妮受到强烈刺激，就从这一天开始，她失忆了，她不知自己叫什么名字，也不知自己来自哪里，她满怀仇恨，一心只想为妈妈报仇。

首先，一个好故事一定是有悬念的。开篇一场惨烈的屠杀场景把一个本和这场战争没有多大关系的外国女孩推到了前台，毋庸置疑这个女孩本身就自带悬念：她是谁，她从哪里来？为什么要来到中国？妈妈是无可挽回地走了，她今后怎么办？一个女孩的命运自然就牵动了读者的心。正是从这里开始，作者徐徐道来一场战争背景下的几位孩子的成长。

幸运的是安妮没有沦落为难民，她找到了一支队伍，报名参加了新四军，成了一名新四军战士。和她同在一个班里的还有另外两个同龄的中国小战士吕小驴和郑多鱼。吕小驴不是本名，是排长莫恩声救下来的一个孩子，当时他不足一岁，和一条摔断腿的驴子在一起，无名无姓，就随排长莫恩声叫了莫恩艺，但没人叫他的大名，都叫他吕小驴，他在汉剧团演丑角，脑子灵光、眼神灵活，是个活泼机灵之人。他和排长是同门师兄弟，原来他们都在武汉市汉正街汉剧团演戏，感情自然非同一般。而郑多鱼则极具天赋，打枪很准。因为他从小在河边长大，经常叉鱼，眼力过人。这样三个孩子在一个班里，自然会有一场接一场的好戏，而主角当然还是那个外国女孩安妮。

假如现在某班来了一个外国女孩儿，而且还长了一头少见的红头发，一定会引起大家的关注,人们会用好奇的眼光打量这个女孩,极力想探寻这个女孩子的身世。当时也一样,安妮的到来很快就传遍整个部队,与之而来的还有一个不好的消息,这个女孩有病,她有严重的失忆症。是的,她唯一的记忆就是妈妈胸前那个咕咕冒着鲜血的狰狞伤口,还有一个手握滴血尖刀逆光而站的男子,安妮认定那就是杀害妈妈的凶手。平时,这女孩态度冷漠,行为乖戾,时常无缘无故地尖叫,夜里噩梦不断。她参军的目的就是为了能得到一支枪,为妈妈报仇。更可怕的是,她的攻击性很强,张口就咬住了排长的胳膊,直到咬出血也不松口,面对这样一个女孩,人们并不信任她,有人叫她"红毛妖怪",特别是她咬了排长以后,吕小驴更想教训她一下,机会终于来了,在树林里,吕小驴用一张大网扣住了她,并把她吊在了树上……

当然,这部作品绝不是表现一个外国女孩受歧视、受欺侮的故事,恰恰相反,它表现的是几个孩子在新四军这个革命大家庭中如何健康成长,特别是安妮如何从一个只知报一己之仇的偏执女孩,成长为一个坚强的革命战士。作品的主题是拯救,拯救生命,最重要的是拯救灵魂。

安妮在部队成长的故事自然吸引人,同样吸引人的还有安妮的身世。一个外国女孩为什么在这个时候来到炮火连天、灾难深重的中国,这自然就引出了另外一个故事,安妮的家世,一个充满了家国情怀的故事。原来安妮的爷爷是个中国人,是清末时期被送到美国留学的第一批小留学生。在美国长大以后,认识了一个英国女孩子米兰达,随女朋友辗转来到英国,成家生子,安妮就是他的孙女。抗日战争爆发以后,一心想回归故土、报效祖国的爷爷不幸去世,爸爸乔治为了完成爷爷的心愿,参加了国际抗战服务团,和一批外国人来到中国抗战第一线,援助中国抗日。眼见战事一天比一天吃紧,安妮的妈妈放心不下丈夫,不远万里追寻而来,安妮也偷偷跟来了,一家三口终于在南京相遇。没想遇到日寇残暴杀戮,本可以乘最后一趟航班离开中国的一家人,却因爸爸救了一个孩子而失去机会。结果妈妈命丧异国他乡,安妮疯了,她不顾一切地逃离现场,最终和爸爸走失。安妮能寻到爸爸吗?能为妈妈报仇吗?国恨连着家仇,故事又多了另外一重色彩。

其次,一个好的作品肯定不是只讲一个简单故事,肯定会蕴含着多重内涵。日寇铁蹄肆意践踏我国领土,在中国大地上实施灭绝人性的杀戮,但中国人是杀不完的,中国人民的爱国精神是永远不会屈服的。作品通过戏剧演出等故事情节,把我国爱国将领传统的爱国精神,与今天的抗击日寇紧密结合起来,将一股感天动地的爱国救国情怀自始至终贯穿在作品之中。古有岳飞、文天祥,今有中国共产党,作品巧妙地把"红色因素"植入到作品中,莫恩声、朱团长他们都是共产党员,是党的化身,他们不只是安妮的保护者,更是安妮和吕小驴的引路人。莫恩声为抗击日寇而牺牲,吕小驴也为保护安妮而献身,爱国志士的伟大精神感天动地,而第一次杀人、全身战栗不止的郑多鱼,多年后他失去了一只眼,但并不影响他成为一个神枪手。而小主人公安妮终于走出精神阴影,走进抗日队伍之中,她是"大家"中的一员,成了她起初最不想当的救死扶伤的医生。

另外,作品还把得道多助、失道寡助的国际主义精神,全世界人民团结起来,反抗法西斯的残暴行径、为正义而战、向阳而生的精神弘扬光大。在新四军的队伍里,除了中国人,还有很多国际友人,除了安妮的爸爸这个英国人,还有很多来自五湖四海的朋友,他们是印度人、加拿大人、奥地利人,甚至还有德国人和日本人,朱团长说,"到了咱们队伍里,就是一家人了"。而让安妮和吕小驴终生难忘的是已经牺牲的莫恩声排长的话,那是在安妮初到新四军时,当其他人认为她是"红毛妖怪",认为她"不安好心"时,排长莫恩声坚定而温和地说:"进了咱们排,我们就是你的兄弟姐妹,无论遇到怎样的痛苦,我们一起扛。"这正是这个故事有别于其他抗战题材的一笔浓墨重彩的描写,它形象地展示了安妮和两个小伙伴是如何在党的温暖的怀抱中,在党的关怀培养下成长起来的。生逢战争年代,特别是安妮在异国他乡,遭遇如此苦难,他们是不幸的,而因为他们加入了新四军,在党的关怀下成长,他们又是幸运的。

其三,一个好的故事一定是能打动人心的。这是一部很用情的作品,首先作者用情极深,可以感受到作者把全部情感都投入到作品之中,字里行间,饱含深情,语言精准而带有浓浓的感情色彩。比如,当安妮死死咬住莫恩声不放,莫恩声的胳膊被咬出血来。莫恩声像是感觉不到痛一般看着安妮说:"安妮,你之前经历了什么,我们无法想象,也无法改变,但是从今往后,有我莫恩声在,就不会再让你受委屈。我们是一家人,是你可以信任的人。我莫恩声,说到做到。"安妮慢慢地松开了嘴。

再比如,安妮失忆、咬了莫排长以后,"安妮坐着靠在大树下,眼睛直勾勾地瞪着前方,像是透过面前的景致看到更远的地方。除了梦魇中的那一幕残酷景象,她不知道自己是谁,不知道自己从哪儿来,也不知道自己将向何处去。但她确信,梦魇中的那个男人就是杀害她妈妈的凶手,而她活下去的目标,就是找到那个男人为妈妈报仇"。

此时作者写道:"月光映在安妮凌乱的红发上,也映进了她琥珀色的瞳孔里。她像一团火,燃在发上,燃在眸中,燃进心底。"一个被仇恨的烈焰,熊熊燃烧包裹的女孩形象跃然纸上。

其次作者用心塑造了一系列真实感人的人物形象。在塑造人物形象上,不拔高,不渲染,遵循人物的内心和内在性格逻辑,注重细节刻画。有时明明是一场大戏,作者却有意用了举重若轻的手法,比如,莫恩声牺牲,作者有意不让和他感情最深的吕小驴在场,只让安妮把一个蓝染布的小袋子交给吕小驴。吕小驴打开袋子,一张薄薄的纸飘了出来,那是浸着血迹的莫恩声的临时党证,再往下是一只精心雕刻的小驴,驴背竹筐上的"平安"二字已被鲜血染红。

此时作者仅用了一句话描写吕小驴的情感,"吕小驴瞪大了双眼,他的瞳孔里映出那枚沾血的小木驴挂件"。多么精准简洁的描写,此处真是无声胜有声,那枚沾血的小木驴岂止是映进他的瞳孔,更是深深刻进他的心中。此时,不用作者描述,读者也会相信,从此这枚小木驴和吕小驴会终身相伴,一辈子也不会丢掉。而这巨大的情感空间,作者是留给读者的,就像绘画中的留白,让人遐想不已又感慨万千,由此我们不得不感佩作者的艺术功力。

一部好的文学作品,总是会给人留下感动,留下思索的。

(发表于《中国传媒商报》2021年3月23日)

童眼看世界，处处都是诗

——读李姗姗的两本诗集

读了李姗姗两本诗集，《太阳小时候是个男孩》《月亮小时候是个女孩》，我眼前一亮，对李姗姗这位诗人也刮目相看。我的惊喜来自这么几方面：

一是有破有立，敢破敢立。她破了什么？她打破了当代儿童诗的惯有范式，打破了儿童诗理论框框和规矩，不墨守成规，在艺术上独辟蹊径，写出了个性。有点初生牛犊不怕虎的生猛，还有点我行我素的霸气。她在艺术上的这种追求精神，在读她的童话《面包男孩》时，就有感觉，读了这两本诗集，这种感觉更鲜明。

诗历来讲究"诗言志"。诗，心声也。诗要有诗意，要有诗味，不能太直白，要有意境，要有韵味，否则诗就不叫诗了。其实你说的这些诗歌理论都对，我也都懂，但我就不想按你说的去写，我就按我自己对诗歌的理解去写，跟你们谁也不同。

这就是我从李姗姗这两本诗集中看出的最直接的心意表达。所以就有了《口头禅》这种诗，在一首诗里什么也没写，就写了13个妈妈：

妈妈，
妈、
妈，
妈妈。
妈妈：
妈妈！

妈妈？

妈——

妈！

妈妈——

妈妈妈妈妈妈妈妈，

妈妈……

可你再想想，哪个小孩子不是整天嘴里妈妈、妈妈叫个不停，一会儿也不闲。只是我们没敢把这样的东西写进诗里。我们不知道这样的东西也叫诗。可是仔细看看，再诵读几遍，加上不同的标点，有了语气，有了节奏，有了情绪，同时就有了活灵活现的艺术形象。题材典型表达形象，你能说它不是艺术吗？不是诗吗？

还有《伸懒腰的树》：

一棵树、

两棵树，

三棵树，

四棵树，

都站累了。

他们正举起手臂，

摊开手掌，

伸了一个大大的懒腰。

还有这首《爸爸第一次做饭》：

菜在哪儿？

盐在哪儿？

勺子在哪儿？

米在哪儿？

醋在哪儿？

盘子在哪儿？

锅在哪儿？

油在哪儿？

碗在哪儿？

我的天，

你妈妈在哪儿，

叫她快回来。

读着这样的诗，让我想起汉乐府名作《江南》："江南可采莲，莲叶何田田。鱼戏莲叶间。鱼戏莲叶东，鱼戏莲叶西，鱼戏莲叶南，鱼戏莲叶北。"这么直白的诗也是好诗吗？这是"小学生必备古诗75首（新课标）"中的第一首。还有骆宾王的"鹅鹅鹅，曲项向天歌，白毛浮绿水，红掌拨清波"。读李姗姗的诗，让我一下子想起很多经典的古诗，唐朝施肩吾《消山中叟》："老人今年八十几，口中零落残牙齿，天阴伛偻带嗽行，犹向岩前种松子。"明朝高启《寻胡隐君》："渡水复渡水，看花还看花，春风江上路，不觉到君家。"最著名的是唐朝贺知章的《回乡偶书》："少小离家老大回，乡音无改鬓毛衰。儿童相见不相识，笑问客从何处来。"其实都是很直白的生活描摹，但是很生动，很形象，很有趣味和韵味。

刚才我说李姗姗的诗有破有立，破的是当代诗风，立的是传统诗意。也就是继承发扬古典儿童诗的传统，用这种传统诗法去表现当代少年儿童生活。我说得不一定对，大家可以去品。

其次，她相信"儿童就是最好的诗人"。童言稚语，天真烂漫，童眼看世界，处处都是诗。作者不仅是一个忠实的记录者，也是一个创作者。

第一个是个"看"字，童眼看世界。一些不起眼的，司空见惯的事物在她的笔下都成了诗。

《一家人》：

咖啡，

可乐，
止咳糖浆，
是一家人，
一个个都长得那么黑。

《烟花》：

从地上，
冲到那么高的天上，
它们一个个都吓得大叫，
怕怕怕怕怕怕——
怕——

第二是个"想"字。他们在看世界，同时也在想世界，和我们看到的，想到的不一样。还在感悟这个世界，用他们的小脑瓜在思考这个世界。

《担心》：

妈妈，
每天那么多挖掘机，
挖呀挖，
地球还是圆的吗？

《顽皮》：

啪嗒，
一支铅笔，
掉到地上，
磕掉了牙。
啪嗒，

啪嗒,
按了两下,
这支磕掉牙的铅笔,
又长出了新牙。

《大熊猫》:

大熊猫冲我吐舌头,
咔嚓一声,
我终于给他拍了一张彩色照片。

第三个不只是看,不只是想,还有自己的情感、情绪的表达。
《学英语》:

学画画,
学跳舞,
学滑冰,
学游泳,
学钢琴,
学奥数,
学古诗,
学外语,
妈妈,
你可不可以学一学儿童语,
这样你就能听懂我的心。

《爸爸在看新闻》:

爸爸,

嗯。
阳台上来了一只小鸟,
嗯。
它在喳喳叫,
嗯。
它在看我,
嗯。
它一定想和我做朋友,
嗯。
我可以摸摸它吗?
嗯。
小鸟我来了。
谁叫你上去的!

试想如果这首诗把爸爸的心不在焉的6个"嗯"去掉,这首诗也成立,不过那就逊色多了,少了生活情趣。

当然不止这三点,这两本诗集题材非常丰富,内容也非常有意思。我的小孙女看得喜不自禁。

第三,这两本诗集不只是作者的忠实记录,其实融入了作者思想、立场、情感。首先是作者的儿童观:尊重与欣赏。没有对孩子的尊重就不可能诞生这样的诗。每一首小诗都得意地彰显着一个妈妈对于孩子的欣赏,她以一种美美的、幸福的心态在"秀"她的宝贝。第二个是阳光与爱。充满正能量,可以有很多词来形容这两本诗集的风格:暖暖的,有趣的,开心的,好玩的……都是明媚的,阳光灿烂的。第三个是警示。不说教不等于没有教育意义。通过她的诗,让我们走近孩子的世界,走近孩子的内心,让我们更加理解孩子,不武断、不粗暴地打断孩子、干涉孩子的生活,就让孩子们永远葆有纯真与阳光,就像《会飞的大楼》里写的:

推开两扇窗,

大楼张开了翅膀，
　　当我们睡着以后，
　　大楼就会飞翔。

帮助孩子们张开幻想和想象的翅膀，在自己的天地自由地飞翔。

　　　　（发表于《中华读书报》，见 2020 年 3 月 29 日光明网）

大山深处的少年群像
——评张国龙的《麻柳溪边芭茅花》

认识张国龙多年,眼见着他一步步进步成长起来。他是一个有追求、有梦想的人,而且是一个脚踏实地、一步一个脚印永远在攀登中。不像我一辈子就干了一件事,编了一辈子儿童文学,从刊到书。我对所有充满奋斗精神的人都满怀敬意,从他们身上总能找到感动。

这本《麻柳溪边芭茅花》可以看作是《老林深处的铁桥》的续集,国龙在我们中少总社儿童文学中心出版过多部长篇,《梧桐街上的梅子》《许愿树巷的叶子》以及《老林深处的铁桥》等。可以看出,他虽然身在北京,又奋斗到一个相当高的地位上,但他的目光始终没有离开故乡,心中那个埋得最深也最柔软的地方是属于故乡的,对于故乡的少年始终保有一种最真诚、最温暖的关注。稍有闲暇,故乡那些人,那些事,那些孩子,还有家乡的山山水水、一草一木就会泛上来,一幅幅活灵活现的生活图景就在眼前晃动,逼迫着他不得不写出来。从这些书里,我们能够很深切地感受到他对故乡的那份深情。不是难以割舍,而是压根就没有想割舍,故乡是渗透在他血脉、骨髓里的东西,是扯不掉、割不断的。因此他才一而再,再而三地写家乡,写那里的男男女女、亲朋好友、儿时伙伴。

这本《麻柳溪边芭茅花》继承前几部的内容与风格,塑造了一个大山深处的少年群像,米家兄妹、米铁桥、米李花、米桐花、康正康、张云蛟、李金河,包括从外地来的那位小学老师蒲福林,就像开在麻柳溪边的芭茅花。我起初把书名看成麻柳溪边芭茅草,后来才发现是芭茅花,为什么是芭茅花而不是芭茅草,仔细揣摩,觉得作者在这里大有深意,这些少年像芭茅草一样地生长,这些草漫山遍野随处生长,它们是那么普通、不起眼,但具有强大的生命力,非常坚韧,刀砍火烧都不能剥夺它们的存在,真正是野火烧不尽,春风吹又生,是一种非常强韧的植物。平时不起眼,一旦开花,却是一道独特的风景。作者有一段文字,专门写芭茅草开花(见该书第81页)。

这些孩子确实是花而不仅仅是草,因为他们虽然身处贫瘠之地,生活困窘,甚至温饱问题都没有解决,但他们的精神是高贵的,每个人都有梦想,都有志向。比如,铁桥在父母莫名外出以后,面对爷老伤重妹妹又小的家庭状况,他不能说走就走,像康正康那样外出去打工,不满16岁的他不得不担起了家庭重任。他有孝心,有责任感,为人正直、善良,重友情,小小年纪就具备了一个男子汉的情怀与担当,真正是穷人的孩子早当家。我特别欣赏作者这种处理方式,也就是生活的艰辛没有压垮这些孩子,尤其是他笔下的男孩子,是一种越挫越勇的姿态。每个孩子都不满16岁,却都各有规划,人生目标非常清晰。不像当代有些孩子,特别是生活比较富足的孩子,总有点浑浑噩噩的,这些孩子不是大城市的孩子,大城市的孩子学习压力很大,家长的目标很清晰,整个氛围也不容他们懒散。而是小城镇的孩子,物质生活改善了,精神生活没赶上,教育也没有赶上。初中以后,上高中、上大学无望,进个职高,不愁吃不愁穿,也不愁零花钱,就是找不到人生的方向,

米铁桥的目标还是要读书,上大学,眼前被现实所迫,为了照顾爷爷和妹妹,他只能边代课边学习,我相信总有一天这个孩子会走出大山,成就一番事业。康正康在深圳一家玩具厂打工,他的崇拜对象是年轻的许副厂长,他要成为那样一个人。为此,他也不忘读书,上大学。张云蛟是他们三个好朋友中,唯一一个上了高中的,他成绩很好,一心要奔大学而去。还有一个相对懦弱一点的李金河,跟着舅舅学理发,迫于家庭压力要娶自己的表妹,最后也是反叛了,勇敢地维护自己的人格尊严,走自己的路。他笔下的孩子,都是特别阳光、上进、有追求的。对于苦难生活,没有抱怨,只有默默抗争,并竭尽全力试图改变这种状况,改变自己和家人的人生。这些小男子汉的形象,我猜也有作者的影子,也可能就是他的精神写照。

其他人物形象,作者也刻画得非常好,爷爷那个形象很感人,一边骂着,一边又执着地生活着,奋斗着。对于自己的儿子、媳妇,一边埋怨着,一边担

忧着,又一边盼着。他疼爱孙子、孙女,看他们担水劳累,时时叮嘱,小小的嫩身子,不要压坏了。他想重新把家支撑起,但已是力不从心,这种种复杂心态,作者把握得非常细腻真实,特别符合一个人生即将走到头的倔老头的心态。小妹米李花,作者把这个形象刻画得十分可爱,惹人疼。那么小就特别懂事,操持一家人的日常生活,每天一放学就去挖野菜,养猪,补贴家用。而且学习特别好,满心想到县城去上中学,同时又担心家里负担不起,上不成这个学。还有罗老师,一直关心着米铁桥,引导他成长,同时也尽力帮助他渡过生活和教学的难关。总之,在刻画人物形象上,可圈可点,技法上相当成熟老到。

这部作品所反映的生活,是川北大山深处一个偏僻的小山村,时间是20世纪90年代,也就是中国改革开放将近20年了,改革的春风同样吹到了大山深处,成年人都纷纷外出打工,米铁桥的父母、大伯也都相继外出,尽管如此,这个小山村依然是十分贫穷落后,还没有摆脱贫困,山里连电都没通,人们的温饱还没有解决。米家父母外出,弃家不顾,我没有看明白,他的父母是自愿出去,还是被四表舅骗走,感觉这是一对很不称职的父母,没有和任何人打招呼突然就离家出走了,而且一去就如石沉大海,没了消息。对于上不养老下不养小的这对夫妻,我很不理解,作者好像也没有交代清楚。在前面作品中出现的米桐花,父母也是外出打工了,她被外婆领走,当外婆进城帮儿子带小孩以后,她又回来,爷爷和铁桥收留了她,后又被外婆接走去当小保姆。米家的穷是有原因的,但要看到,这不是偶然事件导致的贫穷,其实是这地方普遍贫穷,家家都很穷,这块土地的落后贫穷面貌是没有得到改善的。

这种生活状态的呈现,真实但不典型。为什么这么说,因为在20世纪90年代,改革开放势如破竹,变化一日千里,从城市到乡村到处都在变革,整个大地热气腾腾,十亿人民九亿在"发烧",大多数地方不是这样的,中国已经在快速起飞,有本事的人都已经发了大财,开始的万元户已经不算什么了,第一批暴发户有的发了财,然后倒下了,又一批新的企业家崛起。人们的生活水平也普遍提高,物质生活极大丰富,到了要什么有什么的程度。

作者却选择了这么一个偏僻落后的小山村。当然,这个村子也在变化,人们再也不安分了，大人都陆续外出打工，少年也走出大山，看到了外面的世界，比如米铁桥和康正康。也通上了电，也开始有了电视，据说铁路也要通进大山。作者在这方面着笔不多，更多的笔墨是写困顿、苦涩，生活多么穷，人们多么苦，米铁桥都当小学老师了，连一双鞋子也买不起。来了个小老师，自己背着行李走了好几个小时，摸到这个空无一人的学校，放下行李就哇哇大哭。一个学校俩老师，一个教室里装三四年级两个班。这里好像比外面落后30年。作者着意表现的是生活沉重，人们的不甘与挣扎，作品的基调压抑沉郁。其实这不是典型的20世纪90年代中国的生活现状，真实不典型。

苦难太多了，暗色太重了。就像这部作品的插页图，黑沉沉的一块，很重，很压抑，有点压得人透不过气来的感觉。我想如果加点亮色就好了，比如，开篇是过年，米家是在急切地盼父母回来，家庭气氛是一种焦躁不安的，但别的地方，别的人家还应该是欢欢喜喜过大年的气氛。比如，这几个孩子的家都是困苦的，但也有别的同学家发了财，生活有很大改善。比如，小山村是贫寒寂寥的，清苦的，一进县城则是另一番景象，改革以后时髦的、时尚的东西都有，在李金河的小理发馆里，染成黄毛的人也越来越多。生活不透亮，尤其是写在改革开放的20世纪90年代，稍感欠缺。联系到我国的战略，中国政府的目标是"两个一百年"：建党一百年，全面建成小康社会；建国一百年，建成富强民主文明和谐美丽的社会主义现代化强国。在这个关键点上，这部作品写得太沉了，少点改革亮色。

总之，这本书给我的印象是底色黑沉，精神高贵。本书可以说很励志，很有教育意义，尤其是男孩子，多读点这样的书，从中汲取点精神成长的力量，补补钙，非常有好处。我想在宣传点上，可以定义为男孩励志书。

（本文系2020年1月8日在该书研讨会上的发言）

纯净轻快，意趣皆美

——简评郭姜燕的《布罗镇的邮递员》

《布罗镇的邮递员》是一部长篇童话，由15个故事组成，每一个故事都不长，却既充满神奇幻想，又时时贴合自然；既像奇幻世界一样散发着神秘的气息，又像身边的生活一样充满温暖的味道。走进书中，就不忍离开，书中既有不断吸引少年儿童的看点，引发少年儿童的笑点，又击中他们的痛点，充满了纯真的童趣和深厚的内涵。

书中的故事都围绕着少年阿洛展开，他为了梦想，为了帮助他人，勇敢地往返于布罗镇和可怕的黑森林之间，在人与动物之间做和解的使者，消除宿怨，传递情感，重建希望。在阿洛往返于布罗镇和黑森林的过程中，让少年儿童时而屏住呼吸、时而开怀大笑的情节、细节，各种神异的人物、动物随处可见。这些情节、细节、人物、动物缠绕在一起，一旦触碰到，便会萦绕于脑海，挥之不去。

如果说这些充满纯真童趣的情节和细节、人物和动物是美丽的鸟羽，那么如何让这些鸟羽化身为整只闪耀光芒的神异鸟儿，靠的则是作家的文学天赋和丰富的生活积累，就像我在本书的一次研讨会上说的，那时我还不熟悉作家郭姜燕，"我对她不了解，但我觉得她一定是个很好玩的作家，对孩子特别好，要不然写不出来那么有童趣的东西，读起来很轻松，但是琢磨起来很深刻"。虽说这是一部幻想作品，但其中塑造的人物都源于真实的生活，看得出他们都是在经过了长期的生活积淀之后，跃然于文学作品中的，所有的故事都不只是为了好玩，它蕴含着哲理，是作者深思熟虑之后想轻轻告诉孩子们的人生智慧。

《布罗镇的邮递员》纯净轻快,意趣皆美,所以这部作品一出版,即受到各方关注和好评,既叫好又叫座不是偶然的,它符合所有孩子最自然的呼吸、最宁静的梦想和最真实的生命特征。

(本文系在2017年中宣部"全国优秀儿童文学出版工程奖"颁奖会上推介重点作家作品)

《草屋里的琴声》：深植于民间文化传统中的故事

高巧林是一位具有深厚生活底蕴的作家，同时也是一位很会讲故事的作家。他熟悉江南农村生活，并据此创作了大量儿童文学作品，长、中、短篇小说都操练得不错。读到他的新作《草屋里的琴声》，深感这部长篇小说充分调动了他多年生活积累，地方文化气息浓郁，是一部深植于民间文化传统的精品力作。

胡琴是农村中最常见的一种民间乐器，它音色纯美、构造简单，便于携带，因而深受农家子弟的喜爱。从作品中可以看出，作者本人应该是一位不错的胡琴演奏者，至少他懂胡琴，爱胡琴，深谙其演奏技巧，也就是说他有生活，有感悟，所以才用一把小小的胡琴作道具，串起了两家三代的恩怨故事，并通过群体形象，展示了丰富多彩的农村传统文化。在充盈着地方小戏、丝竹之声的文化氛围中，在祖辈的文化精神、爱国大义的感召之下，小主人公阿兴从混沌懵懂中醒悟，从此痴迷上胡琴，并逐步成长为一个技艺精湛的专业胡琴演奏者。这部作品既写了儿童的成长，同时也展示了生动鲜活的江南文化传统，是一部具有独特文化气质的小说。充分显示了作者生活底蕴深厚、慧眼独具、技法老到、举重若轻的艺术功力。

作品起始，一把祖传下来的红木胡琴连同装戏剧服装道具的"堂名担"，在孤儿阿兴的家里已被尘封多年，如同破布劈柴一样被扔在西屋，数年无人问津。是同村另一个孩子立秋采树籽时不慎跌落，砸穿阿兴家屋顶，才意外发现了这宝贝。大戏由此拉开帷幕，由这"堂名担"和胡琴引出了两家三代的精彩故事。

原来在早年间,这一带有两家有名的戏班,当地人又称为"堂名",一家是庆福班,一家是裕丰班,分别由立秋爷爷高惠祥和阿兴爷爷张进财做班主。抗日战争爆发,两家戏班联手抗日,抢走敌人的枪支、还点燃一场大火,烧死了两个敌寇。但敌人岂能善罢甘休,大冬天将全村人赶进冰冷的水中,让他们交出纵火者。裕丰班主张进财为救乡亲们,以琴声引开敌人,枪子击穿装琴的青花布袋,擦过琴弦,阿兴爷爷不幸中弹牺牲,其英名流传至今。而立秋的爷爷事后却不知去向,有人说他当了土匪。这给高家人带来莫大耻辱,并受到乡邻的谩骂和歧视。两家班主,两种结局,给后代留下了难以磨灭的印迹,立秋爸爸无论如何也迈不过这道坎,对张家后代阿兴始终心存芥蒂。

往事并非如烟,现实更为精彩,作者就围绕着阿兴、立秋等大大小小、老老少少一干人物与一把胡琴展开了一系列跌宕起伏的故事。在这里,我们不得不佩服作者编织故事的能力,他采用自然推进、一波未平一波又起、环环相扣的结构方式,把故事写得一波三折,丝丝入扣,引人入胜。

先是阿兴以 30 块钱的"高价"卖掉了这把祖传之宝,后在县锡剧团琴师的帮助下,又讨回了这把胡琴。原来,这琴师小时候曾跟爷爷张进财在同一戏班学琴,对这把红木胡琴心仪良久,岂能看着这把名贵胡琴被后代子孙卖掉!所以他才出手相助,不仅讨回了名琴,而且要收阿兴为徒。一切的一切都自此开始改变。如果说,在这之前,阿兴是一个无人照管、少学无知、浑浑噩噩混日子的孤儿,那么自此,他找到人生方向,找到了精神寄托,开始勤奋学习拉琴。立秋也沾阿兴的光,跟着学起了胡琴。两个小伙伴自此结为好友,就像两位爷爷当年一样。

阿兴不愧是锡剧名家之后,得到专家点拨之后,悟性大开,再加上刻苦好学,拉琴技艺日渐长进,人也变得有模有样,有根底、有追求、有志向。借水涨船高之势,作者又特意添加了若干情节,让这把带有传奇色彩的红木胡琴几经磨难,写足了一把胡琴的来世今生。先是这把琴被一个叫菊生的孩子偷走,后胡琴又意外落水,蟒皮脱落,这把名琴算是整个给毁了。几经修复,一把老琴终获新生。通过学琴、毁琴、修琴,阿兴也学到了很多,他试着就地取材,给立秋做了一把土胡琴。二人相伴,玩得不亦乐乎,后来他们干脆组织一帮孩子成立了文艺演出小队,和大人们一起演出。阿兴逐渐成为当地有名的小琴师,最终被吴县锡剧团破格录用,开启了又一段精彩的人生。与此同时,在县抗战展览会上,立秋爷爷的"历史问题"也真相大白,原来爷爷逃跑以后,不是当了土匪,而是当了八路,后来在战争中光荣牺牲。压在立秋爸爸心头的阴霾一扫而光,结局一片光明。

以胡琴为主线的故事,作者写得有板有眼,起起伏伏、荡气回肠。可喜的是作者不仅仅是写故事,而是把儿童生活与传统民间文化活动结合在一起,把孩子的故事深植到鲜活的、生机勃勃的民间传统文化之中去。作者充分利用自己熟悉当地文化生活的优势,用了大量笔墨,以生动细腻的笔法,写江南农村的文化活动,比如,农历八月三十"闹秋划灯",从男男女女齐上阵,在村头场院里开手工作坊,自制小船、道具和服装,在这红红火火的场面中哪里少得了孩子们。另外,还在行文中引用了大量经典唱段;把县专业剧团的排演与村民野夫的"堂名"交错进行,写出了各自特色和魅力,这些都成为点燃孩子文艺细胞的火种;最深刻最细微的影响还在平时,立秋妈妈和菊生爷爷这样一批业余文艺爱好者随意哼出的地方小调,委婉动听,句句入心且无处不在。作者用了大量生动的细节来营造地方文化氛围。在这地方戏曲、丝竹之声不绝于耳的环境中,孩子们耳濡目染、乐在其中,自然得到传统文化的熏陶,犹如青嫩小苗得到丰沛肥水的浇灌,从而变得更加青翠欲滴,生机盎然。从这个意义上讲,这部作品与其说是写孩子们的生活,不如说是写江南文化传统。

总之,这部儿童小说深植于民间传统文化之中,既带有地方传统文化的美学特质,又带有泥土的芳香,生动活泼、趣味盎然,确是当代儿童文学园地中一部独具魅力、特色鲜明之作。

(发表于《中华读书报》2020 年 1 月 1 日)

中国女孩独有的精神特质

——试析"中国女孩"系列丛书的选题构想

"中国女孩"系列丛书是一个具有宏大出版气象的选题,它本身既有迎合主题出版的大格局,同时也有鲜明的市场意识。应该说,它具有成为"双效"图书的潜质。难怪这套丛书一立项,就成为国家出版基金资助项目、"十三五"重点出版规划项目,天津市重点出版扶持项目,上海文化发展基金会资助项目,引起了多方关注与重视。

这套丛书紧扣中国大时代,在对中国历史认真梳理的基础上,既观照历史,又立足当代,在纵横两个方向上,试图用文学的笔触,勾画出中国女孩独有的精神特质。

从市场的角度来说,我觉得这套丛书自带市场,自带吸睛力,是一套很容易吸引大众关注的丛书。首先从丛书名来看,"中国女孩"特别响亮,厚重而又浪漫,大气而不失温婉,既有深度也有广度。可以说,这套丛书在选题策划上,在众多主题出版物云集的大势之下,有独辟蹊径的新意,也有扛鼎中国传统文化的大气魄,而且做得比较巧,有四两拨千斤之功力。

首先从纵向来说,中国有 5000 多年的历史,有文字记载的历史也有 3000 多年,文化传统源远流长。无论从社会学、人类学、文化传统等各个方面入手研究,中国女孩都是独立于世界女性之林的、可圈可点的一道靓丽风景。当然,这套丛书不是学术著作,而是儿童文学,从文学的角度来塑造中国女孩的形象,又能涵括各个历史时期,其实是有难度的。无异于从一滴水反射太阳的光辉,连起来是一部中华民族史诗性的画卷,看局部又是一个个故事完整的文学艺术作品。既是自我的、个性化的,同时又是具有鲜明时代特色的,这就需要解决好典型化与独特性相结合的问题,这是一种挑战。应该说策划者还是很智慧的,为此他们设计了5部历史小说,唐、宋、元、明、清,是很有代表性的中国朝代,意在从古代女孩身上寻找到与当代女孩一脉相承的东西,是对中国传统文化的形象表达与传承。同时还有7部自抗战以来的、代表中国重要历史时期的作品,通过现当代女孩故事,典型化地、画龙点睛式地反映中国现当代社会生活,寻找中国社会不断进步的原动力。

从广度上来说,我国地大物博,人口众多,56个民族组成的中国社会大家庭,每个民族风俗民情迥异,各领风骚,12部作品从不同年代、不同地域、不同民族的女孩生活入手,形成了一道多姿多彩的社会生活图景。应该说,这是一套从形式到内容都精心策划、精心创作的大书,既有历史的厚重感,又有当代的鲜活气息。这是其一。

其二,这套丛书由女性主编,女性创作,也可能还是由女性编辑出版,全部由女性来操作的一套反映女孩生活的作品,这本身又是一个亮点。主编李东华既是作家又是评论家,同时还是文学活动的组织者管理者,一身多职,是我国著名的年富力强的学者型作家。她在创作和治学上一向严谨,我猜想因为这套书中涉及历史和少数民族问题,所以她还邀请了著名学者、博导蒙曼老师来出任顾问,有此两位著名学者把关,这套书至少在人文知识方面是有保证的。另外,这套书的作者,从年龄上横跨三十多年,由老中青三代来创作完成。其中有著名作家黄蓓佳、秦文君领衔主创,还有几位中年实力派作家,周晴、王勇英、李秋沅、韩静慧、冯与蓝、余雷加盟,另外还有几位新锐青年作家倾情奉献,这样的一支创作队伍的精心原创作品,很值得期待。同时,还有一个现象很有意思,几部具有历史色彩的作品不是出自老作家之手,而是由几位年轻作者所创,写唐朝是高源的《长安梦》,宋朝的是吴新星的《锦绣芙蓉》,写的是南宋小朝廷临安的民间刺绣。韩静慧的《铜盆女孩》,反映的是元代一个女孩女扮男装学铜盆,终于习而有成,赢得尊严。余雷的《红豆》是明代洪武年间山西大移民,洪洞县那棵大槐树至今还是一棵很有象征意义的祖根。慈琪的《千根夏草》是写清末一家人的飘零生活,最后在广州扎根。这5部书有三个"80后",两位"70后"。让具有当代意识和眼光的年轻人回望历史，还是很有看点的。至于这套丛书达没达到选题策划的初衷，完成度如何，读者自有评判。

(发表于《中国新闻出版广电报》2021年4月3日)

中国男孩的成长之路
——读徐玲的《长大后我想成为你》

这是一部接地气、有情怀的作品,题材很新,我还是第一次看到真实反映社区文化的作品。社区作为一个最基层组织,承担了城市管理的很重要的一个方面,既联系千家万户,又通达政府国家,是连接家和国的重要纽带,这部作品向我们真实地展示了一个社区干部的生活。塑造了一个一心为民的社区基层干部形象。塑造了一个有爱心、有担当、有责任感、勤政爱民的基层优秀干部形象。

2021年是建党100周年,也是全面建成小康社会,实现中华民族伟大复兴第一个百年奋斗目标的历史时刻,围绕着这一重大时间节点,徐玲拿出了这部精品力作,书写了新时代的精神传承这样一个大主题,和"两个一百年"、党史教育、中华民族精神传承教育特别应时,很有现实意义。

其实徐玲本身就是一个基层教育管理者,有生活,接地气。她也是一个有心人,善于从生活中发现亮点,提炼素材,并把它上升为重大题材,从平凡中看到不平凡,才有了这部向新时代的奉献者致敬之作。

说实话,我们中国人是最讲究家国情怀的,家与国永远是联系在一起的。正像一首歌中唱的,家是最小国,国是千万家。国与家相守,家与我相恋。家庭是孩子成长的第一课堂,父母及长辈是孩子成长的第一引路人。这部作品正是通过六年级的孩子李牧远的爸爸李抒恒,一个社区书记的生活、工作和情怀,形象地诠释了家与国的关系,写足了在典型的中国式家庭教育下一个孩子的成长。

表面上这部作品反映的是我们所熟悉的日常生活,社区书记整天忙的都是无足轻重的小事,家长里短、邻里关系、社区建设,从整顿麻将桌到创办老年大学,等等。哪一件似乎都无足轻重,但是却事关生活质量,城市建设、精神文明、家庭和谐。看似云淡风轻,实为举足轻重。

在家庭教育方面,作者从始至终倡导的是一种"自由生长"的教育理念。我很赞同她这种理念,也符合生活的真实,谁家又会把"仁义礼智信","己所不欲勿施于人","先天下之忧而忧,后天下之乐而乐",先人后己,大公无私等这些高大上的理念、说教挂在嘴边呢?都是通过前辈家长的为人处世、言传身教、好恶取舍,耳濡目染,点点滴滴地将这些中国式的传统思想、优秀品德,浸润进下一代的血脉中,变成他们成长的精神营养,最终化为他们的"三观"和精神内核,从而为他们的一生导航。

李牧远家也是这样的,他开始对父亲并不理解,甚至有很多误解,以为父亲是犯了错误被贬到基层。而且父亲当了社区书记以后,一天到晚忙的都是鸡毛蒜皮、家长里短的小事。父亲不厌其烦,乐此不疲,没日没夜地工作着,顾不上管家更顾不上管孩子,这让李牧远很不解。更让他不能接受的是,爸爸不但没有给他带来任何好处,反而给他带来很多麻烦,因为父亲带人整治麻将桌,整顿市场环境,处理违法违纪者,伤害到同学家的利益,而同学就迁怒于他,原本挺好的同学关系也变得生分了。而当老师得知他爸爸是社区书记,求他从中牵线搭桥,求他爸爸办点事,他爸爸不但不办,反而批评他。因此李牧远对爸爸心存不满,这种情绪写得也很真实。

那么,李牧远是从什么时候开始,转变对父亲看法的?从抱怨到效仿,好像也没有特别事件,他是在生活中一点一点感受到了爸爸对工作、对他人的关心与奉献,并从父亲的日常奉献中看到了闪光的精神、伟大的人格,从居民的赞誉声中,看到了父亲工作的价值,他慢慢理解了父亲,立志长大后,"我"想成为你。这也符合中国式家庭教育现实,所谓自由生长,不是放任不管,而是在日常生活中给孩子树立好的榜样,就像日常我们需要阳光、空气和雨露一样,孩子的精神成长同样需要正能量,我们长辈的责任就是给孩子创造一个良好的自由成长的宽松环境,孩子们自会有样学样,一点点长大,慢慢变得懂事,慢慢有了担当和责任感。这部作品看似是写一个少年在父辈的熏陶下获得成长的个案,其实,这个个案很典型,代表了中国男孩到男人的成长过程。从一个稚嫩的男孩到变成一个有责任心、有担当、有志向的中国式的男人，每一个男孩的成长过程大抵是这样的。他们从小就被教育男人要扛事，要扛起一个家，进而扛起一个国，千千万万中国好男人都是这么成长的。从中华民族这块精神土壤里，不太可能长成美国式的青年。从这一点上来说，这部作品摸到了中华民族的根。

所以说这部作品的最大特点就是呈现了一个真实的中华民族精神代际传承问题，通俗点说，就是我们中国人怎么就一代一代长成这样。同时故事又很真实、暖心、亲切，没有距离感。一看就是身边的人，身边的事，读得进，抓得住。轻松温暖中，又有几分获益，值得一读。

（发表于《文艺报》2022年2月23日）

《天使的国》：令人感动的生命华彩

舒辉波是一个有思想、有追求、有才气的作家。十几年前，他以一个短篇《石头·剪刀·布》闯入儿童文学界，之后不断给我们带来惊喜。我读过他很多作品，如《45度的忧伤》《梦想是生命里的光》《另一个频道的天使》等。这些作品在题材上差异性很大，直到看到他这部新作《天使的国》我才清晰地意识到，其实他一直以来都在关注孩子的成长，从不同的角度探讨人生命运和人类的精神世界。

今天我们探讨的主题是"生命的轻与重"，我觉得这个命题很切合舒辉波的这部新作《天使的国》。这不是一部简单的成长小说，内涵很丰厚，涉及细腻丰富的少女情感世界，真诚积极的心灵救赎，对命运不屈的抗争，对人生对命运多层次多角度的解读。在这里"爱"不是一个简单的符号，作者赋予了"爱"深刻的内涵、丰富的层次、形象的表达。不只适合少年阅读，也适合成年人特别是家长阅读，不同层次的人会有不同的感受。

这部作品写了三类不同的生命形态。

一个是两位少女的自我救赎、渴望成长、不断升华的生命形态。二是妈妈以及爷爷自适的、坚贞美丽而不失本真的生命形态。三是两位父亲灰暗的、失败的生命形态。这三种生命形态是有机地交织在一起的，构成这部情节起伏跌宕、一波三折、色彩丰富的人生大戏。

我想重点谈一谈第一种生命形态，也就是少女安琪和陈千一的生命形态，也是作品的主旨所在。她们像两棵树苗，生长在并不丰饶的土地上，却有不可遏制的来自生命本身的内在生长力量。安琪在妈妈死后，陷入深深的悲痛之中,她常常做噩梦,在水中无望地挣扎。她不想就这样沉没下去,她要唤回失去的自我,唤回曾经的安琪,作品中多次出现,她要"行安琪所行之事","梦中的溺水,是不是因为自己的挣扎,越挣扎就让自己越沉越深,如果我不挣扎,时间就像水一样,也许会放过自己"。这是一个少女理智的反省,也是她内心的渴望,她想尽快从丧母之痛中走出来。更可怕还不是她本人,而是她的父亲,自从妈妈去世以后,爸爸整天沉湎在对妈妈的怀念之中,不能自拔,最终离家出走,等被找到以后,他已经精神分裂。

其实陈千一也有陈千一的不幸,爸爸酗酒,一喝醉酒就暴打妈妈,有时甚至也打她,不得不被送进戒酒中心。后来她才明白,爸爸之所以酗酒是因为怀疑妈妈移情别恋。和安琪爸爸对妈妈的痴情不同,陈千一的爸爸是因为觉得自己配不上她妈妈,是自卑心理作祟。他们殊途同归,为爱所伤。给家庭和孩子带来极大的痛苦和伤害。但是和安琪不同,陈千一表现出的是另一种姿态,在她乖巧的外表之下,是洒脱不羁、我行我素。她和貌似不良少年的男生交往,领着安琪到游戏厅彻夜不归;她上课不注意听讲,老师让她出去,她就真的收拾书包,离堂而去。她的率性、简单、真实深深地吸引着安琪,两人很快成为好友。

这样的两个处境相同、性格迥异的女孩儿,其实都有各自心灵之痛。命运不是和她们开玩笑,而是带着狰狞的面目在捉弄她们,在青春成长之中,在人生的十字路口,她们选择了没有犹豫徘徊,更没有走向邪路,而是顽强地向上、向前。这生长的力量来自两个方面,一方面是内在的不可遏制的、积极向上的青春活力,促使她们成长。另外,丰富的校园生活,老师的教诲,新知识的魅力,书籍的滋养,同学间的友谊,都像阳光雨露,滋润着她们的满带伤痛的心田。特别是二人满怀激情地策划导演的戏剧《更好的世界》,在演出中获得巨大成功,当数以百计的同学一起呼喊"安琪、安琪"的时候,小主人公知道那个自从妈妈出车祸去世以后,被她丢失的安琪终于回来了。

如果说作品前几章是写安琪自我救赎、自我成长的话,接下来则是更令人惊喜的青春华彩。她要走进父母的国,走进父母的精神世界。在"爸爸的国"里,她看到了父母间纯洁美丽的爱情。在"妈妈的国"里,作者生动地塑造了一个集中国妇女美好品质于一身的女性形象,她美丽贤惠、善良而坚强，面对下岗，不悲观、不抱怨，勇敢乐观地自谋生路，并把生意做得日益红火起来。但命运多舛、天不假年，不幸遭遇车祸遇难。从妈妈的国、爸爸的国里，安琪的精神得到极大的滋养和升华。这才在"安琪的国"里，迅速成长起来。她独自外出寻找离家出走的爸爸，面对精神分裂的爸爸和生病的爷爷，用稚嫩的肩膀勇敢地扛起了家庭的责任。我们说只有懂得了责任和担当，才是一个真正能自强自立起来的大写的人。安琪的成长是那么真实，那么动人，那么令人振奋。就像看着一棵本来含苞待放的花树，一夜之间繁花似锦，开出了如此绚烂耀眼的花朵，这是生命的最美华章。

安琪的成长也感染了陈千一，她开始反省自己对爸爸是不是过于冷漠，她对爸爸是厌恶的，甚至想把他一推了之，让他老死在戒酒中心算了，是安琪让她改变了态度，给予爸爸真诚的关爱。

在这部作品中，我们看到生活充满了磨难和变故，生命是沉重的，精神是痛苦的，但是作者却以艺术之轻举起了生命之重，让我们看到青春的、轻盈的、跳跃的、升华的不断焕发华彩的生命活力是如何对抗这生命之重，并最终化解它，消融它，把苦难伤痛化为精神成长的动力，这也正是这部作品积极明朗的主题所在。

（发表于《文艺报》2020 年 1 月 6 日）

温暖、轻盈、灵动
——谈谈王君心和她的新作《风的孩子》

有幸很早就读到王君心的作品,那时她还是一个十几岁的孩子。她起先是在新概念作文中崭露头角,那才真是"小荷才露尖尖角,早有蜻蜓立上头"。王君心是幸运的,刚刚崭露头角就受到《儿童文学》编辑部的关注,那时王君心是众多"文学新苗"中的一棵小苗,她就在《儿童文学》这块文学苗圃里静静地长啊长,编辑们精心地呵护着,浇灌着,盼望着这棵文学小苗早日长成大树。我就是在那时"认识"她的,读了她的一个个短篇,接着就是一部接一部的长篇幻想小说,眼看着她一天天成长起来。只是我们从未谋面,我也像很多人一样好奇,眼见着文字一天天成熟起来的王君心,到底是个怎样的女孩儿呢?还是读了同是年轻作家薛立的一段文字,我对她的印象才渐渐清晰起来。薛立说:"我认识的君心,总是很安静、很有礼貌、话不多的样子。一个人的时候,她爱把自己藏在沉思里,仿佛是在静静地迎接一个充满神奇想象的童话。君心的故事像一道道温煦的光,有一种从容而平静的美好,就像她这个人,照亮每一个阅读者,照亮平凡的每一天。"

大约十年以后,在一个很隆重的颁奖会上,我第一次见到了王君心,以前都是以文会友。她是获奖作者,这时她在文坛上已经小有名气,也已经长成一个亭亭玉立的大姑娘。她像一朵素雅的百合花,静静地坐在一群人中,远远地望着我微微一笑,仿佛早就认识一般。那一刻我认定这就是王君心了,也报以会心一笑。那次见面,印证了薛立的话。

王君心的作品有两个鲜明的特征,一是她的文字。文学是语言的艺术,文字好与不好基本上决定了一个人在创作上有没有大出息。文字好,就像唱戏的嗓子好一样，就像听戏，就喜欢某位演员的唱腔，她一亮嗓就被迷住了，按今天时髦的话说，这就是"铁粉"。管它写什么故事，只管往下看就是了，就像吃甘蔗，一口又一口，每一口都是甜的。关于她的文字，很多人都有评价，陈香说"细腻灵动、轻盈温柔"；李秋沅说"精致有味"；黄颖照说"清新、细腻、温暖，充满了少女的浪漫气息。如同冬夜里的一壶水果茶，暖融融的"；薛立说"君心的故事像一道光，有一种从容而平静的美好"。我想评价最高的是李东华，在《梦街灯影》这本书的序言中，说《梦街灯影》是美的，它的美首先在于它的语言。《梦街灯影》是用写词的手法写小说。她有一段很诗意的比喻，"它有着翡翠塔一样的玲珑，小桥流水式的精致，江南烟雨般的湿润，香雾袅袅似的朦胧。""她用短篇小说的细致入微构长篇小说，使读者不仅跟着情节走，还步步沉浸在瑰丽神秘、令人口齿生香的阅读氛围中，充分显示了汉文字的诱人魔力。"这段话，是《梦街灯影》的颁奖词。

　　大家都一致激赏王君心的文字，确实读王君心的作品能给我们带来一种美的享受，文化的滋润。这是作者多年修炼的结果，是谁也拿不走、学不来的内在功夫。在《梦街灯影》，在《风的孩子》，在《云鹿骑士》，在她的早期作品《记忆花园》《秘语森林》里，她的语言风格就已经形成。优美、温润、平静、从容，是一种清新淡雅之风。我们随便翻开书，找到一段文字，都能读进去，并很快进入一种可以细细"品味"的境地，感到汉语言的美好和诗意的享受，这种语言的功力还是挺好的。

　　第二个鲜明的特征就是想象。对于一个写童话和幻想小说的作家来说，想象力是必备的第一要素。王君心的想象力是属于超强那种，好像是与生俱来的一种本事，信手拈来，一抓一大把，属于"爆棚"状态。至今她写了有十来本书了，每本书里的想象力都是她作品的一大支撑力。在这些作品中，我最喜欢的还是《梦街灯影》，这部作品很好地彰显了王君心的这两大特点，想象奇特、语言清丽。她把中国传统文化中最具艺术特质的几个元素如梦境、诗词、绘画、玉石、汉字、书法、歌赋、巫术等巧妙地融合在一起，以梦为干，石为根，诗词歌赋、书法绘画等为枝叶，编织一个如梦如幻、带点缥缈仙气的绮丽优美的故事。

　　今天又一次读到她的新作《风的孩子》，感觉她文笔更加成熟老到，探索意识也更加强烈。这是一部温暖的成长故事，充满浪漫气息和瑰丽想象，她用文字勾画了一个温暖的、充满爱的孩子的乐园——芒草山谷。美美的、暖暖的、甜甜的、香香的，带着阳光的味道，带着隐隐的淡淡的栀子花的幽香，还有雨后青草地的清新。在这样一个氛围之中，写了一个孩子的成长。

我喜欢这个故事。

奔奔出场时已经4岁了，和同龄邻家小孩别无二样，他的家在充满爱和温暖的芒草山谷，他又和别的小孩不同，风是他的妈妈，也就是说，他是风的孩子，就像这本书的书名一样。作品一开头就给我们留下了很大的悬念，奔奔是人类的孩子，怎么会被风抚养，在山谷里长大？可是奔奔似乎对这一切并不在乎，他在松鼠家过夜，看松鼠妈妈用"秘方"制作果酱，然后就在树洞里，躺在厚厚的芒草穗子上，闻着甜甜的果酱和淡淡的松香味，挤在两只小松鼠中间睡觉。多浪漫多温馨的生活啊！作者把芒草山谷描绘成了一个孩子乐园，在这里他学会了谦让、等待，还学会了妥协和交换。在作者精心编织的一个个奇特而美好的童话世界里，奔奔一天天长大了。为了寻找西方风的首领咻，奔奔终于可以离开妈妈，随着风的队伍出发了，他随着风游历了许多地方，独自化解了风和人类的冲突，解救了一个国家从来没有风的危机，还扑灭了一场山火，救出了一座山林的动物……最终揭开了自己的身世之谜，恋恋不舍地与风妈妈告别，离开芒草山谷，回到了人间。在这个故事里，可以很清楚地看到作者对于孩子生活非常熟悉，对于孩子的品行、情感的把握是如此准确、细腻、生动，给我们的不只是美的享受，还有发自内心的认同与感动。

这部作品同样展示了她爆棚式的想象力，她的想象力像怒放的花朵，可信手采撷；有时也像夏日疯长的野草，塞得满世界满眼都是绿，让人应接不暇。在大的故事情节上，她不吝才华，把一些特别好的童话"金点子"随意处置，比如，东、西、南、北四大风神，在"春日大典"中一带而过、随随便便就用了，要在他人，可能会写成一本书。在细节上更不用说，飞鸟走兽、阳光和风、花草雨露……大自然中的一切，还有人为的一切，包括墙上的画、手边的书、心中的诗等等，无一不可变幻为想象的花朵融入她的作品中。比如，在本书中就有会唱歌的石头、玩不腻的游戏、阳光织成的围巾、被风遗忘后藏进画里的国度、神秘盒子、会让人起飞的羽衣等等很多令人眼前一亮的想象,也是大把大把地抛撒、毫不吝惜。这说明两点,一是作者有才,内心丰富细腻、心思灵动,想象力超强,在她的笔下,一切都是有生命的,一切都可以信手拈来。二说明作者在艺术上还不够老到,其实艺术讲究的是恰如其分,多一分则长,少一分则短,高下优劣就在毫厘之间,多了反而有拥塞之感。

可喜的是这些奇妙的想象有根,不违真实,不违"物性"。比如,本书中的芒草山谷在大规则设置上是人类社会生活的翻版,在这里不管是人还是动物、植物,拟人化以后,都按照人类的道德标准行事,生活有规则,行为守秩序。特别是小主人公男孩儿奔奔,本是一个普通的人类的孩子,虽然作者大胆幻想他被风妈妈抚养,但他也没有表现出来什么奇才异禀,特别是在作品的前几章,他就是一个普通的小男孩。她把幻想小说中最看重的虚与实的关系处理得很好,看似随心所欲,要风得风,要雨得雨,实际上,艺术的真实始终都在,内在逻辑都在,她把场景和细节上的虚幻与人物和生活的真实有机结合,虚中有实,实中有虚,虚实结合,构建了一个个有根有底、奇妙而又不失艺术真实的幻想世界。

再说说故事结构。本书的结构是一种不常见的结构方式,既非从头至尾平铺直叙,也非倒叙加插叙,而是半截起笔,自带悬念。初看这本书结构很散,读了前面不知后面会发生什么,读了好久也捕捉不到故事的主线,看到的只是一个个独立的故事,还有一团团令人称奇的好玩的细节。从开始奔奔在芒草山谷里玩,到"春日大典",山谷里的动物过大年,到随着风的队伍出发去寻找西风首领咻,到小奔奔成长起来,独当一面地化解无风国的矛盾,到使用羽毛衣扑灭山火,作者就这么顺其自然、随心随性地写下去。虽然读者带着惊喜与期待,也能一个故事接一个故事地读下去,但是心中的疑团始终挥之不去:她到底要写什么?要表现什么嘛?!直到把整个故事读完,那条若隐若现的主线才浮上来,原来她是写一个男孩儿的成长!男孩儿成长的足迹就是这本书的主线,从4岁进入芒草山谷,到长大以后离开芒草山谷回到人类世界。如果我们再回过头来看,就会发现里面的月光精灵、白羽衣、会唱歌的石头、博物馆里的画、故事工坊等等场景和道具都是有用的,故事结构看似松散,其实内在逻辑很紧密、很扎实。

这样看来作者很自信也很大胆，也不怕人家读着读着，摸不着头脑扔下不看了。其实，这本书拿起来，不舍得轻易放下，因为随着小主人公足迹展开的一个个小故事还是挺新奇好看的，又有很强的、超好玩的想象，作者头脑中那些古灵精怪的想象，就像一台不知疲倦的泡泡机一样，喷出一团一团的彩色泡泡，绚丽而迷幻，再加上文字又那么清新美好有诗意，读者一定要追着小主人公奔奔的脚步，一探到底的。值得赞一个，这个外表文静、内心丰富细腻、轻盈灵动的女孩儿，又一次圆满实现了她在艺术上的大胆尝试。

（本文系 2019 年 7 月 22 日在大连举办的该书研讨会上的发言）

一部题材独特的儿童小说
——读宋安娜的《泥土里的想念》

这部小说题材很新颖,近几年在我的阅读视野里还是第一次见到。此书反映的是抗日战争时期,天津英租界几家外国人的生活,特别是犹太人的生活。

犹太民族是个很有特点的民族,在这个世界上无以为家、始终为建国而斗争,直到今天依然为重建家园而奋斗着。围绕着犹太人建国立家,战争不断,真可谓灾难深重。同时这个民族又是一个重教育、有智慧、会经商、自强不息的民族,他们的很多生活理念、教育方式和人生经验受到世人的推崇。在中国近代确实有很多犹太人来中国经商做买卖,或是躲避战乱,上海、青岛、天津、大连这些沿海城市都有犹太人的足迹。作者选择这样一个题材很有意义,说明在第二次世界大战时期,不是单纯一国一地的战争,而是全世界被奴役、被侵略的国家组成反法西斯联盟,共同抵抗以德、意、日为首的法西斯分子的战争。这部书不仅是写天津一地的抗战,同时也写到由于德国的排犹,很多难民逃到中国,其中就有一个小提琴演奏家勃曼叔叔。这部小说的背景很广阔,这是我的第一个感受。

其次,作品的环境、氛围营造得很好。作者下了很大功夫,花费了很多笔墨,要写出一个真实的场景来,之所以这样写,也是这个题材所决定的。也就是说你要反映英租界外国人的生活,不把真实的场景写好,这个故事就难以成立,难以立足。她从街道(博罗斯道福康里)、院落,一条街里有7个院落,每个院落里有一幢小洋楼,从第一号到第七号院都住了哪国人,再到楼房布局、家居环境、生活习惯、衣食住行都有细微描写。吃大列巴、抹果酱、黄油这是必需的,上的学是由英租界董事会开办的文法学校,学的是英国人编的教材,毕业以后直接考英国的剑桥。8岁的撒拉对中文只会说不会写,她所熟知的是伟大的犹太诗人海涅,而不是李白,她理解不了"床前明月光,疑是地上霜"的意境,难以走进中国传统文化,其实是保留着犹太人的生活习惯和教育方式。但同时她又自觉不自觉地受到中国传统文化的熏陶,作者用了大量笔墨写旧时中国传统文化和生活习俗,每一章前都有一首天津儿歌,文中也提到老虎褡裢、杨柳青年画等民间艺术,同时小主人公撒拉还交了两个中国朋友,金宝和银宝,还有车夫小马哥。最重要的是撒拉是由一个中国农村妇女抚养大的,撒拉从小没有妈妈,是中国"阿妈"一手把她抚养大的,她和这个阿妈感情非常深,她也深受阿妈的影响,视同母女。战争打响,天津沦陷以后,阿妈走了,寻找阿妈成了这部作品的一条中心主线。

在中国文学作品中"京味"小说很多,最典型最著名的是老舍的《骆驼祥子》《四世同堂》。此外还有很多作家是以京腔京韵见长的,包括林汉达先生写的"历史人物故事"丛书。"津味"文化风俗也很独特,京津渡口、码头文化。看电视剧《潜伏》,我觉得那里面天津味很浓,帮派林立,那个倒卖情报的结巴就很典型。天津与北京距离不过100多公里,文化风俗上差异很大,天津在饮食上也有很多有特色的地方小吃,比如,狗不理包子,桂发祥的大麻花,耳朵眼炸糕,煎饼果子什么的,对于天津特色作者有很多描述,但还称不上是"津味"小说。

作品里中外两种不同文化和两种不同的生活习俗互相交织、互相融合、互相渗透,构成了小主人公成长的典型环境。作者对于典型环境的构建下了很大功夫,写得很真实、详尽,可见作者为写这部作品做了很多功课,查阅了大量资料,还原了天津独特的英租界的生活面貌,一下子就把读者拉回到过往的时光之中,穿越到那个时代,并身临其境,时空的代入感很强。

相对于环境描写来说,这部书的故事稍弱一些。整部书是以犹太女孩撒拉的视野来呈现的,也就是撒拉自述所见所闻。故事情节是散点式的,作者想要呈现的东西很多,涉及的生活面很广,背景也很阔大,故事的点很多,至少有这么几个点:亲情故事,撒拉与阿妈的故事;友情故事,撒拉与金宝、银宝的故事,与小马哥的故事。孩子眼中的成年人的抗战故事:张太太的故事,小马哥上前线,爸爸上延安,人们上街游行等,还有个外来的勃曼叔叔的故事，涉及的重大事件、同时也是故事的背景也很多，7月30日天津沦陷。从张太太家抄出电台，欧洲难民来了，身边的人上前线了，都是很大、很重要的事件。故事内容很丰富，作者想要表现的东西很多，这部作品承载的东西也很多。正因为内容庞杂，主线就不那么突出。

既然撒拉是本书的主人公，至少撒拉的家世和身世应该写清楚，一个8岁的孩子是可以讲清楚自己的身世的。她爸爸出生在寒冷的西伯利亚，是她爷爷揣在老羊皮大氅里带到天津来的，爷爷的故乡在死海边上，具体哪个国家不详，这情有可原，但是撒拉的身世不详就说不过去了，她妈妈呢，没有交代，撒拉也不追问，这就不可信。

作品的重点是写撒拉与中国阿妈的亲情，书名叫《泥土里的想念》，泥土代表什么？是中国的天津还是她的国外故乡，不太清楚。想念当然是中国阿妈了。好像写得也不够，阿妈在第二章日本人来了以后，就走了，变成一个故事的源头，而不是故事本身。文中是把阿妈这个人物作为重要线索来设置的，其中撒拉想阿妈、找阿妈，直到最后，找到了阿妈，看似是一条主线，可这条主线太单薄了，如果阿妈这个人不走，在撒拉身边，会有很多交集，会产生很多故事，可是她走了，撒拉去寻找阿妈只是个由头，写的是另外一个故事，而不是我与阿妈的故事。故事有点散。到底是写犹太孩子的生活，还是写孩子眼里的生活，这两个哪个为重？现在看来有点平分秋色。

不管是写哪种生活，我认为，有一点必须要写足，写的是一个犹太孩子的故事，英租界里的中外几家的故事，犹太孩子的故事特色一定要写足，犹太孩子的日常生活、吃喝玩乐、家庭教育、宗教信仰、处事方式应该和天津当地孩子有很大不同，只有把这个特色写足，写真实了，才是这部作品的立足之本。在这些方面，我觉得还欠火候。

好在这部作品的人物形象刻画还不错，文中涉及大大小小十几个人物，都还比较鲜明。撒拉、金宝银宝、张太太、车夫小马哥、勃曼叔叔，着墨不多，很生动。比如就在一个章节里出现的画杨柳青年画儿的表大爷，也写得很生动。

总之，这部作品还有很大的提升空间，还可以写得更有特色，更感人一些。

（本文系2019年4月24日在该书研讨会上的发言）

用眼睛听世界，用爱看世界
——读殷健灵的儿童小说《象脚鼓》

这部作品题材独特，反映的是一个聋哑孩子成长的故事。作者在创作手法上很有新意，故事内容和音乐旋律相交融，并以此来命名每一章。作者这么设计，一是源于小主人公冬银本身喜欢音乐，喜欢跳舞。另外就是老师用音乐的律动来启发聋哑孩子的心智，把他们一步步领进音乐世界中，通过音乐让他们感知自然、感知这个世界，把他们从一个黑暗封闭的个人小世界，领进广阔而丰富的自然世界和社会生活之中。

整部作品就像一首交响乐，主旋律是小主人冬银从失聪到最终成为一个著名舞者的成长故事。表达的是爱、希望、自信与顽强生长。冬银两岁多时发烧，因用链霉素导致耳聋，和大多数遇到突发事件的家庭一样，这种打击就像晴天霹雳，父母从不接受、不相信到四处求医，无奈接受，直到最后无望而返，作者很真实地表现了一家人的这一磨难过程。她只用了一章的篇幅，就把冬银从失聪到上学的过程写出来，准确、简洁而生动。

之所以这么处理，她是要把更多的笔墨集中在小人公身上，也就是她长大懂事之后，面对聋哑这么残酷的现实，和别人不一样，带给了她不一样的感受，家人的格外关注。父母为了更多地照顾她，把姐姐早早地送到寄宿学校，到了上学年龄，先是把她送到一所普通的学校里，孩子们歧视她，她感受到了屈辱与打击，这是一种心理上的打击与感情的伤害。后来找到一所聋哑学校，冬银就转到这所学校，找到了伙伴，感受到了阳光和快乐。这一章给我们很大的启发，也就是每人头顶都有一片天，要帮助孩子找到适宜自己成长的土壤比什么都重要。孩子稚嫩的身心，更需要理解、关心和爱的浇灌。

冬银是一个非常要强的孩子,有上进心,不甘落后,学习成绩在班里一直名列前茅,这让她找到了自信,而且这里的老师都很和善耐心。后来学校里来了新校长,带来新的教学方式,建立了律动教室,也就是把音乐教育引进特殊学校,仿佛为孩子们打开了一个崭新的世界。冬银一下子就喜欢上了律动课,迷上了跳舞,很快在孩子们中间脱颖而出,成为领舞。

对于一个残疾孩子,除了家庭的关爱,其实更重要的是来自社会、学校、周围环境全方位的关爱。文明社会的标志不是我们有多少财富,生活多么富足,而是对弱势群体在多大程度上的关爱。精神文明、社会道德,这都不是空话。联系当前新冠肺炎疫情,全球抗疫,一向以民主、自由、博爱著称的西方文明世界是怎么做的?"群体防疫",那就是以牺牲老人、穷人为代价。新冠疫情撕下了西方资本主义世界虚伪的假面具,那不是什么文明世界,资本主义的血腥残忍暴露无遗。幸运的是,冬银得到了全方位的关爱。邻居孟爷爷就是一个典型代表,是他鼓励冬银要"用眼睛听世界,用爱看世界",也可以说是这本书的主题。

让我们感动的是作者的立场和态度。她对残疾孩子是尊重的,最大的尊重不是同情与怜悯,而是平等。在冬银这个形象塑造上,作者不只描述了聋哑孩子的生活,这一点很多人可能了解得还不是很多,作者给我们打开了一个聋哑孩子的生活世界和生命体验,也帮助我们更好地认知聋哑孩子的生活和心灵世界,从而能更真切地理解他们,关爱他们。更重要的是,她把冬银作为一个普通的、成长中的孩子来对待,写了她独特的生活,尤其可贵的是真实而生动地描述了她的心灵世界,她的苦恼,她的悲与喜,和普通孩子们一样,她曾遭遇到妒忌、冷漠和孤立,她自身也有成长的苦恼。比如说到省里会演以后,好朋友璇子就开始冷淡她;再比如,她一向是班里的第一名,来了个新同学香巧,她的第一把交椅不保,特别是数学她学得很吃力,这给她带来很大的苦恼。再如,在世交好友的帮助下,她初中毕业,本可以顺利地进公司顶替上班,这在别人看来是天上掉馅饼的天大好事,比姐姐上中师当小学老师还要好,面临人生命运抉择的关键时刻,她放弃了这个机会,坚持到省城读特殊高中,后来走上艺术之路,成为春晚舞蹈的领舞。她既是一个聋哑的孩子,更重要的是她是社会中的一员,她自己的人生,也要经历各种挫折和考验,甚至是更强更大的考验。

总之,这是一部很感人的儿童小说,它是励志的书,更深具人生启迪意义,厚重而深刻。

(载于中国教育新闻网 2020 年 6 月 5 日)

《三十六只蜂箱》的五大看点

余闲的长篇小说《三十六只蜂箱》直面当下，深刻反映了大山深处彝族人民脱贫致富奔小康的故事。

这部作品有五大看点：一是真实的力量。作者并不回避彝族艰难的生存环境和困顿的生活状态，通过一户彝族人家走出困境，实现梦想的故事，形象地反映了我国少数民族地区的人民脱贫致富奔小康的伟大进程。小主人公日哈家是不幸的，但又是幸运的，当父母双亡，他和弟妹的生活陷入困境之时，正是国家实施脱贫攻坚战时期，善良的村民伸出援手，扶贫干部也来到家里，给三个孩子申请了儿童福利证，政府每个月给每个孩子600元生活费，一直到十八岁。日哈也通过养岩蜂，解决生活困难。寨子的人依靠集体的力量，齐心合力把藤索路换成钢管路。日哈兄弟三人在政府的安排下，搬出了大山，三个孩子都重回学校读书。

小说的代入感很强，扑面而来的生活气息，人物的悲欢离合，人们为了走出贫困而互助互帮，齐心合力的昂扬斗志，无一不在吸引着读者，感动着读者。这就是真实的力量。

二是人物的力量。这部作品塑造了一个有毅力，有担当，勇敢坚强而又善良的彝族少年形象。这个村寨的人居住在悬崖顶上，进进出出就靠一道道藤索，日哈的父母就是攀索下山时，坠崖而死。16岁的日哈不得不承担起抚养弟妹支撑家庭的重任。此时虽然有党和政府的帮扶，乡亲们的照顾，解决了三位孩子的温饱问题。但是要真正过上好日子，他们还有很长的路要走。日哈懂得感恩，更懂得责任，面对种种挑战，不畏难，不怕苦，他和村民们一起,开山筑路、搞养蜂。最后在政府的帮助下,终于走出了大山,重回学校,向着自己的理想一步一步前进。作者全力塑造了一个奋发向上,有胆有识,坚强刚毅的小小男子汉的形象,具有强大的感染人、鼓舞人心的力量。

三是扶贫的力量。作品在展示彝族村民贫困苦难生活的同时,通过村干部、下乡扶贫的支书、下乡采访的记者等人物,从侧面表现了政府对于少数民族人民的关心与重视,在修路、精准扶贫、搬迁等举措上,顺民心、懂民意,做好事,做实事的精神。党的温暖真的是像太阳一样,无声地照耀在每一位贫困村民的身上。既是一种润物无声的力量,也有一种落地有声的感召力。

四是民俗的魅力。作者是个汉族青年,通过大量采访、深入学习研究,在反映民风民俗方面下了很大功夫,在他的笔下,彝族人民日常起居、服饰、娱乐歌舞、婚丧嫁娶的习俗都有很真实生动的描写,具有很强的感染力。通过这部作品可以进一步了解彝族独特的文化风情。

五是诗性的力量。这主要体现在作者的文字上。可以说这部作品的内容悲苦大于幸福,困顿多于欢乐,但原本暗沉的生活却被诗性的浪漫与光芒所遮蔽,读者读起来并不沉郁压抑,相反还会被一种善良、关爱所温暖,被一种积极向上的力量所感染。作者诗性的文笔如炬如光,照亮了黑暗,温暖了人心,具有很强的抚慰作用。更何况他还有意穿插了数首诗歌、民谣,让作品读来更加有感染力和艺术魅力。

(发表于《潇湘晨报》2021年1月16日)

多重物化视角下的苦难书写及现实意义
——评胡永红的《上学谣》

关于苦难的作品,或是描写孩子们在苦难中成长的作品有很多,尤其这两年,为了配合国家脱贫攻坚战的伟大战略,表现少数民族地区政府帮助村寨脱贫致富奔小康的作品愈发多了起来。胡永红这部作品反映的是在困苦之中,一个孤寡老人抚养自己的孙子苦壮成长的故事,同样也属于苦难书写这一类。这部长篇小说给我留下深刻印象的主要有两个方面。

一、多重物化视角透射出的文本空间及意蕴

这部作品在写法上很独特新颖,独辟蹊径,大胆而富有开拓性,是儿童文学边界书写的又一次挑战,当然也挑战了我们的想象力。说实话,借动物来讲故事的作品没少见,毕竟它们是动物,是有生命、有情感的,是可以发声的。而在这部长篇里,当斗笠、木屐、响石、荷花、香禾、芭蕉、背篓、标话、小溪、雷公、雨神、壮锦等自然万物都出来讲故事的时候,我在心里不由暗暗发出一声惊叹:这个作者可真敢创新,从哪来这么大的自信!

正因为她的叙事方式与众不同,我便很仔细地读了这些硬物件是如何叙述,如何表达的。首先,这不是同一个故事,由不同的人物从不同视角来叙述,而是多个角色,每人讲述一个侧面,然后连缀成了一个完整的故事。也就是由黑狗开头,雷公接着黑狗,水牛接着雷公,斗笠接着水牛——这么一个接一个连成了一个完整的故事。

这些没有生命的物件,并不都是拟人化的,而是守住自己的本性,从自

我的视角来讲述一个故事情节。比如,斗笠讲的是火龙因为穿戴着蓑衣和斗笠上学,被同学取笑,几个孩子扯来扯去,扯坏了蓑衣,斗笠也被撕裂了。她只写了斗笠说:"我的脸破了相,豁开一个口子,如果再下雨,我会流哈喇子,怕是不好用了。"并没有写到斗笠怎么痛,怎么愤怒,也几乎看不到斗笠的情感表达,是一个纯粹的白描。但是写到水牛的时候,就写到了情感。下帅乡因为矿难事故死了好几个人,在送葬的路上,很多人都在哭,水牛身上也披了白布,当一对披麻戴孝的母子汲水从火龙身旁走过时,她是这样描写水牛的:"这样的抽噎声,让我的鼻子也有一些酸,我哞地叫了一声,很响。火龙可以听得见吧。"斗笠毕竟是个死物件,没有情感,如果写出斗笠的内心情感变化,就觉得不真实,别扭了。而水牛是有生命的,可以有情感。由此可见,作者虽然选了自然万物来讲故事,但其实是有区别的,在细节上都符合人物的物性。细节上的准确描写,让这部作品读起来很真实,让本不该说话的物件开口说话这样的处理变得合理可信。

物件的讲述与作者的描写有机结合,也增强了作品的语言之美和艺术之美。这部作品借不同的物件讲故事,并不是完全以物件的口吻来叙述故事,而是和文学描写有机结合。比如书中写斗笠:"我是斗笠,最初做成我的样子,应该就是比照着荷花和荷叶来的。荷叶厚实而宽阔,像碧绿的加了尖顶的圆盘,雨珠子落在上面站不住滑落下来,便成了我的样子。"最重要的是下面的描写:"下帅乡最漂亮的时节就是初夏,荷花开的时候。荷叶田田,沁人的香气弥漫水塘,蛙声欢跳。"可见这样的描写,已经脱离了斗笠的认知,因为斗笠是闻不到沁人的香气的。这种很有诗意的描写,完全出自作者之心。还有"我是南竹,在壮瑶乡最寻常的、随处可见的就是我。说木不是木,却是木,说草不是草,却是草。白水浅浅,紫山环绕,是我最爱成片生长之处"。这里如果把"我"换成南竹,也毫不违和。这种亦真亦幻的描写,运笔自由,也看得出作者艺术上的老到与自信。

我也曾想过,这部小说如果不这样写,而是按照惯常写法来写,写一个老奶奶在困苦窘迫的生活环境下,把一个孙子培养成大学生的故事。据实写来,尽管再增加很多情节和细节,这个故事还是很平庸。现在采取的这种写法,增强了作品的张力,"让文本叙事的意蕴空间达到了最大化的效果"(刘颏),换个人物,换个角度,就增加了很多内容和情趣。

二、现实主义与民族特色的交织互融

　　这部小说塑造了两个最具个性的人物形象:一个是水仙阿嬷,一个是火龙。水仙阿嬷这个人物,个性特别鲜明,朴实中不乏坚韧、执着、倔强、善良、勤劳,小小的身躯中蕴藏着无穷无尽的力量。在这个人物形象的刻画上,每一笔都透着真实和质朴。作者没有一点点拔高,而就是从日常生活、日常对话中,凸显出人物的内在力量。比如,水仙阿嬷用脚去挡孙子故意设下的铁铜,宁可扎伤脚也要保护那个斗笠;她几次三番地到乡政府等消息,就是不相信自己的儿子已经去世;她执意不接受乡里的补助,还要捐钱给受难户等等情节和细节。凑份子修水渠,大姑知道家里困难,不让水仙阿嬷出钱,她很生气,把钱都打掉到地上,说难道我不是村里人吗？言外之意就是你不要瞧不起人,我不需要你们怜悯！通过这段描写,一个很要强、很要面子的,刚毅的乡村老奶奶形象跃然纸上。

　　对于火龙的形象刻画,有两个道具充分表现了他的成长:一个是斗笠,一个是鞋子。作者用了较多的笔墨来书写这两个物件。小时候火龙那么痛恨蓑衣和斗笠,死活不肯戴着去上学,甚至想毁掉它们,表现是一个孩子的不懂事,不知世事艰难。而另一个道具是一双鞋——从木屐到波鞋。为了省钱,火龙宁愿穿着露脚趾的木屐上体育课,后来有了新的波鞋,也不舍得穿。一前一后,两相对照,能看出一个孩子真的长大了,懂事了。苦难是一笔财富,作者通过捉黄鳝,在木工坊打短工补贴家用等情节,描写出一个孩子在艰难中的成长,造就了一个正直、阳光、向上的好少年形象。

　　两个人物形象的典型塑造,以及主干故事的周密编织,让这部作品卓尔不群又有包罗万象之势,写出了壮族的现实生活,人与人之间互相关爱,相濡以沫。生活是困窘的,但老一辈人却给少年的成长搭建了一个良好的环境,他一直是有爱成长的。更难能可贵的是,这部作品通过镶嵌其中的神话、传说、歌谣、民间故事、非遗产品等等,深刻反映了壮瑶民族的历史、文化、民俗、风情,写出了这个民族文化意义上的前世今生,写出了这个民族的独特性。

打一个不恰当的比喻,整部作品好比一桌大餐,主食就是米饭,不管往这个米饭里加什么料,我们也早就知道今天吃米饭,可是吃什么菜就不得而知了。作者端出一盘又一盘菜,每一盘都出乎我们的意料,使阅读过程充满了期待。越往后,端出的东西越惊奇,越具有独特的文化价值,比如标话、嘹歌、壮锦等等。因此,这部作品也可以说是一幅壮瑶民族的风情图。

(发表于《文艺报》2021 年 4 月 21 日)

一部充满探索精神的奇书
——读陈诗哥的《童话之书》

2014年7月陈诗哥的大作《童话之书》摆上我的案头,我在终审意见中写了这样两段话:

"这是一部少见的奇书,让人不由不想到另外两本影响很大的名著,一部是大名鼎鼎的霍金的《时间简史》,一部是挪威作家乔斯坦·贾德的《苏菲的世界》。前一部是解读深奥的宇宙秘密,后一部则是讲解枯燥的哲学,这两部书都有举重若轻、通俗生动的特点,为此成为备受世人喜爱的畅销书和经典书。

"陈诗哥这部书稿也有上述特点,以童话故事的方式讲童话理论,以深刻的思考、丰富的想象、诗意的表述,把讲故事和讲理论很好地融合在一起,达到了寓理于情、寓情于理的双重效果。"

另外,我还说:"这部书稿提供了多层阅读的可能性,不同层次的读者,从中分享到不同层次的内容也各有趣味。"

这本书从2004年出版至今不足三年,在读者中的反响一直不错,特别是在儿童文学作家群中的反响更大并持久不衰,在一定程度上也奠定了陈诗哥本人在新一代儿童文学作家中的地位和影响。今天,由中国作协儿委会和深圳市文联联合组织深圳儿童文学作家群研讨会,对陈诗哥的讨论排在第一个,也了却了我的一桩心愿。

为什么说《童话之书》是一部奇书呢?在中国儿童文学界,到目前为止还没有一本这样的书,即以一部长篇童话来诠释童话理论,并在理论上有独到见解,在创作上有所创新。这样一部创作和理论相互融合,互相印证,相得益彰的作品还是不多见的。

  《童话之书》首先是一部童话,有完整的故事结构,有鲜明的人物形象,有旖旎瑰丽的想象力,有出人意料之外、又在情理之中、跌宕起伏的故事情节。而且很多小故事都写得完整而精致,充满了童话精神和哲学意味,可独立成章。尽管童话不用像小说那样讲究人物形象塑造,但《童话之书》还是塑造了一系列个性鲜明的人物形象。首位的当然是小主人公小王子,一个经历丰富、善良勇敢、充满好奇、平和好学的小男孩形象;还有哲学家米先生,无疑是获得了童话真谛的智者的化身;具有传奇色彩的海盗巴博萨,在海盗生涯中不失善良美好的品性,无疑印证了童话对于人的精神成长的巨大作用;终日与《西游记》相伴、像孩子一样心地纯净顽皮的老小孩;能轻易跃上十米高台和百米高台,仿佛身怀轻功绝技的陶罐匠,从他的身上则诠释了童话中的想象力和专注力的重要性;还有我后面要讲到的当代人李红旗;等等。这些人物既具有理论概念的象征意义,又不概念化、脸谱化,一个个都血肉丰满、性格鲜明。

  在故事结构上,也泾渭分明,它以一个童话书小王子的身份游历世界为线索,移步换景,层层推进,一连串的场景人物变化,带来一连串的故事,给人一个又一个惊喜。作者视野之开阔,想象之奇特,立论之大胆,思想之深刻,意境之深美,肌理之奇特,带给我们的阅读快感和阅读期待远在很多作品之上。即使在结尾,作者还设置了三种结局,展示了童话具有无限可能性的艺术魅力。另外,诗性的表述风格,语言简洁明快,充分利用了诗歌跳跃、反复、排比等手法,具有很强的韵律感和节奏感。因此我说它提供了多层次阅读的可能性,即使小读者一点也不懂文艺理论,对于这部情趣盎然、意趣横生的作品,照样可以读得如痴如醉。

  《童话之书》又不只是一部长篇童话,它的重头戏是在以童话形式讲童话理论。作者期盼的是,"《童话之书》不仅是一部好看的童话,还是一篇明晰的论文,同时也是一首优美的诗"。可见作者在构思阶段就充满了探索、创新精神,给自己设置了一个比较高的标杆。那么这部成书是不是成就了作者的设想呢?我认为它已经实现了作者的理想,没有搞得不伦不类,故事和理论两层皮。它成功地把感性与理性巧妙结合,寓理于情。在某些方面甚至超过了作者的设想。比如,开始他只想搞一篇明晰的论文,事实证明它内在的童话理论是比较系统的。在前半部分,它以虚写实,回答的是童话是什么?为什么要相信童话?童话与孩子的关系;童话与精神情感的关系;童话的功能;童话与其他门类的异同,如童话与神话、童话与故事、童话与寓言、童话与哲学、童话与宗教等。后半部分又以实写虚,从世界名著和现实社会生活出发,在对几个不同世界的探讨中,用故事诠释了童话与想象、童话与生活、童话与现实的关系,充分体现了作者的美学追求和理论建树。

那么在陈诗哥的笔下,童话到底是什么?我们为什么要相信童话,相信童话什么呢?他试图从本体论的层面去探讨,先说明童话它不是什么,它与神话、寓言有什么不同。他借用一位图书制作者的口气,给了一个相当简洁、明了的回答,他说:"世上最早有三本书,《神话之书》是由孩子记录神的话语,《童话之书》是由神记录孩子的话语,《故事之书》则由人记录自己的故事。"这个结论对不对大家可以探讨。

在最初的时候,神话是神的话,而童话则是孩子的话,两者同时存在。就像《圣经》伊甸园里的亚当和夏娃,在陈诗哥的笔下是两个孩子的形象。因为那时人都像天真无邪的孩子一样,后来,随着猜疑的出现,人神关系断裂,原本两个孩子的亚当和夏娃迅速成长为大人。这什么意思呢?也就是他在书里反复强调的童话是给0至99岁的孩子看的。而陈诗哥认为儿童和孩子又是两个不同的概念,儿童是个年龄概念,和成人所对应,孩子则不然,只要你保有一颗童心,直到99岁你也还是个孩子,你也喜欢童话。

为什么喜欢童话呢,因为童话传达的是快乐和美好,而快乐和美好也是两个不同的概念。快乐是身体感官方面的,而美好是来自内心和精神层面的。故事不一定美好,鲁智深拳打镇关西,三拳打死镇关西,满脸开花,口吐鲜血,一点也不美好,却带来感官的刺激和快感。因此他说"童话是美好的幸福。故事是快乐的幸福。故事谋求的是自身的精彩,而童话,更多是为了他人的美好"。这就是童话与故事的不同。童话当然也注重故事,但不是首要条件,童话的首要目的是让人的心灵变得更美好,童话的灵魂是"爱"。不像故事单纯追求一波三折的情节,写尽了恩怨情仇。相比之下童话单纯明澈简单多了。就像这部作品开头说的:神说,这个世界是好的,于是有了人类、自然万物，有了这个生机勃勃的世界。我们说童话是好的，于是有了童话，有了单纯简单而内涵丰富的《小王子》，有了《丑小鸭》《老头子做事总是对的》，有了《三个强盗》《小狐狸的窗》等难以计数的童话故事。

另外，他还通过一个故事谈到童话和寓言的转换，隔窗看到一个人偷了苹果，那到底是不是这个人呢？人们开始互相猜疑。当怀疑进入人心以后，原本和平美好的秩序被破坏，人们开始打斗、争抢，世界变得血腥暴力。一个美好的世界是童话世界，而一个充满争斗的世界则是寓言世界，这个世界不完美，人们想改变这种现状，希望从故事中得到启发、智慧和哲理光芒的指引，从而让无序变得有序，确定生存的依据。他说《红楼梦》是童话世界在寓言世界里的终结，抄检大观园集中反映了童话世界的坍塌。陈诗哥的这些论述大胆而新奇，给人耳目一新的感觉。但能否这样下结论，这个结论对不对，有待探讨，可贵的是他树起了一个新标靶。

在《童话之书》中他还探讨了几个世界：有米先生的哲学理念世界，在此探讨的是童话与哲学的关系；有法国宫廷生活世界，探讨的是世俗享乐世界与童话美好世界的不同；有老小孩的世界，塑造了一个从少年顽皮似孙悟空，青年懒散如猪八戒，败光家财以后，人到中年，踏实起来的沙僧，老年变成了循规蹈矩、淡然平和、似入定般的唐三藏的老小孩形象，他和四只分别命名为唐僧、孙悟空、八戒和沙僧的鸭子生活在一起，过着自得其乐的童话生活。因此他说，"《西游记》不只是一部到西天取经的故事，它还讲述了一个这样的故事：几个顽皮的、骄傲的、懒散的、呆板的孩子历经磨难，终于变成了安静的、温顺的、谦卑的、充满朝气的孩子，因此这是一本关于孩子的书"。如果说《西游记》是神话与佛教的世界，那么《水浒传》《三国演义》就是一个以暴制暴的世界，当然是非分明，正邪分明。在此他论述了童话与故事的不同。

而这几个不同的世界都是用生动的童话故事来展现的。通过对几个不同世界的形象描述，他期望人们能相信童话，童话世界和其他世界不同，确实能带来无可比拟的幸福和美好。可是为什么人们长大成人以后就不再相信童话了呢？"对于一个充满怀疑的人，童话就是一个笑话，甚至是一个谎话"，认为童话只是哄小孩子的玩意的大有人在。为了说明这个问题，他写了很重要的两章，也是我最喜欢的两章。

一个是小王子颠沛流离,被压在石板下30年。第一个十年,他满怀希望,保持住了内心的纯洁,他通过回忆往昔的点点滴滴,心中温暖而充实。后来又招来了蚂蚁、蜗牛、蟋蟀等一群昆虫朋友,小王子给他们讲《童话之书》,讲王子和公主的故事,因为他心中有童话,显得很潇洒、淡定,是一个真正的王子,即使被囚在石板下,也和住在真正的宫殿一样。第二个十年,他开始动摇了,开始求助于幻想,期冀能有个神奇的力量,比如神仙巫婆什么的能把他从青石板下救出去,此时他的表现像个世俗的普通人。第三个十年,他绝望了,放逐了自己的内心,开始浑浑噩噩地混日子。尽管此时在小动物们的帮助下,石板下已经建成了一个宫殿,他还是自己把自己囚禁了,成了一个真正的囚徒。所以当三千只蚂蚁说要齐心合力把他抬出去的时候,他拒绝了,一个把自己内心囚禁起来的人,出去又有什么用呢?这一章,不只通过小王子在青石板下生活,阐释了童话与生活的关系,而且也充满了人生哲理,人物心理情感脉络也很清晰。

第二个就是李红旗的故事。李红旗从小生活在一个知识分子的家庭里,是一个含着金汤匙出生的人,父亲是大学教授,家里有很多书,李红旗喜欢读书,他的梦想是成为一个王子。可是"文化大革命"来了,大学停止招生,李红旗被迫来到一个小山村当了一名小学教员,他的梦想破灭了。此时他本想自我救赎,喜欢童话,喜欢读书,希望重燃梦想。可是残酷的现实又一次狠狠地击中了他,他爱上村长的女儿,而那个公主一样的女孩却出卖了他,自此李红旗的梦想彻底破灭了,丢下小王子逃跑了。这说明什么?说明童话很丰满,现实很骨感;童话很娇嫩,现实很生硬;童话很简单,现实很复杂;童话很美好,现实很残酷,因此被生活和现实所迫丢掉童话的人无计其数。在这里他非常形象地阐明了童话和现实的关系。

书中还有一个情节,也让我很有感触,是哲学家米先生讲的。他说:很久很久以前,古希腊有一个哲学家,有一天晚上走在旷野上,抬头看着星空,只见满天星斗,然后他预言第二天会下雨。果然第二天下起了倾盆大雨。可是,就在他预言第二天下雨的时候,他失足掉下了一个大坑里,摔得半死。米先生问小王子,这个故事说明了什么?小王子毫不犹豫地回答:"一个人既要看着天上的星斗,也要看着他脚下的土地。"

我觉得陈诗哥就是一个既看着星斗,又看着脚下土地的作家。他仰望满天星斗,在古今中外文化大师和文学大师的滋养下成长。此言有据,就《童话之书》这本书中所涉及的名著名篇多达数十篇,先哲圣贤之论信手拈来,可见他博览群书,有良好的文化素养和文学素养。他还是一个充满幻想的人,时常放飞思想,在自己的精神世界中遨游飞翔。同时他又是一个看着脚下土地的人,踏实、坚韧、自信、独立,甚至还有点反叛精神,内心很强大。我相信,这样一个既看星斗,又踏实生活、潜心创作之人,在文学的道路上会越走越好,越走越远。祝他心想事成,非常期待他的《神话之书》和《故事之书》能顺利问世。

(发表于《教育研究与评论》2017年第5期)

童年生活的一次理性检索
——读彭冬儿的"沃顿女孩小时候"系列

彭冬儿的"沃顿女孩小时候"是一套清新有趣的儿童小说,属于回望童年,往事钩沉之作,能够钓上来的自然是童年里最深刻、最有触动、最美好、最好玩、也可能是最悲伤的东西。是对童年生活的一次自觉而理性的检索,却是最感性的表现。故事自然、流畅、不造作、不拔高,是本真的、纯净的孩子天性与生活的自然书写,充分体现作者"以儿童为本"的创作思想。

就这套书的结构来说,没有中心故事情节,无矛盾冲突,是碎片化的,是围绕着艾咚咚这个人物发生的一个一个的小故事。这种结构其实对作者的要求更高,捡拾起来的每一个故事都应该是闪光的、有意思的、有意义的,只有这样才能吸引住读者,作品才有内涵,才有价值。可喜的是作者做到了,读来有趣,思之有益,这很难得。

那究竟是什么吸引住了读者的眼球呢?第一条就是真实有趣。这是文学作品基本的要求,但就是这基本要求有很多作品未必能达到。孩子们对作品说不出更高的见解,但一眼就能看出真假,他们常说的一句话就是"假的","瞎编"!读这部作品,我相信小读者无论如何不可能说出这样的话,因为这部作品从内容到情感与孩子们非常贴合,贴心贴肺零距离。这是很多成人作家苦心孤诣、挖空心思想达到的,彭冬儿好像轻轻松松就做到了。

另外,就是故事很有趣,作者领着我们真正走进了孩子的纯真世界,他们的生活、他们的心灵,纤尘不染,非常纯净。尤其是第一本,"小个子侠女"艾咚咚刚上学,考试的时候一边做一边让老师检查卷子,一定要让老师告诉她做对了没有,交卷以后还追着老师要改错,因为她刚上学还不懂什么叫考试。还有因为爱看电视，就在学校利用一切时间，抓紧完成作业，回家好看电视连续剧。长大了也是一副不谙世事的样子，得了小能人"三项冠军"，她关心的是让妈妈买好吃的，不明白也不在乎这是多大的荣誉。全校大扫除，作为班干部，老师不在，她和班长两人带着全班关起门来看动画片。六年级的时候，教育局组织全市演讲比赛，她并不当回事，一心想着上课，一看她是排在第30位上场，心想时间还早，就先跑回教室去上课，急得老师到处找她，而且讲完就走，分高分低并不在乎。被选为省少代会代表，这是多么光荣的一件事，她还说不去，怕耽误学习。从这些情节我们可以看出，这孩子心地很纯净，从不把名利放在心上。在别人看来，她就是一个品学兼优的好孩子，她越不当回事，好事越是不断找上门来，不断"升官"，搞得全校师生都认识这个小人精。可见这孩子一点都没有被世俗所污染，一直在一个健康的环境中成长。这对于当今家长很有教育意义，当今很多家长实在是太功利，太实用主义了，有时也太自私了，为了自己的孩子，哪怕是一点小利益都要争啊，抢啊，唯恐自己的孩子吃亏。殊不知这样做，会对孩子造成多大的负面影响。

相比之下，这套书充满了正能量，从小学一年级一直到六年级，三本书，差不多四十多个小故事，主调一直是明朗、乐观、自信、积极向上的。在很多校园小说中常见的矛盾冲突，在这本书里少见。在艾咚咚身上很少有怨怼、对立、妒忌、钩心斗角。当然也不是一点矛盾冲突也没有，艾咚咚从来没有烦恼也是不真实的，其中有两三个故事反映艾咚咚遇挫。一个是写辅导员选她跳舞，她为了学习，不去练习，结果在评主持人的时候，老师故意排挤她，后来是校长巧妙化解。另外还有一个故事，是讲邻班一个男孩子是数学尖子，优秀生，一直和艾咚咚攀比，但就艾咚咚本身并没有把他作为对手，男孩却不断和她较劲。还有代课老师罚她站，挫伤了她的小优越感，让她的自尊心大大受伤。这些小故事一点也不妨碍艾咚咚的形象，反而觉得特别真实，特别好，没有这些东西，人物就立不起来。因为这才是孩子行为和真实情感，这才是生活。

几十个小故事，多侧面，多角度地为我们展示了丰富多彩的校园生活，也多侧面、多角度地塑造了一个纯洁、机灵、冰雪聪明，同时又非常用功上进的、可爱的女孩形象，从中可以清晰地看到一个小姑娘是如何一步一步健康成长起来的。

今年我的小外孙女上小学一年级，我准备把这套书推荐给她和她的妈妈看看。我相信很多家长会从中悟出，"沃顿女孩"是怎么冲进沃顿商学院的。

（本文系 2020 年 12 月 26 日在该书研讨会上的发言）

新世纪儿童文学理论的建树
——写在"新世纪儿童文学新论"的出版之际

上海的少年儿童出版社一直是一家有情怀、有担当的出版社,也是我很敬重的一家出版社,它曾经是我国专业少儿出版领域的大哥大,No.1。它是儿童文学的旗舰,他们有四个一批,即培养了一大批作家,一批名编,一批品牌图书,一批系列化的刊物。特别是文学刊物是自成系列的。从《娃娃画报》《故事大王》到《少年文艺》《儿童文学选刊》到理论刊物《儿童文学研究》到中篇刊物《巨人》。从文学园地到理论阵地,从短篇到中篇,涵盖面也是从低幼到儿童再到少年,无人能与之匹敌。现在少年儿童出版社依然位于我国童书出版的第一方阵,不一定是码洋的 No.1,但在儿童文学领域依然是领跑者,是儿童文学的重镇,是我所深深敬重的出版社。

少年儿童出版社在儿童文学理论出版上有传统,有积累,多年来一以贯之。20 世纪 50—60 年代,少年儿童出版社从译介苏联儿童文学理论开始,相继出版了金近、陈伯吹、鲁兵、贺宜、蒋风、叶圣陶、任大霖等老一辈儿童文学研究者的理论专著。

1959 年儿童文学理论刊物《儿童文学研究》创刊,填补了中国少儿出版理论与批评专业性期刊的空白,在很长时间里,它是全国唯一的儿童文学理论专刊,可以说在 20 世纪 80—90 年代,《儿童文学研究》搭建了十分珍贵且无以替代的学术研究平台,为中国儿童文学的观念转型和学术积累做出了十分重要的贡献。《儿童文学研究》后来几经更名,又以《中国儿童文学》(理论版)的面貌再出现,依然受到儿童文学作家们和理论批评家们的热情关注。

20 世纪 90 年代在儿童文学的最低潮时期,少年儿童出版社依然出版了一批名家创作研究专著。包括陈伯吹、柯岩、冰心、巴金、郭沫若等的"文学大师与儿童文学丛书"。

1997年，少年儿童出版社出版了大型文学理论丛书"跨世纪儿童文学论丛"，收入了《儿童文学的三大母题》（刘绪源）、《转型期少儿文学思潮史》（吴其南）、《智慧的觉醒》（高洪波）、《儿童文学的本质》（朱自强）等6部学术著作。这套书在当时中国儿童文学理论界可谓独树一帜，总结了之前二十年中国原创儿童文学发展的重要理论观点，论丛涉及多个层面，多部著作至今仍然保持着较大的影响力。

新世纪以后又陆续单本推出了《文心雕虎》（刘绪源）、《阅读儿童文学》（梅子涵）、《宫泽贤治童话论》（彭懿）等专著或文论集。

2007年，策划出版了"风信子儿童文学理论丛书"7部，这套书分为原创和翻译两大研究范畴，即"文丛"7部和"译丛"4部，引起了理论界的轰动，其重大意义可以说成就了中国儿童文学理论研究的一次新高峰。

"新世纪儿童文学新论"的出版，是继跨世纪儿童文学论丛"风信子儿童文学理论丛书"之后，推出的又一套有品位、有建树的大型理论专著。作者中既有理论名家朱自强、方卫平教授，也有中生代理论家及年轻新锐。这体现出少年儿童出版社不但高度重视中国原创儿童文学理论的出版，还对学术的传承做出了积极贡献。作为南北相对峙的两家最大的少儿专业出版社，我们对少年儿童出版社由衷敬佩。

刚刚收到这套"新世纪儿童文学新论"爱不释手，有阅读的渴望。还没来得及拜读，题材很丰富，很有学术价值。关于这套图书，相信这么多专家学者一定做了很好的、很深刻的诠释和解读、评价与分析。

今天论坛的题目是新世纪儿童文学理论发展趋势，这个题目很好，可惜我不是搞儿童文学理论的，理论素养不够，只是个编辑，是个出版实操者。所以就从一个出版人的角度，以自己有限的视野、浅陋的见识，谈谈儿童文学理论出版趋势。我认为儿童文学理论的学术著作包括儿童文学批评、现象研究以及名家名作的研究等这一类的理论图书会越来越受到出版社的关注，出版的机会也会越来越多。有没有可能成为一个新的出版热点不敢肯定，但肯定会越来越好。实际上，进入新世纪以来，已经出版了一批有影响的理论

丛书,如:

"新视野中国儿童文学理论研究"(15册,文论集)(接力出版社,2013年出版)

"世界儿童文学研究丛书"(10册)(湖南少年儿童出版社,2015年)

"中国儿童文学名家论集"(10册)(青岛出版社,2017年)

最近刚刚出版的"思潮·前沿中国当代儿童文化研究"(浙江少年儿童出版社,2018—2019年)收入了张国龙、汤素兰、李利芳、萧萍等第五代学者的理论专著。我刚刚收到汤素兰的《新媒体时代中国儿童文学发展趋势研究》,粗看了一下,觉得结合新时代儿童文学创作和出版,很有针对性和独特见解。

这样高品质的理论大套书出版,以后会越来越多。为什么这样说,我有几个理由:第一,从事儿童文学理论研究的人才越来越多,队伍在不断壮大。以北师大、浙师大、上师大、东北师大、武大、海洋大学、兰州大学等大学为依托,儿童文学的学科建设和专业建设已经很完备。为儿童文学培养了大量人才,已是五世同堂。形成了稳定的梯形结构,人才充足。第二,进入新世纪以来,儿童文学创作和出版都呈现出了前所未有的繁荣发展,为理论研究者提供了可资研究的课题和基础。第三,出版社经过20年的高速发展,已经完成了粗放式的原始积累,正在由品种数量型向品质效益型过渡,内容为王的时代即将到来,各家出版社更加注重文化积累,而文化积累,儿童文学理论是很重要的一块。第四,也是最重要的一个因素,从作家创作到阅读两个方面,都急需理论的指导和指引。这是理论批评类图书向好的一个重要因素。基于以上四点我判断儿童文学理论研究和出版会是一个越来越好、稳步发展的阶段。

其实这么多年以来,儿童文学理论研究和出版虽然一直比较薄弱,但儿童文学理论始终与儿童文学创作相依并存,一直是引导创作前行的灯塔。我们可以回顾一下,20世纪五六十年代的"儿童本位"论,教育的文学指导下的创作,儿童文学基本上是教育的工具,但也产生了一部分有影响、可流传下去的优秀作品。60年代在为政治服务的大气候下的"三突出",对儿童文学也有很大影响,在这个理论指导下,产生了一批比成年人还高明能干的小英雄、小能人。到 80 年代拨乱反正，儿童文学重回正轨，这时一批有志向、有追求的作家又引发了儿童文学新潮探索，产生了一批有影响的中短篇作品。到新世纪又有类型化、轻阅读、快乐文学等概念、理念的提出，对儿童文学创作产生了极大的影响。由此可见，儿童文学理论有好有坏，但无论好与坏，都是时代的产物，都与某个特定时间的儿童文学创作实践紧密相连。因此我希望新世纪的儿童文学理论研究要更加接地气，只有这样的理论才有生机和活力。也祝福少年儿童出版社出版的"新世纪儿童文学新论"走出校园，走下书架，走向作家和研究者的案头枕边，加强宣传营销力度，发挥这些书的更大价值，让它焕发出更加蓬勃的生命力量。

（本文系 2020 年 1 月 9 日在"新世纪儿童文学理论发展趋势"研讨会上的发言）

那不堪回首的岁月
——评谷应和她的《谢谢青木关》

我和谷应是好朋友,我们认识有40多年了,谷应是我最敬佩的一位老作家,她对文学始终怀着一颗赤诚、敬畏之心。说她赤诚,是因为她爱文学是发自内心的,是没有任何功利心的,不然也不会七八十岁了还这么执着地坚持创作。而且据我所知,近十几年来,她的创作不是坐在家里编编写写,每一部作品都曾实有其事,经过实地考察调研、查资料,她非常尊重历史,尊重真实生活,是介于纪实和虚构之间的作品。比如,前些年她写"聂耳",为此沿着聂耳的足迹去采访,收集整理了好多资料,可能用于采访的时间比创作的时间还要多得多。还有这一套反映重庆大轰炸时民众生活的长篇小说,她已经写了好几年了,为求真实采访了好多人。我说她对文学不仅是赤诚,还有敬畏之心,每一个落在文字上的东西都是过了脑子走了心的,真正是心血的结晶。所以我非常敬佩她,她交给我的稿子我必定倍加认真。

这部作品的初稿我在几年前就看过,当时是两本,她计划是搞一套4本。我看了以后,还谈了自己的一点浅薄看法。谷应很谦虚,说回去修改。直到去年,少年儿童出版社的文学部主任朱艳琴找我,说她收到了谷应两本书稿,问我怎么样。我很坦诚地讲了我的看法,鼓励他们出版,今天我们终于见到了《谢谢青木关》。

我怀着急切而兴奋的心情拜读了她的《谢谢青木关》,感觉非常好。印象中比我当年读到的初稿有了很大提升,特别后半部,内容很丰富,很感人,是一部越读越好、越读越来劲的感觉。不像有些作品越读越败兴,越读越没劲。

这是一部打捞记忆、钩沉历史的作品，这些年，这类作品不少，也有写得相当好的作品，比如，李东华的《少年的荣耀》，左昡的《纸飞机》，这几部图书各有特色。谷应这部长篇有一种扑面而来的生活气息，融化在她的字里行间，很快就把我们带到战争年代那种充满了独特的充满烟火气的生活之中，头上时不时就有飞机来轰炸，地上是惊恐疲惫逃难的人，一个被吓得失声的孩子，时时揪着一颗心，担心"它来了，它又来了，带着刮妖风一样的狞笑"。另外还有当地独特的生活，吃、用、住、行以及独特的方言、儿歌，作者用信手拈来的大量细节，烘托氛围，建构生活，相信会给当代少年儿童一种新鲜感、新奇感，给他们一种别样的体验。

　　这部作品还有一个特点，就是形散神不散。它通过一个男孩的日记这种方式来结构故事，主线非常清晰。从头一年的7月8日到次年的1月26日，历时5个半月的时间，在日寇重庆大轰炸的背景下，展示了男孩一家及其周围亲邻朋友的生活。从中能够清晰地看出故事的脉络和走向，男孩的成长，家庭的变化等。并不因为是日记体而支离破碎，不成体系。恰恰相反正因为是日记体，是一个一个片段的、碎片化的情节，就觉得凡是能被作者打捞上来的，都是珍珠，都是最深刻的记忆。把这些碎片连缀在一起，就形成了一个别有特色的艺术品。作者难忘的东西，同样也会让读者难忘。比如，小诗宁带着妹妹诗衡过木桥一段，木桥断了，妹妹葬身在波涛滚滚的大河中；还有四姨一家遭遇车祸，历经艰难来到重庆；还有雾中的音乐山；还有那个调皮的闹包丫头，负伤的小战士，高大不屈、英勇牺牲的将领张自忠；等等。每一个人物的形象塑造，每一个故事情节的出现都是水到渠成、自然呈现，看似无心却用心，都有一种令人难忘的、打动人心的力量。特别是这种感动不是人为刻意打造的，是读者追随着一个男孩的目光和行踪，自然而然地感受到的。说实话，有些情节作者是可以大肆渲染、大做文章的，她却没有这样做，笔触往往戛然而止，给读者留下很多遐想、感慨的空间。比如，写到敌机袭来，惊慌的人群蜂拥到桥上，冲开了他和妹妹，他亲眼见到妹妹因桥断落水，在声嘶力竭地喊出一声"爸爸——救命啊！"之后，他从此就再也发不出声音。写到这么重要的一节，作者只用了不到一页的篇幅。还有张自忠牺牲那一节，也写得极简略，而张自忠满身是血屹然挺立的形象，就像电影的特写镜头一样,深深地定格在人们的心中。谷应最初是搞美术的,她很好地利用了美术上的"留白"艺术手法,这种不着痕迹、举重若轻的艺术功力真非一般人能比。 正是通过这一系列感人的故事情节,真实地表现了中国人民的不屈精神,彰显了亲情、友情的巨大力量,如果说一部作品一定要有一个灵魂的话,这就是作品之魂。

(发表于《文学报》2018 年 11 月 29 日)

阳光下的真情故事

——读李建树的长篇小说《真情少年》

这是一部充满了爱、充满了阳光的真情故事。它带给我们的不仅仅是感动，还有快乐、感慨，乃至一种悄然而至的幸运感、幸福感。它震撼着我们的心灵，激荡着我们的情感，是许久许久以来没有读过的一种厚重之作。特别是在崇尚"轻阅读"的今天，李建树这部长篇的出现，无疑是给当今轻飘的儿童文学领域带来了一抹亮色。

这原本是一部悲剧。少年林树不幸患上了一种少见的疾病——重症肌无力，从此他不能站立，不能行走，悲情少年的世界从此失去阳光，失去了欢乐。

这原本是一个俗套故事。林树的身边出现了一位好心同学，他承诺要背林树上下学，一天、两天、三天，一个月、两个月、三个月，一年、两年、三年，张军背林树上下学，一背就是三年。终于张军的事迹通过媒体感动了世人，他和林树都成了模范少年。

这样一个司空见惯的、类似好人好事的故事何以就打动了我们？作者在这样一个俗套的故事模子里，怎么就做出了一道品相独特的佳肴？

我认为它得益于作者天生的才情与多年修炼的功力，李建树先生深得作文之道，那就是一个"真"字，他用真实与真情雕刻了这块璞玉。

无疑张军与林树的故事是这部长篇的主线。张军在操场边邂逅了残疾少年林树，开始是为他的棋艺所吸引，因为张军也喜欢下象棋，然后才萌生了转班级与林树同班，以便更方便地帮助他的想法。张军并没有想过成为什么英雄、模范，从中赚取什么名利，只是想他有困难，我来帮一把，这是一种质朴的最接近人本性的善良之举。因此我认为与其说作者是在编织一个"爱心"故事，不如说作者是在有意强化突出人之本性，颂扬的是中国千百万的普通百姓，在几千年文化传统中自然形成的坚韧、诚信、善良的优秀品质。

　　从艺术上讲，作者的巧妙之处是没有死抓住这条主线，在悲情上做文章。首先，他抛开了阴郁哀怨的低沉色调，而施以快乐、风趣、健康的暖调，那是一种阳光的色彩，使得整部书的基调非常明朗、温暖。其次，作者没有故意煽情，为此没有浓墨重彩地渲染张军精神如何之高尚，行为如何之动人，更没有写林树因为残疾如何悲悲切切，凄凄惨惨，对张军如何感激涕零，他们的喜怒哀乐一切情感都是自然地流露。作者完全是用一份真情，真实地塑造了一位爱心少年与一位坚强少年的形象。他把两个少年的生活巧妙地融入到一个生机勃勃的快乐群体之中，融入到社会、家庭之中，在塑造两个少年形象的同时，也展示了丰富多彩的学校生活与社会生活，从而塑造多个生动鲜明的文学形象，如假小子式的张丽文、富家子弟向阳、疼爱儿子的张军妈妈、命运多舛的林树妈妈、朴实年轻的班主任刘老师以及势利滑稽的蒋校长等。

　　主线不主写，作者可谓匠心独运。丰富的多层面多角度的社会生活，为这部长篇小说打上了鲜明的时代烙印。而且也正因为这鲜明的时代特色，增加了这部长篇小说的深度与厚度，它不是一般意义上的爱心故事、助人故事，在商品经济社会里，在大家普遍为人的道德、社会公德状态而忧戚的今天，李建树先生在这部长篇中为我们呈现了多种道德品相，既有正面的楷模，又有负面的映照，更有被无情世事蹂躏过后世俗人心的扭曲，高低雅俗、善美丑恶，不言而喻。从某种意义上，此书也可以视为一部道德警示录、启示录。

　　在幻想文学、魔幻文学日渐成为新宠的今天，李建树先生坚持用传统的现实主义手法，为我们奉献了一部如此优秀的长篇之作，也让我们看到了现实主义艺术的恒久魅力。

（发表于《文学评论》2008年12月）

一部值得研讨的侦探小说
——评谢鑫"课外侦探组"系列小说

侦探小说是一种独具魅力的文学体裁,它以曲折奇特、波澜起伏的故事情节,丰富的知识,缜密科学的分析、判断、推理,情理之中又在意料之外的结局吸引人。侦探故事的层层悬念和结局的不明朗性,总是牵引着人的视线,让人如痴如醉、欲罢不能。特别是大侦探帅气潇洒的外表,超凡脱俗的言谈举止,过人的胆识和智慧,那真是酷毙了,这样的形象满足了青少年对于英雄的崇拜和敬仰。优秀的侦探小说不仅少年儿童喜欢看,大人也喜欢看,比如著名的《福尔摩斯探案全集》,还有很多很多的侦探电影,如《四十四级台阶》《东方列车谋杀案》《荆棘鸟》,还有国产的《秘密图纸》等,我们大都看过。对于少年侦探小说,我一直都充满期待,也曾编辑出版过杨老黑的一套"少年侦探系列"。今天又读到谢鑫"课外侦探组"系列小说中的4本(24—27),还是觉得可圈可点,值得研讨。

首先,这套书非常好读,是一套很容易让人一口气读完的作品。为什么能达到这样的阅读效果呢?我想最主要的一条是故事吸引人,作者特别擅长设置悬念,故事一环套一环,环环相扣,悬念迭出。比如,《磨齿兽之谜》,他先从小主人公捡到一个包包说起,继而得到一个小机器人奖品,这个小机器人就成了他的破案得力助手。到后来发现羊皮纸上的磨齿兽,从磨齿兽又引出博物馆密室杀人案,由杀人案追根溯源找到暗道里的磨齿兽图案和20年前的一桩迷案。故事很流畅,引人层层深入,每一个节点都有吸引人眼球的"爆点",而且是从孩子生活出发,极大地调动了孩子们的阅读兴趣。比如,机器人是孩子们感兴趣的,羊皮纸和磨齿兽更带有神秘色彩,直到密室杀人案出现，一个门窗都关得好好的办公室，怎么就有人开枪杀了馆长？一个左撇子怎么把枪扔在了右边？针对这把枪，作者也做了精心设计，这不是一把普通的枪，而是一战时的英国枪，是博物馆的展品，而只有馆长才能拿展品当凶器，这也符合场景设计。爆点频出，让目不暇接，不忍释卷。有一个好故事，是一部作品成功的基础。

可贵的是作者不只是写一个故事，在这个故事中，还承载了很多重要的东西，其中一个最突出的特点是视野开阔，知识丰富。侦探小说除了让孩子们从中得到意志品质的提升之外，就是要有助于他们开阔眼界，丰富知识，这一点作者做得非常好。通过一个故事，给孩子们打开一扇窗，让他们看到另一个世界，每一本书都是一个新鲜的小世界。《磨齿兽之谜》新奇看点比较多，作品视野很开阔，笔墨也很洒脱，从现代机器人一下子就到了欧洲羊皮纸和史前动物，从密室杀人又到了暗道之谜，作者想要表现的东西和已经呈现的东西都比较丰富。另外几本在这方面也可圈可点，《列车即将爆炸》中乘坐飞机、高铁的旅行常识，对于成人来说司空见惯，但对于大多数出行不多的少年儿童来说，同样是新奇知识。另外，莫尔斯电码、有关高铁运行中涉及的一些高科技原理、监视器的工作原理、次声波（超低频振荡器）、克莱茵瓶等等，每一本知识点都很丰富。不仅仅是给孩子们以新奇的知识，同时还引导他们学会观察与分析，这就是一种科学精神。比如，《潜伏的小丑》里的镜像分析，明明是从电梯里上来三个人，怎么就没发现他们离开现场。教会孩子们养成分析、判断、推理的思维习惯，这是非常重要的。这几本书在这方面提供了很好的范例。

另外，是它的当下性。任何一部作品都带有时代的痕迹，《福尔摩斯探案集》还是马车、泥土、痕迹学、用显影水涂在纸上的时代；现在就是飞机高铁、机器人、智能化的时代。作案的手段高了，相应地破案的手段也高了，正所谓魔高一尺道高一丈，具有鲜明时代符号的东西在这几本书里俯拾皆是。

看得出来，这几部作品作者下了很大功夫，作为类型化的系列产品，这一套书已经有了一定影响，现在已经出版了 27 部，一定还会接着写下去。我们还是期待着他会写得越来越好，每一本都成为精品。正是从这个角度出发，觉得这几本书还可以写得更好，有点不成熟的想法，仅供作者参考。

主要是想谈谈作品的结构问题和内在逻辑问题。

作为一套给孩子读的侦探小说，特别是面向十岁左右小学生的侦探小说，究竟怎么写才更好，我们可以探讨一下。表面看这4部小说都是单线型的故事结构，一条故事主线贯穿到底，可视为这是一个串珠式的结构，主线突出，故事明朗。开始风和日丽，很快风云变幻，来了突发事件，课外侦探组的4位主要成员开始介入破案活动，刚开始肯定是迷雾重重，通过侦查和推理，渐露端倪，最后坏人罪行败露，破案成功。主干故事基本是这样。

问题是作者不满足于此，读者也不满足于此，于是，在每一本的最后，都会出来一个人，追根溯源，揭晓真相，说明缘由。告诉读者这个人为什么要犯罪，这件事情背后的真相是什么。在每一个单线条的故事背后，都拖了一个错综复杂、更加波澜起伏的背景故事梗概。我要说的问题就是怎么处理这个"尾巴"。

也许作者想模仿福尔摩斯探案，最后由大侦探来揭晓谜底，但是人家那个是由细节支持的，雁过留声、水过留痕、雪泥鸿爪，那个鸟爪子印是在那儿的，只不过读者没有注意到，等福尔摩斯分析之后才恍然大悟，这有点情理之中，意料之外的效果。正因为看到了这个出人意料之外的真相，才引得人们回过头来，重新看作品，反复回味，细致揣摩，并从中有所收获和启迪。我想这正是侦探小说的魅力所在。而这几部作品爪印是不在的，通过一个简单的故事，读者把什么都看得清清楚楚，没有悬念，也就是说你的故事是完整的、清晰的，读者不清楚的是背景，为什么故事是这样的，你介绍的也是背景。

比如，《磨齿兽之谜》从米多西在公共汽车上捡到一个包开始，里面有森岛科技的科研产品，因为完璧归赵而得到奖品——一个小蛋形机器人（说实话，这个奖品有点大了），再到发现羊皮纸和纸上的磨齿兽，到博物馆馆长之死，通过密室探秘等一系列侦查活动，最后判定馆长是自杀，主干故事到此就结束了。

可是他为什么自杀呢？背后有一个更复杂更出人意料之外的故事，原来是20年前，馆长和他的好朋友乔枫还有几个伙伴一起到南美洲参加科考活动，飞机坠毁，只有孟馆长和乔枫活了下来，后来在极其恶劣的环境下，为了争夺食物,孟馆长杀了乔枫。回国后,孟馆长出于忏悔,收养乔枫的女儿,改名孟青。实际上,当时还有一个幸存者,副机长劳恩窥见了这一切,多年以后,劳恩来到中国,借此敲诈孟馆长。孟馆长不堪其扰,把劳恩关在一个地道里好几年。劳恩在墙壁上用西班牙文记下了这个故事,孟为了掩盖真相,又在这个文字上依形就势地画了152只磨齿兽。而他这一系列举动,被他收养的乔枫之女发现了,这女孩通过失踪的方式到南美洲去了好几年,调查父亲的死因,回来以后,她要复仇,把带有磨齿兽图案的羊皮纸,通过馆长的弟子罗飞给他看,馆长知道事情败露而自杀。后事实证明,人们误解了孟馆长,他并没有杀害乔枫。

这是一个多好的故事呀,情节复杂、一波未平一波又起,一层真相下又掩盖着另一层真相,真是险象环生,高潮迭起。遗憾的是,后面的故事都是通过机器人小龙人和欧阳炎炎讲出来的。至于欧阳炎炎这个小孩子怎么得知的,小龙人又是怎么知道真相的,故事没有交代,作者给我们看到的只是前半部分,一个浅显的故事。就连实施这一切的幕后之手孟青始终也没有出场。

这几本书几乎都是这样一个结构方式,比如《列车即将爆炸》也是这样,有一伙人要炸掉一列高铁列车,为什么呢？是因为在这之前发生过一个重大的列车事故,7·20列车大案,列车在通过一座大桥时桥毁人亡,580多人丧生。事后,有很多人就觉得铁路局局长应该对此次事故负责,因此成立了一个"复仇联盟"。他们要实施爆炸的目的,就是逼迫政府立即下令处死铁路局局长。至于背后的操纵者,局长的养子及其朋友,怎么威胁、怎么策划,都没有展开,这个幕后故事是通过麦洁探长说出来的。

你把后面这个背景介绍搞得太好了,太精彩了,带来的作用不是水涨船高,有助于提升前面的故事内容,反而是喧宾夺主,抢了前面的戏,起了反作用。就好像是一棵大树,作者只给我们看了一根树枝。或者说是一片森林,作者只给我们看了一棵小树,后面更丰富更精彩的东西给我们看的是照片和资料。本该纷繁复杂的故事情节简单化处理了,本该简单清晰的结尾反而设计复杂了。我不明白作者为什么要这么结构,是顾虑到小学生的理解能力还是自己本身就力所不逮？

其实作者完全可以采用复线结构的方式，比如，《磨齿兽之谜》早早地就应该让孟青出场，由她和罗飞的故事牵出神秘四合院、地道、磨齿兽之谜。也就是说，这段故事应该用文学的笔法展开来写，这样内容就比现在要丰富好看得多。或者还按你的一贯套路，单线结构，也可以通过系列的方式来个第二本。要么就干脆不搞这么复杂精彩的设计，一个故事结束了，一本也就完了，何必要拖这么一个五彩缤纷的尾巴呢？

正因为是这样一种结构，或者说是创作套路，就人为地造成了这样一种阅读效果，意犹未尽，不过瘾，作品内容就显得单薄，有一种有花无果、有枝无根的感觉。还以《列车即将爆炸》为例。开始是一个女人绑架了一个小女孩，并威胁说要高铁保持时速300公里的速度，否则这高铁就要爆炸。其实，这个事故的主谋是局长的养子及其好友，车上车下配合，要制造一起大事故。也就是说，这么一伙以惩治贪腐为目的的人，最后要以伤害一火车无辜百姓为代价，这个理由非常之荒唐。而且这伙人还有枪，还通过集体培训，学会了莫尔斯电码，用手敲码传递信息，最后还搞来了炸药，把一辆中巴车装上炸药开上高铁线，这哪里是惩治贪官，纯粹是一伙组织严密的恐怖分子做下的全活。包括前一场7·20大案，这个局长也是因为他的养子收集了他的罪证，制成了一个U盘，这个U盘丢了，让高铁司机捡到了，为了毁灭证据，炸死这个司机，命人破坏了大桥，制造豆腐渣工程的假象，而搞翻了一列高铁，580多人丧生。

前后两场事故，背后缘由的设置很笨，也可以说不成立。首先，作为一伙成年人，试图通过炸毁一列高铁来要挟有关部门立即惩处一位局长，这企图是多么幼稚，一点法律常识也不懂，法律是有程序的，能因为有人威胁炸列车，马上就逮捕甚至判处一个局长死刑吗？更荒唐的是，这个局长走到半路，途经一座桥时，提出要下车透透气，然后借机跳江逃跑了。这样的事情怎么可能发生呢？

那个局长也是如此，就为了夺回装有自己犯罪证据的U盘，派人破坏一座大桥，然后造成豆腐渣工程的假象，导致一列高铁出轨的重大事故。这局长也太笨太蠢了，因为可以有很多办法搞死这个司机，夺回U盘。有必要制造这么大的事故吗？正因为这个"根"设计得不好，就觉得整个故事根基不稳,很勉强,不能自圆其说。侦探小说的内在逻辑性一定要严密,经得住推敲,因为分析、判断、推理本就是侦探小说的一大特色。

还有些细节上、逻辑上的不当,也影响到故事的真实性。这里面还有一个情节也设置得不好,就是这伙人中有一个女人绑架了一个小女孩珍珍,为什么要绑架她呢,是因为她爸爸就是 7·20 事故中的那个司机,有关那个局长贪腐的证据 U 盘就藏在珍珍喜欢的一个娃娃肚子里,为了拿到这个娃娃,她才把珍珍骗上车,制造绑架案,让高铁保持 300 公里时速否则就自行爆炸。想想这多笨,她是不是有很多办法拿到那个娃娃,因为她早就打入珍珍家,骗得珍珍爷爷奶奶的信任。即使在列车上,她已经把珍珍麻醉睡了,她可以很轻易地拿到 U 盘。细节的失真,直接影响到作品的真实性。

为什么会出现这种情况,为什么会出现前轻后重,简繁不当的问题,为什么不把故事编圆,前因后果、内在逻辑性,搞得更缜密一些。这里有作者疏忽的成分。也不完全是这个原因,最重要的是儿童观问题。我认为作者还是一个传统的儿童观,就是我要教给你,让你看得懂,看着好玩,有意思,迎合多于引导,娱乐大于艺术。给孩子看的作品写到一个什么程度没有掌握好,觉得给小学生看,写到这个程度就可以了,故事设置得太复杂就怕小孩子看不懂,接受不了。其实还是顾虑多了,同时这样写驾轻就熟,又轻巧又好读又好写,何乐而不为呢。殊不知,一直这样写下去,就一直不可能成为精品。还是真诚而热切地希望作者在今后的创作中,能有所提升。

(本文系 2008 年 12 月 1 日在安徽作家作品研讨会上的发言)

阳光下每一朵花都在开放
——读马嘉的新作《凤凰花开的学校》

这是一部具有鲜明时代特征的作品，作者满含深情，真实反映了偏于一隅的云南某乡村小学的教育现状，生动塑造了多个教师和孩子形象。小窗口，大时代，从这部作品中，我们很清楚地看到自1986年九年义务教育制度实施近40年来，我国脱贫攻坚战取得决定性胜利之时，文化扶贫、教育扶贫，昔日贫瘠荒芜的文化沙漠，正在一点儿一点儿地变成绿洲，阳光下每一朵花都在开放，每一棵小树苗都在茁壮成长。这是一代人的成长，是时代赋予的新生，是国家强盛的标志。

这部《凤凰花开的学校》反映的是在21世纪新时代大背景下的孩子的生活，一个多民族混居的地方，充满了浓郁的地方特色和少数民族风情。可以说，作品中美焕、咪欢、阿倮、朵香、伊胡这五个孩子是不幸的。不幸的主要根源是边疆地区经济文化落后、整体贫困以及家族成员的伤病造成的。比如苗族女孩美焕，父亲受伤，家庭贫困，上学之路艰难曲折，直到十多岁她才在老师的帮助下，得以入学读书。然而，命运多舛，为了挽救家庭，她家不得不接受6万元的彩礼，给美焕定下娃娃亲。她被未来的婆家强行带走，后来不堪忍受生活的折磨，又逃回家中。这是一个勇敢、坚忍、不服输的倔强女孩，她始终有一股阳光向上的力量，要自己把握自己的命运。在老师的帮助下，她又重回学校复读，靠着顽强的毅力，连跳两级，跟上同龄孩子，最终成为一名优秀学生。另外两个孩子阿倮和伊胡，也是因为父母为了摆脱贫困，改变家里的处境，不得不外出打工，这给尚未成年的孩子的生活及精神都带来极大的负面影响。彝族男孩阿倮不忍孤身在家生活，独自跑到深圳去找父母,小小年纪就到建筑工地打工,后被乡里强行找回,又再次逃学,原本学习还不错的他,变成一个无人管教的"浪子"。而伊胡的不幸也是因为父母管教的缺失。父母外出打工以后,伊胡与奶奶生活在一起,而奶奶根本就看不住他,他偷偷骑摩托车摔断腿,原本一个热爱唱歌跳舞的孩子自毁前程,抑郁成疾。而朵香则是因为长相好,被浮华生活和小青年所诱惑,不安心学习,差点走上邪路。咪欢则是一个残疾孩子,人生之路更趋艰难。可见孩子们各有各的不幸,小小年纪就经历了诸多磨难与挫折。

然而,这几个孩子又是幸运的,幸运的是他们生逢其时,国家实施脱贫攻坚战略,扶助当地民众摆脱贫困,走上致富之路。对于孩子们来说,最大的受益是义务教育法的实施,保证每个孩子受教育的权利。在这部作品中,作者真实反映了国家强制实行义务教育法,由教育部门和乡政部门同抓共管,他们派人挨门挨户地进行文化户调查,采取"控辍保学"措施,劝退复读,一一动员孩子回校读书,不让一个孩子失学。对于执迷不悟的家长,则采取强制性的法律措施,比如,阿倮失学以后,跑到深圳打工,乡里几次做工作,发劝返通知书,阿倮父母都置之不理,阿倮本人不愿回校读书,最终"官告民",乡里要起诉阿倮的父母。在法律的威慑之下,何倮才回到学校读书。这是时代的产物,早十年二十年,在现实生活中也不得其见。

由此可见在这个新时代,读不读书,不再是个人的事情,我们必须要站在国家、民族兴盛的大道义、大战略上去认识这个问题,也可以说提升全民族的文化道德素养人人有责,个人素养与时代精神如此紧密地联系在一起,不能不说是社会的进步、时代的进步。假如没有文化扶贫,没有党的各级组织对于辍学儿童的关怀与帮助,美焕、阿倮、伊胡之类的孩子,在尚未涉世的童年,就已经被淘汰,他们将毫无悬念地进入一代贫穷下代再贫穷的代际恶性循环之中。

但是我们必须要看到,文化扶贫,教育扶贫,是一项艰苦而细致的工作,任何时候,育人都是千年大计、百年大计,必须要有一批勇于献身,甘于奉献的人。作品在塑造孩子形象的同时,着意塑造了陶校长、程淑君、周铭、夏丹等几位教师形象。没有这些老师细致入微的关怀,因势利导,也没有这些孩子的成长。比如,智障儿咪欢不仅身材矮小,还智力发育不全,根本就没有办法入学读书，后来老师发现她在绘画上特别有天分，就从这方面因势利导，终于取得成效。对于执意不想读书、整天调皮捣蛋的阿俣，老师看到他的点滴进步则不断鼓励，帮助他树立自尊心和自信心。而对于受伤又有点抑郁症的伊胡，老师们轮流到家补课，心理老师耐心开导，最终这个孩子扔掉拐杖，重新站起来，开启了新的人生。正是因为有了这样一批像蜡烛一样，燃烧自己，照亮他人，勤勉奉献的教师，才有一个个孩子的成长与新生。

我们常说一代人有一代人的生活，一代人有一代人的命运，而个人的命运总是和这个时代紧密联系在一起的。身处21世纪，生活在一个正在崛起的大国之中，每个人都在被时代滚滚前行的大潮推动前行。新时代之初的标志就是共同富裕，大家携手共赴小康，不让一个人掉队，这是党的庄严承诺，也是人民的愿望。从这个角度上来说，这部作品又是小故事，大主题，真情讴歌了党的富民政策。

（载于百道网2021年5月11日）

有志不在年高
——评谢长华的《驭蜂少年》

中少总社儿童文学出版中心举办"多彩中国梦"现实主义原创儿童文学出版项目启动仪式暨《驭蜂少年》新书分享会,看到"多彩中国梦"这几字,想起我外孙女四五岁的时候,有一天突然问我,"姥姥,你做梦吗?"我说"做梦呀"。"那你的梦是黑白的还是彩色的?"她一下问倒我了,因为我从来没想过、也有注意过梦是什么颜色的。她说,我的梦都是彩色的。这我完全相信,同时我也相信所有孩子的梦都是彩色的,因为儿童的心灵是那么纯洁,他们的生活又是那么幸福美好,他们在大人的百般呵护中成长,没有经历过任何苦难、挫折,就像早春的阳光,照在青青的草地上,露珠闪闪,花红柳绿,色彩缤纷,他们的梦一定是彩色的。

今天,中少总社以"多彩中国梦"为名,打造一套现实主义原创儿童文学图书,这套丛书名起得非常好。首先,它符合孩子的天性和认知。其次,符合当下社会现实生活,生活本身就是丰富多彩的。另外,它也符合文学创作的特点,就是多角度、多侧面地反映现实生活,强调题材的多样化,艺术手法的多样化,内容的丰富多彩。

就这个题目来说,如果说"多彩"是形式,那么"中国梦"就是核心内容。这个选题紧扣当下现实生活,紧扣党的大政方针,紧扣"两个一百年",全面实现社会主义现代化的大战略。说实话,关注现实主义原创题材,真实反映社会生活,本来也是我们每一个作家义不容辞的责任和义务。这个选题方向很好,希望得到大家的认可和支持。

作为"多彩中国梦"这套丛书的第一部,谢长华的《驭蜂少年》已经出版,这是一部题材独特、故事新奇、人物形象鲜明的优秀之作,反映的是湘西养蜂大户的孩子的成长故事。这部作品有两大特点,一是作品生活气息浓郁,知识点爆棚。对于养蜂这行当描写相当细致真实生动。可见作者有生活,懂养蜂,说不定作者就养过蜜蜂,对养蜂这事很在行。能让读者心随笔动,一步一步走进蜜蜂王国,走进大山,走进这户养蜂人之家。二是塑造了一个新型的、招人喜爱的当代农家少年形象。作为一个农家子弟,丁志根暑假中跟着父母在大山里养蜂,他善于观察,善于学习,父亲的一招一式他都看在眼里,记在心里,用心体验,大胆尝试,不仅学会了整套养蜂技术,同时还大有创新。特别是在父亲车祸之后,他有了大显身手的舞台,一方面勇敢地撑起自家养蜂事业,同时,在政府的帮助下,丁家养蜂大户带领周边民众一起走上发家致富之路。

小主人公丁志根身上既有父辈农民的坚忍勤劳、有孝心、敢担当、不怕吃苦的优秀品质,同时又具有当代少年开放的思维和现代意识。这是一代既脚踏实地、又勇于创新的新型农村好少年,青出于蓝而胜于蓝,也是长江后浪推前浪,一代更比一代强的真实写照,这一代孩子才是中国农村现代化的希望。

(本文系 2020 年 10 月 13 日在该书发布会上的发言)

评《猴戏团》等三本中青年作家新作

作家出版社一次推出三本原创儿童文学图书来研讨,在其他社还是不多见的。作家社一贯重视儿童文学原创图书的出版,曾经推出过多部有影响的儿童文学精品力作,证明了该社的实力。而且这三部书都出自有实力、有潜力的中青年作家之手,可见出版社对于年轻作家的重视与培养。

这三部图书都有特色,每一本都可圈可点,品质比较齐整。我先重点谈谈张忠诚的《猴戏团》,我没有见过张忠诚,认识他还是通过他的作品《蓝门》。2019年11月,二十一世纪出版社在北京开了一个2020年选题研讨会,其中有张的《蓝门》。在他们准备出版的15部图书中,我最喜欢的是张的这一部。它写的是农村拆迁,只剩下一个老人、一个孩子和一只狗,内容贴近现实且有人情味,守望而不失希望。我最喜欢的还是作者的文笔很成熟、老练,不像是一个年轻作者,倒像是一位成熟作家。他所关注的不只是孩子,而是人性、人情、有深度。这次读到他这部作品,说实话,文笔依旧,一老人一猴子一个孩子,组成了一个猴戏团,沿途逃荒流浪,背景是清初到民国年间,山东3000万人闯关东。我的家乡在关内,我的父辈们也都有闯关东的经历,我的大伯和两个姑姑、姑父都闯过关东,直到20世纪50年代才回到故乡。说实话,现在有人再现那段生活,很有历史意义。从题材上来说,现实意义社会意义很大,有价值。

作为一部儿童文学作品,我认为这一部不像《蓝门》那样,故事那么集中,这部书有不讨巧的地方。他以移步换景的写法,从一老人一老猴一小孩卖艺流浪写起,走一路苦一路,饥饿、寒冷、苦难、兵痞暴虐,无以为家,无处安身,偌大的世界没有一个立足之地,走不出的苦难,受不完的罪。说实话,从故事情节上真的很难以吸引当代孩子的眼球,尤其这帮孩子都是"轻阅读"喂大的孩子,就爱看轻松快乐不动脑的故事,他们是动漫、游戏的一代,读图的一代,微信一代,抖音一代,流行音乐一代,追星一代,时尚一族,让他们读这么苦难的小说,我觉得很难,可能比吃中药还难。

但是这部作品只要静下心来,看下去,就能被打动、被吸引,那么是什么打动了人心,吸引了人的注意力呢?我认为不是故事情节,而是细节,是通过细节表现的主题,是在生死苦难之中的人性以及人的基本道德,还有人与人之间的真情与大爱。它所表现的是,我们这个民族之所以屹立世界数千年不倒,自有我们民族之根,民族之魂,那就是中华民族的传统道德。仁义礼智信、忠孝礼义廉耻、善良、正直、严于律己、宽以待人、己所不欲勿施于人等传统道德文化,这些东西是渗透进骨子里的,道德养成不只来自书本,来自教育,更多的是来自前辈的言传身教、群众舆论、社会公德。一个大字不识的人也懂得做人做事的事理情怀,也有很鲜明的是非标准。这是中华民族独有的宝贵的精神财富。你看美国人就没有,特朗普、蓬佩奥之流就没有这些,满嘴瞎话,胡说八道,连本·拉登之死都敢胡说。一个大总统的所作所为,不及中国的一个孩子。尤其是这几天美国大选,把美国政客的遮羞布生生给撕下来了,让我们看到了美国的真实的一面。

这部书所传达的在极端苦难的生活背景之下,中华民族的传统道德精神,是这部作品的根与魂。更可喜的是它不是说教出来的,而是随着故事的发展,通过生活与人物自然流淌,这些大道理都是细节表达出来的。比如,"把式不走空"黑雀耍了几下子,高师傅就得收下它。这是民间戏班的规矩,没人管也不能破。还有他差点把老妖猴饿死,那师傅不客气,必须要逐出门,这也是规矩。还有师傅扎破自己的手,滴血救老妖。师傅做到这份上,徒弟还有什么脸呢。还有黑雀和冯家小少爷的关系,本是两个阶级的人,共同结下友谊,小少爷死了,黑雀很伤心,执意要送小少爷一程。还有周福娘,把葫芦引进屋,让葫芦长在炕上,等着他儿子回来收葫芦。她那一番话也十分感人。

另外,作者的语言很生动,在平实中透着情趣和机敏。

比如，写割苇子，他写道"一个苇刀客下了苇塘就是一只饿疯了的羊，镰刀是舌头"。比如，写他饿得肚子咕咕叫，"他就用双手按，摁不住还是咕咕叫，这回不像烧开了锅，像憋了蛋四处寻窝又寻不见母鸡在咕咕叫，然后他就拔了一把草，塞进鼻孔里，这样就闻不到米香，肚子也许会安生点"。

类似这样生动的描写很多，总之，张忠诚是一个很有文学修养和艺术天分的作家，我想他去写成人文学也会写得很好。

《德吉的种子》（以下简称《德吉》）和《雏鹰飞过帕米尔》（以下简称《雏鹰》）在艺术形式上有相同之处，都是系列作品，同时每一篇又能独立成篇。《雏鹰》写的是塔吉克民族的20多个少年儿童，《德吉》写的是四川彝族喇嘛寺里的几个小和尚。相比之下，《雏鹰》更像是人物素描，简洁生动，以写人物为主，故事单薄一点。《德吉》每一篇都经过精心构思与表达，人物场景心理故事各个要素齐全，更具有短篇小说的特质，把每一篇拿出去，都可以独立发表。

这两部作品都很贴近当代少数民族孩子的生活，若干个典型人物和典型故事，编织成了一幅很鲜活的少数民族生活图景，如果说每一篇只是一个点的话，多点、多侧面、多角度反映生活，就组成了一幅鲜明的立体画，从中能捕捉到很浓郁的时代气息。比如用几个关键内容来概括：支教、脱贫。少数民族是祖国大家庭的一员，和内地是一体的，在内地的帮助下一起走上共同发展、共同富裕之路。这一点在《雏鹰》中尤其突出。

这两本书还有一个共同特点，那就是都塑造了多个少数民族儿童形象，少数民族孩子单纯，不像内地孩子或者是城市孩子负担那么重，想那么多，有那么多小心思、小苦恼，他们很单纯，纯净的心灵真的像水晶一样。他们也不是没有理想，相反每个孩子都有梦想，比如，《德吉》第一篇两个孩子都有理想，一个是执着地要画出一幅画儿，尽管他开始连笔也握不好，一条线条也画不好，最终画出了很多画儿。另一个孩子是因开玩笑，要用一百元钱买他的画儿，为了挣到100元，卖废品，摘枸杞，画玛尼石，千辛万苦终于攒下100元钱，可那孩子说不卖，不卖就不卖，就只当一个玩笑。可见这些孩子的气度非常大。比如，梦到飞书的孩子，为了读懂书上内容，着迷一样学习汉语。谁又能说这些孩子没有理想,没有梦想,没有志向呢。相反他们为了实现自己的理想,会更努力,更执着。说到少数民族的执着,执拗劲,不得不说桑周罗布和他的父亲。爷俩一定要让汉语老师解释清楚无意说的那个"傻瓜"。一个不上学了,一个坐那儿不走了,可当他们闹清楚以后,很快又释然了,绝不记恨。至于《雏鹰》,作者塑造了20多个孩子形象,无一重复。会唱歌的香港、爱玩手机的祖拉等等,每人都是一个侧面,但很典型,很鲜明,是最能反映每个孩子个性的小故事,小侧面。一人一面,千人千面,个个可爱,再配上那插图,简直活了,可爱至极。

还有这两部作品中传达的爱与美,同样非常感动人。夏天雪灾中,隔河而望的少年,大雪灾中等爸爸的孩子,他们是那么善良,感情是那么真挚自然。

三位作家各有所长,都是大有前途的可塑之才。向他们表示祝贺,同时也祝贺作家出版社发现这么多有潜质的中青年作家。

(本文系2020年11月11日在"大地上的孩子"作品研讨会上的发言)

自由浪漫的和谐追求

——读迟慧的幻想小说《藏起来的男孩》

这是一部幻想儿童文学作品，建构在对现实世界的极大关切之上，具有很强的反思力量。在物质化的社会现实之上，彰显了自由浪漫精神追求之可贵；通过一个男孩的成长经历，深切表明为儿童创建一个良好的精神成长环境是多么重要。

作品从一个古老而美丽的小山村写起，这里远离现实世界，人们过着日出而作、日落而息的传统生活，人人健康而长寿，百岁老人司空见惯。人们与自然是如此亲近，孩子们在泥巴里打滚，与星星为伴，没有电灯，更没有电话和电脑，这里是与世隔绝的世外桃源。

美好的现实是被一位前来支教的女老师打破的。她发现奇丑无比的土生竟然酷似一位富豪名人，此消息通过网络迅速传开，带来了人们好奇的围观，打破了当地的平静。同时也激发了当地人发财致富之心，于是，古老的小山村一夜之间进入商品经济社会，纯朴平静的生活被打乱，人们变得焦躁不安。更不幸的是土生变成了大人们赚钱的工具，人们蜂拥而来，为了一睹"小高强"，土生家也成了最赚钱的景点。最可怕的是当地村干部还要借此开发旅游，发展经济，要全力包装打造土生。万般无奈之中，土生选择了逃避，他隐身了，变成了透明人……

作为一部幻想文学作品，作者很好地解决了现实与幻想的关系，在现实生活的基础上，精心构思了两大道具，一个是飞棉花，一个是透明人。作品通过高祖母的故事，展示了百年前高祖母美好浪漫的童年生活，那是人与自然高度和谐的自然环境，她和所有的小动物都是朋友，而且林子里到处都有

"飞棉花",只要穿上用飞棉花织成的衣服,就可以和小伙伴们在林子里快乐而自由地飞翔。高祖母浪漫的童年生活,是人与自然和谐相处的典范。直到120多岁,每年她还要把飞手帕拿出来晾晒,终其一生,也不失浪漫而美好的精神追求。恰恰是这一点构成了这部作品的主旨精神,不论物质生活多么富足,人类追求自由、浪漫的精神是永恒不变的。

两相对比,变成透明人的土生则逊色得多。一开始他也获得了很多顽皮的、童年式的快乐,但他很快发现,变成透明人以后,失去了亲人的拥抱,失去了同学的友谊,失去了社会存在感,进而失去了自我,他变得可有可无,无足轻重。这种悲剧性的人生本不该是当代富足社会的衍生品,更不是土生的初衷。看来面对强大的商品化冲击,抗争与逃避都无济于事,最重要的是重建和谐。作品正是从土生与高祖母的对比中,从正反两个方面,凸显精神之于人生的重要意义,具有强烈的人文主义关怀以及很强的现实意义。

时代在变化,但不能以损害人的精神世界和精神家园为代价,儿童天性不能泯灭,为孩子创建一个和谐正常的成长环境,是成年人不可忽视的责任和义务。一个时代有一个时代的生活,一个时代有一个时代重建和谐的方式,在物质生活极大改善的前提下,更应该重视人与人的和谐、人与自然的和谐、人与社会的和谐。所幸,土生和小树等一应小伙伴,并没有失去飞翔的梦想,飞棉花始终在他们的心中,一簇簇,一朵朵,在无边无际的心地上飞翔……

(本文系 2021 年 6 月 7 日在大连举办的该书研讨会上的发言)

一本令人难以释怀的短篇作品集

张玉清是我们《儿童文学》杂志的老作者、老朋友,他从20世纪90年代初期就在《儿童文学》上发表小说,有多篇小说作为打头稿子入选"文学佳作"栏目,也是本刊获奖作品最多的作者之一。印象中他很擅长写少男少女的情感故事,在一个时期内发表的这类作品有数十篇之多,也可以说是"校园小说"和"青春文学"创作的先行者,虽然当时还没有"校园小说"和"青春文学"这个概念。

今天读了张玉清新近出版的短篇作品集《地下室里的猫》,我深深地被书中一系列故事打动。内心深处有一种被撞了一下,而且被撞得很痛的感觉,那些故事、那些人物,甚至那些细节、那些刺耳的声音久久徘徊不去,心里有一种说不清道不明的感觉。我想这就是文学作品的魅力所在,优秀的文学作品就应该让人久久不能释怀。

让我感触很深的是这样几篇小说。一是《地下室里的猫》。在整本书里,这篇作品是作者对人性的解剖最深刻的一篇。前前后后,三次递进,一刀比一刀更透彻、更犀利。第一层就是小姑娘与她父母及其成年人之间的反差与对照。作品一开头,小姑娘与她妈妈的一段对话,就写得极其精辟,小姑娘说,"咱们斜对门那家的地下室那间进了一只猫"。接下来她妈妈用了"嗯""啊""哦""是吗"这一连串漫不经心的应酬,使一个人冷漠麻木的神情跃然纸上。在小姑娘不吃饭、不敢下到地下室推车等一系列过激反应之下,她的父母才勉强想办法敷衍了一番,找人救猫无果。我想如果作者把笔墨停留在这里,也是可以点明主题的:孩子心灵的纯净与成人的冷漠形成了鲜明的对照。可是作者意犹未尽，继续对人性做鞭辟入里的深入解剖。因为小猫未得救，小姑娘的心灵刺激也未得到舒缓，进而出现了幻听，在这种情况下，其父母采取的行动真的令人发指，他们又捉了一只猫扔进地下室，为的是录下猫叫声，以按照医生的建议，反复刺激小姑娘神经，达到治病的效果。如果说以前这对父母只是冷漠麻木的话，现在简直可以说是恶毒，为了自己的孩子不择手段，让读者看到了人性更加丑恶的一面。这是第二层。第三层，是完全出乎我们意料之外的一刀，也是最深刻的一刀，通过反复听猫的垂死嚎叫，小姑娘由逃避到慢慢可以忍受，到接纳到漠然，小姑娘的幻听消失了，也敢进地下室里去推车。一年以后，当两张死猫皮被人发现，小姑娘再也无动于衷、视而不见，骑着自行车飘然而过，心里不再泛起一点涟漪。张玉清非常冷静甚至非常简洁地表现了这个过程，可是平静之下，那股奔涌的情感炽流却没有找到出口，它就日日夜夜在我的心里烧来烧去，那种惨烈的猫叫似乎也不绝于耳，由此我想了很多很多。

　　我想到一个人的心灵是如何被磨砺得粗糙、强韧，我们是如何一点一点地丧失温情，面对丑恶、灾难，我们是如何一点一点地失去同情心，变得冷漠无情、麻木不仁，有的甚至丧失人性。比如，当我们初次听到矿难，死伤多少多少人时，我们是如何心焦、担忧、挂念，可是一起又一起的矿难，一场又一场的灾难，地震、车祸、倒楼、塌大桥……无数的天灾人祸，多像小姑娘反复听到的猫叫，这些残忍的现状已让一颗破碎的心疤痕累累，板结成一块，我们心灵不再柔软，甚至变得铁硬。一想到，我们自己，还带着我们的下一代，下下一代，成为一个个、一代代，没有温情，没有同情心，甚至变成一个个情感道德缺失的人，人性扭曲的人，从而导致整个社会道德缺失，世风日下，我的心就不寒而栗。由此我也很敬佩、感谢张玉清，他让我们警醒，引导我们从故事中反省，从生活中自省，我们该如何正视丑恶，正视灾难，如何保持心灵的纯净和心灵的柔软与鲜活，不使人性泯灭。

　　除了这一篇，另外几篇作品也深深打动我。张玉清非常熟悉生活，有深厚的生活积累，每一篇作品的生活气息都非常浓郁。他往往是从不经意的平凡生活入手，或平淡或风趣或轻松地叙述一个故事，突然，平地惊雷，异军突起，看似平淡中平添惊人之笔，奇崛、深刻、惊异，让人过目不忘。比如，《朋友》

这一篇,雅丽和安小菲从初中就是一对好朋友,安小菲一直比雅丽学习好一点,雅丽内心有一点时隐时现的小小妒忌,但并不影响两个人的友好关系,两人都共同憧憬着高中时能考入一所重点中学。可就在中考前,因为安小菲把眼镜丢在了操场上,而雅丽明明看到却没有告诉她,就因为一副眼镜,改变了安小菲的命运,从此两个人走上两条截然不同的人生之路。读者在感慨唏嘘之余,我们看到作者的独到用心,纯洁友情之所以珍贵,就是因为它容不得半点杂质,变味的友情很可能引来变味的人生,它会让一个人终身内心不安,让良心受尽折磨。

同样是写友情的另外一篇是《手拉手》,也是写两个小姑娘的友谊。她们是那么彼此信任,彼此依赖,时刻也不分离。在这种亲密无间的友谊背后,实际上反映的是孤独,因为孤独,对方才成了彼此生命的稻草,精神的依托。令人忧虑的是,两个小姑娘之所以这样,与老师有很大关系,老师越批评指责,她们抱得越紧。也就是说,当发现孩子出现这样的问题时,老师没有把她们引向更加广阔的生活,帮助她们建立起开阔博大的胸怀,反而成了负面力量,以至于她们友谊变得越来越狭隘,对旁人旁事一概冷漠处之,眼见着男孩傻笨落水而无动于衷,眼看着女孩子被疯子蹂躏却听之任之,最终两个小姑娘被这种狭隘自私的友谊所葬送。直到死难临头,她们想到的不是呼救,而是一点一点艰难地摸到对方的手,紧紧拉在一起。幸亏之后作者又加了一段描写,她们对于疯子迫害同学一事感到良心不安。因为她们毕竟是孩子,是有着纯洁心灵的孩子。还有一篇同样是受老师不当教育引发的悲剧故事,那就是《防空洞》,因为老师老是偏向"三好生",而对他们这一伙男孩子调皮蛋则另眼相看,训斥、冤屈甚至体罚,从而让男孩子对"三好生"充满了仇恨,进而绑架了一个"三好生"到防空洞里来折磨解恨。是谁在孩子们的心里种下仇恨的种子,以至于让他们对自己的同学下手?恰恰是教育者老师,而这种不公现象又是多么司空见惯。

我们很容易从这一篇小说推及社会,社会上的种种不公现象相比学校则是甚之又甚。由此可见,一篇儿童小说却也包含着深刻的社会意义,孩子行为恰是展示教育优劣、成功与否的一面镜子,从这个意义上讲,张玉清的上述两篇小说堪称教育警示篇。

说到这一点,不能不提另外一篇作品——《我们谁会当叛徒》。刘臣,一个被欺凌、被歧视的所谓"叛徒"之子,在一场"我们谁是叛徒"的游戏中丧命。游戏规则是这样的,为了断定谁是叛徒,孩子们脱光上衣,依次轮流被抽,谁叫出声谁就是叛徒。在所有孩子包括强者黑子,在重重的鞭挞之下,都忍不住号叫时,唯有漏网之鱼刘臣,不但要求被抽一遍,而且死咬牙关,忍住彻心之痛,没有叫出声。他这样做正是源自日常的屈辱,因为这一伙人老是叫他叛徒。他就是为了让这一伙孩子承认:我不是叛徒!可是孩子们并不理会,在刘臣的强烈要求之下,黑子又想出一招,要把他的头扎进裤腰里闷上一个时辰,才能承认他不是叛徒。所有的孩子都知道这是一个狠招,刘臣也知道这很危险,可是为了维护自己的声誉和自尊,他最终还是依从了黑子的主意,最后被活活闷死。刘臣,一个近乎卑微的小男生,把自尊和名声看得如此之重。让我们深切感到,无论何时、无论何人,头可断,命可丢,人的自尊不容侵犯,当是这篇作品告诫我们的一个真理。再深一层思考,孩子们的游戏恰是特殊年代成人生活的翻版,而这种被扭曲的自尊,岂不是时代的悲哀!

读张玉清这部短篇小说集,不能说篇篇精彩,但绝大多数篇章,都能触动我们的情感甚至灵魂,让我们这些熟悉张玉清的人,真切看到他这几年来的成长与进步。和上一阶段写少男少女朦胧情感小说时相比,他的创作不再停留在生活表层。虽然他依然很会编故事,但对生活、对情感、对人性、对社会却有了更深刻、更细微的体察和表现。今天的他更擅长撷取生活中一两朵浪花,并通过这一两朵浪花探到浪花之下的暗涌;更擅长从平凡的故事中开掘出深刻的思想内涵,从嘻哈的孩童游戏中发掘出严肃的社会问题,从纯真的友谊之中看到人性的扭曲,并从孩子的生活行为直指社会人心。我欣喜地看到,他的作品从浪漫走向了严肃,从浮浅走向了深刻,从轻飘走向了厚重。同时在艺术表现手法上,也有了长足的进步。在题材选择、谋篇布局上,更显纯熟老到,驾轻就熟,举重若轻。可见他在文学创作上又达到了一个新的艺术高峰,以他的勤奋和聪慧,我相信今后创作还会更上层楼。

(本文系在河北香河举办的张玉清作品研讨会上的发言)

阳光下的森林
——简评赵小敏作品的艺术特色

读赵小敏的作品很轻松,仿佛与她结伴春游,快快乐乐、不知不觉就被她带进了一片森林中。

这是一片独特的故事森林。

谁不喜欢听故事呢?从懵懵懂懂初涉人世的幼儿到白发苍苍的耄耋老者,人人都喜欢听故事。听故事、看故事、讲故事,恐怕是我们中国人最重要也是最主要的文化休闲方式,可以说故事伴随我们每个人终生。

作为一个儿童文学作家,特别是以小学生为阅读指向的作家,首备的第一技能,恐怕就是会结构故事。尽管有很多作家不屑于编织故事,也有很多作家并不满足于停留在故事层面上。赵小敏似乎对写故事情有独钟,她呈现给读者的三本书,每一本都是由二三十个短篇故事组成的。但我们不得不承认,她的故事带有很独特的个人风格。

如果把她由若干短篇故事构成的书比作森林的话,那她的每一篇故事可不一定都是一棵树,有的只是一片树叶、一朵小花、一根藤条、一片苔藓……这是一片物种丰富,多层植物共生,生态平衡的森林。

这种独特性尤其表现在她的系列故事集《Hi,我们的森林》。

那是一个多么美妙的"森林"啊,全班50个同学从各自不同的地方,转学到这个新建小区的五年级,每个同学都是插班生。如果把每个同学都写成一棵树的话,那就要从多个侧面、全方位地来刻画这个人物,那做的就是大戏、正戏,赵小敏做的却是"小品"。比如写"闹星"王星星,她并没有通过若干个故事情节来表现他怎么"闹",而只写了他死睡不醒,从一年级到五年级买了许多个闹钟,床边放了四五个钟,还是久"闹"不醒,天天迟到,原来他就是这么一个"闹星"。再比如"学校明星"中的陆小星,一个秀气腼腆的小女生。她很爱紧张,一紧张就把一句话重复说两三遍。有一天,陆小星很荣幸地当选为学校的"每周一星"。按规定当选者要上台讲三句话,第一句介绍自己,第二句说自己的特长,第三句表明自己的志向。陆小星走上台,一紧张忘了词。第一句说:我叫陆小星,是五(1)的学生。过了一会儿,又重复了一句:我叫陆小星,是五(1)班的学生。此话一出,会场哑然。大家都紧张地等待着第三句,没想到还是:我叫陆小星,是五(1)班的学生。话音刚落,引来全场爆笑。结果其他人大家都没记住,只记住了陆小星,陆小星歪打正着,成了"学校明星"。由此可见,赵小敏善于抓取每个人最鲜明的个性特征,撷取生活中最好玩、最生动的故事片段,以典型化的艺术手法,活化了数十个形象鲜明的艺术形象。就像花之原野,单看每一棵草、每一朵花,似乎比较单薄,但通观全书,则顿觉多姿多彩,内容很丰富。

这是一片明媚的阳光森林。

最喜欢赵小敏清新活泼的艺术风格。她笔下的生活,不管是反映繁华的大都市,还是偏僻的乡村,不管是描写校园生活,还是家庭生活都带有一抹亮色。徜徉在一个个小故事之中,总能想到叮咚作响的风铃,感受到微风拂面的舒适,仿佛嗅到了香香的太阳的味道。

这并不是说赵小敏在一味地歌颂生活,粉饰生活,回避矛盾,把生活轻飘化。相反,在她的近百篇作品中,恰有许多篇作品写到了少年儿童生活的苦难、思想的苦闷、情感的焦虑、做人的无奈……如《流浪者之歌》中的吴咏夫,十五岁便辍学,四处流浪,以卖唱为生。开始小主人公是为养活自己而逃学,在有了很多经历以后,他却为表达自己的人生,为活得精彩而读书。在这样一个悲苦的流浪故事中,我们丝毫找不到一点悲苦的影子,看到的是不达目的不罢休的执着与坚韧。而在《林中二木》中,聪明的辛楠,永远的"总分第一",却屡屡遭人奚落与冷落,在同学中的地位与威望,甚至还不如弱智的邹栝更招人待见。辛楠是苦恼的、无奈的、无所适从的。而这一切负面的情感,赵小敏却以一种幽默的方式表现出来,整篇作品没有一点沉郁之色。在《肥瘦事件簿》中,肥妹为了减肥,精神与肉体是如何痛苦之至,没想到作者却把它处理成了一篇魔幻小说,在一连串的超现实的搞笑情节中,肥妹痛并快乐地体验了一把减肥。还有一群受"下海"商潮裹挟的少年(见《山野的海》),他们种果树、养大鹅、承包鱼塘……以所学知识为底蕴,以屡败屡战的精神为支柱,愣是干出了一片新天地,把自己塑造成了一代新型农民。

赵小敏的写作,正印证了那句话:腹有诗书气自华。想必她是一个乐观开朗、对生活充满自信的人。

这是一片新时代的森林。

赵小敏是一位高产作家,她的灵气大概得益于在《少男少女》这样的一个时代特色十分鲜明的杂志做编辑。《少男少女》杂志应改革开放之运而生,应商品经济之潮而壮。在这样一个杂志社做编辑,使赵小敏有更多的机会站在潮头浪尖上,紧追时代的步伐。可以看出,她的目光始终没有离开当代少年,她的笔触直达这些少年儿童的生活与心灵。这种杂志的痕迹,更多地体现在《想和你一起听雷》这本书中。此书中有多篇生活气息非常浓郁的纪实文学,记录了一个个在改革开放新时期中成长的少年,他们的喜,他们的忧,他们的失败与成功,无不让我们身同心受,熟悉而亲切。

这是一片有坚实沃土的森林,有清新的时代之风穿过,阳光明媚,枝繁叶茂,鸟语花香,构成了当代儿童文学百花园中诱人的一景。

(本文系在广州举办的赵小敏作品研讨会上的发言)

为一本刊物把脉

《红蜻蜓》杂志由安徽教育出版社主办,读者对象为6至9岁儿童,定价6元。

这是一本面向小学中年级的儿童读物,以文学作品(故事散文诗歌和学生作文)为主,兼备传统文化(古诗)、科普、益智、动手画、动手做、迷宫游艺等栏目的综合性刊物。培养孩子全面发展。

栏目内容丰富、思想导向正确、图文并茂,是一本编辑得很用心的正统刊物。就目前创作情况看,能做到这样的水平已经很不容易了,是下了大功夫的。

当前童书特别是文学创作状况,应该说是有史以来最好的时期,有人说是童书大时代,确实我们的童书出版,连续多年两位数增长,码洋、品种都是在高位平稳发展。与《红蜻蜓》相对应的童书,也就是图画书,异军突起。这是好现象,但对于办刊物来说,又是一个大挑战,大不利。

一是作者锐减,组织原创作品不容易。一本图画书的字数和一篇故事、散文差不多,但回报却高很多,因此,作家们更愿意去写图画书,刊物稿源缺乏。

二是数量少、品质也不高。作家们因为出版很容易,门槛低,不愿在短篇创作上花费大气力,去认真写。

三是画家资源少。画一本图书画和给一本刊物画插图,在艺术上是完全不同的两个概念。在这种情况下,还能保持这么高的艺术水平,实属不易。

特别喜欢《红蜻蜓》的封面,清爽、雅致、有情趣。大图套小图,很有创意。

色彩艳而不俗、亮而不飘,当然,给孩子看的东西,也不暗沉。

当然,今天请我们来是挑毛病,出主意的。我就满怀真诚直言相告了。从内容说,这本刊物正统、规矩有余,活泼时尚不足。说教明显,情趣还不够。老套路、老手法、创新不够,让人眼前一亮的东西不多,真正从孩子出发,鲜活生动的时代气息还不足。

当今时代变化很大,一代人有一代人的生活。不知这本刊物是在城市发行多,还是在农村发行多,是在大城市发行得多,还是在二三线城市发行得多。

城乡差异性很大,大城市和二三线城市差异也有,白领家庭和蓝领家庭的孩子差异性也很大。我们应该正视社会的分层,这关系到我们刊物的定位,给哪个阶层的孩子看。

比如,迪士尼办的《童趣》,我认为是给富贵人家孩子看的,传导的是一种高层生活理念、公主意识。不是教你勤俭节约爱劳动,而是教你怎么成为一个公主,衣食住行,穿着打扮,讲品位,讲艺术和追时髦。

定位:给谁看?不是定位越宽泛越好,不要试图把6至9岁少年儿童都包括进来,泛而宽,反而没特色。要有年龄定位。如果是1到3年级,以散文与故事、古诗和学生作文为主要内容,为什么要看这本刊物?小孩子看刊物,是为了学习吗?增长知识,受教育吗?没有一个孩子这么懂事,在学校学完了,还想着看刊物,去学习,去丰富自己。为什么要看刊物?为了消遣和好玩。

我们应该研究孩子们为什么爱玩手机?那里有什么东西吸引着他,仅仅是玩游戏吗?不完全是。那里丰富多彩,好玩好看的东西很多,让他大开眼界,新奇、有趣。我想奇、趣、谜,永远是吸引孩子眼球的三大内容。不管我们以什么形式来呈现。包括故事的、游艺的、科普的、动手动脑的。

特色:必须是贴心的、孩子想要的,投其所好的,所以就不能直接说教,想教育他也要用潜移默化、润物无声的方式。必须先吸引孩子们阅读,在内容里蕴含着教育和引导。先要做孩子的知心朋友,知道他们想什么、喜欢什么、讨厌什么、爱什么、恨什么,情感和心意相投,和他们的生活、情感零距离。刊物内容是他们这一代人所喜欢的东西。现在这本刊物和当代孩子生活有不相容的东西。比如,封二封三的童年回忆故事,当代孩子会缺少感觉和共鸣。

仅仅和他相平还不行,一定要做智慧朋友,你比他要高那么一点点。懂他,又能引导他。相信每个孩子都是有好奇心,好学上进的。他们很容易崇拜一个人,英雄崇拜、明星崇拜、名人崇拜,要让孩子在刊物中找到能让他动情、动心、佩服、开阔眼界的东西。

在装帧设计上也要贴近孩子兴趣。

特色要突出。主菜是什么?办刊如同做宴席,对于一个1至3年级的孩子来说,正是全面成长期,文学和认知哪个是主菜,一定要分清。

希望原创与文摘相结合,以网络文摘为主。

加强时代特色和儿童情趣,贴近孩子生活。

阳光下的童年纪事
——读谢宗玉《涂满阳光的村事》

第一次读到谢宗玉的散文，我就被深深地吸引了，朴实如泥土，却透着果实的丰盈饱满，个个涂满了阳光色，散发着诱人的若有若无的清香。简洁、干净的小短句，每个字都很普通平凡，组合在一起就有了诗韵，灵动、纯粹、含蓄而有情调，原来"白描"也有这么大的魅力。

读着这本书，自己仿佛又回到了童年，在某一天的下午，阳光正好，树荫斑驳，一下子拥有了一大捧玻璃球，花花绿绿，晶莹透亮，每个里面都有一个彩色的小月牙，还有一个小小太阳；也像是突然拥有了一大兜什锦糖，甜甜的，又各有各的味道。在随后的半个多月里，就每天读一两篇，一个字一个字地读，就像馋嘴的孩子不舍得把好东西一下子吃完，要一点儿一点儿地嘬，一点儿一点儿地舔，一点儿一点儿地品。

真不想过誉，可是一边读脑子里就出现了一幅幅乡村童趣图，就想到了那幅人人皆知的大画卷——《清明上河图》，这数十篇小短文，一个接一个生动的小片段，像不像是一幅意趣横生的少年版的《清明上河图》啊！玩豆娘、秧雀、蜻蜓的小男孩，他深深地被这些灵异的小昆虫吸引，而一拨连一拨满地追狐狸的大人们，不亚于西班牙奔牛节的狂欢。那暮春咕咕叫的鹧鸪，怎么就渲染了凄惶悲冷的情愫，以至于我也想起了某个暗夜，被长长的藤蔓绊住脚，吓得屁滚尿流，原来童年的惊悚故事人人都经历过。还有夏天雨后，叫得透不过气来的叫天子的聒噪声也开始在耳边回响。我很喜欢这一组写小昆虫的"生命与生灵"的文章。相对前一组，"那些花，那些草"这一组就没有那么亲切，那么心气相通，也许是因为作者生活在南方，而我生活在北方，他书里写到的植物,很多都没见过,少了那种触手可及、肌肤相近的亲切。不过还是有几篇打动了我,比如,"豌豆"就让我叫绝,他怎么就想到了"伤心"和"破裂的心瓣"!他写道:"从它一出生就是一副伤心的模样,它的颜色是一种伤心的绿。它的茎太小太嫩太柔弱,它的叶如瓣瓣破裂的心。还有它一根根游丝般的触须,就像一声声叹息,看着都叫人伤心。及长,它匍匐的模样也是惹人心疼的那种,在黄黄的土地上,就这么静静一躺,很无辜的样子。它昂扬的头颅挣扎着像要远行,无奈身子太弱,是不行的。这看起来,每一株豌豆都像一个地上受虐的女奴。看着还是让人伤心。"这漂亮的白描,细腻精准而又有情致,而这样的动人的描摹在这本书里俯拾皆是、满目生辉,难怪有那么多作品被收入中小学语文课本之中,这样的文字确实可以做中小学生写作的范本。

童年是一首埋在每个人心底最清亮的歌,童年是一首最美好的诗,童年是我们永远的心灵家园。最关键的是,这本书唤醒了我们心中的歌,应和了我们心中的诗,把我们带回到了心灵的家园。道出了我们只能意会不能言传的感受,因此和读者情感呼应、心气相通。

如果这本书只是写田园风光,小情小调,美则美矣,却缺少了震撼人的力量和久久挥之不去的惆怅,乡村有歌有诗也有痛,有阳光也有风雨。乡愁才是一杯醉人的酒,日子越长越醇厚绵长。

当作者的笔触离开田园牧歌,直达少年心灵的时候,他以自我剖析的方式,历数了几个生活小片段,却让我们警醒,少年那敏感脆弱、芽儿一样的自尊心切不可伤害。像他在"英语老师"中写到的,大人随意的一个耳光,就会在少年心里种下仇恨的种子,若一时冲动,就会铸成大错。而最怕情窦初开之时,无论男孩女孩最在乎的是异性的目光,它电光雷火,瞬间击毁一个人,也能够激发出惊天动地的力量,此时的少男少女最该好好呵护,就像呵护一棵成长中的小树秧苗,作者这几篇心海钩沉之作,给了我们极大的启示和教育。

其实作为散文来说,语言是血肉,情感才是灵魂。说到童年、说到家,让我们最动心的是亲情,是在父母的关爱下,一个少年慢慢地由稚嫩到强壮,一点一点地长大,亲情与成长是经久不衰的主题,作者是深谙这一点的。读

"什么是家"让我潸然泪下。风雪之夜,我随父亲进山去烧炭,父亲挥刀一根一根地砍,我一根一根地扛到窑边,稚嫩的肩膀磨得红肿,通过艰辛的劳动换来了可喜的劳动成果,大大激发了父子俩的豪情,他们一不做二不休,一鼓作气要烧出一窑好炭来。我的落泪是因为母亲。父子俩进山了,天黑了还不归,夜深了还不归,坐卧不宁的母亲再也坐不住了,安顿好小妹,拿上手电,跌跌撞撞地进山去寻父子俩。跑到半路不见踪影,家中又有揪心扯肺的小妹,只好又连滚带爬地回来,老远就听到小妹撕心裂肺的哭号声……及至父子俩平安归来,母亲大放悲声,捶打着丈夫,随后失而复得般地把儿子紧紧地搂在胸前,儿子却使劲推开了她。也许母亲不知道,就从这一夜开始,一个男孩儿变成了一个小小男子汉,他的儿子长大了!在艺术上作者一个小小细节的处理,使作品达到了于无声之处听惊雷的效果。

在当今的童书图书市场上,散文成了稀缺品,好散文更属凤毛麟角,因为散文很难写,因此更加感佩作者的艺术功力,小小一份拼盘,清雅小酌,远胜一场饕餮盛宴。

我想把这本书留着,留给外孙女。她刚 4 岁,我先试着读给她听,等她识字了,就让她自己看,我认定从小读这样的书,长大了作文肯定错不了。

绘就边疆儿童生活新画卷
——读谢倩霓的《天蓝蓝，梦蓝蓝》

云南真是一块神奇而美丽的地方，每年不仅吸引着大批游客，同时也吸引着大批作家、艺术家前来采风创作。近年来，在云南出版集团晨光出版社的精心策划组织下，数十位作家分期分批地来到云南观光采风，陆续创作出了多部富有云南地方特色、艺术品质上乘的儿童文学作品。晨光社的这套"春华·盛实"丛书，成为童书市场上的一道靓丽风景，深受读者的喜爱。近日又读到著名作家谢倩霓的新作《天蓝蓝，梦蓝蓝》，读后大为欣喜，深感这部作品立意深远却又举重若轻，背景广阔却又故事集中，立足当代却又探及古远，人物鲜活生动却又不着痕迹，是一位非本土作家创作的一部具有云南本土特色的优秀之作。

这部作品以纳西族男孩和林为主人公，真实反映了一户普通纳西族农户的生活。在和林三岁、妹妹和蓝三个月的时候失去母亲，兄妹二人和阿爸、年迈的阿奶相依为命。七年之间，这家人的生活虽不富足，但两个孩子并不缺少温暖和关爱，在阿爸和奶奶的精心抚养下，他们一天天茁壮成长起来，两个孩子都是身心健康，阳光向上，形象可爱的好孩子。一家四口老少三代，本以为就这样平静如水地过下去。就在某一天本以为死去的阿妈突然有了踪迹，平静的家庭生活陡起波澜，每个人的情感都受到极大震撼，也给作品留下了很大的悬念：七年前这个家庭到底发生了什么？为什么周围人一提到妈妈就讳莫如深，尤其是阿爸神情异常，经常无端"出神"，明摆着他心中藏着一个秘密，是不是因为阿妈？阿妈身世成谜又谜之何在？

这本书是有"秘密"的，很明显作者有意埋下了"梗儿"，吸引读者一直读下去。出人意料的是作品没有以"解密"为框架,依我看这正是作者老练高明之处,因为真若如此,这部作品就流于浅薄了。由此可见作者深谙小说之道,更懂得高尔基的"文学即是人学"之说,说到底小说反映就是人生百态、世道人心,所以她不仅没有沿着"猎奇"之路一路狂奔,也没在驾轻就熟的校园故事上过分着力,更没有刻意追求高、大、上的主题创作,概念化地解读"脱贫攻坚"国家战略,而是在艺术上着力,真实反映生活,写好这一方水土和独特文化以及在这一方水土上的人情世故,将一个孩子甚至是一群孩子欣欣然的成长姿态活画出来,她这种自设高度、自我突破的创作态度值得大加赞许。

为此作者把人物放在纷繁复杂的生活里面,在真实的底色大做文章。她精心设置了明暗两条线索,明线是在纳西族男孩和林牵引下的当代儿童生活,学校、家庭、社会三线交织,你中有我,我中有你,生活的立体感很强,生活气息也很浓郁。三方面的生活采取了三种不同的艺术表现手法。学校是孩子的主战场,作者采用正面描摹的手法,充分展现了一所坝上小学的当代校园生活。十岁男孩和林和七岁的妹妹和蓝都在这所小学上学,在扶贫的大背景下,实行整村搬迁,只有他们一家还没有搬到坝上来,他们成了当地有名的"钉子户"。阿爸为什么不服从政府安排,坚持不搬迁,个中隐情正是这部作品的重要内容之一。而发生在和林与胖孩木帅之间的小冲突则是很具代表性的常见故事情节,老情节写出了新意境,得益于作者的匠心独运,她借助木青阳这位老师,解决学生矛盾的方式很独特,充满智慧和喜感。最关键的是一个以纳西族孩子为主体的学校,必定有其独特的民族特色,怎么把这一方水土的独特文化写出来,也很考验这位外来作家的功力。她通过把纳西族传统文化引入课堂的方式,让纳西族的前辈即和林的老舅公走出大山,前来给孩子们讲纳西族独特的象形文字,独特的风情与历史,自然而然地将一个古老民族的古老文化与当代生活巧妙地结合在了一起。因为这一笔,作品的色彩就丰富了许多。同时这个情节的设置还有一石二鸟之功,既呈现了少数民族聚集的坝上小学对传统文化的重视,同时通过舅公和奶奶的对话,引出了有关阿妈的天大秘密。对于阿妈的"秘密"这条线索,作者采用的是"秘线暗写",笔墨、情绪以及故事内容始终很克制,欲言又止,欲罢不能,草蛇灰线,秘点浅露,巧设悬念,充分调动了读者的好奇心,大大增强了这部作品的故事性和可读性。而对于脱贫攻坚的大战略,作者则把其处理成了一个广阔的时代大背景,整体搬迁坝上、阿爸培育羊肚菌脱贫致富等情节只是点到为止,并没有展开。这种当详则详、当略则略、主线清晰、辅线缜密的艺术处理方式,凸显了儿童本位与儿童视点,真实、丰富、细腻,多角度、多侧面地展示当代纳西族孩子的生活,故事内容丰富,生活底蕴厚实,实现举重若轻、浅而不薄、以小见大的艺术效果。

其次是在人物形象塑造上,不求面面俱到,只求特点突出。作品中的大多数人物都不是毫发毕现的人物肖像画,而是笔墨简洁、准确生动的人物素描。小主人公和林,这是一个品学兼优、懂事明理、爱护妹妹、孝敬阿奶,识大体、有担当、敢作为、潜质非常好的男孩子形象。作者塑造这个人物,精心设置了两大故事情节,一是他和胖孩子木帅打架之后,老师让他俩结伴跑步,他信守承诺,不打折扣,高姿态并以诚相待,终于在跑步中化解了两人之间的矛盾,增进了友谊。二是在得知阿妈的下落以后,在阿爸犹豫不决、踟蹰不前之时,他果断地决定进城去找阿妈。经过缜密策划与安排,几位孩子结伴进了大理城,几经波折终于顺利找到了阿妈,重建幸福之家。通过这一情节塑造了一个逐渐成长成熟起来的、敢作敢为、有勇有谋、情感与理智相得益彰的男孩形象。对于阿爸这个人物,作者着重于表现其内在情感的复杂性。这是一个重情重义,又极爱面子的男人。作者通过一棵桃树、拒绝搬迁、守常在家、不时"出神"、不许女儿画画等几个散点式情节和细节,生动刻画了这位男子敏感自尊,面对妻子欲罢不能、欲近不得的复杂心态。对于阿奶则是一个典型的勤劳、善良、宽容、吃苦耐劳、爱子如命的慈祥老人形象。而胖孩子木帅的单纯诚实与他阿妈的刁蛮霸道形成鲜明对比,这对母子丰富了作品的色彩,增添了不少生活的烟火气息。而木青阳老师着墨不多,一招制胜,充分显示了这是一位有经验、正直成熟有爱心的老师形象。而写得最好、最讨人喜欢的人物则是和林的妹妹和蓝,这是一个长相俊俏、活泼可爱、古灵精怪的小女孩,这个纯净得像水一样的女孩,一出场就紧紧抓住了每一位读者,她以其单纯可爱、化有形为无形之功,柔化了胖孩木帅的敌对情绪,帮助两个男孩子化敌为友。

最后不得不说的是这部作品的色调,和大多数反映边疆孩子生活、农村留守儿童生活,抑或是扶贫重大主题的作品相比,这部作品少了些暗沉色调的苦难与艰涩,作品从始至终都在一种暖融融的明丽色调之中,孩子的眼睛本就明澈清朗,孩子的心灵本就不染纤尘,一如它的书名《天蓝蓝,梦蓝蓝》,读完这本书,收获的都是满满的感动与美好。

(发表于《中国新闻出版广电报》2021年12月24日)

有情怀、有温度、有故事
——评"抱抱地球　点亮生命"丛书

今年年初，一场突如其来的大灾难席卷整个人类，新冠病毒恣意肆虐，数月间就吞噬了成千上万人的生命。大疫带来的影响是惨烈而深刻的，它注定要给人类历史上留下难以磨灭的浓重一笔，同时毫无悬念地必将掀开世界格局新的一页。

大疫之下，无人能置身事外，犹如大考，每个国家都必须交出一份答卷。但若论新冠病毒对于人类的精神冲击以及由此引发的人生思考，每个人也都有一份属于自己的必答题。疫情是对国家机器、社会制度的检验，也是对人类灵魂的拷问，是人类精神的一次集体裸奔。正是在这种背景下，中少总社策划出版了一套力作"抱抱地球　点亮生命"丛书，交上了一份优秀答卷。

这套书源于新冠肺炎疫情，又非直面新冠肺炎疫情，它是认真思考、精心策划的产物。从少年儿童教育出发，用多种文学形式，深刻揭示了新冠肺炎疫情之所以产生的根源所在，那就是人类对于地球环境的破坏与干扰，通过一系列故事，教育孩子们要关心地球、爱护地球，保护环境。呼吁全世界的小朋友们"抱抱地球，点亮生命"。其中"抱抱"两个字用得很好，既是孩子们的语言与行为，也体现了国民的大爱之心。

这套书我认为有三个特点。一是有情怀。全球视野，家国情怀。关爱地球，关爱动物，关爱人类生存环境，与大自然和谐相处，是我们应有的担当与责任。每一篇作品都体现了这样一个主题。这次新冠肺炎疫情的大暴发，让我们比任何时候都更清醒地认识到，地球是一个大家庭，在大疫面前，每一个国家都不可能独善其身，只有世界上每一个角落都消灭了新冠病毒疫情，我们才能说人类抗疫成功。

其二是有温度。爱是整个丛书的主色调。无论是小说、童话,还是纪实文学和科普作品,形式不同,却有同一个基调,那就是在健康、阳光的底色之上,体现了爱的主题,爱自然、爱动物、爱人类,和谐相处,积极向上,共同建设美好家园。

其三是有故事。这套丛书的每一篇作品,我都细细看过,都是很优秀的文学作品。这一点很重要,我们标榜为儿童文学作品,就要符合文学的特质。作品中没有生硬的说教,更没有概念化的东西。而是以鲜明的形象、生动的故事、真挚的情感,吸引人,打动人。虽都是命题作文,是应景之作,非应景之意,追求经典,追求精品,是每一位作家最强烈的创作意态。另外,这一套丛书,每本三篇作品,每篇都是万字左右的短篇,题材非常丰富。每一位作家都从自己的生活经验和创作经验出发,内容独特,个性鲜明,把这样的数篇作品编辑在一起,就有了交响乐的特点,既符合主旋律,又异彩纷呈。

相信这套丛书会受到少年儿童的喜爱,祝"抱抱地球 点亮生命"丛书大卖。

(本文系 2020 年 5 月 30 日在新书发布会上的发言)

《这样的鲁迅》带给我们的启示与感动

一口气读完阎晶明主席的新作《这样的鲁迅》，很感动。一是鲁迅的故事感动了我，二是作者打动了我，很少读到这种直抵心灵，能带来精神震撼力的作品。不仅我看了，我女儿也看了，她看完后说，"是本好书，当代孩子就需要读这样的作品，了解真实的鲁迅"。她还给我找了一些网上与鲁迅有关的东西，有以鲁迅作品为梗的小品、漫画、微作品，还有模仿鲁迅语言风格来解说足球的，特别生动有趣。虽然网上大多是"戏说"鲁迅，但从另一个方面也证明，在新时代，鲁迅并没有走远，他就在当代人特别是当代青少年中间，人们是喜欢鲁迅的、热爱鲁迅的，有很多人是熟悉鲁迅和鲁迅作品的，不然不会出这么多段子，只不过是他们的表达方式比较另类，比较时尚。为此我们有必要了解真实的鲁迅，鲜活的鲁迅，伟大的鲁迅。正应其时，阎晶明的大作《这样的鲁迅》来了，满足了人们当下的需要，也满足了"正说"鲁迅的需要，对当下网络上的"戏说"鲁迅是一个匡正和有力补充。

鲁迅是伟大的文学家、思想家、革命家，毋庸置疑，世人大多知道鲁迅，但还是有相当一部分人不真正了解鲁迅、理解鲁迅，我就是其中之一，可能我们这代人对鲁迅的理解都是片面的，这是时代造成的。我们这一代人，上大学的时候专门开了鲁迅课。但受时代的影响和局限，过分强调了鲁迅的斗争精神，他敏锐、犀利、尖刻、穷追猛打落水狗，"对敌人一个都不放过"。"横眉冷对千夫指"，他的作品是投枪匕首。对于自己人，对于本民族，鲁迅是深挖"国民性"之痼疾，愚昧、麻木，是做奴才和做奴才不得的时代，"哀其不幸、怒其不争"，批判超过同情。所以在我们这代人眼里鲁迅是战斗的、无畏的、可敬的,但不可亲。就觉得这个人太厉害,不食人间烟火,在我们这代人眼里是个战神一样的存在。这部作品改变了我们对鲁迅的看法,完善了我们心中的鲁迅形象。以人物传记的形式,在有限的篇幅里,面对一个复杂的、矛盾的、丰富的人物,写什么不写什么,特别考验作者的功力,阎晶明真是厉害,我特别佩服他对材料的取舍能力,短短的几个小故事,就非常真实生动地呈现了鲁迅性格和思想。把我们几十年来形成的鲁迅印象一下子就改变了。让我们恍然大悟,噢,原来鲁迅是这样的,不是那样的。

另外,这部书对于孩子的启示也会特别大。说实在的,现在的孩子们不爱读鲁迅的作品。我曾和一个大学生谈过,他对我说,在上中学的时候,最不喜欢的就是鲁迅的作品,语言文白夹杂,内容也含混不清,很晦涩,很拗口,不好读。作品的内容又难理解。从闰土木讷的言行上怎么就看出了国民性?阿Q怎么就成了一种独特的精神,华老栓给儿子吃"血馒头"怎么就那么不堪?说实在的,中小学生读鲁迅作品只能囫囵吞枣,读了个大概,理解不深不透。而阎晶明三言两语就说明白了。不但说明白了闰土,还捎带着说明白了站成圆规的杨二嫂和他家的保姆。阎晶明是不是教师出身?至少也当过老师吧!

这部作品很好地解决了我们两代人、三代人或者说就是常人对于鲁迅、对于鲁迅作品的种种不解和偏见。深入浅出、举重若轻,真实准确地还原了一个伟大而温和幽默的鲁迅、一个丰富而复杂的鲁迅。他让鲁迅走下了神坛,走近了当代。他在作品中,特别注意与当代的勾连,在很多章节后,都有当下有关鲁迅影响力的描写,比如,咸亨酒店、当代人对鲁迅的反应等。另外,也用了大量真实珍贵的资料,丰富了作品的内容,强化了作品的真实性和可读性。

读完这部作品以后,我也掩卷而思,阎晶明怎么就写得这么好呢?他是怎么写的。首先是作者吃透了鲁迅,不吃透鲁迅就不能举重若轻,另外一个是吃透了读者,不吃透读者,就不会用深入浅出的艺术表现手法。我看了阎晶明这部作品的前言和后记。《先说两句》和《结语》,我就很感慨,你把什么都想清楚了,说清楚了,我觉得我们说什么都是多余的。《先说两句》一篇小文把什么都说清楚了,对于鲁迅的评价,在当代人心中鲁迅的地位和影响力，人们对鲁迅多种解读和认识，基于这样的前提，我为什么写，怎么写，说得清清楚楚，明明白白。也就是说，这部作品有千万条路径，他就扣准了一条，"求索"二字，这也是鲁迅的生命主题，他一生都在求索光明、求索真理。包括他上学读书、不停地搬家和写作，他都是在求索。在《结语》中他又把鲁迅及鲁迅一生、鲁迅的思想和性格，总结得准确、全面、言简意赅、高屋建瓴。他的思想是深邃的，人生是丰富的，他的人生充满了复杂和紧张，形象亲切温暖，他是英雄又是凡人，又是智者，他注重细节又能从细节中发现大的意义和价值，他要为生计和生存而工作，要食人间烟火同时又是一个坚定的理想主义者。他痛苦，他是清醒的，解剖别人又更严苛地解剖自己。你全面准确深刻地总结、刻画了鲁迅，还给了我们一个真实的、立体的、可亲、可敬、可爱的鲁迅，谢谢阎晶明。

（本文系 2021 年 9 月 23 日在该作品研讨会上的发言）

万物平等，和谐共生
——走进《三江源的扎西德勒》

如果说长江、黄河是我们中华民族的母亲河，那么三江源就是大河之母。在这块方圆30多万平方公里的广阔土地上，有雪山高原、山川河流、滩涂沼泽、草原沙漠，它以坦荡博大的胸怀孕育了长江、黄河、澜沧江三条大河。九曲黄河流经青海、四川、甘肃、宁夏、内蒙古、陕西、山西、河南和山东9个省区，最终从山东注入渤海。黄河是中华民族的摇篮，是我们耳熟能详的母亲河；而长江则是我国第一大河，全长6300多千米，流经11个省、自治区、直辖市，流域面积约180万平方千米，占全国面积的20%，最终流入东海。三条大河不仅孕育了伟大的中华民族，澜沧江还是一条跨国大河，在穿越青藏高原、云南之后，下游更名为湄公河，流经老挝、缅甸、泰国、柬埔寨和越南五国，从越南注入南海，是东南亚第一大河，素有"东方多瑙河"之称。可见三条大河最终都流入大海，所以保护三江源就是保护全世界的海洋，保护人类和所有的生命，因为海洋是地球生命的发源地。

著名作家杨志军的《三江源的扎西德勒》就是这样一部带领少年读者走进三江源、与三江源世界零距离接触的难得之作。这部作品结构简单，开篇第一章的第一句就是"爸爸失踪"了。小主人公小海和妈妈为了寻找失踪的爸爸，在司机巴雅尔叔叔开车带领下，一步一步走进三江源，人随车走、景随人移，一部大戏徐徐拉开帷幕。一幅幅自然画卷徐徐展开，一段段感人至深的故事也层层展开，作者精心构建了三江源一个纯净澄澈、人与动物和谐共生的自然世界。

作品以一个儿童的视角，生动描画了三江源独特的肌理、丰饶的血脉、宝贵而罕见的动植物资源，最重要的是作为一部优秀儿童文学作品，作家是从来不会忽视故事的，这里有人与人的故事、人与动物的故事、动物与动物的故事，而最感人的是人与动物合力在严酷的自然环境下互助共生的故事。

说到人与人的故事，作品通过回忆、插叙、旁叙等艺术手法，把以小海一家三代人为代表的三江源保护者前赴后继、结缘三江源，保护动物、保护自然的感人故事一一呈现出来。不要以为小海的父母是一对情深意浓的夫妻，因为爸爸李强常年扎根三江源，妈妈并不理解，父母之间产生了巨大裂痕，他们一直处于"分开"状态。两种对立的态度、一个有矛盾的家庭是格外有戏的。而小海的爸爸之所以为保护三江源的动物、以跪拜姿态舍家舍命地工作，也是有前因后果的。当然在三江源，有人保护也就有人伤害，不只是为了一己私利而偷猎盗猎动物的偷猎者，即使投资建立小海动物保护中心的笑脸叔叔，也有自己不可告人的目的。还有偷挖虫草者，修桥筑路，甚至登山旅游都会给三江源自然环境带来影响和破坏。其实小海爸爸的失踪就是为了追踪一帮为纯净水拍摄广告的人。作品正是通过一个个生动的故事，塑造了多个为了守住三江源、为了救治保护动物而忘我工作、默默奉献的普通人，那是一种平凡中的伟大。

正是在一代又一代人的精心保护下，三江源建立起了最完整的自然生态。文中有一段小海和爸爸的对话，爸爸告诉小海，植物养活了食草动物，食草动物又养活了食肉动物，如果没有食肉动物，食草动物就会把植物吃光。一个没有植物的地方就会变成荒漠。我以为最重要的是，在这部作品中，作者刻意要传达的是一种天人合一、人与动物互相依存、互相救助、和谐共生的理念。在自然面前，人与动物不分高低，世间万物平等，在作品中，每一座山峰，一个人、一匹马、一头牛、一只羊、一只飞鸟，每一个他们救助过的飞禽走兽都有名字，甚至有辈分之称，比如，黑颈鹤姑姑、斑头雁大叔等。其实这不是简单的称谓，而是别有深意，体现了人对动物的尊重。

小海救护站救治了难以计数的动物和飞禽，这里有瘸子猞猁、拐子岩羊、断了翅膀的鸬鹚、受伤的白唇鹿……当小海他们开车去寻找受伤的爸爸时，一路上金雕小白、斑头雁大叔和红嘴鸦阳阳紧紧跟随，为他们探路，侦察目标，指引方向。当人被困暴风雪之中，断炊断粮之际，金雕和秃鹫会衔来野兔丢给困在大雪中的人。他的爷爷奶奶就是这样被秃鹫救过来的人。在藏区,人死以后尸体不是土葬也不是火葬,而是由专门的饲鹫人整理以后喂鹫。一旦没有那么多尸体时,这些人就到草原上,走家串户、顶风冒雪、四处收集牛肉干,作品中的普姆爸爸就是这样一个不辞劳苦的饲鹫人。由此可见,在大自然的生物链中,人类不过是其中的一环。这种自然面前,万物平等的理念,是三江源大自然得以保护的根本。这部作品不同于一般的动物文学,或者说高于常见动物小说,也正是因为它以一个非常强烈的信息传达了这种万物有源、和谐共生的理念。人类救助遇难的动物,动物也会救助遇难的人类,小海的爸爸和一帮拍摄纯净水广告的人,身陷冰洞,小海和妈妈以及雄鹰支队的人遍寻无果时,是两只大灰狼星宿海和平措最先发现了他们,它们拼命地在冰雪中刨着,引来了很多很多动物,一群动物在冰雪中舍命救人,那场面是极其令人感动的。当人们为了纪念因救人而牺牲的饲鹫人尼玛建立雕像时,同时也为一群为救人而死的动物和飞禽建立了雕像,两组雕像并立,把人与动物两组不同种类生物的美好的形象永远留在了各拉丹冬雪山上,这也是一种万物平等的体现。

正是通过这样一个个活生生的生活现实故事,作者不露声色、不着痕迹地阐明了在大自然面前,处于自然生态最顶端的人类到底应该把自己放在一个什么样的位置上,扮演一个什么样的角色,应尽一份什么样的责任和义务。人类是一种有情感的高级生物,这种高级就表现在对自然一草一木的热爱上。作品中有一首小海爸爸李强根据当地牧歌曲调填词的歌曲,那应该是一首"三江源之歌",这歌一直在牧民中传唱。在这首歌里,他们深情地赞美每一座冰雪洁白的山峰,每一条充盈、饱满、澄澈的河流,每一片开阔坦荡、草肥花艳的丰美滋润的草原,他们赞美一只鸟、一条鱼、一头牛、一匹马,让所有的生命各得其所,让所有的日子扎西德勒。全书每一个故事、每一首诗歌都充满了对三江源的祝福与热爱。读这部作品,我们除了被一个个万物共生的故事而感动,还有一层温馨美好的情愫不时漫上心头。如果说,读这本书我们是追随作者亲临亲历了一场难忘的三江源之游,实际上这场阅读漂流更是一场最纯净而美好的精神洗礼。

另外,不得不说的是这部作品依靠文字的独特魅力,把事、诗、歌、画、情、理、趣七艺统一,做到了故事中有情有理,理趣相映;文中穿插了很多诗与歌,诗、歌、文三者有点琴瑟相随、相得益彰、相互映衬之感。我也曾试图把某段诗或者歌词删掉,好像读来意趣差了很多,生活气息也淡了很多,文采也略觉逊色。还有这部作品中的场景很多,画面感很强,对独属于三江源的云、雾、雨、雪、太阳、光和草地都有细致准确的描摹,写出了此时此地、此情之下独特的质感,由此不得不佩服作者老到而娴熟的艺术功力。

(发表于《中华读书报》2022年3月9日)

真心·真实·真情
——评刘海栖的新作《风雷顶》

我想用三个"真"字来概括海栖作品的吸引力：真心、真实、真情。《风雷顶》这部抗战作品，被海栖写得既真实又充满真情实感。这种发自作者真心的创作态度，值得我们去总结和学习。

刘海栖做了几十年的出版，是全国有名的专业少儿社社长，在任期间培养了一批批作者，出版了很多有影响力的长销书和畅销书，也捧红了很多人，为少儿出版事业做出了相当大的贡献。在最近几年他华丽转身，开始进行儿童文学创作，以每年一两部的速度相继出版了《有鸽子的夏天》《小兵雄赳赳》《街上的马》等五六部长篇儿童小说，每一部作品都能引起大家的关注，不能不说是一个奇迹。我在儿童文学界多年，惯见作家们起起伏伏，像海栖这样成功、热度不减的作者还真不多见。

我一直在琢磨，他为什么出版一部就"火"一部，这到底是他的个人魅力，还是他作品的魅力，还是他本人加上作品的魅力？我做编辑多年，历来主张在稿子面前人人平等，作为一个编辑力求做到只认稿子不认人，在差不多读过他近年出版的每一部作品之后，我认为，这种火爆首先源自他作品的魅力，其次才是他个人的魅力。

那么他的作品到底魅力何在呢？我想用三个"真"字来概括，第一个是真心，第二个是真实，第三个是真情。

说到真心，首先是海栖真心喜欢儿童文学创作。到了已经退休的年纪，写作不为稻粱谋，不为买房、育儿养家谋，更不为虚名而苦，他已经到了看穿名利、宠辱不惊的境界，剩下的只有一件事：做自己喜欢做的事，他是发自内心的"我要写"。打个不恰当的比喻,就像一个怀揣着蛋的母鸡,憋得四处乱转,大半生的生活积累在心中鼓荡,那些难以忘怀的人和事都蠢蠢欲动,呼之欲出,千方百计也要找地方把这个"蛋"生出来,所以他的每一部作品都是有感而发,不得不写。从这个意义上讲,他的创作更纯粹,心更真、情更满,笔下更有力,都是生活和情感的自然流淌,这是一种发自内心的、最好的创作状态,是最真心的。

看当代儿童文学作家,有几人能有这么好的、这么纯粹、这么真心的创作状态呢?一说到给孩子写东西的时候,人就端起来了,满脑子的条条框框,把写作这事看得很重,一副拉开架势,要大干一场的样子。尤其是遇到出版社约稿,指定题材的时候,更是顾上顾下、顾左顾右,难以自持,更加束手束脚放不开,本来还蛮生动的一张脸立马不由自主变得严肃呆板起来。试想一个体操运动员,如果带着各种杂念上场,他的动作一定会走样变形。在这方面,海栖比大多数作者更自信,更有底气,他就像儿童文学界的一匹黑马,想怎么写就怎么写,忠实于生活,忠实于内心,忠实于读者,这就是他的真心所在。

反映到作品上那就是真实。他的作品具有浓郁的、扑面而来的生活气息,我们从作品里仿佛能感受到生活的悸动,能感受到那种风过耳、花开有声的微妙。他笔下的故事无磕绊、无疙瘩,顺畅到像自然流淌出来的一样,似乎达到了某种大象无形、大音希声的境界,这在很多儿童文学作品中是不多见的。

比如作品《风雷顶》,海栖写的是以老父亲为原型的胶东抗日故事,他从一个点、一条线一个很小的切口进入,那就是听老父亲讲他自己的成长故事。作品用了父亲回忆的口吻,有很浓的纪实色彩,但它不是回忆录,依然是一部小说。他的巧妙就在于,作为作者的本人也进入到故事当中,把他怎么听父亲讲,怎么录音,作为九十岁年龄的父亲和母亲是一种什么状态,都一一呈现出来,作品的真实感、现场感就很强。他自己身处其中的同时,也把读者自然而然地带到听老爸讲童年的情境之中,读者也是感同身受。试想如果他不用这种时空交叠的方式,而是单纯记录老父亲的童年故事和他成年以后的抗战故事,那该多枯燥,那种隔代的陌生感、陈旧感是无论如何也抹不掉的。

还有一点不得不说,他的老父亲对自己的童年、对自己九十年来经历过的生活的回忆,本身便是一次创作,是无意识的创作。因为在讲的过程中不是照搬生活,而是对记忆的打捞,凡是打捞上来的一定是生活中印象最深刻、最珍贵、最难忘的东西。等到海栖自己再整理资料、再进行创作时,他已经是有意识的第二次创作,他把父亲的故事经过整理筛选、去粗存精,升华再造,一个非常有意思的胶东农村的日常生活,就活灵活现地呈现出来了,其中也一定调动了他自己的生活积累。那时孩子们的玩闹游戏,从"老头看瓜"到"砸丧门神",种种生动的细节,没有生活经验是写不出来的。写到战争的时候,他忠实于史料的真实,同时又注重生活的真实、故事的丰满与人物形象的生动。他的笔触始终集中在父亲的口述上面,能牢牢把握住个人的视点非常重要,这样就避免了很多大而空的大小战役,而集中在故事最出彩的"点"与人物上,这也非常符合回忆特质,时过境迁,当年再残酷再激烈的战斗数年以后也会幻化为故事。比如孙天喜战场泊伏击一节,还有响姥爷、剩儿,还有耄耋之年返璞归真的父母,总让人在发出会心一笑的同时,被真实的生活打动。另外,在战时生活的描绘中,书里还插入了不少有趣的民间传说与故事,让作品充满胶东民间文化独有的色彩温度。

海栖笔下的作品,总能跳出概念化写作,不仅真实而且充满了真情实感。海栖是讲故事的高手,尤其善于抓住人物的特征和事物的本质,三言两语就能将一个人物形象活画出来,这是他的本事。同时他的作品既有真情又自带幽默,好玩好读又温润。无论是他写的《街上的马》《小兵雄赳赳》,还是这一部《风雷顶》,总能让人在会心一笑中找到真情和温暖。这份真情,在这部小说中尤其表现得自然真切,如春风化雨,润物无声。因为这部作品源自真实的故事,满蕴个人、家庭和对家乡父老的真情,他的家国情怀是蕴含在深沉的故事和风趣幽默的叙述之中的。比如,书中写到他的父亲母亲,既有满满的温情,又不失幽默,母亲明明已经痴呆,自顾不暇,偏偏爱张罗着陪父亲一起出去玩,一说出去,她就说:"没事,没事,有我呢。"生活细处的幽默之外,两个从战争年代走来的老人相濡以沫的深情跃然纸上。海栖的每一本书出版后都能收获好评,大人和小读者都能看且喜欢看,与他作品中洋溢的这种幽默风趣与真情实感相结合的风格是分不开的,《风雷顶》中就有很多这种生动、风趣的细节,同时坚持真实、真情的立场,必定会受到大小读者的喜欢。

另外,海栖是一座生活的富矿,他本人且处于创作的爆发期,老鼠拉木锨——大头在后头,我们对他充满期待。

(发表于《文艺报》2022年4月29日)

一套独具创意、别开生面的大书
——评"童心向党·百年辉煌"主题绘本书系

2021 年欣逢建党 100 周年,从出版育人的角度来说,恰是童书出版百年一遇的大好时机。时近 7 月一部又一部红色主题出版物相继问世,给童书出版界带来了一股红色浪潮。在众多同类选题中,由江苏凤凰少年儿童出版社出版的"童心向党·百年辉煌"主题绘本书系则格外亮眼。

这是一套精心策划、别具创意的丛书。它以一条红线、16 个节点,从独特的儿童视点、儿童生活、儿童绘本出发,生动展现了中国共产党开天辟地、波澜壮阔的百年历史,同时一个个在精美图画映衬下的独立小故事,又能与当代孩子共情,把当代孩子的视线、情感带入到不同的历史时期,和百年来的几代少年儿童共同体验腥风血雨的战火硝烟;激情燃烧的和平建设;万众一心、励精图治、为中华民族伟大复兴而奋斗不息的社会主义新时代。是一套特色鲜明、深入浅出、读得进、看得懂,又能打动人心的优秀儿童读物,是对少年儿童进行党史教育的有益探索与实践。

我们中华民族历来高度重视历史,重视对下一代的传统教育,这也是中华民族五千年文明史绵延不绝、从未断裂的根本所在。我们相信历史是一面镜子,它照见现实,也照见未来。以史为鉴,可以知兴替。特别是新中国成立以来,如何对青少年进行革命传统教育,历来受到党和国家领导人的高度重视,因此如何讲好中华民族文明史,特别是讲好党史,以党的光辉历史教育下一代,激发孩子们的爱国情感,坚定跟党走的信念,是童书出版者的首要责任。

新中国成立以来,一代代作家自觉地以培养教育下一代为己任,在革命传统题材的书写上矢志不渝,进行了不懈的努力和探索,并多有建树。从《小兵张嘎》《王二小》《鸡毛信》《小英雄雨来》《闪闪的红星》等革命历史题材故事，到张品成的以写苏区红军和红小鬼生活为主的"赤色小子"系列，到近年出现的多部抗日战争暨反法西斯战争题材的长篇小说，很多战争故事、经典战例、英模人物已经化为一种永不磨灭的革命精神，代代相传。很多革命小英雄形象、英模形象也牢牢地扎根在大众之中，影响教育了一代又一代人。

但是"丹青难写是精神"，"画鬼容易画人难"，时至今日，相较其他题材的创作，红色书写依然是有较高难度的。如何还原历史，重现逝去的战争场面，在真实客观地反映史实的基础上，又能真切地折射出时代精神，并让这种精神浸润人心，薪火相传，达到"学史明理、学史增信、学史崇德、学史力行"的目的，还是有很大挑战性的。尤其是给孩子们讲党史，对他们进行爱党爱国教育难度更大。党是什么？为什么要爱党？怎么去爱党？怎么以一种他们易于接受、易于理解、喜闻乐见的方式，引导孩子们爱党爱国爱人民，"童心向党·百年辉煌"这套系列丛书，恰恰是在这一点上下足了功夫。很好地处理了"儿童性""时代性"与"艺术性"这三者关系，并大获成功。

从 1921 年中国共产党建立至今整整 100 年，党的历史波澜壮阔，党所开创的事业是上下五千年从未有过的开天辟地的大事业，有关党的史料浩如烟海，可歌可泣的英模人物灿若星辰，面对百年辉煌厚重的历史，江苏凤凰少年儿童出版社基于"童心战疫·大眼睛暖心绘本"系列的成功经验，决心再次聚焦时代主题出版，以儿童绘本的形式反映党史，为建党 100 周年献礼。这是一次自抬标杆、高难度的挑战，体现了出版社的大气魄、大智慧、大担当和高度责任感。

要实现这样的构想，这套书很好地处理了三对关系。一是儿童故事与党史的关系。该套丛书撷取了党史上具有鲜明的时代特点的重要节点和重要历史人物，以真实的儿童故事为蓝本，让每一个故事既相对独立，又相互联系，每一本都是百年党史上的一个点，代表了一个时代的精神。比如，在新中国成立前的 8 部作品中，分别选择了建党、安源儿童团、井冈山会师、红军长征、延安精神、抗日战争以及两个儿童英烈刘胡兰和小萝卜头作为主题。新中国成立后的 8 个历史节点及事件则是开国大典、抗美援朝、两弹一星、改革开放、科技兴国、精准扶贫、绿色发展、面向未来。16 个故事和人物，每一颗都如同闪闪发光的珍珠,由一条党的百年历史红线串起,形成一个大套系图书的整体性。同时每一颗珍珠又自带异彩,是独立的优秀儿童文学作品。每一本都紧扣时代主题,既体现了党对儿童的关怀,又体现孩子对党的热爱与忠诚,并坚定地追随党,积极投身到党的事业之中。另外,党的百年辉煌史,也像一道靓丽的风景线,而一个个儿童故事,就像一个个小小的窗口,透过这些窗口,窥见一个时代的风采,进而勾画出中国共产党百年辉煌的历史。这种巧妙策划,难能可贵。

二是"小切口"与大主题的关系。我理解所谓"小切口",即小人物、小事件、小窗口。这套丛书的成功之处就在于很好地解决了小与大、轻与重、浅与深的问题,做到了以小见大,举重若轻,深入浅出。所谓"小切口"的设计,以主编李东华的话来说,就是"以简短的故事、简洁的文字、简约的形式承载历史的厚重"。她把其概括为"四个统一",即儿童性与史诗性的统一,启蒙性与文学性的统一,故事性与纪实性的统一,历史性与未来性的统一。这样高度理性的概括,很好地阐述了这套丛书的独特出版理念,不可不谓之精辟、准确而独到。比如,反映红军长征的《一把青稞粒》,作品以一位不足龄女孩追随红军长征开始,以亲历的形式,既再现了人们所熟知的红军长征途中爬雪山、过草地之艰险,又突出了女孩的个人独特感情对那些无微不至地关爱她、保护她,先后牺牲在长征途中的红军姐姐、"小鬼"哥哥和无名红军战士,简洁叙述之中竟是如此生动感人。所谓"一把青稞粒",竟是在长征极度缺粮的情况下,女孩要从马粪中淘出的几粒青稞,为了这把青稞粒,她险些失去性命。这样的书写,既与流传下来的长征故事不违和,又有真实的、新颖的素材补充。这也许就是李东华所说的儿童性与史诗性的统一。

其他几本也有异曲同工之妙。比如,抗美援朝不是直面前线战斗故事,而是讲述孩子们捡废品、节省每一分钱,集腋成裘,全国少年儿童为志愿军捐了两架飞机。而反映"两弹一星"精神的不是大科学家的故事,而是以两个少年为主体,学科学、爱科学,自己动手组装小发电机的故事。另外进入改革开放新时代以来,四本书反映了四大国家战略,有在科技兴国的感召下,深圳的孩子们积极参与城市建设的《未来之城》;有反映精准扶贫的《苗寨飞歌》;有改善生态环境,绿色兴国的《绿色塞罕坝》;还有反映改革开放科技进步伟大成就的世界最大单口径望远镜的建设工程《中国天眼》。可见每一本作品,作者都极其用心,精心地选择新颖的角度和独特的内容,力求不落俗套。即使是两位大家耳熟能详的小英烈刘胡兰和小萝卜头,也力求写出新意。这就是我要谈的第三对关系,即通俗性与艺术性的关系。

回顾自五四运动发轫的中国儿童文学,走过的是一条曲折的、不断自我反省、不断自我调整、不断进取的艺术创作之路。尤其是革命战争题材的儿童文学,新中国成立初期,空洞的政治说教,概念化的故事、脸谱化的人物形象,比大人还能干的"高大全"式的小英雄,差不多是当时这类题材的统一范式。多年来,经过努力,有所突破和改观,也出现了很多优秀的作品,但基于此类题材的特殊性,乃至今日,主题出版的最大难点依然是如何攻破"假大空"、表面化,还文学作品以真实与生动、"润物细无声"的艺术感染力,以取代直白空泛的思想、概念图解。

反观"童心向党·百年辉煌"这套书,大部分作品都能以生动丰富的故事内容、真实的细节、鲜明的人物形象和简洁的语言来构建一部完整的文学艺术品。比如,我们耳熟能详的刘胡兰(《青纱帐,红小花》),则以刘胡兰在党的培养教育下,如何成长为一个光荣的共产党员的成长故事为主,这就避免了与小学课本的雷同;而《光明》这一部作品,则紧紧抓住狱中的小萝卜头渴望光明、喜爱光明、盼望光明、喜欢上学这一点,注重以情动人。而在《闪闪发光的广场》中,本意取自建立新中国这一开天辟地大事件,作品呈现的故事内容却不是开国大典,而是为了迎接开国大典北京市民欢天喜地报名参加修整天安门广场的故事。小主人公偷偷地跟着爸爸来到天安门广场,亲见了一场热火朝天的劳动场面。可笑的是他不但没有帮上多大忙,反而为了找一只小鸡崽,险些弄丢了自己。这看似童趣侧漏的闲来之笔,实为匠心独运,恰恰彰显了此套大书以儿童为本的出版理念。其他各本也角度新颖、各有可圈可点之处。

我很乐见江苏凤凰少年儿童出版社的成功,该社历来是一家有眼光、有作为的出版社,几十年如一日,脚踏实地,立足根本,服务儿童,力求精品。这套"童心向党·百年辉煌"主题绘本书系尤其突显了苏少特色,为党史教育开辟了一条新路径、新形式,也获得了可资借鉴的新经验。祝愿他们在理性出版、智慧出版、精品出版之路上行稳致远,再创辉煌!

(发表于《文艺报》2021 年 10 月 18 日)

万物有灵,生生不息

——读赵丽宏的童话《树孩》

赵丽宏先生的童话《树孩》是一部结构简单、线条清晰、内容丰富、内涵多层次、文笔生动优美的作品,很适合十岁左右的小学生阅读。可以粗读,也可以精读,从中学习写作的技巧,如对于环境的描写,对于人物的描写,对于人物心理的刻画等。

看到这部作品,总让我们不由自主地想起《木偶奇遇记》,两篇作品都是讲一位老人找到一块木头雕刻成一个男孩子样子的木偶。但却有很大的不同。在写法上,在立意上有极大不同,《木偶奇遇记》是以木偶为主体,写的是孩子的生活,最著名的教益是孩子不要说谎,说谎鼻子就变长。而在这部作品中,木偶是载体,从怎么发现它,雕刻它,到它波澜起伏的一生,终回大自然,又变成一棵树。通过木偶在一个更广阔的自然社会背景下的、通过移步换景的方式层层展开故事,表达的是作者的理念:万物有灵,生生不息。故事里不仅有木偶和人类,还有花鸟虫鱼,自然万物,万物皆入戏。所表现的社会背景也很广阔,从山村雕刻家、城镇上的商人老板,到农村白发老太太——那个人物着笔不多,但写得非常好,非常真实感人,半痴呆状态下表露出来的感情是非常真挚的,既有发自本能和对孙子小宝驹真诚的爱,也有痛失孙子刻骨铭心的痛。在写老太太的同时,捎带着写好了两个人,一个是店老板,一个老太太的儿子。树孩是镇店之宝,多少钱也不卖,但为了老太太可以出借。为了给老太太找回孙子小宝驹,儿子的那份孝心也是显而易见。

这部作品有两点让我印象深刻。一个是故事悬念迭出,随着木偶际遇的改变,不知道下一步又会发展到哪里,带出什么样的故事情节来。这种结构方式很符合孩子的阅读取向。孩子就爱看故事。这是懂孩子的。第二个是真实平实。吃透了笔下的人物，各色人等行为举止、心理情感拿捏得很准。雕刻家深爱大自然，懂大自然，他走在山林中，是和自然融在一起的，能够悉心体察自然万物，他虽然不能像那条狗黑黑能听懂万物之声，但他的心是与自然相通的。另外，他是惜命的，不想离开这个世界，所以在重病之中，怀抱一丝希望，把木偶卖了，救自己一命，"等我病好了还可以再雕一个"。很真实。商人尤其处理得好，若是一般儿童文学作家，可能就会突出商人唯利是图的一面，人为造成很激烈的矛盾冲突，作者并没有这样处理，有想靠木偶招徕人气、想赚钱的一面，也有很有人情的一面。老人、儿子都写得很好，我最期望看到木偶的最终结局，我看他怎么收尾。结果发洪水，随波逐流中被一个打鱼的女人惊吓之中扔上河滩，这也很真实，很符合此时此刻的女人的所作所为。要从河里捞上一个人形木偶，我也会吓得如此。作为一部幻想文学作品，他没有刻意为幻想而幻想，杜撰编造惊心动魄的故事情节，而在大的故事情节上又出人意料，在环境和细节描写上又忠于幻想文学的要求。比如，木偶在洪水中漂流的时候，他和很多动物、植物、飞鸟都有沟通和交流，有金绒毛、白鲢鱼、黄鹂、白鹭、灰天鹅等等。当然写得最好的是孩子、春芽儿、芊芊，还有把动物像人物一样塑造的两条狗黑黑、金绒毛和木偶树孩。也就是说，他把真实的人类生活融入自然之中，把真实和幻想勾兑得很好，浑然天成。

有一个细节但也是很关键的细节有待商榷。木偶重回自然是他的归宿，也是这部作品的立足点，怎么回归？怎么去发芽？扔到河滩上，自然就长出了须根，这不可信。最好是在前面有铺垫，也就是在雕刻他的时候，保留了部分树皮。或者是原来过火的树根又发芽儿了，小木偶回到老树根身边，多少年以后，他也许就变成了泥土，来滋养新的又一棵黄杨树，这也符合生生不息的理念。当然这是一个悲剧结尾，但又不失希望。

（本文系 2021 年 9 月 16 日在该作品研讨会上的发言）

朝前走是一种最可贵的生命姿态
——读阮梅的《一个女孩朝前走》有感

今天,"时代楷模"黄文秀的名字随着声光电等多媒体宣传报道,已经传遍大江南北,黄文秀的形象——那个自信、阳光、甜美的年轻姑娘永远深深地刻印在亿万人的心中,黄文秀为伟大的扶贫事业献出宝贵青春的光辉事迹正鼓舞着一代又一代青年奋勇前行。在黄文秀及黄文秀的事迹已然为广大民众所熟知的情况下,在建党100周年之际,河北少年儿童出版社又推出了著名作家阮梅倾情创作的一部力作《一个女孩朝前走》,副题"七一勋章"获得者黄文秀的成长之路,很好地诠释了这部书的主要内容和丰富内涵。这部作品的适时推出,充分满足了人们学英雄、爱英雄,想深入了解英雄成长过程的愿望。

《一个女孩朝前走》,这本书生动而清晰地描摹了黄文秀的成长轨迹,揭示了一个女孩化蛹成蝶的美丽蜕变,更细致入微地刻画了一个女孩由平凡到崇高的成长历程。不知怎么回事,黄文秀这个人物总是让我想起黄山的著名景点"梦笔生花"。那是一座海拔1640米、孤峰耸立、形如毛笔的山峰,"笔尖"上长着一棵盘旋曲折的古松,松枝伸展,犹如盛开之花。这松树多像黄文秀,坚韧、挺拔、灵秀,就依靠那么一点点贫瘠的泥土,却长成了一道靓丽的风景,其高贵的内在精神品质涵养着一代又一代人。

常言说"寒门出贵子",苦难是最好的精神营养品,黄文秀的成长就是最好的注释。黄文秀出生在一个苦寒之地,贫穷之家,在黄文秀短短的20多年的岁月中,贫穷生活一直如影相随,但她的精神营养却一直不曾贫瘠。这得益于她生长在一个文化传统深厚的伟大民族之中,中华民族的优秀品质如风化雨、潜移默化地滋养着每一个人,当然也包括黄文秀。同时她又有一个达观豁达、勤劳坚毅且乐观风趣的爸爸,我们在为黄文秀而感动的同时,也会被她的父亲而感动。这是一个既脚踏实地又有远大目光的父亲,无论多么贫穷,也不曾失去"朝前走"的信念和希望。当贫穷的大山实在养不活一家人的时候,为了摆脱贫困,他带着全家老小和几只牛羊鸡鸭,离开了巴别山区,来到县城。此时生活无计,还是难以维持一家人生活,面对如此困境,他没有灰心气馁,而是说服当地政府,承包了一块土地,开荒种地,种植杧果。眼见杧果即将挂果之时,病残的妻子一把火烧光他苦心种植了三年的杧果树苗时,他没有丧失"朝前走"的勇气和信念,重新再来。更为可贵的是作为一个有点文化的农民,他是最早认识到"知识改变命运"的人,要让三个孩子念书,让他们走出大山,摆脱贫困,到更广阔的天地里去,这是他一直不曾改变的信念。可是当地的工厂子弟学校根本就不招收外来子弟,为了让孩子读书,他三番五次上门求助,以真诚感动校长,三个孩子终于如愿以偿入学读书。另外,黄爸爸还是一个有情趣的人,他会唱山歌、会做玩具,他珍爱病残的妈妈、孝敬奶奶、关心孩子们的成长,他用几块木板拼成平板车,让两儿女在欢笑声中度过童年。作品描摹的那种穷而快乐、穷而恩爱、穷而温暖、一家人相亲相爱、互助互帮的一个个生活场景,不仅感染着、温暖着我们,同时也对现代家庭教育不无启迪。正因为有了这样的父亲,这样的家庭环境,以及黄文秀入学以后,又有黄红灯那样细致入微、爱心充盈、如父如母的老师,在黄文秀成长的基因中,从来就不缺钙,也不缺爱,善良、坚韧、乐观就是她的精神底色。

正因为有"朝前走"的坚定信念,黄文秀终于实现了父辈的愿望,走出了大山,走进了北京,就读北师大硕士研究生,毕业后又以"朝前走"的精神气度,义无反顾地回到了家乡,回到了那块贫瘠而落后的土地上。这块生她养她的大地,这里有先辈鲜血的浸染,这里有父辈汗水的浇灌,这里有她童年的脚印,这里有她的苦与乐,她的血脉与这里的大山大河连在一起的,她的心是和这里的人民贴在一起的。她回到这里,目的是建设它、改变它。她用年轻的、尚显稚嫩的肩膀担起了驻村第一书记的重任,带领乡亲们坚定地"朝前走",脱贫致富、改变家乡面貌。

书名《一个女孩朝前走》十分贴合这部作品的内容和精神内涵。它以朴实无华的叙述、丰满充盈的内容，勾画了一个女孩的成长之路。人总是要"朝前走"的，"朝前走"才有出路，才有希望，"朝前走"才有生存下去的力量。"朝前走"代表了黄文秀的精神风貌，构成了她独特的精神气韵，"朝前走"是她永远闪耀的刚毅而坚定的身影，"朝前走"是她给我们留下的最宝贵的精神财富。通过这本书，一个立体的、既平凡又高尚的女孩形象已然清晰地、活生生地立在我们的面前。我被她感动，为她"壮志未酬身先死"、过早地献出年轻的、如花青春而惋惜，为她的家庭失去一个好女儿而惋惜，更为百色市乐业县新化镇百坭村失去一个带头人、知心人而惋惜，归根到底为我党失去了一个前途无量的好干部、一位优秀共产党员而惋惜。她就像早春里绽放的花儿一样，只开了一季就夭折了，其实她更像是一缕破晓的朝霞，自带光芒，即便失去了五彩斑斓，也会化作永恒的温暖的力量，永远照耀在我们的心上。

不得不说更令人欣慰的是，今天黄文秀的愿望终于实现了，百色脱贫了，百坭村脱贫了，她的汗水与泪水已化作百姓脸上的笑颜，我想这也是黄文秀最想看到的，最感欣慰的。她年轻的生命永远与苍茫的大山相依，这青山绿水里永远有她一份！

我们期望的是通过《一个女孩朝前走》这本书，从黄文秀身上获得这种"朝前走"的永恒精神，并把这种精神继承下来，弘扬下去，不是"一个女孩朝前走"，而是一群女孩朝前走，是一代又一代男孩、女孩永远朝前走。

（发表于《中国教育报》2022年2月23日）

一部用心又用情之作
——读张忠诚的长篇小说《米罐》

今天当很多作家，包括很多出版社都想在题材上有所创新、有所突破，绞尽脑汁想"写什么"的时候，作家张忠诚却选了个普通的常见题材，然后在"怎么写"上下足功夫，照样拿出了一篇可圈可点的精品之作。作者文笔从容沉稳而又犀利精准，以庖丁解牛式的娴熟技法，深刻剖析了一个残缺的孩子丰富复杂的内心世界；同时又以油画技法，层层叠加、浓墨重彩地塑造了一系列个性鲜明的群像人物。

长篇小说《米罐》反映的是一群普通人的故事，作品的主人公米罐是一个有残疾的孩子，个子矮，长不大，十来岁还像一个小孩子。米罐的童年是灰暗的，卑微的，被同龄孩子欺侮、嫌弃、捉弄。这种屈辱感不只是来自邻家小孩，也来自家人。他和弟弟米典本来是双胞胎兄弟，米典长得又高又大，在留下哪个儿子传宗接代的问题上，在上学的问题上，在名字的问题上，在米典的去与留的问题上，家人厚此薄彼的态度，既在情理之中，又有莫名的、扎心的情感反噬与人性拷问，这样的处境严重影响了米罐的成长。

先天不足，后天不公，米罐强烈地意识到自己是一个异类，逐渐形成了他独特而复杂的个性特征。他敏感、自卑、孤独、胆怯，渴望伙伴，渴望被人接纳。比如，他和一只被主人扔掉的俗称"落渣"的小鹅崽建立起来的那种生死相依、不是兄弟胜似兄弟的关系。作品不只写了米罐悲惨的一面，更多的笔墨是写米罐不甘于命运的摆布，在一种低到尘埃的境遇中，写出了他生而为人之精神的高贵以及不懈的抗争，追求人之尊严的成长过程。

作品的动人之处，在于米罐追求尊严的方式，没有人为地拔高和刻意渲染,而是基于人物个性及内在品性,他是一个孩子,一个男孩子,一个残疾的男孩子,作者很好地把握住了这三个层次。在他的自卑、孤独中刻意凸显了他的执拗、倔强和不甘,他要追求为人之尊严。论体能米罐是无力的、卑微的,但内在精神却是高尚的、不可欺辱不可藐视的。他以他的执拗无声的抗争,让欺负他的孩子们胆怯,从此不再敢欺负他;他以他的倔强执着,改变了家人对他的态度。让爸爸奶奶弟弟姐姐等一应家人,在亲情的基础上,对他又格外多了几分重视、爱护和疼惜;在学戏中,他以聪慧敏学,积极上进,执着痴迷的精神,感动了老师傅,并决定收他为徒;当地方戏曲遇到冲击,生死存亡之际,米罐又以他灵活变通、顺势而为的举动让师父老蔡刮目相看,最终成为地方戏曲文化遗产的继承者。作品以生动的故事情节和真实感人的细节,多层次、多角度、多色彩地塑造了一个真实感人的残疾孩子形象。作品细腻地呈现了一种扭曲成长的姿态,生动而真实,复杂又丰富,是一种扭曲的个性之美。

这种美就表现在作者写尽了小主人公的丰富而复杂的情感,一个小小的人儿时时被不公的命运折磨着,煎熬着,痛苦着,挣扎着,但无论如何都不失底色和初心,那就是善良、坚强和自尊。米罐没有因为人们的歧视、欺辱变得懦弱,也没有因此变得丑陋又丑恶。他的心中没有魔鬼,只有阳光,哪怕是乌云暂时遮蔽了阳光,他也没有就此消沉。他一心想成为一个好孩子,一个有用的人,一个被人瞧得起、有尊严、有作为的人。追求尊严,执拗不屈地向真、向善、向美构成了整个作品的精神底色。

另外,围绕着米罐,作者又精心塑造了一系列人物形象,个个特色鲜明、形象栩栩如生。第一个是米典,也就是米罐的双胞胎兄弟。和米罐形成鲜明对比的是,米罐不长个儿,而米典则长得高高大大。作者在这个人物形象塑造上下了很大功夫,他的心路历程也很清晰。最典型的表现在处理与米罐的兄弟关系上,彰显了米典心胸宽厚有主见、自尊大气又不失细腻善良之本性。因为家贫,他从小被送人,义父老蔡是个唱木偶戏的艺人,很想有这么一个儿子能继承他的技艺,将木偶戏曲传承下去,偏偏米典不喜欢学戏,六岁时就偷偷跑回家。一个身心健康正常的儿子跑回来了,正中他爸的下怀。他的父亲就毁约,有意让米典将来顶门立户,于是让他顶替米罐的学名,占用了米罐的户口和上学的机会。米典坚决不同意父亲的做法,他觉得这样做对哥哥不公平。日常他对个子矮小的哥哥也格外尊重,格外在意哥哥的心理感受,处处当哥哥对待,一口一个"哥"地叫着,处处护着哥哥,帮助哥哥。有一个情节很感人,也就是哥俩去看戏,弟弟让小个子的哥哥骑在自己的脖子上,哪怕累得腰疼脖子痛也心甘情愿。知道哥哥酷爱唱戏,就带着他到老蔡家偷戏,极力促成哥哥跟老蔡学戏。他的宽厚仁义大度,还表现在与养父老蔡的关系上,他没有因为回到自己家,就忘了抚养他长大的老蔡,照样叫爸爸,有两个爸爸。作者着力塑造了一个具有中华民族传统优秀品质的当代少年形象。

　　第二个是父亲,定位也很准,这是一个普通的、善良而又有点传统观念的农村汉子形象。有了米罐这样一个残疾孩子,是他的心病,也是家族的不幸。他有很深的传宗接代观念,执意让健康的二儿子米典顶门立户,对残疾的大儿子米罐感情则比较复杂,既有来自父亲本能的深沉的爱,同时对身体残疾的米罐却也不时流露出失望、遗憾和无奈。可贵的是他从不绝望,临死前还特意给米罐买了一双44码的大鞋,失望但不绝望,这双大鞋别有深意,体现了一位父亲最真实的爱心和期盼。

　　第三个人物是老蔡。这个人物形象把握也很准,首先写出了一个民间艺人内在的精神品质,面对大变革时代,眼见着木偶戏这份宝贵的民间艺术遗产即将消失,他发自内心地着急担忧,千方百计要把这门技艺保留下来,传承下去。正是有像老蔡这样执着的人,我国的很多民族文化遗产才得以保存下来、传承下去,这个人物很有典型意义。他的善良大度还表现在对米典的处理上,本来有约在先的事出了意外,他并不要米家赔偿什么,待米典依然如初,后来又一心一意地带米罐学艺,在米罐的帮助下,在政府的支持下,终于将这份珍贵的文化遗产保留下来并让其焕发了异彩,这个民间艺人的形象也塑造得很好。

　　另外,还有奶奶、姐姐等一应人物着墨不多,个个都在点儿上,一点也没有走形变样、荒腔走板的迹象,体现了一个作家纯熟的艺术功力。

　　读这部作品我有两个感受,一是无论对什么人,卑微如米罐也要予以尊重,尊重他人也是尊重自己。二是在文学创作上的启发,《米罐》的成功再次印证了生活才是最丰富的创作源泉,与其目光向上追求高大上,不如躬身下耕,在执着的艺术追求中,相信每滴汗水都有回报。

  当然这部作品也并非毫无瑕疵,无懈可击,依我陋见,为了追求感人的戏剧化效果,个别情节还是有点用力过猛,略显矫情;其次时代特色再鲜明一些可能会更好。

  (本文系在该作品研讨会上的发言,载于 2022 年 3 月 16 日简书网)

平中出奇，小中见大
——点评《迎来春色换人间》

这是一篇反映当代少年生活的成长小说，题材并不新，而高超的艺术技巧，恰恰表现在怎么在纷繁复杂、司空见惯的日常生活中抓取创作题材，并真实生动地表现出来。

小主人公刘彬喜欢京剧，他好心推荐了朋友余航和自己一起学京剧，没想到朋友变对手，并超越自己拿了大奖，这让人情何以堪。这样的故事简直就是生活的活报剧。但从文学创作的角度来说，作者能够做到平中出奇，小中见大，表现出了很纯熟的艺术功力。

首先从主题来说，这部作品对于孩子们的成长很有教益。我们都知道，人是离不开社会群体的，无论出身贫与富，长得丑与美，智商高与低，能力大与小，人始终都是社会中的一员，集体一分子，每个人都面临着怎么融入集体，怎么与他人相处的问题，这是人生最重要的一大课题。而这个能力不会与生俱来，大多需要后天习得。对于一个孩子来说，阅历有限，身心都在成长之中，当他刚刚摆脱以家为主的爱的小巢，开始进入幼儿园或者学校，在一个全新的集体环境中，开始学习与他人和谐相处，并尽快找到一种恰适的自处方式，这才是他真正迈向人生的第一步。在这个过程中，种种摩擦与冲突时有发生，孩子们正是在与他人的摩擦与冲突中，慢慢学会了解决矛盾处理问题，不断积累经验，提升心智，最终成长成熟起来，这个过程就是一个成长过程。正是从这个角度上看，这部作品很有意义。

回看作品中的刘彬，不正是这样一个自我成长过程吗？他好心好意把好朋友余航引荐给自己的老师，没想到是给自己找了一个强有力的竞争对手,在全国少儿京剧比赛中,本来身段基本功并不扎实的余航搞了一个人声伴奏的阿卡贝拉形式,以巧遮拙,最终获奖,而自己则因为心态不好而名落孙山。一片成人之美的好心,反而给自己带来很大的精神痛苦,而这一切又说不出、道不明。作者对于刘彬的这种负面复杂心态,把握得十分准确,描写也精细到位。最终让刘彬走出困境的是一场突如其来的洪水,大水围困了火车站,在关键时刻,刘彬登台亮嗓,一曲《迎来春色换人间》,声震全场,大大提振了人们的士气,缓和了人们因为灾难带来的恐慌情绪。群众的热烈欢迎和激赏,也一扫盘桓在刘彬胸中多日的阴郁,春色与友谊双双回归。

我认为作者这一笔虽有照搬生活之嫌,倒也有神龙摆尾之功,想想还真没有比这更好的情节了。第一,他凸显了文艺之根本宗旨,就是为人民服务。和得不得奖比起来,在困境之中,能让大众得到鼓舞与宽慰,这比得奖不知要重要多少倍。第二,正是在一个更大、更广阔的舞台上,让刘彬走出了抑郁、狭隘的小天地,打开了心胸,看到了比死盯余航这一个对手更大、更开阔的世界。如果说当初他对老师的教诲还体会不深的话,现实生活恰恰给他上了生动一课,由此他的精神境界上升到了一个更高的层次,要说成长,这才是孩子最大的成长。

那么从写作的角度,这篇作品又给了我们哪些启示和可借鉴之处呢。我以为有两点。一是选材。就题材来说,这篇作品说小也小,说大也大。说它小,是它仅仅抓住了一个小事例,且是日常生活中常见的题材,新意不够。说它大,是因为这个故事本身不仅具有典型意义,更有深广的社会意义。它不仅涉及孩子的成长,如前所说,也涉及一个人的站位和精神境界问题。刘彬站在"小我"上看问题,钻进牛角尖,始终走不出来,自认为干了一件得不偿失的蠢事,因此懊恼悔恨,沉浸在深深的精神痛苦中不能自拔。但是当他一旦摆脱小我,站在一个更高、更大的舞台上,立马云开雾散,心中阴霾一扫而光,变得神清气爽,乐观自信,并重新找回了友谊。同样一件事,站位不同,境界不同,产生的效果也不同。由此可见,精神境界对于一个人来说多么重要,一个具有高远志向、广阔胸怀、眼界深远的人,才是一个快乐而强大的人。

正是从这个意义上来说,这篇作品不仅对于孩子们的精神成长有教益,对于他们的写作也有启发,那就是要善于在缤纷复杂的日常生活中,披沙沥金,撷取最具典型意义的事例,以小见大,方能成就一篇优秀作品。至于怎么披沙沥金,选取最生动最典型的事例,唯一的捷径就是多读、多看、多思,不断提升自己认识社会、感悟人生、认识人生的能力,努力做一个思想通达,心胸开阔的人。

  第二就是技巧问题。这篇作品在艺术技巧上也是很讲究的。首先开篇它就设置了一个悬念,"刘彬从来就没有这么后悔过"。什么事情让他如此后悔,这样的开篇让读者不得不看下去。然后以刘彬的心路为主线,层层叙述,不只是把刘彬和余航之间围绕着学戏与参赛的故事交代得清清楚楚,也把刘彬的心路历程描写得真切而生动,让读者感到一切是那么入情入理,不由将心比心,竟然感同身受!作品的前半部分写得很真实,既符合情理,又自带悬念,故事脉络清晰,情节发展自然流畅、水到渠成,没有人为刻意雕琢的痕迹,可见作者艺术技巧很纯熟,值得我们借鉴学习。第二个悬念就是刘彬比赛失败以后,故事仿佛走进了死胡同,接下来故事怎么发展,刘彬怎么面对余航,又怎么走出痛苦?他们友谊的小船会不会就此倾覆?这一切都是未知数。就在故事看似"山重水复疑无路"之时,由大水围困火车站一场,则迎来了"柳暗花明又一村",不仅收住了故事,给了它一个光明的结局,同时一扫整篇的沉郁灰暗色调,大大提升了这部作品的思想内涵和艺术感染力,真是"迎来春色换人间"啊!

(发表于《东方少年》2022 年第一期)

从一个普通故事看一个民族的精神气质

——读孙卫卫的《装进书包里的秘密》

和孙卫卫认识很多年了,他是一个朴实诚恳、谦恭有礼、纯粹而纯净的人,身上有当今年轻人中少见的古雅之风。常言说"文如其人",孙卫卫的作品也如他本人一般质朴真实、不事雕琢,大巧如拙。他从事创作20多年,一路走来,留下了一行坚实的脚印,形成了独特的孙卫卫式的朴素写实风格。

《装进书包里的秘密》在一个看似常见题材、常见故事中蕴含着做人、做事、育人三大主题,是一部有情感、有温度、有力度,同时也有精神厚度的故事。它塑造了一位在逆境中磨炼、在困境中成长的最美少年姿态,从普通民众身上"体现中华文化精髓",用笔用情"把优秀传统文化的精神标识提炼出来,展示出来",从普通百姓的人生变故、现实生活中透视出一个民族的精神气质。它朴实无华如泥土,纯净甘美如清泉,是一部以真情实感打动人,以质朴本真的情怀感染人,以困境之中积极向上的不屈精神鼓舞人的优秀之作。

这是一部在逆境中成长的感人故事,在姜听棋这个人物形象塑造上,作者倾注了全身心的关爱与情感,他用非常细腻的笔法,从精神到言行,立体化地刻画了姜听棋这个人物。让我们看到的是一个在家庭蒙难之时,在爱与善的光芒中倔强成长的小男子汉形象;他强忍悲痛,试图独自默默承受,不给任何人找麻烦;他要用自己的努力弥补妈妈不在家这个空白,照顾好弟弟,看好家;他要守护妈妈,守护这个家,不允许任何人再给这个家制造麻烦,带来伤害。这部作品给当代孩子的最大教益,就是苦难中的逆势成长。

关于成长这个主题已经有相当多的评论,我想要说的是另外一层意思。小说说到底是写人情世故,这部作品也如此。面对突如其来的灾祸,一众人的所作所为中，蕴含着很多做人、做事的道理，从中又可反射、透视出我们中华民族的独特精神气质，具有很重要的社会意义。

首先是爱与善。作者很好地把握住了这最重要的一点，即人性中最朴素、最本真的东西就是爱与善。在灾祸苦难的黑土地上，爱与善不屈不挠地倔强生长，是最美的生命姿态，由爱与善并蒂开放的人性之花也是世上最美、最绚烂、最璀璨、最耀眼之花，这部作品处处散发着爱与善的光华。

姜听棋一家是善良的，充满爱心的。父仁母慈子孝，亲情浓厚。父母勤劳本分、怀揣梦想，从农村进城打工，最现实的追求是在城里买个房子，过上安稳日子。突如其来，祸从天降，妈妈为了救一个小男孩，身负重伤，被压断了双腿，买房梦想变得遥遥无期。面对如此大的灾难，父母表现出来的是善良朴实、忠厚宽和，急归急，痛归痛，难归难，但他们不怨不悔不恨，拒绝额外的财与名，也不要被救男孩家的补偿，"好像收了钱就玷污了救人的初衷"。被救男孩一家也是朴实善良的，作品对小男孩父亲着墨不多，把这个人的尴尬处境、复杂心态写得精准到位。自己的孩子躲过一劫，却让一位素不相识的好人被撞成重伤，情何以堪，心何以安！面对救命之恩无以回报，只想多给点钱，这是一个善良的普通人唯一能做到的。另外，几位老师的形象塑造很到位，尤其是袁老师，这个人物差不多是以"完人"形象示人的，朴实善良、智慧超然，可说是姜听棋的人生导师。还有爸爸的初中同学郑红倾情相助，善良、自省、善解人意。

总之，这部作品不只是写成长，也不只是塑造了姜听棋这一个人物形象，而是塑造了一群好人，一群有血有肉、有情有义的良善之人。他们是社会的脊梁，也是社会稳定的基石。无数质朴良善的小人物构成了一个和谐友爱的社会生态，围绕着姜家妈妈出车祸这件事所反射出的爱与善之光，始终柔和地散发着人性的光辉，并伴随滋养着小主人公的成长。

第二是朴素的精神、平实的力量。这是一部以苦难故事为主体的作品，从头到尾却散发着一种平静柔和之光。不卖惨煽情、不焦灼躁动、不愤世嫉俗、也不怨天尤人，凸显了中华民族内敛、沉静、大度、刚毅、处变不惊的民族性格。其实我们普通百姓中的大多数人都是安分守己不折腾，有德守正，喜欢过一种安稳平顺、知足常乐的日子，姜听棋一家是这样，图书馆的袁老师也是这样的人。没事不找事,有事不怕事,时时处处想着别人,己所不欲勿施于人,待人处事怀有同理心、同情心,这是典型的中国人性格。小小年纪的姜听棋也初具这样的气质。妈妈出事了,他没有呼天抢地,而是默默压下,独自承担。周边的人也都以同理心相处,为他人着想,众人身上自然流露出的纯朴、平实的天性,正是两千多年传统文化的遗产,它一直滋养着中华民族传统文化精神,也是社会和谐的基础,让作品读来既有温度又有力度。

二是言行得体,进退有度。我国是礼仪之邦,我认为最大的礼节是得体。话该怎么说,事儿该怎么做,进退有度不越矩,既要保全自己的自尊,也要顾及别人的感受,这是一种修养。现在很多家长只注重孩子的智商培养,不注重情商是不对的,成就一个人最重要的是情商,是会为人处世,做事先做人。孙卫卫本身就是一个知书达礼的,全面细致,与人为善的人,他把这种精神气质自然带入到作品中。故事中的人物都是普通人,每个人身上又都有令人敬重之处,小小年纪的姜听棋也非常懂事成熟。比如,出事以后,姜听棋开始瞒着大家,但对好朋友该不该说,他很纠结。纠结即用心,就是在乎别人的感受。袁老师也是如此,他本来已经知道姜家出事了,但姜听棋不说,他也不好直接问,就旁敲侧击,又是书法借名言以明志,又是讲自己失子之痛,还早早地就为他收集整理好照顾病人的资料。最典型的是郑红,她是爸爸的初中同学、初恋情人,开始时她热情过度,很难说与情感无关。在与姜听棋本人及其家人相处的过程中,由不理智到将心比心,理性平复自己的情感波澜,把自己放在一个恰适的位置上,说明根子上她是一个本分人、善良之人。

总之,这部作品以润物细无声的方式,教给我们很多做人做事的道理。对于正在成长中的孩子,有很多堪称教科书式的情节和细节,值得细细品味,认真揣摩。可以说这是中国传统文化根基上的一朵盛开的小花,带着并不耀眼的自然朴素之光,却可以一个点一个点地悄然点亮少年的心智。

最后不得不说的是作者的白描手法运用得十分纯熟老到,人物形象塑造精准到位。人物的言谈举止、情感心境能够与其身份地位完全匹配。什么人在什么情境下说什么话,做什么事,作者拿捏得非常到位。比如,妈妈从多日昏迷中醒过来,首先是找孩子,看到两个儿子站在身边,"她是幸福的,好像走失了好久的不是她自己,而是孩子们一样"。寥寥数语使一个舍身忘我、爱子如命的母亲形象跃然纸上。比如，爸爸被孩子误解，情急之下，他说"我可是当过兵的人"，一句话，把这个人物的精神境界就凸显出来了。他就用白描这种传统手法，塑造了数位栩栩如生的群组人物，并以普通小人物构成了一组生动感人的精神图谱。

（本文系 2022 年 5 月 30 日在该作品线上研讨会上的发言）

追摹人象和谐相处的美丽图画

《拥抱大象》（晨光出版社出版）是人称"西部动物小说之王"刘虎的一部新作。这部作品保持了作者作品一贯的品质和风格，硬朗中不乏温情，开阔中有细腻，雄浑中见绵长，思想厚重并不碍故事生动，人与动物同量平等，在小说中那都叫"人物"，都会被细致刻画。这部作品，围绕大自然中人与象的关系展开解读，提出思考：人们是把大象都从自己身边赶走能活得更好，还是人象共存能活得更好？显然作者的主张是"拥抱大象"。既然是拥抱，那必定就是朋友，只有生发了友好的意愿，才有朋友式的拥抱。

刘虎写这部作品早有构思，而真正写就的契机是2021年云南西双版纳的大象北上事件。这是一起很轰动的事件，牵扯着国内外亿万人的心。大象为什么北上？是在当地生活不适，缺少食物，还是受了其他干扰，要另觅生存之地。大象是有灵性的动物，大象北上是不是预示着某种即将到来的大灾大难？大象北上，是不是远方有什么东西在呼唤？人们的种种猜测中，暗含的是深深的自责、自愧、自省。大象北上事件进一步激发了人性中的爱与善，进一步加强了人类的环保意识，为了安抚自己的愧疚之心，更为了不再让这群"离家出走"的大象受到伤害，人们一路观察研究，一路保驾护航，沿途开辟大象通道，引导大象南归，一路投喂食物。人们通过遥感卫星、无人机、通信网络等高科技手段，实时直播大象的动态，一时间成为最热门的资讯，吸引了全球的目光。一群大象在彩云之南这块大秀场上美美地"秀"了一圈之后，最终安然返回传统栖息地，人们终于长长地舒了一口气。可是由此引发的生态思考并未就此打住，而是更加深入人心，关注生态的人越来越多，这不能不说是一件好事,现实比任何说教都更有力量。

于是就有了好几部以此为题材的儿童文学作品,《拥抱大象》是其中最为引人注目的一部。这部作品生动地展示了文学的独特魅力。与直观的画面相比,文字更自由、更深入、更有想象力,因而也更深刻、更入心、更有力量。这部作品不局限于前不久大家熟知的大象北上,而是通过细腻感人的笔触,生动描述了三代人和三代象的恩怨故事,写透了大象的过去、现在与未来。

作者虚构了一处叫澜掌箐的地方,是西双版纳傣族人的聚居地,澜掌箐意为"百万大象山谷",在古代人象混居,傣家人对大象很友善,奉大象为神灵。大象是人类的朋友,不仅是人类劳作时的壮劳力,帮助人类搬动木材、耕种,当外敌来犯时,大象还是勇猛的战士,是人类冲锋陷阵时的坐骑。在西双版纳有关大象的图腾随处可见,有关大象的民间故事和神话传说更是不胜枚举。可是近百年来,人类开始砍伐热带雨林,不断入侵大象赖以生存之地,甚至开始捕捉大象,倒卖象牙,大象的生存环境越来越恶劣,人与大象的关系也越来越紧张。大象是一种有灵性的动物,它们十分记仇,面对人类的攻击与杀害,大象开始了疯狂的报复,它们毁坏庄稼、捣毁竹楼,甚至让人致死致伤。人象之战开始了!那时故事里的傣家人第二代岩温、玉燕还小,也就七八岁的样子,他们亲历了一场惊心动魄的人象之战。作者以直述的方法,用生动的文字再现了这场跌宕起伏的人象大战。从"听到山谷里传来一声山崩地裂式的吼叫",到"看到从茂密的丛林中露出大象浑圆、饱满、充满张力的团块""巨大宽阔的脊背像山体样向上隆起,好像两个地壳板块之间发生碰撞,草木退缩,群山崩溃"。大象正无声地靠近竹楼,它们迈着沉稳、从容的步态,"以一种诡异的轻灵",一步一步迎面走来,在那一刻空气仿佛被压缩了、凝滞了,大象神一样、鬼魅一样的攻击开始了……

《拥抱大象》中,有很多精彩场面描写象群的进攻,人类且战且退的无奈,以及更无奈地面对陷入险境的大象,人类还要设法抢救。这不是血腥对阵的敌我厮杀,而是带着一种复杂情感的和解,仿佛在说:"天神呀,我是不该伤害你、招惹你,求求你,快点走吧,饶过我和孩子们吧!"作者把人象之间这种对峙与回避、冲突与救助写得入情入理,令人深思。而在写象与象之战时,则用的是另外一种写法,特别是公象之间的争斗,那才是惊心动魄、你死我活的王者争霸赛。热血、激情,充满雄性的无所畏惧、永不言败的英雄主义气概。大自然真的会教给我们很多,我们能从艾恒竜、秃尾巴、左断牙、艾冒、美人鱼、棍弄等大象身上学到很多很多优秀品格,也能从花刀身上看到与人类相似的悲哀,从短牙、巨耳身上看到环境问题给大象造成的困境。

相比之下,人类则要狡猾得多,总有一些阴损之人,想出一些阴损之招,对大象造成了无法原谅的伤害。大象终于退了,一走就是十年,十年后又卷土重来。人象再次相遇,三代人、三代象,能从此和谐相处,各自平安吗?

这样的局面是由新一代傣家人创建起来的。本书的小主人公玉罕诺、岩宝姐弟俩回到西双版纳的舅舅岩温家过暑假,正值大象北上事件吸引无数人目光之时,玉罕诺喜爱的网络主播要来西双版纳做野生亚洲象直播。玉罕诺姐弟刚经历了一场竹楼人象冲突,又与依小萌一行再度遇见了那群象。在大象的追赶下,正在直播的依小萌吓得屁滚尿流,连手机都跑丢了,这网红主播的偶像级男友在危难之际撇下女友独自逃跑,深刻地讽刺了风靡当下的流量为王的明星文化。我想这也许是作者的亲身经历吧?记得去年 7 月份,我们在武夷山相见,他的胳膊还用吊带吊着呢,说是去云南看大象受了伤。我想正因为有了那次有惊无险的真实经历,所以他的文字现场感才会那么强,那么引人入胜。

那么人象和谐、互相信任的局面是靠什么建立起来的呢? 是两个小孩儿,一个是心地善良的人类小孩岩宝,一个是刚刚出生的大象孩子蹄兔。隔窗四目相对,"他们本能地想互相躲闪,却又被强烈的好奇心吸引着,目光如同两朵碰在一起的火焰,谁也舍不得离开。岩宝傻傻地笑了一下,小象居然举起鼻子,张开嘴,仿佛回了一个微笑。"作者这样的安排,并非信手拈来,实在是匠心独运,别有深意。孩子是最纯净的,防人之心、害人之心皆无,然而孩子又是最有力量的。当两股纯净之力合而为一,那才是真正的不可战胜的纯净和美之力。人象相视一笑,展示的是两种生物的自然相逢,那才是我们大家都期望见到的最美图景。

你人畜无害,我也人畜无害,你信任我,我也信任你,我们彼此之间是无须防范的好朋友。言外之意,人类不要老把自己看得高人一等,凌驾于其他生物之上，想要平安，就要放下身段，真正恢复到万物平等境界上来，人与象之间的百年争斗才可能休战，人与象回归到和谐相处的状态。

　　这部小说还隐藏了多个"科学密码"。两头分别叫美人鱼和蹄兔的大象，其实是暗指大象在海洋中和陆地上的两个近亲，那是大象进化史上的两个谜团。再有，象群通过次声波获得远方同类的消息，这是目前大象研究的前沿。这些科学密码，显示了刘虎作为一个工程师作家的思维特点。一部优秀的文学作品，其实也是一部生动形象的教科书，回望历史，走进当下，人象相安，互不侵犯，是人类的愿望，说不定也是大象的期盼，只是这些家伙不会说人话。其实人类的好心它们全懂，不然它们怎么就乖乖地顺着人类开辟的大象通道安然回家了呢？

（发表于《云南日报》2022年5月20日）

推窗开门，一个新奇世界扑面而来
——读湘女的新作《勐宝小象》

这是一部近年来所见不多的真正具有童心童趣的作品。

这几年国家大事多、要事多，比如，建党100周年、"一带一路"、脱贫攻坚、国外维和，再往前还有抗日战争胜利纪念日、反法西斯战争纪念日等等。儿童文学不甘落伍，不甘缺席，当然也不应当缺席，这些年出现了一大批反映重大题材、内容丰富、内涵深厚的作品。但凡事多有两面性，相比之下，真正贴近孩子生活，有童心童趣、轻灵轻快的作品比较少了。也许有，只是因为整个文学界、出版界的关注点不在这些作品上面，即使出版了，也很难进入高层视野。比如，像今天这样为一部真正的儿童读物开一个这么大规模研讨会。我们可以回想一下，我们研讨的哪一部长篇小说，不都是贴上大主题的厚重之作。任何事情不能从一个极端走向另一个极端，更不能舍本求末，忘了根本。儿童文学不是不能反映大主题，而是不能忘了大主题也是有根的，它是寄生在儿童与文学这个根本上。首先它是文学的、艺术的，其次它是为儿童的文学的。很多作品不能很好地兼顾儿童和文学，不是忽略了儿童，就是忽略了文学，这两年读到好作品真的不多。有几部有影响的作品或者说获奖作品，却不是写我们这个时代的，属于回望童年的，离当代孩子生活很远，相对来说，反映当代孩子现实生活的作品，在黄金十年还是白银时代都是不够的。有很多作品，很真实但不典型。

湘女的这部作品立足当下，近在眼前。我最欣赏的是它的童心童趣。读这部作品，有一种推窗开门，一股清新之气扑面而来的感觉。

首先是云南独特的热带雨林生活气息扑面而来。湘女擅长写散文，这部作品是用散文笔法写小说，尤其是作品的前半部分，她对曼栋寨周围环境的描写，勐巴拉热带雨林生态层次的描写，从乔木、灌木、藤本层、地衣苔藓……树有多种，花草有百态，单是一个绿色就有若干个不同层次的绿，还有森林里的气息，香气也有若干种。插根小棍就真的长出一棵菩提树，叶子尖细而长地长着"滴水线"，这样细腻的，形、色、味俱全的生动描述，一下子就把读者带进现场。特别是对生活在大城市里的孩子，无疑打开了一个新奇的世界。

第二个就是人与动物、植物和谐共生的世界。更新奇的是小蛮与城市孩子迥然不同的生活，他常随拉勐爷爷进山，写小蛮和拉勐大爹救助小象，以及与小象在一起的生活故事，小象和孩子们一起洗澡，一起嬉戏玩耍，小象和小蛮一起去上学，老师推也推不动，赶也赶不走，放学了小象背上驮着好几个五颜六色的书包。小象是保护动物，小象和人类生活在一起，也制造了很多让人哭笑不得、无奈而又趣味横生的故事，比如，在水田里打滚，和人一起摘茶叶、在玉米地里尽情地吃尽情地玩。它不光自己吃，还招来很多其他动物，猴子、熊、野猪、野牛、鹿和刺猬、果子狸等等很多鸟兽，反正有政府补贴托底。

第三有一个简单而入情入理的故事。这是一个单线条故事，主线就是小蛮及拉勐大爹与小象的故事，发现小象、救勐宝、养象、送象回归大自然，招来象群、保护象群、象群迁移、寻象、象群回归。故事很简单，为什么读起来不觉得简单，只觉得新奇好玩？我觉得就是因为她的文笔，刘海栖曾说过，故事要有毛茸茸的感觉，这部作品正是因为作者熟悉生活，熟悉当地多民族聚居地的生活及习俗，熟悉热带雨林生态，有丰富的生活垫底，再加上生动而细腻描述，不是孤零零地编一个故事，故事主线是埋在生活里的，所以读来不觉得简单突兀。

对于矛盾对立面开怪味烧烤店的老板岩蚌，他也没有脸谱化，这个人物是很有喜感的丑角，在他眼里，一绿就是菜，一动就是肉，贪吃又狡猾，满脑子发财梦。比如，他在大森林里找到了七棵"香的包"香料，一心想挖下来自己种植，这种挖的描写是带有儿童情趣的。还有他遇到小象，完全是两种情绪，他很怕，想尽快把小象赶走，而小象不懂他的心思，还以为岩蚌是和它玩,用鼻子拱他、坐在他身上,后来招来了其他的大象把他抽进水里,顺流而下,眼见就要跌下断崖,是小象用鼻子把他救上来。这些描写,都是从儿童出发,自带滑稽的喜感和漫画感。

总之,这是一部回归儿童本位的故事,从内容到文字都是轻灵的、明快的、好玩的。其实也不同于湘女以往的作品风格,以前她的作品还是比较有文艺范的,这篇完全是"写儿童、为儿童"的。

(本文系 2020 年 4 月 10 日在该作品线上研讨会上的发言)

《使者》：一部具有开拓意义的启迪之作

张剑彬先生的这部作品有点出人意料，从书名上看不出来要写什么内容，没想到有人会从共青团的角度写一群孩子觉悟、觉醒以后走上反封建、反压迫之路。它丰富了儿童文学题材，拓展了儿童文学边界，是一部题材新颖、内容新颖、艺术手法新颖的作品，具有很重要的社会意义、政治意义和文学意义。

从文学创作的角度，我认为是一部具有开拓意义的启迪之作，它启发了我们，提醒我们，要进一步开阔视野，将生活的无限延展性、创作的广袤性、艺术上的探索与课题的创新性，更加清晰地摆上创作者的面前，要进一步打开儿童文学的边界，写出更多更优秀的作品。

在我们还是孩子的时候，如果有人问我，今天的幸福生活是谁给的？我会毫不犹豫地回答：共产党，毛主席。如果问今天的孩子同样的问题，十之八九的孩子会说：是我爸我妈，是我爸妈挣钱养活了我，给了我幸福生活。这两种回答哪个对呢？我认为都对，这就是不同的教育带来不同的结果。我出生在20世纪50年代，新中国刚刚诞生不久，我们的祖辈父辈刚刚从艰难困苦、暗无天日的旧社会走来，开始当家做主人，他们从心底深处感谢共产党，感谢毛主席。我们从小所受的教育就是感恩教育，感谢党和毛主席，同时也感恩父母。我们从小就接受这种革命传统教育，从社会大环境中耳濡目染是一方面，另外，从课本到课外读物，也有大量这样的内容。而今天这样的读物很少见，这样的教育也是缺失的。应该不应该给孩子们这种教育，帮助他们补上这一课，在他们人生观、世界观、价值观的形成阶段给他们加点钙，显然是需要的。《使者》这部作品的稀缺性就让这部作品有了很重要的社会意义和文学意义。

另外，这部作品以共青团的历史为背景，恰逢今年建团100周年，国家举行了隆重的纪念会议，特别是在疫情期间，各种会议都停办的情况下，还是在人民大会堂举办了这样的会议，习总书记出席并做了重要讲话，怎么想这件事也不同寻常，意义重大。这部作品是向建团100周年献礼之作，重现1926年建团初期一批共青团员的奋斗与成长，站位高，政治意义强。

但是无论多么高的站位，有多么重要的社会意义和政治意义，作为一部文学作品最终都要落脚到文学上来。和我们小时候读过的同类题材相比，这部作品在艺术上是天壤之别，它摆脱了浅薄的"儿童故事"的窠臼，更不要说突破概念化、脸谱化，这个我们儿童文学也早就破除了，卢振中、张品成、黄蓓佳、李东华、左眩、谷应等一批作家，在近几年都创作过可圈可点的革命战争题材优秀儿童文学作品，把这部作品放在这一批作品中，也毫不逊色，也有其独特之处。

第一个是内容扎心令人动容。日和纱厂缫丝车间孩子们的包身工生活，在非人的环境中做着超极限的艰苦劳动，饱受工头的虐待，让人泪目。这段生活作者写得非常真实细腻饱满。这段生活仅是主要故事的铺垫，正因为写好了这段生活，后面春来和几个大人运送武器到上海支援上海工人起义，到童工聚集的缫丝厂唤醒这批儿童起来和工头斗争才更入情入理。也就是读者会很认可他们的行为，不这样不足以平复内心的悲愤。

第二个就是故事波澜起伏，节奏快，符合少年儿童的阅读心理。他们在运送这批武器的时候，险象环生，一波未平一波又起。敌强我弱，又能绝处逢生就特别能出戏。作者把这一技巧运用得很娴熟。故事好看，一气呵成，不忍释卷。

第三个就是人物鲜活，小主人公春来机智勇敢，每每到生死关头，他总能想出克敌制胜的办法来，他的办法又没有突破孩子的能力、智力范围，同时与大人的配合天衣无缝，也就是孩子不是高大全的，智力能力超成年人的，这是与过去作品不同之处。不一味拔高，真实可信。比如，听到日本人要英国证明，冒充给外国人进货，到附近的小学里找邹先生搞了一套假证明。

又摸透屠大疤怕日本人的心理,觉得这样可行,不妨一试。不会打枪,不会用手榴弹,但知道用枪和手榴弹吓唬敌人。还有顺着一根杆子爬墙,这都是孩子式的。

写活的不只是小主人公,还有他的妹妹苇叶,几个成年人也写得很到位,邹先生,牺牲的郑先生,还有几个胆小的农民,他们的转变也写得很真实。

第四是语言,通俗浅显又不失文采。环境描写功力很好,日和纱厂车间的描写,自然环境的描写都很好,很到位。

多重因素奠定了这部作品在儿童文学作品中必然会占一席之地,引起大家的关注和一致好评。很难得。但名字是不是大了些,空泛了些,往主题出版上靠的意识太明显了,凡事都有度,有度有节才好。

(本文系 2022 年 5 月 21 日在该作品线上研讨会上的发言)

让石油精神代代相传
——读于潇湉的《冷湖上的拥抱》

长江少年儿童出版社最新出版的于潇湉的长篇小说《冷湖上的拥抱》，站在新时代少年的视角下，走进油田，走近前辈，在回溯峥嵘岁月的同时，真实展示了当今石油人的现实生活，生动表现了祖辈的精神、父辈的奋斗和新一代的共情，再现了三代石油人的精神风貌，有深度、有力度、有温度，是一部在当代儿童文学作品中很少见的独特书写，也是一部向我国石油人致敬之作。

读这部作品，耳畔总是不由回响起那首久违的《石油工人之歌》，那激情饱满、铿锵有力的旋律一下子就把人带回到了那个豪迈的、激情燃烧的岁月里，我们这代人和这种精神是共情的，可以说，我们那代人都是听着这首歌，在大庆精神的熏陶下成长起来，那是我们这代人的共同记忆。那种忘我的、天不怕地不怕的大无畏精神，曾经是共和国一代人共同的精神气质。

读这部书，非常喜欢作品中的爷爷孟青山这个人物，他就是当年的令人羡慕、颇为自豪的石油工人。现在老了，脑子时而清楚时而糊涂，但当年的英雄气概还在，当年奋勇当先的忘我精神还在，当年的豪气还在，他对油田、对人的真情一点都没变。作者把他塑造成了一个纯粹、率真、真诚、质朴、可敬可爱的人物形象。如果说开始还有他因痴呆而带来的喜感，比如，他把孙女认成老伴，把驼队赶进学校自以为是向油田进发等令人哭笑不得的事情。越往后，随着故事情节的展开，这个人物越深沉、越厚重、越震撼、越令人感动。其实他的痴呆里就隐藏着一份深沉的情感。到老年之后，他可以忘掉很多很多事情，但唯一忘不掉的是过去的人和事情，他一直生活在过去的年代里，变得很纯净，很纯粹。他对石油的爱，是一种最深沉、最纯粹的爱，是渗透在骨子里、流淌在血液里的东西，到死也不会丢、不会变的东西。正是从爷爷这个人物身上，我们看到了人性中最真挚、最善良、最纯净、最美好的品质，那就是爱国奉献。

另外，借助这样一个人物，再现了我国石油发展的辉煌历史，回溯了一个个感人而悲壮的故事。新中国成立之初，我们是在一穷二白的情况下，在天当被地当床的无比艰难环境中，在寸草不生的茫茫戈壁、在海拔两三千米常年积雪的高原高山上，勘探打井采石油。他们以超乎常人的献身精神，留下了一个个感人而悲壮的故事。在"南八仙"这一章，呈现了一个女孩的日记，真实再现了当年"女子勘探队"的生活。19位来自全国不同地区的年轻姑娘们，是如何在缺水少粮、黄沙四起的茫茫戈壁上勘察油气田，其中两个不足20岁的女孩因为在风暴中迷路而献身。她们没有享受过人间的任何美好，甚至连一场恋爱都没有谈过。其实为石油献身的何止这几位姑娘，还有让爷爷念念不忘、并深深自责的肖缠枝。这部作品不是重塑而是再现了当年石油工人的光辉形象，这些人物就是那一代人的典型代表。

其实为了让国家早日摘掉贫油的帽子，有成千上万的人为石油事业献出了宝贵的生命，他们真是献了青春献生命，献了自身献子孙，在我国工业化、现代化的发展史上，石油战线是有重重一笔的，浓墨重彩怎么书写也不为过。这段历史，这些故事应该让当代孩子知道，让他们了解，从这点上讲，创作出版这部作品非常有现实意义。

这部作品不只展现了祖辈的精神，同时也真实呈现了当今石油战线一代人的奋斗，让我们看到了平时少见的石油人当下的生活样貌。这部作品选取的是从甘肃敦煌一直到青海，从祁连山到昆仑山这片人烟稀少的地区，作品还原了沙漠、戈壁、高原和雪山。最后出事的那口井是在海拔3000多米的高山上。今日油田不同当年油田，父辈石油人的生活与祖辈油田人的生活也不可同日而语。今日路平车多，有了高原氧吧，喝水、吃菜再不成问题，人们的环保意识也显著提高，自然环境也大大改善，各种野生小动物也敢经常出没在人类居住的地方。另外，科学技术和管理水平都有很大提高，比如，出了一般事故有专业的井下救援队来处理,可以说今非昔比。但是石油工人依然是一个艰苦而危险的职业。作品在最后部分写到的"溢流事故"导致的井喷和有毒气体扩散还是非常惊心动魄。从杜亦茗爸爸和余君影爸爸身上,我们依然能清晰地感受到当年石油工人精神的传承,不怕艰难、奋勇当先,关键时刻敢于舍生忘死、不怕牺牲,这种大无畏的精神丝毫没有改变。

这部作品还有难得一笔,那就是冷湖,那是父辈们成长的地方,现在是采空区,当那个残败不堪的曾经的"家",呈现在人们面前时,还是让人心头一震,不只是曾在这里生活过、玩耍过、留下童年痕迹的爸爸,就连我们读者也感慨不已,不由想起当年歌曲里唱的:"头顶天山鹅毛雪,脚踩戈壁万里沙,天不怕地不怕,风雪雷电任由它,我为祖国献石油,哪里有石油哪里就是我的家。"石油工人当今还是追着油田走,四海为家。舍小家为国家。

说起石油我们这代人是很容易共情的,最值得关切的是新时代的少年儿童能不能共情,作品通过小主人公孟海云这个人物,真实而细腻地描画了一个孩子的成长。这是一个家境背景比较复杂的孩子,当年身为油田子弟的爸爸就是在走与留的问题上,选择了先走后留,他通过升学走出戈壁、走出了油田,并且在外省结婚生子,本可以一辈子不回油田,但是他的根在油田,他的父母都在油田,他没法割舍对家乡、对家人的那份感情,又回到油田。对此身为外地人的妻子并不理解,最终两人离婚,妻子带着女儿孟海云即本作品的主人公生活在海南,他回老家后娶了肖缠枝的女儿为妻,又生了儿子,这样的结局也算是桥归桥、路归路,各得其所。然而事情的变局是因前妻出车祸去世,女儿没有与姥姥相依为命,寻亲来到油田。眼前是一个完全陌生的世界,家里家外、校内校外都有种种的不恰适,她对油田也没有那份割舍不断的情怀,她抱着待一时算一时,不行就回海南找姥姥的心态,开始了在油田的生活。其实在对油田的认知上,这个孩子是有代表性的,如今,我们还有多少孩子知道油田,还有多少孩子能接受今天油田相对艰苦的生活及荒凉得动不动就来场沙尘暴的自然环境?还有多少孩子能认同爷爷那辈石油人的价值观和人生观?诗有诗眼,文有文道,作品的"穴位"就在此。在这样一个生活环境陌生而艰苦、传统精神富足的地方,一个孩子怎样成长?她的精神归宿又在何处?

作品对于孟海云的转变与成长写得还是比较好的，尤其是前半部分，对于女孩的心理、情感、行为写得很丰富细腻，后部略微显紧，再补充一些细节会更好。应该说孟海云是幸运的，她一进入到新学校，就结识了两个女孩，一个是班长杜亦茗，这是一个落落大方、懂事明理、成熟稳重的当地石油子弟，另一个是长得帅气、性格直爽、行事洒脱、为人正直、重情重义的假小子一样的余君影。作品对这三个女孩的刻画比较到位，写出了她们不同的家庭背景、写出了她们的个性。可以说同学间的友情，是她决定爱上油田和油田人，精神升华很重要的一笔。而对她影响最大、情感最深的无疑是爷爷，在继母家，半痴半呆的爷爷是她的保护神，也是她的情感港湾，正是从爷爷身上，从她们带着爷爷上油田的一路见闻中，她改变了立场，精神得到滋养、情感得到升华，不仅认可了油田，同时也接受了这个新家，消弭了与爸爸、与继母之间的情感嫌隙，她与爸爸和继母在冷湖上的拥抱，其实是对新家、对油田全身心的接纳。她终于从自我纠结、犹豫不定、谨小慎微、自负而又自卑的复杂精神状态中解脱出来，终于明确了自我人生定向，迎来了明快而清朗的新生活。这不能不说是一种成长与情感升华。这个孩子给予当代读者的教育和启迪还是非常大的。

一部优秀的好作品，总是能给人以感动和启迪的，这部作品从人物到故事都能给予我们很大的教益。更难能可贵的是还会有一份别样的额外收获，那就是走进大西北，走进了一个以石油为主导的小社会以及与石油勘探与开采有关的小知识，愿你读有心得，学有收获。

（本文系 2022 年 3 月 19 日在该作品线上研讨会上的发言）

走近大兴安岭那片老林子
——读薛涛的新作《桦皮船》

薛涛的这部作品很有意义,它把少年读者的视野引向了荒野山林。对于远离大自然、从小在城市里长大的孩子来说,这样的作品是有吸引力的,它打开了一扇窗,迎来了一个清新的、充满原始自然味道的新天地,让孩子们的视野得以拓展,这是一场真正的文学漂流,走向大东北,走向大自然。读这样的书,是一种认知上的补充,也是一种精神享受,对少年儿童的成长是有好处的。就像作品的小主人公乌日一样,学会与山林共舞,与动物共生,从而树立起一个积极健康的自然生态观和世界观,这当然很重要。除此以外,重温鄂伦春人的生活,在大自然中,磨炼意志,学会更多的生存本领,从一个胆小孱弱、除了读书别的什么也不太会做的城里娃,变成一个大胆、自信、坚韧,甚至有点粗糙、生猛、具有阳刚之气的真正男子汉,这是乌日爷爷托布那一辈人的期望,也是当代城市少年要为之努力的方向。要从这个意义上讲,《桦皮船》真的会带来不一样的阅读体验。

这部作品通过一个鄂伦春少年的视点,真实呈现了当代东北的人文生态和自然生态。作者笔下的那山、那水、那林子绿意盎然、蓬勃生机而有魅力,那人、那马、那狗、那狍子都有情,人与动物惺惺相惜,人离不开动物,动物也离不开人,二者共生共存,这种原始的自然生存状态,在今天只可想象而不可企及,在现代化进程飞速发展的今天,如果要找一块纯净之地、纯粹之人心,唯有到十八里站去找乌日的爷爷托布了。

首先要说这部作品生动地反映了东北大兴安岭林区人的真实生活和真实情感,那就是对那山那水那林子的依恋,还有与他们相依为命、共生共存的狗和马。最典型的有两个人,一个是乌日的爷爷托布,一个是乌日在火车上偶遇的李阿哈。托布是一位鄂伦春族老猎手,多年禁猎,猎手已经变成了护林人。但他的老手艺还在,他对山林的那份依恋就是一个人对故土的依恋,这是一生一世也改变不了的,当儿子让他来沈阳带孙子的时候,他亲手做了一条通体洁白的桦皮船,背到了沈阳。桦皮船是一个具有象征意义的道具,它承载的是一个鄂伦春人的命运、情感和生活。在呼玛河上乘坐着桦皮船打鱼、狩猎,那就是他们的生存方式。鄂伦春人的生活是和山林、和桦树皮连在一起的,就像南方人离不开竹子,鄂伦春人也能用桦树皮做出各种各样的器皿,从吃饭的盆与碗,到背粮背米的篓子,囤粮的粮仓,当然还有桦皮船,他们要在呼玛河上狩猎、捕鱼,垂钓一串串首尾相连的柳根鱼。这是祖祖辈辈延续下来的生存技艺,这种生存方式也锻造了鄂伦春人的独特个性。托布也希望他的孙子走近那生活,所以他带来了桦皮船,并且教孙子学习鄂伦春语。他觉得生活在城里的孙子不是他想要的样子,他太胆小了,也不会驾船捕鱼,那怎么行?他想按他的方式来教育孙子,写不写作业无所谓,"那不过是磨性子的事情"。不过很快托布就发现他那一套行不通,在城里他就是个另类,是一道不一样的风景。他的宝贝桦皮船也完全失去了本来的意义,只不过是一个稀奇的小孩子玩意罢了。这是时代的变迁,也是鄂伦春人的无奈。但固执的老人的心中一刻也没离开这条船,一刻也没忘记他生于斯、长于斯的那片林子,还有他位于高山上的"撮罗子",因此给他的孙子起名字叫"乌日",在鄂伦春语里那就是山的意思。他随时随地都想离开这座城市,回到山林里去。所以当徒弟打电话来告诉他一场洪水冲垮了马厩,他的马儿红9跑了,老狗阿哈也病了,托布一刻也没犹豫就直奔了火车站。对于这个老人的情感举止作品写得非常真实生动,"在沈阳,托布是匹老马,步履蹒跚地熬日子。一下火车,走进森林,托布就变成一头活力四射的鹿。现在托布又回到河中,又变成一条活蹦乱跳的鱼"。

第二个人是乌日在火车上遇到的李阿哈,这个人和托布不同,这是一个走出山林闯荡世界的"生意"人。走出林子,也依然是靠山吃山、靠林子吃林子,做着一份说不出口的"生意"。但是他的内心和托布是一样的,也对山林充满了怀念和深深的情感,这主要表现在他在火车站一看见那个桦皮船,就身不由己地凑了过来,并且主动担起"爷爷"的职责,所以就有了又搭钱又不讨好的"假爷爷"故事。还有一点就是作为一个外出闯荡的生意人,生意做不下去了,那就回老家,那里有一根线牵着他,空空两手走又空空两手回,那也是他自然而然、别无他路的唯一选择,只有"老家"到什么时候也不会嫌弃他,无论混到什么地步也能收留他。从这两个人身上,我们看到无论时代怎么变化,上一辈人对老林子的那份真挚情感。那是他们的根脉,是深埋在骨子里的东西。我觉得作者写好了这块土地上的人,抓住了他们最本质的东西。另外,也写好了他们独特的性格,那就是作为一个鄂伦春的人,胆子要大,要勇敢地面对自然,要能够坚韧顽强地生活,就像他爷爷说的,"像你这么胆小可怎么办?"所以当乌日半路再遇到爷爷,他们一起从塔河回十八里站,在这一段路上,才是真正的、纯粹的鄂伦春人之旅。第一次来到山林的乌日,爷爷托布对他并没有什么格外的关照,而是要和他来一场水陆竞赛,即爷爷乘桦皮船,带着他已经死掉的老狗阿哈,让他孙子乌日骑着自行车沿着河堤走,顺利的话,他们两天就能回到"老家"。可是,这一路能顺利吗?真要能顺利,那就低估了作者的创作水平。于是有了一场与爷爷时聚时散,一波三折的惊险之旅。而正因为有了这一趟冒险之旅,才让乌日迸发出了一个鄂伦春后代的潜能,真正体验到了山林之旅的情趣,真正爱上了这片大山林,才有了开头所说的,暑假再回一趟十八站。

十八站山林之行不仅让乌日认识了自然,同时也让乌日真正融入普通东北人的生活。作品通过乌日的火车之行,生动刻画了东北人的性格,写出了东北人的热情、直爽、仗义、好面子,"假爷爷"李阿哈就是因为好面子才搭上了200多元钱。从自然景观到人文景观,作品写得都很到位。很多细节都抓得很准,一看就是东北人,一看就是发生在东北那疙瘩的故事,比如,在塔河,爷爷和偷狗的满江拼酒,代表了东北人的独特的气质。那种弥漫在字里行间中的烟火气,浓郁独特的东北风情也是这部作品的一大亮点。那种活色生香的生活气息是一般人写不出来的。

新冠肺炎疫情肆虐两年多,地球人从来没有像今天这样无奈,比之大自然,人是如此脆弱,如此不堪一击,一个微若尘埃的小小病毒就把我们折腾得一切都变了模样,不只生活难安,成千上万的人失去生命,还有世界格局的变化,从这个意义上讲,读读《桦皮船》,与大自然来场精神邂逅,也是一个不错的选择,若能从此与鄂伦春老人托布为伍那就更好了。善待自然,善待动物,其实也是善待我们自己。

(本文系 2022 年 5 月 7 日在该作品线上研讨会上的发言)

闪耀五十年，她是文坛的一个奇迹

　　黄蓓佳从事文学创作 50 年，始终以一种匀速慢跑、稳健自信、胸有成竹的姿态，领跑在儿童文学创作马拉松队伍的前列，是一位在高端线上平稳前行的实力派作家。当然她在成人文学创作上另有建树，在儿童文学创作上产量并不高，50 年十五六部长篇小说，大约以平均两三年一部的速度从容前行。但每拿出一部作品都令人眼前一亮，都会引起儿童文学界和读者的关注，每一部都可圈可点。连续多次获得"五个一工程"奖、中国政府奖、全国优秀儿童文学奖等多个大奖。这些大奖一生能获得一次也很了不起，黄蓓佳是连续多次，这不能不说是儿童文学界的一个传奇。几十年来，她一直是一个让读者、让出版者抱有信心和期待的作家。

　　说到黄蓓佳的作品，我认为有这样几个特点：

　　第一个是宽阔而厚重，即作品有宽度，也有厚度。

　　黄蓓佳是纯正的、如假包换的江南女子，她除了长得像江南女子，皮肤白皙、身材窈窕、容貌美而雅以外，她的性格、她的文笔，还有她的胸怀、她的抱负，一点都不像温婉娇弱的江南小女子，倒是一个有眼光、有野心、有追求、有定力、有力量的大女人。我这样说是有根据的，看她最新出版的《太平洋，大西洋》的封底上就有她这样的一段自白："每个作家，一辈子的写作，都是奢望自己能够写透这个世界。"我认为"写透"二字暴露了黄蓓佳的野心和追求。我们说，那些闻名世界的大作家，如大文豪但丁、拜伦、托尔斯泰、雨果、莎士比亚、泰戈尔、鲁迅他们也都是试图写透世相、看透人心的典范。当然，没人能写透这个世界，受限于人类的能力和才华，黄蓓佳也自知无法写透这个世界,但她知道"那些遗留在遥远时空中的故事胶囊,每拿起一颗,啪的一声挤破,都会迸出璀璨并耀目的精华。熏陶和滋养着我们,亲近和吸引我们,永无止境"。这是一个作家理智而明智的自我定位,这是一个作家脚踏实地的抱负与追求。作为一个专业作家,她在这世界上永不停歇地寻找那些遗留在时光中的故事胶囊。从她的《我要做好孩子》《今天我是升旗手》,到《艾晚的水仙球》到《童眸》《野蜂飞舞》《奔跑的岱二牛》《太平洋,大西洋》,我们可以看到这一个个故事胶囊,每一颗都装满精华素。

她这一系列作品,展示了一条非常清晰的创作轨迹,如果说她的早期作品,如《我要做好孩子》《今天我是升旗手》《我飞了》等,描绘的还是"孩子世界中的孩子",到《童眸》也许更早,她就不满足于只是写"孩子世界中的孩子"了,而是把孩子放在复杂丰富的社会生活中,在人生的风浪中淬炼、打拼,孩子成为世界的一部分,而不仅仅是"孩子世界中的孩子"。比如,《野蜂飞舞》《太平洋,大西洋》可以看成是姊妹篇,写的都是音乐孩童的故事。《野蜂飞舞》写的是抗战爆发,大学和知识分子迁往大西南,"抗战五校"中一家人,六个孩子外加一个收养的孩子的命运。《太平洋,大西洋》的背景也是抗战,写的是一所幼童音乐学校里,两个人被战争驱赶在一起,又因战争而分离,远隔重洋,历经70年的友情故事。这两部作品写的都是战争背景下,艰难世事、命运多舛、跌宕起伏的人生故事。《奔跑的岱二牛》则是在新时期的当下,在一个充满变革和无数发财生机的背景下的江南农村生活故事,在黄蓓佳的作品中,是一部难得一见的幽默、风趣、轻喜剧一般的作品。

我们都知道黄蓓佳是跨界作家,她在成人文学和儿童文学两界之中腾挪跳跃,来去自如,是把成人文学与儿童文学结合得最好的作家,也是把成人文学的创作经验在儿童文学创作中运用得最自如的作家。特别是最近几年,她的题材和视野越来越宽泛,胆子越来越大,笔触也越来越自信、从容、圆润,作品不仅题材宽阔,而且真实有厚度。

最近几年,成人作家涉足儿童文学的很多,也写出了一些相当不错的作品,但大多数作家要么本色出演,以童年经验为根基,写自己的童年生活;要么变脸,一写儿童文学就故意换一副面孔,就像大人一见到小朋友就换一副笑脸,声音语调也变得柔柔的、软软的,透着故意为之的假。还真没有像黄蓓佳这样从容自信游走于两者之间,把成人生活与孩子生活糅合得那么好,站在广阔复杂的社会背景和时代潮流下反映人生的命运,见证孩子的成长,所以她深刻而有力量。这也是我要说的第二点。

第二点,深刻而有力量。

如果以运动员来形容黄蓓佳的话,她是一个力量型的作家,她的作品很有力道;如果以演员来形容的话,她不是一个本色演员,也不甘于做一个本色演员,她是一个名副其实的专业作家,创作路子宽,视野很开阔,生活积累很厚实,而且笔力从容稳健、柔中带刚。也就是说她打出的不是直勾拳,而是太极拳。总是不疾不徐、从容淡定地慢慢描绘这个世界,刻画形形色色的人,慢慢揭示出隐秘而细微的精神世界,从故事透视人性是她的长项。她从不认为孩子的世界就一定是一个纯净的世界,她认为"孩子内心隐秘的世界和成年人同样复杂"。因此她的作品内容就很丰富,不仅有厚度、有深度,还有层次感。可能从她一开始写长篇时就是如此,比如《我要做好孩子》中的金铃,正直善良,学习成绩中等,为了做父母眼中的"好孩子",她做出了种种努力,不停地对大人们进行抗争,屡败屡战,在挫折中,在不懈的努力中,她得到的是成功与成长。《今天我是升旗手》中的肖晓,是和金铃不一样的、两个性格鲜明、完全不同的孩子。肖晓精力充沛,品学兼优,是一个顽皮而又鬼点子特别多、机警而调皮的孩子,他出生在军人家庭,崇拜英雄,充满阳刚之气,为了当个升旗手,动了很多心思,做了很多谋划,也使了很多小手段,最终到小学快毕业时终于做了一次升旗手。这是她早期的作品,相比较而言,还比较"儿童化",越往近年,她的作品越深刻越有厚度。比如,《童眸》由四个相对独立的故事构成。写的是一群生活在苏中小镇仁字巷中的孩子,她精心塑造了白毛、细妹、大丫、二丫、马小五等一系列儿童形象。在这部作品里,可以看出她更加不满足于写表面生活故事,而是通过故事揭示人性,拿出了鞭辟入里之功,写人的内在情感世界。比如,得了白化病的孩子白毛,本是一个自卑、孤僻、胆怯的孩子,一副墨镜隔开了阳光,也遮蔽了他看现实世界的目光,墨镜后阴暗的内心世界也慢慢滋长、膨胀起来,人性中"恶"的一面逐渐显现,他开始要挟伙伴们,甚至索要关怀、怜悯:"我快要死了,你们就应该怎么怎么样。"这就突破了以一个病弱孩子企望关怀与温暖的故事窠臼。还有大丫和二丫的故事，大丫是个傻孩子，二丫对傻姐带来的耻辱深恶痛绝，充满了仇恨，甚至想把她推进河里淹死，但就在姐姐即将跌落河里的那一刻，她推开了姐姐而掉进河里淹死。这仅仅是血缘亲情的力量吗？我认为不止这些，还有人之初、性本善，说到底她展示的还是孩子内心世界的纯正良善。还有细妹的故事，父亲死亡以后，年幼的细妹不得不担起家庭生活的重担，和混世魔王马小五产生了说不清道不明的纠葛，也许那就是朦胧爱情。世事艰难，人生风急浪高，每个人的命运中都有可能充满变数。她所表现的正是在复杂的、意料之中或者意料之外的磨难中，孩子们所呈现出来的或善或恶，或阴或晴的内心隐秘世界。

　　从生活中揭秘人性，或是从人生中透视世态炎凉，总之，黄蓓佳的作品很有力道，很有质感。不是尖锐与犀利，而像一团红泥，经过淬炼变成了瓷或者陶，看起来是一件色泽柔和、饱满充盈、沉甸甸很有质感的艺术品，它是有内涵、有内在精神蕴含的。从这些作品中不只能看出纹路，也能看到它初始成分中的水甚至是血和泪，因此它是有力度的，有内涵、能打动人心。

　　另外，作为一位专业作家，黄蓓佳的专业精神也不得不说。首先是她有德守正，不为时代大潮所裹挟，严守本分，不为钱动，她是少有的有定力、有信仰、有专业精神的人，这一点不能不令人敬佩。其次，作为一个专业作家，她的每一部作品，都打磨得圆润成熟、少有漏隙。在艺术上用功之深、之精、之细，在这个浮躁的时代，这种精神难能可贵，从事创作五十年，她在文坛上留下了一串坚实的脚印，这也是她在儿童文学作家中卓尔不群、堪称楷模之处。由衷地祝福她越来越好，越走越顺。在未来的日子里，多多保重身体，一如既往，且行且珍重。

（发表于《文艺报》2022 年 6 月 13 日）

书稿审读

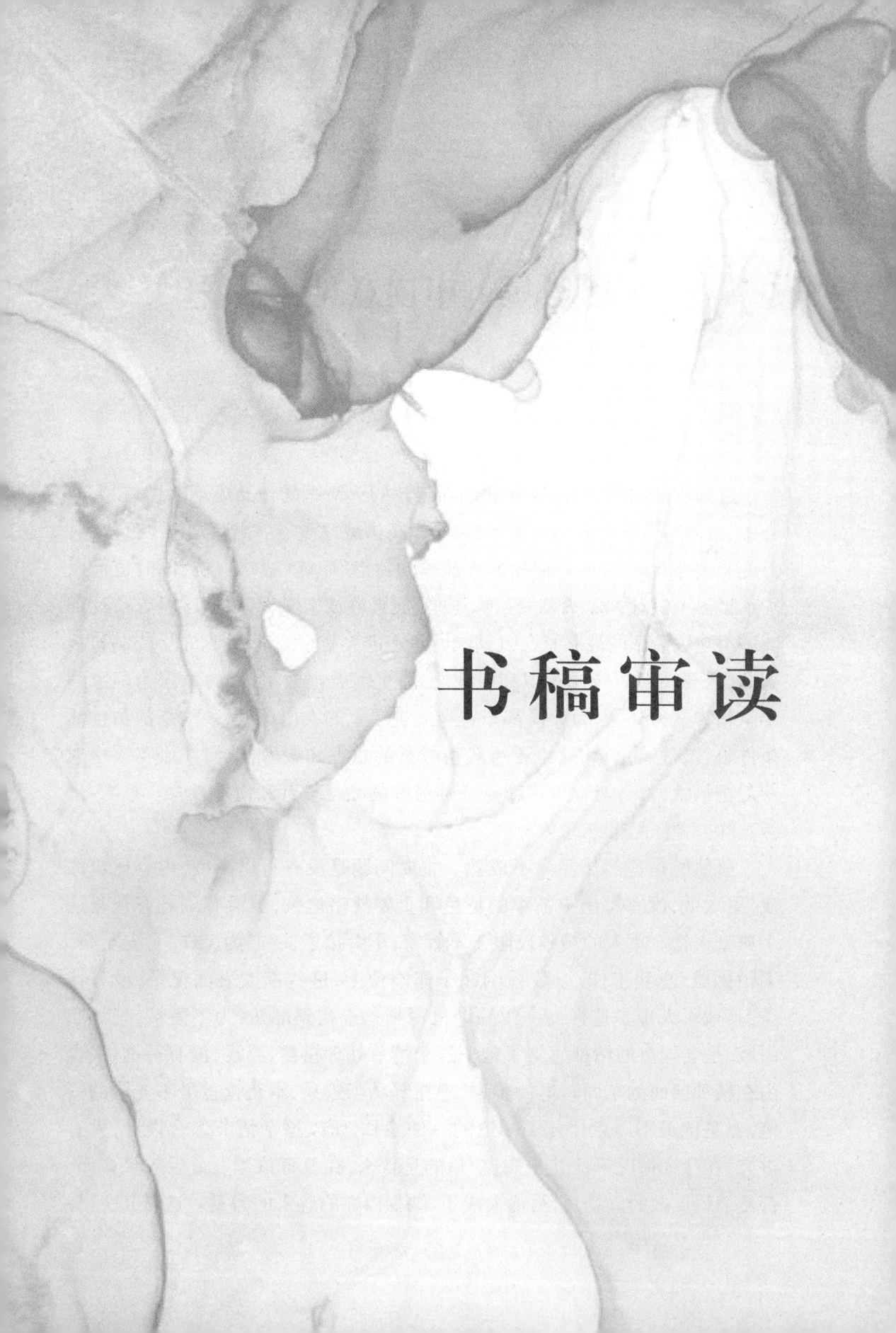

《爸爸星》审读意见

　　这部作品题材很好,反映我国新组建的火箭军的作品还不多见,在人们心中,火箭军带有一定的神秘色彩,是大扬国威之重器。出版这样一部作品,首先是要帮助青少年了解我国火箭军的特点、职能、战略地位,同时也借以了解世界上其他国家火箭、导弹、卫星、航天器或空天部队的发展状况,反证我国组建火箭军的战略意义。其次就是走进火箭军的生活,这是一支高科技部队,需要高超的专业知识和科技能力,更需要报效祖国,舍小家为国家的奉献精神。另外,因为火箭都布置在人迹罕至的大山深处,一线指战员生活条件艰苦,危难重重,这也更考验指战员的意志和毅力,他们在血与火中战斗甚至牺牲,本身对青少年就是一种最好的品德教育和情感教育。总之,出版这样一种作品很有意义。

　　遗憾的是这部作品尚不成熟。主要问题是没有写出高度,内容比较浮浅,层次低,没有写出火箭军的特色和重要战略地位,更没有刻画好爸爸这个典型人物。军人的精神仅限于不管家,不管孩子,一心为工作,身先士卒,不怕困难,忘我工作,以致昏倒在工作岗位上,这些都太表面化了,没有特点,其他军人也是这样的。作品中也写到爸爸初到部队,为了爱情,想辞职回城,是老同事的精神感染了他。这个情节处理粗糙、浮浅,没有写透,缺少内在精神层面的东西。退一步讲,想在部队当逃兵,本是爸爸最不光彩的一笔,也是他最不愿意让儿子知道的一件隐私,所以这个情节怎么设计,大有讲究,在什么情况下让儿子知道,目的是什么,在教育孩子上最后效果如何,都是值得推敲的。总之,写得太浅了,缺少内在的感人的力量。这是其一。

另外，黄豆等三位小学生的日常生活占了很大的篇幅，这种浮浅的校园生活一点儿也不会为作品增彩，这一部分应该大大删压。这部作品的目的是反映火箭军生活，这是主要内容，闲笔太多，淹没了主旨。这是其二。

其三结构松散，缺少一条主线把整个故事串联起来。作品的视点不集中，时而是第一人称，孩子黄豆的视点。时而又是第三人称，直面部队生活。随心所欲，不得章法。这都表明作者思路不清晰，故事的架构没有搭建起来，自然人物形象也丰满不起来，人物的成长足迹也不甚清晰。

为了便于表现火箭军生活，建议把男孩的年龄设置得大一些，他从一个不断转学，学习成绩不好，对父亲颇有怨气的孩子，到崇拜爸爸，立志好好学习科学文化知识，激发了很强的学习动力，成为一个火箭军迷，通过他自己收集了很多国内外火箭军的信息（目的是向读者展示火箭军的特点与重要战略地位）。也可设计成这个学校就是火箭军子弟学校，学校的学生都是火箭军官兵家的孩子，只不过有的家长在一线，有的家长在后勤部门，孩子们对于火箭军的认识与热爱优于其他一般学校，很多孩子都是立志长大当兵的，但立志当火箭军的孩子需要学习好，将来能考上重点大学，但这并不影响他们爱科学，尤其爱火箭军或空天高科技。两三个男孩子可以有共同爱好，共同交流，学校也经常开展国防教育，到部队参观学习（文中有这样一个情节描写，不过没有写好，看的是部队战士格斗，黄豆不愿参加，这个情绪也错位。这段描写实在是一个败笔）。组织学生观摩火箭发射，组织火箭军夏令营，举办有关火箭军的知识竞赛，等等。总之把氛围建立起来，把知识传达出去。

作品一开始，可以从黄豆转学到这所子弟学校（含初中）写起，年龄可在五六年级或初一。班里有一个男孩学霸（现在是一个女孩，莫名地想帮助他），立志将来上清华，当火箭军的，开始他很瞧不起黄豆，因为他学习不好，黄豆真正赢得他的青睐，是因为黄豆酷爱火箭，搜集了很多模型和资料，在这方面和学霸有共同语言，因此受这位同学的影响，更是受爸爸的鼓励（爸爸用子弹壳做了一个坦克，为什么不做一个火箭？莫名其妙），认识到当火箭军的实际需要，他开始认真学习，最终把学习成绩赶上来。还有老师的关心也不可或缺,因为黄豆的爸爸是英模,老师对他更是喜爱有加,在学习上思想上的关心对他的成长也至关重要。天安门阅兵似乎火箭军走的不是方阵,而是各种型号的火箭、导弹展示,指战员是站在车上的,可再查查。这一节可保留,但是不一定是自己的爸爸亲自参加阅兵式,保留这一节的目的是因为那一天展示了很多新型号的火箭和导弹,大扬国威。通过两个火箭迷孩子的对话,也可丰富本书的内容。

　　总之,作品要重新构思,把火箭军写透了,精神写足了,这本书也就立起来了。能改则改,不能改则罢。意见仅供参考。

"抱抱地球"系列审读意见

《福到了》

　　同意责任编辑的意见。这部作品立意很好,作者刘虎有很深厚的生活积累,写过大量生态文学作品,在儿童文学界有一定影响,应该说这套书系请他加盟很好。遗憾的是这篇作品并不理想,也可能因为是"命题作文",束缚住了作者的思路,写作中有点束手束脚,没有发挥出他应有的才华和潜能,文本不够理想。

　　从结构上说,作者采用双线并行的方式,一条线是大年三十这一天,两个男孩在家贴福字,妈妈在准备年饭,一家人要欢欢喜喜过大年。另一条线则是爸爸离家去猎熊,冒着极大风险与熊搏斗。

　　但两条线都没有写足。两个男孩的故事情节很单薄,故事很松散,也可以说没有多少内容可写。相比之下,爸爸猎熊这条线写得还算丰满,毕竟是作者熟悉的生活,写到山洞那一段,也能看出是作者最驾轻就熟的地方。这条线最大的不足是爸爸大年三十去猎熊的理由不充分。家里很困难,非去猎熊不可吗?不是,其一家里过年气氛很足,年饭很丰富。其二,孩子姥姥家有好几个大超市,爸爸完全可以在这超市里谋份工作,如果出于自尊不想开口去借钱的话。这家人和老熊一家有仇吗?作者没有展开人熊之间的恩怨情仇。另外,爸爸去猎熊,毫不忌惮环保部门。妈妈还把护林员老薛爷爷请到家里吃年饭(够傻的),处理上很矛盾,不合情理。

从故事内容看,这部作品很粗糙,漏洞很多。比如,从写爸爸到写爷爷,中间没有过渡,如果故事上没有关联,爷爷这个人物就完全没必要。护林员老薛也没有写好,他好像一切都明白,既不问长生的去向,来人家里过年,也没有任何表现,似乎就是等着长生出事儿,他好去救援。其次,蝙蝠也来得莫名其妙。最重要的是整个故事浮泛,没有写出真情实感,所有人物都是扁平的,没有情感起伏、心理描写。最后把故事引向新冠病毒,更是生硬而牵强。老薛头儿也死得莫名其妙。

总之,这部作品编造痕迹比较重,行文很粗糙。如若收到此重点图书套系中,品质稍显不足,对作者本人也未必就是好事。有两个处理方案,请酌情选择。

其一,这部作品不收在这套重点图书中,请作者略做修改,刊发在《儿童文学》杂志上。另觅作者其他作品,新创的或者是尚未出版的长篇新作的节选或者改写。

其二,请作者再修改。把爷爷那条线扩展,写足人熊之怨。这样处理既可充实故事内容,同时也把爸爸猎熊的理由搞得更充分一些。爷爷猎熊受伤,也拖累了家庭,家里很贫穷,最重要的是与熊结怨,心气难平,一定要报复这头熊。这样一来也能把爸爸的戏写足,他不是没有环保意识,他很纠结,但是因为爷爷猎熊受伤,心结难以打开,出于孝道才不得不去出猎。时间安排再想想,是不是一定要放在大年三十。兄弟两个贴对子的情节可压缩,本来就没有多少故事可写,不要强行拉开,稀释内容。这样的修改难度很大,差不多要重新结构。

意见不一定合适,仅供参考。

如果按照加爷爷这条线改,是否可这样改,当年爷爷本来是一个远近闻名的好猎手,并因此受到人们的尊敬和崇拜,国家号召保护动物以后,开始禁猎,爷爷的猎枪也被挂在墙上生了锈,他本来就很失落和无奈,在一次外出进山时,又不慎被熊抓伤,而且伤得很重,至此他只能躺在家里,终日哀叹,他也后悔当初手里没有枪,如果有枪就如何如何。对此长生和孙子们总是百般劝慰,告诉他有了枪你也不能开,幸亏手里没枪,真若开枪就不是躺在家里,而是躺在监狱里。因爷爷受伤,导致家里返贫,生活很困难,更不幸的是村里有人不了解情况,有意无意中总是误传爷爷是违法,进山去打猎被伤,这更让爷爷伤心,他不理解,难道人的一条命还抵不上一只熊宝贵?他思想走进了死胡同。当从孙子得福口中得知曾经伤害了他的那只熊又新添了两只熊崽以后,他变得更加不平了,执意要儿子进山,捉回那两只熊崽,儿子无奈才进了山。

这样改就不是常见的为了赚钱而猎熊,同时也能写出三代人对于保护野生动物的三种不同的态度和认识,孙子是自觉的动物保护者,爷爷是被迫无奈的失落者,父亲是介于既要满足爷爷又不想伤害动物的两难者,这样处理也符合当下真实社会心态,也能在同类动物文学中,在立意上有所创新,内涵也更丰富,改变了原来的简单化处理。这样修改有点难度。不仅仅是保护动物,还反映出社会文明与进步不可能一蹴而就,有一个认识过程和文明进步过程。也不知刘虎是否接受这个意见,你们先联系一下,要不行就让刘虎直接找我,我和他关系挺好的,而且一直联系很多。

王苏:刘虎神速。他把改过的稿子直接发给我看了,名字改了,叫《家园》,内容上也有非常大的改动,重新结构了故事,悟性很高,改得非常好。三篇作品组成一本,此篇可打头篇。细节和文字上你再加工一下,爸爸和两个儿子进山采山货,到山上去找爷爷,前面好像没有看到有其他孩子,要注意铺垫,前后连贯。你再细看看。

《月亮猴》

这部作品贴近现实生活,写出了在商品经济时代自然环境面临的挑战。真实塑造了鲁老倌这个忠实守林员形象,同时,这部作品也具有浓郁的云南地方特色,特别是老人与月亮猴和谐相处,共处一室的描述很温馨,也很感人。估计读者也会喜欢这样的场景。

不过,老人以一己之力保护了整个山林似有不足,是否加上一个情节,当那个商业头脑很灵的家伙不断来唆使鲁老倌的时候,老人趁进城之机,去了当地政府,目的就是想问个清楚,山林能否开发?老人本是做好了和有关领导理论一番的准备,恰恰领导告诉他,绝对不可能,那是一个骗局。老人吃了定心丸,此人受到警告,同时地方护林员和志愿者也阻拦他进山,从此他再也不可能来烦扰老人。另外,还可增强志愿者以及其他群众护林意识,这批月亮猴最终也被列入当地保护动物名录。这是其一。

其二,还有一笔,就是爷爷讲山林里的妖魔鬼怪故事吓唬小孙子也要收敛节制一些。第三点是儿子对孙子讲野味如何好吃,也不必描述得如此生动(我已经用彩色标识,括号里的文字可删除),一笔带过即可。外国人一直在妖魔化中国人的吃相,我们不要在作品中授人以柄,为他人佐证。

作者文笔很好,这部作品略做修改后可用。

《鸬鹚谷》

在动物小说创作上,牧铃的作品特色鲜明,一是人与动物共生共存,二是故事性强,语言生动,这部作品也秉持了他这一风格。作品结合时代变迁,生动表现了当代捕鱼人的另类生活,过去是靠鱼鹰帮助捕鱼,现在鱼鹰捕鱼成了旅游观赏项目,正是在这种大背景下,诞生了这个故事。

可以说在儿童文学作品中,特别是反映江南水乡生活的作品中,写鸬鹚捕鱼的作品很多,写得好的也不少,他从另一个角度反映江南水乡生活,倒是让人耳目一新,立意也很积极。作品构思的巧妙之处就在于旧故事,新背景、新立意。时代发展,打破传统生产方式,在人与自然和谐相处之中,彰显了人类的文明进步,这些重大主题都包容在一个养鱼鹰、赏鱼鹰、放鱼鹰的故事之中,真正做到了以小见大,具有独特的艺术魅力。

作为一篇儿童小说,因其作品紧扣时代变迁,和当代孩子的认知和生活很贴切,虽然写的是老故事,但没有陈旧感,故事层次鲜明,节奏明快,读来生动有趣。我意可出版。

"抱抱地球2"系列审读意见

《大熊猫祥祥》

这篇报告文学真实反映了人工饲养的大熊猫祥祥放生野化训练的故事,题材很好。孩子们喜欢大熊猫,但对于大熊猫放生野化却了解甚少,比如,为什么要放生野化训练,怎么训练?在野外大熊猫吃不饱怎么办?大熊猫有没有天敌?遇到危险怎么办?它会打架吗?和谁谈恋爱?在哪儿生小宝宝?它还回来吗?孩子们对它们的野外生活事无巨细都会十分关心,充满了好奇与兴趣,我们这本书就应该满足孩子们的这种种好奇心,为孩子们形象地展示大熊猫的野外生活。

这篇作品在一定程度上解答了孩子们的问题,但是写得还不充分,知识点还不够,内容还不够丰富生动。在写法上,用记流水账的方式来写,走哪算哪,没有精心的构思和结构,作品就显得很平,从头至尾没有高潮与起伏,哪怕是大熊猫受了严重的伤,直到最后死去,都是轻描淡写一带而过,这样的写法大大削弱了本题材的魅力。

建议把作品分成几个小节来写,一小节重点记述一个故事或事件,把观测员的生活以及人类对保护大熊猫的初衷及具体安排融到故事中,这样孩子们读完全篇以后还能记住几个重点故事。比如,开篇可定为:①暴风雨之夜;②我快饿死了;③谁来和我玩;④我的地盘我做主;⑤我疼,快来救救我;⑥为争夺女朋友而战;⑦还是让妈妈带我出去吧。我只是随便一想,信手拈来，不足为凭。总之要写出重点和高潮，不能平铺直叙。另外题目太平了，也可改一改。

建议改后出版。

《只为那传说中美丽的森林》

这篇作品与其说是报告文学，不如说是一篇散文。作者以满含激情的笔触记述了自己的"两地游"，一是神农架，另一个是云南的香格里拉。其实在大自然中所见所闻，可写可记的东西很多，作品紧紧围绕着"森林"做文章。在神农架，他从40多年前第一次到神农架写起，一片片的原始森林被砍伐，只剩下"七棵树"。近年又数次进山，看到真正的原始森林。他以砍伐原始森林开篇，又以在香格里拉看到森林"墓地"结尾，深切表达了作者本身对大自然的热爱，对保护原始森林的急切呼吁。在保护森林的大立意下，作者也写了两地丰富的自然生态，地理气候，对于孩子们开阔眼界大有裨益。

另外，这部作品为亲历实录式散文，个人色彩很浓，心随步移，喜怒哀乐，一览无余，情感饱满，自然真实，代入感很强，同时语言也生动简洁。

这部作品本身完全可以达到发表的水平，遗憾的是我们的诉求是一篇报告文学或纪实文学，按照这一点来要求，这部作品内容比较空灵，缺少故事，现在是上、下两篇，能否取其一篇，充实一部分故事，改成一篇纪实文学。依我对作者的了解，他很熟悉当地生活，特别是他的长篇力作《鬼娃子》显示出作者本人具有深厚的生活积累，如果改第一篇神农架，补充一些故事情节也不会太费气力。而且这一篇中也有很多可以展开的故事点，比如，七棵树的故事，本身就是一篇好小说；比如金丝燕、金丝猴也可加点人物，延展成精彩的故事；比如杉树坪的大树家族，本身就具有魔幻现实主义色彩；更不用说拜访当地老人，听他们讲偶遇神农架野人的故事了。我了解董宏猷老师，这区区一篇万余字的纪实文学，完全不在话下。最重要的是作为三人合集的同一本书，文体也统一了。

建议改后出版。请责任编辑与董老师沟通商榷，以求万全。另，下篇写云南香格里拉也很优秀，不要放过，建议在《儿童文学》杂志上发表。

《爱意森林》

这是一篇典型的通讯报道，是报纸上常见的人物通讯。作者在写作之初可能也没有想到读者对象的特殊性，只觉得这是一个值得一写的典型人物和优秀群体，也就按通讯报道的路子写下来了。如果给少年儿童看，最好能改一改，加强故事性，改成一个系列故事。

在结构上，可以将一个森林警察的成长作为主线，把人文故事、民俗风情、地理地貌、植被生态串联起来，写成一篇以人物为线、故事为点、独特生活为面的儿童故事。

长白山原始森林，自然风貌独特，传奇故事很多，可以说是信手拈来，层出不穷。比如，熊瞎子、犴达罕（驼鹿）等动物故事；在大森林中，人参娃娃的传奇，一棵倒木一个家，雪中狩猎等等。再加上森林警察的独特生活：警察与罪犯，护林与毁林，保护动物与偷猎动物等都可以写成惊险刺激的故事。在写故事的同时，还可以穿插长白山独特的自然环境，独特的地理植被，冰川瀑布、地缝峡谷。从松江河林业局到长白山天池，一路走来是不断变换的植被生态，从原始森林的高大乔木到满山杜鹃花再到苔原再到寸草不生的火山岩，如果能给孩子们介绍一下也是蛮开眼界，蛮长知识的。现在文稿中有些素材是可用的，比如，祖辈父辈在荒原上建起家园、无电警所、主人公雪夜徒步前行十八公里，外憨内精的黑熊虽然一带而过，都是很好的素材。

总之，希望作者能充分考虑到读者阅读兴趣，从当地的真实生活出发，在为孩子们树立英模形象的同时，也带领孩子们领略长白山原始森林的独特魅力。

这部作品请重新构思，调整方向，相信会写出一篇内容和题材都很独特、很精彩的儿童故事。

《朵朵的星》审读意见

　　这是一部艺术手法比较别致的作品,就体裁来说边界比较模糊,像幻想小说又不完全到位,说是童话又很写实,并且在内容中穿插了好几个生活益智故事或者是带有禅宗意味的人生哲理故事。我们姑且按幻想儿童小说来看。

　　这部作品的立意很好,朵朵生活的地方,人人额头上都有一颗星,有的人星星是亮的,他们是醒者,也可说是智者,有的人额头上的星星是暗的,预示着这是一个眠者,也可以说是愚者。朵朵为了点亮自己头上的星星,经历了很多,也收获了很多。应该说在结构上,这部作品很简单,是一部单线条的故事。前半部分很有儿童情趣,童心洋溢,格调欢快,文字和内容都很清浅,适合小学中年级学生阅读。如果是一位儿童文学作家来写的话,这部作品会以儿童为本位,把这种风格保持到底,但对于一个成人文学作家来说,在后半部分,不由自主地脱离了儿童生活,增加了3个成人视角的人生哲理故事,见31、32、33小节。这也许就是成人文学作家与儿童文学作家的不同,说他们有意深化内容和主题也好,说他们对儿童文学把握尚欠火候也罢,总之是有所不同。

　　就我拙见,这部作品目前还不够圆润成熟,尚有提升的空间,在行文上也还有疏漏,不能自圆其说之处很多,希望能再下功夫打磨一下。

　　一是体裁问题,第一章作者建构了一个幻想的异度空间——眠庄,这一点非常好,开篇就给人以惊喜。可惜作者并没有在这个特定环境中展开故事,而是从头到尾在"现实世界"中打转转。奇特的幻想力和想象力没有激发出来,削弱了作品的艺术感染力。

二是点亮额头星星是作品之眼,非常好。但要把内在逻辑梳理得更加顺畅,合情合理,没有漏洞。为什么要点亮星星?是人类向真向美崇尚知识与智慧的本能,还是有其他更美妙之处?如果是前者,第33节兄弟俩的故事,特别是弟弟的人生观就值得再推敲,与主题相应和吗?另外,既然朵朵是眠者,小禾是醒者,那么二人的差异性在哪里?作品中有关内容写得不够,一定要写出差异性,当朵朵认识到自己与小禾的差距,并得知小禾是醒者以后,才渴望去点亮自己的星星。这样朵朵的行为才合乎情理,对于点亮星星的重要性也才有合理的解释。目前这点写得还不足。

三是从眠者到醒者的转变过程中,在细节上还不够严密,有多处前后矛盾或不能自圆其说之处。比如:①当一个人额头上的星星亮了以后,到底外人能不能看到?前面大部分内容显示是看不到的,朵朵就看不见小禾的星星,其他人的星星也不发光,看不见。但结尾朵朵和爸爸、小禾三人的星星都能看到了,前后矛盾。②小禾说她只能告诉朵朵有关自己醒者的故事,不能告诉其他更多有关事情。结果,文中的多个故事都来自小禾。③第31、32、33节这三个故事,尽管内容很好,但风格与整个作品有差异,穿插也很突兀。作品显示是小禾告诉朵朵的,这么深奥的故事来自小禾很牵强。④朵朵的父母对于眠庄人这种独特的星星问题好像闻所未闻,而朵朵从小禾口中很轻易地就知道了有关星星的故事,作为成年人一点不知,这不可信。

四是还有一点待商榷,朵朵为了点亮星星,下了很多功夫,认真学习音乐、美术,看了很多书,始终未能如愿。还是离家出走,夜宿田野,在与自然接触之中,在爸爸和小禾(且不说小禾是什么时候从小姨家回来的)找到她的一刹那,她和爸爸的星星都亮了。我认为这个落点不太好,好像只有离家出走才能点亮额头上的星星。恐对小读者有负面影响。

对于上述问题也许我吹毛求疵了,不一定合适,仅供参考。如果作者能在此稿基础上再加以润色修改,比如,把幻想空间建立起来,把作品往幻想小说上靠一靠,对于少年儿童来说或许更有吸引力。

总之,作为一位著名的成人文学作家转型写儿童文学,艺术功力应该没有问题。对这部作品还是满怀期待的。

《耗子大爷起晚了》审读意见

这是一部题材独特的长篇小说，作者以散文笔法追忆自己童年时在颐和园的一段生活，全书由4个章节的小故事构成，形散神不散，充分显示了作者以小见大、举重若轻的写作特点。行文轻松幽默，内容丰富厚重，内涵积极深刻，艺术手法成熟而老到，是一部不可多得的优秀长篇儿童小说。

这部作品以一首韵味十足的北京童谣开篇，一下子就把人带入到了具有古风古韵的老北京时代。小主人公丫丫因为世道变迁，家道中落，昔日的皇家玉女沦为无人照料的野丫头，开始了一段在颐和园自在成长的童年生活。她夜与老鼠为伍，日与乌龟为伴，饿了吃职工食堂，厨子、花匠、乡下小子、南方女孩都是她的朋友，她在颐和园中独来独往，自由自在，彰显了蓬勃旺盛的生命力。在表现小主人公生活方面，尤其是前两章，作者采用轻松幽默、诙谐自嘲的笔法，悲剧当成喜剧写，含泪带笑，反而更具有打动人心的力量。

另外，通过小主人公的眼睛以及她的生活轨迹，以京腔京韵生动描述了老北京独特的生活景象、民风民俗、民间传说、文物古迹、文化建筑知识、宫廷规矩礼仪等等，彰显了独特的北京文化内涵和人文精神，内容丰富，意蕴绵长。同时，追随小主人公的脚步，读者充分领略到颐和园这座皇家园林的博大精深和神秘气韵，这种神秘不是作者故意设置的噱头，而是在日常生活中信手拈来，这种典雅的皇家贵气与一个小丫头天真烂漫的日常生活交织，别有一番情致。

在艺术表现手法上，作者不愧为著名作家，艺术手法纯熟老到，明明是匠心独运，偏偏不着痕迹。无论状物写景，还是刻画人物，文字老到精准，举重若轻，达到一种浑然天成、自然自在的境界，在艺术上很值得当代儿童文学作家们研习。

特别是小主人公的形象刻画，非常典型地表现了"北京大妞"个性特质，写出了北京大妞"之大"之所在。面对冰火两重天的生活变故，小主人公泰然处之，不以为苦，反以为乐，在她的身上很明显地看到北京女孩那种大大咧咧的粗犷和豪气；有什么算什么，怎么都能活的大无畏精神以及自信自强、自主自立的独特气质。特别是南方女孩梅子的出现，更加反衬了北京丫头的个性特点，实际上这是两种文化的比较，南方女孩的温婉细腻、优雅纤弱，更加反衬了北京姑娘的豪放坚强、乐观坚韧。也让我们看到，北京姑娘内在的精神气质，源于独特的北京人文精神的滋养，可谓一方水土养一方人，既是天性使然、浑然天成，也是后天锤炼，从一个孩子成长的角度，颐和园生活对于小主人公何尝不是一种磨炼。

当然，因为是成人作家第一次写儿童文学，对于儿童文学的边界比较模糊，性情所在，笔墨难收，有的地方写得"放纵"了一些，编辑转给我，有专家指出有多处不当，概括为以下三点：

小人公的父母是蒙满结合，因此被同父异母的哥哥调侃为"杂种"。因为现实生活中两个民族混血的人很多，恐孩子们效仿取笑，全都叫"杂种"就不好了。

北宫门卖酒的老李头给两个尼姑送酒，一是尼姑不能喝酒，二是暗喻老李头与尼姑有暧昧关系。后面老李头死后，两个尼姑来念经，小主人公以不屑的语气说话，似也不当，同时也暗示了暧昧关系。

因为文中有许多民风民俗、文物典故、民间传说的描写，所以有多处涉及类似"迷信"的东西，也请尽量避免。

对于以上不当之处，我的看法是，这是文学作品，不是教科书，不能吹毛求疵，这是一个大原则。在这个基础上，有些问题当慎重则慎重，能改尽量改，能避免尽量避免，如果无伤大体，换个说法也好，一样话百样说，何必找麻烦呢。当然事关真实、事关人物形象塑造的细节，该保留还是要保留。此三点意见可以提给作者叶广芩老师,请她酌情处理。无论怎么说,瑕不掩瑜,这部作品还是一部难得的优秀之作。

《羊群里的孩子》审读意见

和同类题材作品相比,这部作品有独特之处。一般扶贫作品大多是以孩子生活为主,表现的还是脱贫背景下的"儿童"生活,而这部作品是以孩子视点表现一个彝族村落脱贫致富的故事,表现的是他们如何在扶贫工作组的帮扶下,从吃不饱、穿不暖,缺水没电的极端贫困下,一步一步走出贫困、走向小康的故事。在这里孩子不是旁观者,是脱贫致富奔小康攻坚战役中的一部分,孩子既是脱贫攻坚战的参与者,也是受益者。说实话,用一部文学作品表现一个泛典型化的社会化内容,图解我国脱贫致富奔小康这样一个国家战略是很难的,何况还是一部儿童文学,应该说作者处理得还不错。

作品以男孩惹科为主线,采用双线并行的方式,一方面是写孩子的生活,主要是放羊,贴补家用,为贫穷的家庭分忧,并与小羊建立起深厚感情。为了增强作品的可读性和故事性,作者在故事结构上也动了一番心思,借羊群里多了一只小羊,而爷爷又不让他到下村去,设置悬念,直到最后才揭晓,小羊是爷爷买来的,那只养了5年的羊原本就是属于他的。另一条线则直面脱贫攻坚战,从修路、引水、引电到发家致富奔小康,一步步走向幸福生活。难写的不是孩子生活,而是第二方面,很容易表面化、概念化,失去文学最本质的东西,那就是人物和故事。说实话,对于一部儿童文学作品来说,这部分内容是很不讨巧的,也不容易吸引孩子眼球。而作者的功力在于把两部分内容很好地糅合在一起,其黏着力很强,它是合二为一的,没有分层。之所以能达到这样的程度,主要还是因为作者很好地处理了两个关系,一个是虚实关系,一个是详略关系。写孩子生活时实写,尽力写得生动有趣。而写到成人奋斗时，则虚写，比如，修路、引水与通电，这么大的工程都没有铺展开，始终是从孩子视点看这些工程，感受这些利民工程，着重表现这些脱贫项目带来的欢乐和幸福。很好地把握了"儿童视点"问题，始终是以一个孩子的眼睛看爷爷奶奶以及下乡扶贫干部，亲身感受山乡变化，把个人情感始终和故乡之变紧紧连在一起。

另外，给这部作品增添光彩的还有两点，一是作者的语言很好，有文采、有诗意，描写细腻而浪漫，给贫苦生活抹上了一抹亮色。第二点是作品的基调始终是昂扬的、积极向上的，洋溢着一股全民齐心合力、上下一心脱贫致富奔小康的激情与奋斗精神。

尽管作者已经竭尽心力，下了很大功夫，尽管作品写到这个程度已经很不容易，但这部作品还是有先天不足之处，主要是题材和内容脱离孩子兴趣，可读性、故事性不够强。尤其是开头，一个孩子放羊与找失主就写了50多页，故事铺展，情节松散，故事进展很慢。同时这部作品没有人与人之间的矛盾冲突，主要矛盾是人与自然的关系，是贫穷现实与渴望致富之间的不和谐，遗憾的是这个矛盾点不是孩子所关注的，也不是孩子的兴趣所在。另外，时间跨度是5年，抗疫一场戏人为设置痕迹比较重。总之，这部作品应景成分大，为反映脱贫而脱贫，为反映抗疫而抗疫，好在作者艺术功力不错，不然，很难完成这样一部作品。

这部作品不足是先天不足，再修改也于事无补，就这样出版也难得，也有其独到之处和独特价值。

《激进的儿童文学——少年小说的未来展望和审美转变》审读意见

这部儿童文学理论著作比较全面地梳理、介绍了西方（主要是欧美）儿童文学的现状及少儿小说的未来和审美转变。对象以20世纪六七十年代至九十年代儿童文学的代表性作品、文学思潮和典型文学现象为主，据此也可以说是以当代儿童文学现状为主要依据。作者以切蛋糕式的结构方式，将整个儿童文学按体裁、题材、风格、流派等不同分成了八个章节。

第一章，主要谈儿童文学的边界问题；儿童文学之于成长的作用与影响；儿童文学以何种方式促成了文化在社会及审美方面的转变；作品是如何打破"我能读"的界限，走向比较深刻复杂的书写与表达；儿童文学在成人作家的形成方面所起的作用；儿童文学与文化的关系，强调儿童文学擅长刺激、培养创新，以其丰富的互文性吸引儿童，同时也谈到儿童文学与魔幻现实主义文学的关系，提出它们同属浪漫主义，重视并关注发展人类与自然的关系，赞美想象的力量。

第二章，打破框架：图画书、现代主义和新媒体。主要讲图画书与现代主义的关系；先锋派的影响；图画书对新媒体的反应，指出当代图书正以显著影响视觉叙事审美的方式，通过形式和版式方面的实验，对新媒体、新技术做出反应；儿童书与儿童文化，图画书与玩具、卡片、纸娃娃、戏剧、游戏边界难以清晰；用图像描绘真实；国画的作用；等等。

第三章，介绍了胡话文学。什么是胡话文学，胡话文学形成的渊源以及与之相关的文化现象。指出孩子的胡言乱语，表现为不合理、无要点、没道理、不一致、无序化，看似无聊、无意义，实际上来自高雅文化中高度专业化的话语,如法律。胡话文学的表现类型;胡话文学的经典著作;胡话文学与现代主义的审美观;胡话文学与政治;当代图画书与胡话文学的关系等等。

第四章,主要介绍了青少年文化与儿童文学的作用。20世纪英美青少年主要通过包括时尚、流行音乐、电视、俱乐部、互联网、手机等在内的非文学形式来建构和表现他们的文化身份。在这一章里,作者的焦点不在于青少年小说本身,而是要确认写给这个年龄群体的文学作品,再现作为一个文化群体的青少年对于他们说话的各种方法,确认此类小说在多大程度上承认文化中那些以年轻人为主要制造者和消费者的领域的互动,如《麦田的守望者》《局外人》等。大部分章节审视的是儿童文学的审美和文化影响,重点是当代青少年小说参与塑造了关于青少年是什么人和他们做什么的思考以及社会上正在为他们建构的角色的方法。

第五章,自残、沉默和生存:儿童文学中的绝望与创作。主要探讨什么内容适合孩子。为什么会有抑郁小说,自残、欺凌;抑郁小说的特点、作用。这类书的效果是调整与儿童文学联系在一起的童年形象,改变青少年的行为。小说通过激发移情认同和提供替代经历的功能来影响读者。

第六章,当代儿童文学中的性与性行为。介绍20世纪八九十年代以来在英美儿童文学中出现的性文学,介绍了多部不同类型的性小说。其中有以审美为主的性小说,也有教科书式的性描写,师生恋、同性恋和跨性别之恋等作品。同时也介绍了大众对于这部分文学的态度,有赞美也有抑制以及儿童文学教育工作者和作家对此类小说的不同观点。

第七章,恐怖小说,恐惧的转变力量。近年恐怖小说增多,产生的社会基础,可能与新千年临近、海湾战争、慢性疲劳症、不明病毒、水污染、外星人、化学战争、厌食症暴食症、邪教、儿童虐待、多重人格障碍等联系在一起的时代精神有关联。比较系统地介绍了恐怖小说的类型、代表作品及社会影响和文化再造。

第八章,回到未来?少儿小说中的新形式和新格式。这一章主要介绍了把印刷品和不同媒介元素结合起来的"跨界文本"或文字作品。特别说明了当代青少年具有"跨界读写能力"。随着科技的发展,很快读者就不需要坐在电脑前获取电子文本了,人们将会从数字纸张和建筑物、车辆、超市走廊各种移动媒体上读取。此章中比较生动地介绍了冒险游戏书,特别指出电子小说的互动潜能,比如,超文本链接,偏离、拓展、修饰等都是传统文学图书难以企及的。特别强调了互联网交流中的包容性潜能,网上互动把不同种类、年龄和背景的人团结起来,成为青少年冒险的新天地。特别介绍了《费德》这本把超媒体联系在一起的书,这是一本创新而激进的书。未来文学是机器人:下一代的玩家兼读者、作家。未来儿童文学的创作者会集中在年轻人身上,他们是粉丝小说的创作者。

尽管未来小说已经初现了五光十色的诱人魅力,"儿童读物出版商能快速抓住提供新方法以吸引儿童读者的机械创新,并发现这种发展有审美和经济上的回报,但是到目前为止,涉足电子出版既没有带来赞赏,也没有带来商业利益"。

通过以上内容的简要概述,可以看出,这本理论著作作者非常熟悉了解当代欧美儿童文学,并在这个基础上,通过分门别类,去粗存精、去伪存真的提炼研判,对当代儿童文学进行了系统、准确、清晰的分析。条分缕析、观点鲜明、所用材料翔实,例证典型、有代表性,既有现象、流派的介绍,也有向经典著作的求证,让我们从宏观和微观、儿童文学作品与儿童文学理论两个方向上,进一步了解当代西方儿童文学的现状及未来发展趋势。

出版这样一本儿童文学理论图书还是有价值、有意义的。其一,它打开了一扇窗,让我们一览欧美当代儿童文学的独特风景。其二,对于从事当代儿童文学研习的学者、教授很有助益,不仅是提供一个可以借鉴的学术模板,同时引进了很多新流派、新概念、新观点、新趋势,同时作者这种严谨的治学精神也值得效仿。其三,对于出版人也有启迪作用。特别是最后一章,儿童文学传统出版与多媒体结合所呈现出来的蔚为大观的出版前景,值得我们高度关注。其四,打开儿童文学的边界,研习更多经典儿童文学作品,对于我国当代儿童文学作家也有借鉴和启示作用。

此书也有一定不足,一是语言晦涩,欧式的大长句子很多,有时词不达意。二是此书的出版年限可能是20世纪90年代,距今也有20多年了。当代儿童文学发展很快,一些最新儿童文学动态不能涵盖进来,不能不说是一种遗憾。同时也严重影响这部作品的出版价值。三是因为作者所举很多代表作,未曾译介到我国,大多数读者不熟悉,会影响对此书内容观点的理解。

有一个不得不提出来的问题,第六章,宝贝,你最棒:当代少儿小说中的性与性行为。说实话,对于儿童文学中的性描写或者是性小说,在我国是禁止的,大众也是很抵制的,可以说至今还是一个空白。但是在欧美自20世纪90年代以后,此题材的儿童文学作品越来越多,并以多种形式呈现,其中不乏赤裸裸的性描写之作。相信进入新世纪以后,此类作品更多,在西方可能会作为一个儿童文学门类而存在。作者用一个章节的篇幅来专门介绍这一题材,自然有他的道理与考量,作为一种新的文学现象,作者写进这本书里也在情理之中,但是对于我们来说,是否引进这样的内容、要不要把这种文学现象介绍给中国儿童文学作家及学者则另当别论。此部分内容如何处理,请领导酌定。

另外,在出版时最好加上作者简介和译者简介。此理论著作在原作国家处于何种地位,它的影响度如何,都是读者所关注的。为了便于读者尽快进入,内容简介是必需的,最好在目录页的每一章下面加上主要内容简介,让读者一目了然其内容,会对读者有引领作用。此只是建议,仅供参考。

《理论视野中的当代儿童文学和电影》审读意见

此书是在一个整体策划下,邀约了意大利、澳大利亚、英国三个国家的八位大学教授、学者撰写的短篇儿童文学理论合集。和常见的儿童文学理论书不同,正如其名,这本书所探讨的是"理论视野中的当代儿童文学",不是用理论去诠释儿童文学作品,而是"通过充分考量对儿童文学学者和学生的最佳批判性反思,列举他们想要运用的理论的学术价值,评估他们与所用理论话语的位置关系,把当代儿童文学创造性地与理论结合"。着力探索儿童文学、电影、理论之间的动态联系。通过有选择地分析理论概念和概念表述、社会文化问题、儿童和青少年文本,来阐明理论和文本之间的关系,为当代文本和理论带来新的方法。从而把最新的创新性论述提供给读者,以此来展示儿童文学如何与当代问题相关联,以及理论如何帮助我们解读文本。

这是一本专业性很强的理论著作,也是最新、最独特的理论研究成果。受众面很小,但对于从事儿童文学研究的教授、学者以及儿童文学专业的学生们,在研究方向、研究方法、专题选择、学术路径上有启示性导引。同时书中的一些新观点、新角度、新概念,包括我们从未读过的新作品,也令人耳目一新。读罢此书,如果能令学者、研究者们打破固有藩篱和套路,产生另辟蹊径的震撼与冲动,当是此书出版的价值所在。

具体内容及个人体会如下:

1.《图式和脚本:认知手段与儿童文学多元文化的表现方法》。

作者受认知美学思想的启发,分析了一系列图画书和小说,认为图式和脚本作为认知工具可以对文本产生影响,有助于积极地展现文化多样性,将

"脚本"转变成另一种理解世界的方式。观点并不新,主要是提供的研究方法有新意。文中提到的有些作品值得关注。

2.《角色旅行:儿童文学中的空间和身份》

作者借鉴三个研究领域的概念和阅读策略——文化地理学、后殖民理论、乌托邦理论来分析儿童文学中地理身份之间复杂的关系。借鉴其他专业理论来研究儿童文学,研究方法比较新,研究内容是儿童文学的地理身份,这个角度也比较独特。因为对所在国的文化、地理、理论概念及作品都不很熟悉,对于他这种研究方法也是初次得见,因而读来比较艰涩。

3.《本土性和全球性:文化全球化、消费主义和儿童小说》

作者用文化全球化理论,解释了全球化在儿童和青少年文学中的反映方式,讨论了文化全球化对儿童文学和文化市场化及其涉及的"本土性"和"全球性"的影响。这个问题对我国儿童文学研究和创作都有启示,虽然目前我们涉及全球化的作品还不像欧美国家那么多,正因如此,这个题材在创作和研究上都有很大的创作空间和潜力。

4.《恐怖的女人:〈怪物小屋〉中的恐怖风格的厌女观》

作者用哥特理论——混合了精神分析和政治理论——分析动画片〈怪物小屋〉中的女性形象。这部作品尽管情节充满幻想色彩,内容具有修正主义特征,但是它却充分显示了厌女情感。"厌女观"对于我们可能比较陌生。它产生于18世纪,实际上在公元前5世纪的希腊悲剧中,经常上演原初的母亲被征服的故事,以此来讽喻父权制的建立。此书的切入点比较小,对我国针对性不是很强,了解一下有益无害。

5.《分享差异:儿童文学和电影中的乐趣、欲望和主体间性》

作者用怪异理论、女性主义和精神分析等一系列理论,分析女同性恋、双性恋、男同性恋、变性文本中身份是如何确定的。她认为这些文本中关于自我的观点比标准化的儿童文学中所允许的更加复杂多样。此书与中国现实有很大差异,超越中国文本和理论,借鉴价值不高。

6.《在生态公民的儿童:生态批评和环境文本》

作者对始于20世纪60年代的生态批评理论进行综述,讨论儿童环境文学怎样运用生态批评理论的概念和方法。生态、环保文学在我国儿童文学作品中很多,此文对我们有一定的启示作用。

7.《"男巫"到"女巫":改编理论和青少年小说》

此文主要谈由文学作品改编成其他形式的艺术品,如电影、游戏、漫画等,作者分析了改编的历史和背景特点,他认为对原作的改编版均利大于弊,他将改编看作自主的文本,而不是仅仅对原作的劣质模仿,即二次创作。这个观点很易于被人接受,只是在文字语言和表述上比较晦涩而已。

8.《诸多议题皆重要:技性科学、批评理论和儿童小说》

科学和儿童文学结合,大大拓展了儿童文学作品包括影视作品的体裁和题材,特别是在幻想文学中,科技的含量越来越大。作者指出是科学和儿童小说打开了一扇新的理论之窗,使人们探索生命、死亡及后人类时代。作者的关注点不在作品,而在理论建树,给儿童文学研究提供了个新路径,特别对从事幻想文学研究有一定的启示。

综上所述,这部理论作品合集,选题新颖、内容丰富、观点独特、研究方法别具一格,对于我国儿童文学研习者打开视野和思路,有一定的启迪作用。但也存在一定的不足,主要是我们本身对于外国儿童文学作品和一整套文化理论体系了解不深,读来艰涩难懂。同时其内容对于儿童文学作家及出版界,针对性不强,实用性不高,在接受上也有一定难度,所以,比起《激进的儿童文学——少儿小说的未来展望和审美转变》这一部,受众面会更窄。

因为本身学养有限,理论水平不高,此只是个人粗浅见解,仅仅作为初审意见呈上。建议此书再请儿童文学专业的教授、专家审定。

《邦金梅朵》审读意见

这部作品描写了一个藏族女孩子邦金的成长故事。第一章,在生活中艰难成长;第二章,艰难求学之路(小学);第三章,多彩的中学生活。在结构上,这部作品主要沿着主人公邦金的成长轨迹而设,从七岁一直写到初中毕业。故事内容真实生动,展现了当下草原生活以及草原孩子的生活现状。塑造了一个从懵懂儿童到清纯少女的草原女儿形象。

邦金幼年失去父母,七岁开始带着腿有残疾的弟弟生活,在表现女孩顽强坚韧的个性之外,也展示了当地乡邻好友、支教老师和当地政府对于孤儿的扶助与培养。很好地塑造了支教汉族老师梅朵的光辉形象,正是在她亦师亦母的教养之下,邦金才得以健康成长。

这部作品的不足之处也显而易见。主要是自然主义原生态的写作,在结构上以及故事情节的剪裁上还不够精当。沿着邦金这个女孩从小写到大,结构上欠精心安排。比如,梅朵老师这么重要的一个人物,直到好晚赛牛大会之后才出现。这个人物的背景资料也很欠缺,比如,她是否已经成家,新月是她的丈夫还是同事,她是支教多长时间,身体不好到什么程度?总之,没有在塑造人物形象上下功夫。新月的出现也很突兀,更谈不上刻画人物形象。第二个人物是弟弟,这个人物也没有好好塑造。弟弟是她唯一的亲人,也是邦金用情最深的一个点。在上篇和中篇中,弟弟就像一个木偶人,没有一个情节和一句对白,即使锯掉了两条丑陋的腿,这么重要的情节也一句话带过,到邦金上中学以后弟弟这个人物基本写丢了。

由此可见,作者在艺术上还比较生疏,还不懂得小说怎么写,只是写一个故事而已。尤其在结构与人物形象塑造上,只突出了骨干人物和主要故事,因为没有旁枝的陪衬,整个作品显得孤零零的,不丰满,不好看。

现在书稿已经编辑成形,也不好再做修改,你们酌情而定吧。

《北极火焰》审读意见

该作者具有一定的写作水平和结构故事的能力，语言诙谐幽默，具有时代感。在结构上，双线并行，一条线是写4个小孩子在北极的经历，另一条线是写几个摄影家在北极的活动，在相当大的篇幅上，这两条线是相互独立的，直到最后才有交集，合成一个完整的故事，这样的结构还是不错的。如果能在某个地方稍微点一下，埋下伏笔，留下悬念会更好。比如，董咚咚曾告诉同学，他有个姐姐爱好摄影。或者说，几年前，他的姐姐曾随摄影大师进北极采风遇险，总之，要有伏笔，前后连贯，合成一个整体。

目前这部作品还不太成熟，漏洞比较多，从大的故事情节到细节都有疏漏。特别要强调一点的是，这不是一部幻想文学，而是一部反映现实生活的写实作品，我们是有必要追究情节和细节的真实性的。这部作品最大的问题是不真实，编造痕迹重，随心所欲地主观臆想，有违生活真实和故事的内在逻辑性。

第一，4个小学生要到北极参加某一位同学姐姐的婚礼，这种行为到底可信度有多大，这不是到某村或某饭店参加一场婚礼，要坐20多个小时的飞机，中途还要转机，这不是一场说走就走的旅行，而他们说走就走了，这些学生的家长一点准备工作也没有做，甚至一点嘱托都没有，显然不符合生活的真实，作者处理得过于轻率了。

第二，4个小孩子轻易就进入希望集团大楼，还能看懂财务报表，并很快发现问题。这和战争年代小孩子抓坏蛋、小孩子担大任无异，盲目拔高孩子形象，犯了假、大、空的毛病。

第三，姐姐在北极开公司，搞开发，先是养红藻后又埋上炸药企图炸毁北极，这些都是不符合生活实际的。在北极不是谁想做什么就可以做什么的，相关国家是有北极保护公约的，这样的故事纯粹是作者主观臆想，很幼稚。另外，姐姐单纯是因为悔恨就要炸毁北极，这个理由也太牵强了。再有北极面积之大，不是几吨炸药就能毁掉的，这样结构故事纯粹是痴人说梦，有点童话的味道，可惜这不是童话，也不是幻想文学。

第四，这部作品太概念化，无论是姐姐和摄影家，还是几个小孩子，把为国争光、保护北极挂在嘴上，反而有点儿戏化，还有那个外国摄影家 Mark 也脸谱化。这样的设置，完全是作者从概念出发。

第五，整篇作品充斥着对西方世界、外国游轮、豪华生活的艳羡和狭隘的民族主义情绪，特别是两拨摄影家先是互相不服，后在外国人的刺激下，又联手为国争光，在艺术处理上比较生硬。

有关这部作品，听说出版社终审已通过，准备出版，对此我没有意见。毕竟这还是一部比较好玩、好读的作品，让小孩子读读也无大碍，只把那些艳羡富人生活的地方稍微收敛一下，把有些生僻的网络用语改一改即可。只是看个热闹，不能细究，一细究就说不通了。

这部作品真要认真修改的话，难度比较大，主要是后半部分需要重新构思，为什么一定要让小孩子与破坏北极的行为作斗争、承担保护北极的重任呢？这样写很容易贬抑成人而抬高孩子。能不能把思路放得更宽，更开阔一些，真正从生活出发，而不是从概念出发。比如，可以让孩子们去体验北极生活，让孩子们经受大自然的严酷考验与锻炼，4 个孩子去北极参加姐姐的婚礼，这样的设置可信度不高，但让 4 个少年参加北极体验团或者是北极夏令营倒还可行。

我就曾在 2002 年 12 月份到过芬兰，并从那里进入北极圈。我们当时是 3 个大人和 4 个孩子一起到北极，本来是想到美国阿拉斯加的，因为美国拒签而改道芬兰。我也曾编辑几本反映北极生活的长篇小说，是我国科学家位梦华写的，他曾九进北极，一下南极，是第一个到达北极点的人，并且两次和夫人在北极度过整整一年，他给我讲过很多北极故事，我们还共同接待过北极来的因纽特人代表团，对北极生活还是有过些许体验和了解的。

举个例子，可否这样设计，几个孩子受某国际组织之邀到北极参加夏令营，或者受爱好摄影的姐姐之邀请，在某企业的赞助下到北极体验生活，一路上和到北极之后，他们体验了不同的生活，开阔了眼界，同时交到当地的朋友，与摄影家们同行，经历了大自然的考验，真正体验到艺术家们不畏困苦的执着精神，并且成了姐姐他们摄影作品的主角，这幅作品还获了奖。这样写到底好不好，我也拿不定主意，只是举个例子罢了，这样修改，等于把前面的作品完全推翻了，重新构思，也不一定可取。仅供参考吧。

《布罗镇的邮递员》审读意见

这是一部童话。布罗镇旁有一座森林,但小镇和森林是隔绝的,居民和森林里动物之间充满了误解、欺骗和伤害。森林里阴森、清冷、黑暗、可怕,小镇的居民从来不到森林里去。孤儿阿洛当上小镇的邮递员,开始传递信息,解除误会。帮助森林动物和人类之间,化解冲突,建立起信任和友谊,把森林里的花籽撒到小镇上,小镇和森林到处开满鲜花,充满和谐快乐。

童话最大的特点是幻想,这部作品将童话的元素运用得非常好,想象奇特,有很多出其不意、又在情理之中的故事情节。比如,松鼠对镇上的钟表匠就怀着深深的误解,松鼠本来是通过看日出露珠、花开花落来看时间和季节的,可是钟表匠却破坏了这一切,改变了人们确定时间和季节的规则,因此就抱怨钟表匠偷走了时间。阿洛就不断地把钟表匠的求和信送给松鼠,最终达到和解。比如,对拾荒老太太的误解,以前她父亲是偷梦大盗,小镇上的人和森林里的动物也都认为她是偷梦大盗,偷走了人们的美梦。没有梦想,就没有快乐。阿洛检查了老太太的大布袋,发现里面并没有梦。比如,森林里来了个陌生人,他总是吹着他的长笛,他一吹,森林里变得很黑暗,人们也变得痛苦,大家都不欢迎他,阿洛几经周折,发现陌生人吹欢快的曲子,就给森林带来光明,吹悲伤的曲子就带来黑暗。还有比如,动物们认为屠夫很可怕,会杀掉他们。后来发现人们不能带凶器进入森林,一带刀子什么的,就会割伤人和动物。像这样一个一个带有误解的故事,在善良机智的小邮递员或直接帮助或穿针引线下,一一化解。作者文笔很美,很会设置悬念,少了很多童话的直白和轻浅,而多了一些丰富和情趣。尤其是她始终不脱离孩子的视点,善良、纯真、友谊的情怀贯穿其中,让这一本童话读来很温暖。

作者郭姜燕是位中学老师,她在我们《儿童文学》杂志上发表过很多优秀作品,她的短篇童话和小说尤其精致耐品。所以说很多年轻作家看当前出书容易,一上来就写长篇,缺少短篇的历练,其实是先天不足的。在结构、语言和艺术表现力上是有欠缺的,艺术上的饱满度不够。还是要倡导年轻作者从短篇练起。

《乘风破浪的男孩》审读意见

这部作品题材新颖,主题和内容都很好,现在稿子基础也比较好,但为了更圆满完美一点,有些情节和细节还要再改一改,尤其是前两章写得拘谨、粗糙,受作者原有生活积累的限制,没有快速进入这本书的故事。具体说有以下几点:

1. 第一章,写秦海心和奶奶多了,忽略了他们此行是离家随军这样一个背景,第一章应该围绕着母子离家随军来写。临行前的一家人的生活应该是忙乱而欣喜的。三个人的心情是不同的,奶奶是不舍得,但理智上又不想拉他们的后腿,盼他们一家人去团聚。而母子俩的心情应该是复杂的,既激动期盼又不舍,秦海心要转学,心中既憧憬又忐忑不安,难舍同学、学校、老师、家乡,这种复杂情感没写好,故事背景也没交代清楚。建议这一章重写。

2. 到部队以后,对部队大院以及南方环境描写弱,他爸爸具体做什么工作?这里是海军生活基地还是某海军部队总部机关不甚清楚,环境描写不够。如果有家属院,有学校有幼儿园,这个基地应该很大。没有写透写清楚,建议在第二章补充这些内容。

3. 为了铺垫秦海心的成长,有意把他开始时写得弱一些,白一点,怕水等,这种先抑后扬的手法是可以的,但不要写得过分,应该写出这个男孩外表柔弱,内心要强,暗含一股不服输的个性,这方面写得不够,只突出了他的文静,有时写得像一个小姑娘,比如,手里要握着个香包,下海时还装着;跟着女生背童谣等细节描写不太恰当。对这个人物的个性要把握得更准一些。

关于那个香包,起初很神秘,后来才知道是包了家乡的泥土,不是奶奶给的什么宝贝。这个包包掉到大海里好多天,再捞上来泥土应该早就被冲没了。总觉得这个道具设计得有点不够理想,再想想。

4. 父亲把家当军营,把他们母子俩当战士来训练似也欠妥,每个军人家庭也不会要求家中每个人都把被子叠成豆腐块吧。他的爸爸可以这样要求,但母子俩开始要有抵触情绪,要有交锋,不情愿,后来慢慢觉得这样做也有好处,家里整洁了,生活规律了。总之要把家庭生活氛围营造好,有规矩更有爱,一家人相亲相爱更重要,但确实要写出独特的家庭环境来。

5. 第十章主要写黎雪眼睛被秦海心误伤,应该说这一章写得很好。这是主要故事之外的节外生枝,把一个意外事件放在这里的作用是什么?这件事与秦海心及其他孩子的成长有什么关系?它的内在逻辑一定要把握好,不然就觉得太突兀、太刻意了。

6. 第十一章内容主要是写两年中的两场比赛,从黎雪的故事转到两场比赛,时间跨度大,故事转换也太突然,因为读者还没有从黎雪受伤中走出来,在第十一章去英国比赛中,应该有关于黎雪的消息。下一年在深圳比赛,黎雪还没有回来吗?她到苏州治眼睛一走就两年,这个跨度太长了,他们小学也该毕业了。两年以后,每个人的变化都很大,这一点没有写出来。

另外,还有很多细节问题,我从头到尾,一一在书上标注出来了,随后将书快递回去,供作者修改时参考。

因为是为了修改,只提了不足,没提优点,其实这部作品完成度很高,写得好、感动人的地方很多,比如,妈妈这个形象以及其他几位家属的形象就塑造得都不错。

《乍放的玫瑰》审读意见

汪玥含的《乍放的玫瑰》是一部在儿童文学领域少见的青春小说。依我对作者的了解,这部作品中有作者自己的影子,深刻反映了作者对于人生的感悟和认识,是走过那么多年以后,对于青春的回望,其中有温情的抚摸,也有理性的思考与总结,更有形象的表达。

我觉得在两个主人公身上都有作者自己的影子。少年时的她很像佟偌善,长相漂亮、气质优雅,出生在一个知识分子家庭中,家境优渥,得到父母足够的关爱与悉心培养。因为从小到大学习都很优秀,人又长得漂亮,能歌善舞,备受老师的喜爱、同学羡慕,是在别人的仰望中长大的。进入青春期以后,也曾有过一段情窦初开、彻骨铭心的美好爱情,也许不像文中描写的那么激烈。在经历了很多以后,她更像彭漾,没有在磨难中沉沦,而是在磨难中成长,变得更加坚强,从内到外都散发着一种成熟的美。这部作品深刻,丰富,尖锐,有很高的文化含量。是丰富的生活经历与文学修养、文化素养很好的结合。

主人公是一位刚刚踏入大学之门的少女,以两个青年恋爱故事为主,深刻剖析了刚刚踏入青春之门的少女心理活动,她们单纯、执着、热烈,甚至有点不管不顾的狂热。读这部长篇,有两点体会很深。

第一是青春如火,这团火可以化为激情、热血,正能量,也可以灼伤自己,带血带泪,留下难以愈合的心灵伤痛。如彭漾,开始那么激情澎湃,张扬到了疯狂的地步,似乎拥有了整个世界。而她又是那么脆弱,不堪一击。与彭漾相应的是佟偌善,一个漂亮、外表文静、内心狂野的孩子。最后也变得那么疯狂,失去理智,沉溺在感情旋涡中不能自拔,最后甚至失去了生命。

从两个主人公身上我们得出一个结论,青春是人生的一个特殊阶段,任何人的成长都是不容易的,如化蛹成蝶的过程,身心的蜕变。身体的、心理的、情感的。

两个性格迥异的人物。彭漾是乍放的玫瑰,那佟偌善就是一棵清秀的小草,彭是狮子,佟是小鹿,一个狂野,一个懦弱,一个张扬,一个内敛胆怯,但她们的内心却是一样的。在经历内心的成长,情感的波澜。有着撕心裂肺、挟风携雷之势。所以才有了佟偌善在初恋中的疯狂,彭漾在经历了家庭变故后的消沉,由此可见家庭对于孩子成长的重要性。

这部作品节奏感像是一张拉满的弓,虽然两个人物是一动一静,但整个作品的基调是拉得很满,很硬,不能喘息。一直是激越的,中间缺少一点舒缓的东西。

感觉写得很匆忙,急于表达,不吐不快,一气呵成。一条线跑到底,中间缺少枝蔓的东西,线条粗硬,不是枝繁叶茂式的生动。

《敦煌小画师》审读意见

这部作品题材很好,但目前尚不成熟。

修改意见:

结　构

现在作品结构比较散,要整合,比如,到敦煌前可整理成一章,每一章写一个主要事件和人物。

到敦煌前作为背景,可以用插叙的手法。一开始就是爷仨坐着毛驴车到敦煌。远远望见洞窟,三人不同的情绪。引出一路艰辛奔波,为什么要来敦煌。

敦煌的工作有三项,现比较单薄,只写了临摹。①外围建设与保护,有当地民众以及兵痞土匪时来骚扰。②壁画的修复、拍照。③临摹。

人　物

现在人物形象比较单薄,要写好以下几个人物。

东方,一个典型的中国艺术家,对敦煌痴迷,艺术院校的高才生,艺术感觉非常好。恋人是同学,正在欣喜筹备婚礼时,男方突然改变主意,不想来这艰苦的地方。她是欣洁成长的引路人,绘画指导者,她很美,欣洁很崇拜她,精神、职业楷模。给欣洁的影响不次于爸爸的影响。

馆长，世界知名艺术家。留法艺术家，放弃在法的优越生活和事业，回到敦煌。妻子不理解，不随他回来。后来妻子到敦煌探班，被吸引，留下来。要写出留法艺术家的情怀与个性，对比巴黎艺术，胸怀大志。

周师傅，一个很有生活智慧的人。健壮、诙谐幽默，热爱生活，在艰苦的环境中，始终乐观，想法调理大家的生活。对欣洁姐妹格外关心。除了做饭以外，对周边环境修修补补，垒兔窝、养羊、养鸡、挡狼墙、防狼的夹子。后在流窜兵痞来时，为保卫壁画而牺牲。

朱妈。现在写得比较好了。

欣洁的爸爸，一个外表文静儒雅，内心很强大的人，坚忍的人。对艺术非常执着。对女儿十分关心，注重孩子的教育与成长，是欣洁成长的抚育者引路人。

最重要的是欣洁。成长脉络要清晰、情感脉络也要清晰。她的整个成长线应该是分成两段，到敦煌前，是向往到失落（路上的艰辛），到敦煌后分成两条线来写：一是写生活艰苦，使她内心痛苦，后悔，失望到慢慢习惯，爱上这里；对艺术好奇——在爸爸和东方姐姐的影响下，指导下，爱上壁画，爱上临摹，爱上艺术。她也感染了妹妹，妹妹也喜欢上了画画。

文尾结局要充实，上述人物都要有交代，不能把人物写丢了，这样就觉得故事不完整。建议修改。

《飞机楼》审读意见

这部作品题材很新,还是第一次看到这样的作品。写得也很真实,有飞行员之家的独特生活,其中有些情节也很生动感人。

但总的看,这部作品写得比较散乱、浮浅,手法比较单一,只是抓住了表面故事,且故事主线不突出,忽略了精神与情感。

在结构上是单一线条的结构,依据时间,平铺直叙。坐火车,接人,分房,搬家,生活落定,小孩上学,打架,和好,暴雨,遇险,飞机出事故,姐姐摔坏腿上不成体校。

故事内容是靠一个接一个的事故串起来的,火车上胖姨大病,妈妈丢下三个孩子去陪胖姨,小弟差点丢了,搬家时小弟又差点儿被勒死。田阿姨病,女儿小男也莫名其妙地病了。浑身肌肉疼,她妈抱起来就走了,关了几天,好了,再见面如同常人,病的问题就此揭过。姐妹在大暴雨中差点被洪水冲走,姐姐摔坏腿,不能参加体校训练。最大的事故是齐叔叔飞机坠毁。似乎作者把事故当成故事了。

这部作品写得浅,只写了表面故事。写得最失败的是他们的父母,没有写出因为全家相聚,父母的真实情感,尤其是爸爸的真情实感。缺少细腻感人的情感描写。

特别是飞机失事,这是一场大戏,可惜写得过于潦草。夫人的情感写得还不错,但也只是表面化,内在东西没有写出来,两个淘气孩子的变化没有写出来。推动故事前进的内在动力没有把握住。没有更细腻的描写,也没有更深层次的情感刻画,人物是扁平的,没有立起来。题材很好,但没有写好。

其实这部作品完全可以收缩在我家与齐叔叔家两家友谊的主线上,把爸爸和齐叔叔两个不同类型的军人写好。把两家6个孩子写好。

这部作品修改以后有很大提升,总的感觉笔墨集中了,集中到了飞行员身上和孩子们身上。有些能保留的情节保留了,另外补充的东西都是飞行员的故事。比如,父母之间的情感修改后更真实细腻了。也可信了。爸爸知道哄妈妈,妈妈也更识大体了。第二增加了小兰兄妹和建国家三个男孩子的戏份,他们的接触多,也有了冲突和矛盾,更多的是增强了孩子们之间的友谊。第八章,打出来的新朋友,惹祸的鸡毛毽,我不是告状包等都是新加的,孩子们的成长轨迹更清晰了,尤其是那三个男孩子,在飞机失事爸爸牺牲以后,一下子就长大了,很真实。在军人方面,增加了第四章,飞机楼上看飞机。一家人站在阳台上看九架飞机起飞,更深切感受到军人的新生活。第十四章,伟大的最后一名。风暴一场戏很感人,爸爸驾着飞机在天上盘旋,指挥着编队飞机一一降落,爸爸降下来以后,妈妈的表现也很真实。

总之,这部作品题材很好,真实表现了空军飞行员及其家属的生活,在艰苦环境中的那种奉献精神,写了军人的伟大,也写了家属的奉献,展示了我国空军的真实生活,家属之间互相帮助,互相照料,孩子们立志与成长。不足,作者文字通俗直白一些,缺少文学色彩,更适合小学中年级学生阅读。开头坐火车部分,六岁的小女孩不认识雪,有点夸张。即使没见过雪,也从画册上见过,有点过于无知,不真实。

《风筝是会飞的鱼》审读意见

风筝是会飞的鱼 1

从作品中可以看出,作者熟悉南海守岛战士生活,文笔也不错,尤其是在景物和氛围描写时,文笔很老练。但整个作品来说,故事内容比较散,主线不清晰。如果说这是一部反映南海战士生活的作品,显然只通过几封信,或是通过网络资料来反映南海战士生活太单薄了,故事内容没有展开,太抽象了;如果说这部作品反映的是一位南海守礁战士资助内地一位小朋友的故事,显然也不是那么一回事,因为他的目的不只是资助,有很大成分是自我抒发、自我拯救,他的信都很长,不是针对这个孩子写的。另外,也没有给小艾齐和老布带来精神上的鼓励。可以说,两个方向的内容都没有写好。这是其一,故事主线不清。

其二,故事内容比较平,现场感不足。读者很难走进南海岛礁中,走进战士的生活。因为作者给的都是二手资料,不是信就是网络,而不是现场生活。现场是老布和艾齐这两个孩子的故事。

之所以造成这种现象,主要是结构问题,也可以说是视点问题,也可能作者从一开始就没有想清楚。

稿子已经到了这种程度,不知是想大改还是小改。若大改就需要转换视点,重新结构。直面南海战士生活,最好以第三人称的角度来反映南海生活,因为孩子是很难走进南海的,很难从儿童的视点反映南海战士生活,而以第三人称则比较自由,可以直面描写海岛生活,把这部作品中所有的资料重新幻化为故事和情节,等于这部作品要重写,重新结构,改动比较大,有一定难度。

另外,这部作品故事节奏很慢,开篇老布乘军舰进入南海写得很真实、很生动,当读者以为他真的去了南海时,笔锋一转,原来是他的幻想。在阅读效果上,给读者的就是一种失落,甚至是失望感。再接下来,是电脑搜索,再接下来,他因违反课堂纪律,机缘巧合,获得一个给一个更小的孩子读信的机会,正是从南海战士的来信中,他了解了更多南海战士的生活,后来接到从南海寄来的风筝,两个孩子被风筝所吸引,特别是"南沙爸爸"的虚拟,让失去父母双亲的艾齐产生更多的渴望,甚至离家出走,去找爸爸。后被一军人送回(太巧合)。后来好不容易盼来一个小战士,并非"南沙爸爸",老布得知"南沙爸爸"已经牺牲,后整个守岛官兵都成了小孩子的"南沙爸爸",来了一个貌似"南沙爸爸"的少校,满足了孩子的期盼。

由此可见,这部作品的主人公不是"南沙爸爸",而是稍有心理问题的孩子艾齐,是大孩子老布和南沙少校冯太阳一起帮助小艾齐成长,反映的是孩子间的友谊和守岛战士对少年儿童的关怀与精神拯救。假如我们认可这一主题,就沿着这条主线来修改。把战士的奉献精神、顽强意志与孩子的心理问题扣得更紧一些。现在表现的只是一个浅层次的情感问题,艾齐想爸爸,想有个爸爸。艾齐的家庭背景以及家庭生活也太简单化了,奶奶的形象也不好。其次是读信的大孩子老布也没从来信中收获更多精神品质上的营养,所以这个孩子也要重新设计。

总之,现在到底是写南海战士的生活,还是写南海战士对两个孩子成长的影响,主线一定要清晰。通过三四封信来反映南海战士生活,实在是单薄了,不足以吸引人。另外,无论表现哪个主题,战士精神与孩子成长在内在精神上都要结合得紧一些,一定要让孩子们有所收获和改变,现在这方面写得不足。也可以说,这部作品故事没有写好,主题和内涵也没有写好。

至于怎么修改才好,还要与作者进行充分的交流,最终要听听他的意见,往哪个方向上修改。确定了大方向以后,才是具体的故事结构、故事情节和人物形象塑造等考量。最好能和责任编辑、作者当面谈谈，几方面在一起会诊一下，碰撞出一个清晰明了的故事梗概来，这样作者才好动笔修改。

前不久，人民教育出版社出版了一本同类题材的长篇小说《蓝海金钢》，是以一个战士和一条守礁犬为主要故事线索的，既写了战士也写了警犬，同时还穿插人与狗之间的友谊，故事情节比较密集，波澜起伏，惊险不断，很适合少年儿童阅读。你们不妨找来读一读。

风筝是会飞的鱼 2

从作者的开篇中可以看出作者有生活，也有能力写好这部作品。只不过他不熟悉儿童文学，可能觉得儿童文学作品里一定要有儿童，所以有了目前这个故事。其实，成人文学和儿童文学之间没有那么深的分界，所以这部作品的两个走向，我更倾向写南沙，一部反映南沙守礁官兵生活的作品，孩子们是很喜欢的，当然成年人也喜欢，因为这生活实在是太神秘，又充满昂扬向上的英雄主义和深沉的家国情怀，这个题材是有价值的。相比之下，倒觉得写平原乡村的孩子生活，特色不突出，就这位作者来讲，不熟悉当代孩子生活，也不容易写好。

写好南沙守礁官兵的生活，现在这部作品也有一定基础，已经提供了很多素材，只不过没有展开。他可以以第三人称来写，也可以以一个部队宣传干事的身份，到南沙去采访。比如，那里出了一件突发事件，他带着任务去采访，没想到发现了一个英雄群体，他们在平凡而艰苦的环境中，做出不平凡的事迹，凸显了人格的高尚和精神之伟大。另外，也可以作家深入生活的身份自愿要求上岛。总之，以亲历者的身份来写可能更顺一些，作者也有这方面的亲历经验。去掉这两个孩子，直面南沙官兵生活。

他可以设计一个群体，几个人物，比如，记者（即我，第一人称），十八岁的新兵，晒得脱皮的那位、让孩子在背上画画的那位，儿子可叫成艾奇。背椰子到岛上那位，还有心灵手巧爱做手工那位，还有想要儿子而不得那位。其实可以设计三四位组成"南沙爸爸"联盟，与之相对应的还有一个"光棍联盟"，当然还有一位处在热恋中的小伙子，每天写一封信。还可设计一位大厨，爱养鸡和兔子的。总之写出一个南沙群体,有年纪大一些的,也有新兵,有当官的也有当兵的,有农村兵也有城市兵。在这里农村兵看不起城市兵,认为他娇气,比如,城市兵怕晒,从来不用香皂而用洗面奶,护肤品偷偷藏在柜子里,每天精心护肤,对比之下,农村兵偏偏不信邪,一点防护也不做,结果晒坏皮肤。平时两个小战士斗嘴,互相看不上眼,但在关键时刻,危急关头,又冒死相救,有深深的战友情。

现在作品提供的故事情节点也很多,只是没有展开。比如,每人上岛带一包土,记者上岛前,接受采访任务时,领导就给他备好了一包土。椰树情怀。有人一直在默默资助一位农村孩子,做鱼皮风筝,做小帆船,只要人物设计出特色,每个人都有独特的故事。

现在作者是被两个孩子的生活捆住了手脚,没有把他的优势发挥出来。如果直面南沙官兵生活,就会扬长避短,得以自由发挥,相信他会写出很精彩的故事来。从而让读者爱上守岛官兵,爱上南沙,爱上当兵。所以不能只写苦,还要写出苦中作乐的精神;写出自然美,人性美;写出关爱,官兵间的爱、小战士之间的战友情、资助贫困孩子的大爱、妻儿之恋、男女之恋等等,甚至是保护一棵小树苗,一只小鸡小兔子,都能体现我们战士的情怀。总之写出南沙独特的自然风光,海岛的独特生活,守礁官兵多姿多彩的生活以及他们的精神,这部作品也就成功了。

《蓝百阳的石头城》审读意见

这部文稿有一定基础，看得出作者有生活，塑造了一个近乎完美的少年形象，他可爱、懂事孝顺、有担当、有大情怀，是目前不多见的、具有鲜明时代特征的男孩子形象。可谓穷人的孩子早当家，在发家致富的路上，蓝百阳不是旁观者，他从很小的年纪开始，就知道疼爱父母，为父母分忧。特别随着年龄的增长，面对父亲去世，母亲改嫁等家庭变故，他也曾痛苦、愤恨、不解、埋怨，但最终还是化解了与母亲的隔阂与怨恨，实现了自我成长与精神升华，一个令人敬佩的、有追求、有抱负、有情怀、有眼光，必有大前途的男孩形象鲜明地立了起来。

这部作品的主要不足是在故事内容上。对这位作者不熟悉，感觉像是一个成人文学作家，有一定的创作能力和创作经验，从作品内容到表现手法都是成人化的。作品的内容以家庭生活为主，家长里短过日子，在笔法上很铺展，故事情节进展很慢。琐碎的一地鸡毛式的生活几乎淹没了故事的主线——蓝百阳捞石头赚钱。可以说，作者没有顾及少年儿童的欣赏情趣和接受能力，不知道孩子们喜欢什么以及如何让少年读者喜欢的问题。依我陋见，此稿的修改量还比较大，既要做减法，也要做加法。

所谓做减法，就是砍去枝蔓，突出主线，主线就是蓝百阳与石头的故事。起初是为帮助家里建猪圈，从红河里捞石头，到意外发现此石为奇石，奇石可以赚钱，故事情节一定要紧紧围绕着这一主线展开，为此前面50多页，也不止这50多页，整个写法上要变，快速进入与石头有关的情节，尽可能地吸引读者的眼球，而不是家长里短的过日子、慢生活。整个与故事主线无关的情节要浓缩、要删减。

所谓做加法，是指蓝百阳对于石头不仅是喜欢，而是有种很强的鉴赏能力，这种能力不是天上掉下来，更不是天生的，而是后天的培养而成。这种艺术上的培养是不自觉的，无意识的，它来自两个方面，一个来自大自然，红河一带自然环境恶劣，经常发水，水土流失严重，却有着天然的美丽，自然之美，正像蓝百阳在画中所表现的。自然之美给蓝百阳带来艺术上的熏陶与感染，这种感染是他不自知的、天然的。另一个则来自他母亲的培养与遗传，他妈妈高中毕业，热爱文学，本来是想考大学，当诗人或者作家的，她会背很多唐诗宋词，对于美有独特的感悟，只因家贫，早早出嫁，未能圆梦。她艺术的感悟是自然天成，表现在举手投足，一针一线，一餐一饭，一花一草上，在她的眼里，山有山的美，水有水的美，经她的手，能把平凡日子过得有滋有味充盈着美感。她对儿子的培养是不自觉的，是和风细雨、润物无声式的，千万不要写成望子成龙，让儿子代替自己圆梦那种。有这样一位母亲，蓝百阳的艺术素养是在耳濡目染中自然形成的，他会画画，无师自通，他能读懂山水，对美有一种超乎同龄人的敏锐和真切，发现美、感悟美的能力很强。之所以这样写，是为他日后品赏石头打下基础，同时也增加作品的美感。其实还可以把蓝百阳的品石技艺写得更夸张更神奇一点，以增加这部图书的可读性和吸引力。他应该是石头贩子来之前，就已经收藏了多块奇石，没有目的，不为赚钱，只因为好看，是一个不自觉的民间奇石鉴赏家。现在作品里有这个意思，但写得还不够。

从语言上看，这部作品太质朴了，缺少文采，语言还可华丽浪漫一些。内容上通过妈妈和蓝百阳之口，还可加点诗词歌赋，比如，母亲教他背诗或者娘俩对诗。总之，要从语言，到内容，到人物，到细节，全面提升作品的艺术气质。另外，他妈妈是不是要生妹妹，这情节还可考虑，因为妹妹这个人物并没有多少故事和多大必要。另外，爷爷的形象定位也可再斟酌，是写成暗暗欣赏浪漫而有艺术气质的儿媳，还是本能不喜欢，他更喜欢朴实的劳动妇女和贤惠会过日子的女人，作者也可再考虑。而父亲却是对母亲很喜欢、很欣赏的，父亲喜欢浪漫而不会浪漫，比如，妈妈会背李白的诗，妈妈也把李白的故事讲给爸爸和蓝百阳听，爸爸却只学会了李白的喝酒而不懂诗，等等。总之要写出一个别样的、不同于普通农家的家庭氛围来,是这样一个家庭培养了一个品学兼优的儿子。母亲后来改嫁也是因为那个陈姓养猪大户有才干、懂浪漫而嫁给他,不要把他写成麻子,写得很丑。说实话,自从全民普遍种牛痘以后,天花在中国已经灭绝,麻子极少见了。

　　意见不一定合适,仅供参考。

《第十四对肋骨》审读意见

二位对这部长篇小说进行了详细认真的解读与评价。这部小说不同于以往我们所见的"动物文学",无论是超越动物本能浪漫的拟人化的表述还是尊重动物习性的"写实性"描写,因此我们也不能简单地按"动物文学"来对待。我认为作者写的是一部生态文学,以祁连山的小哈尔腾大草原为背景,在这里生活着人、狼、棕熊、野牦牛,他们互依共存,按照各自的习性,为了各自的生存,每时每刻、每天每年都在上演着一幕幕自然生存的活报剧。他们之间有搏杀、有仇恨,也有爱,这爱恨情仇,有的基于物竞天择的自然习性,有的也基于世代冤仇。当然处于生物链最高处的人类,较之动物更加复杂,因为人类毕竟有思想、有理性,因此在生活的选择上,作者设计了三种不同的人,一类是顺应自然、尊重动物、适时而居的原住民库木及一对儿女;另外一类是被扭曲了人性、道德迷失、自认为为尊严而活,实则丧失良心、失去本性的淘金者首领胡力加以及更加贪婪无度的矿老板高尚;还有一类是发自内心地热爱大自然、保护大自然的矿管站站长恰恩。三种不同的人类,三种不同的人生互为交织,构成了一个典型的人类生态,再加上与几种主要动物的关系,就构成了一个完整的自然生态。为了彰显作者对于动物的尊重,人与动物的平等地位,在他笔下每个动物都是有姓名、有情感、有喜怒哀乐的"人物"。这也是作者写着写着不自觉地就把动物当人看待,因此狼也会笑,熊也会得意忘形等等。正是基于作者这样的初衷,我们不应该把这部作品仅仅看作是一部动物小说。

即使如此,作为一部给儿童看的长篇小说,这部作品也有不足,最突出的是成人化问题，集中体现在胡力加这个人物形象的塑造上，着墨太多，过于强化他的父亲角色与为人之父的意识，建议删压，适度就好。二是作者过于写实，平铺直叙，文笔一般，艺术表现力不足，比如有多个情节，描写不到位，烘托渲染不够，影响了这个好题材成为一部有影响、有深度、有文学感染力的精品力作，而这个问题不是改一改就能提升的。三是结尾设计了高尚的女儿、自然保护者高洁，这个人物概念化，有狗尾续貂之感，不如删掉。胡力加的转变主要是经历了生死大关以后的顿悟，与高洁一段简单的说教无关。至于高尚是不是转变无关紧要，这个人物本身就无关紧要，他不转变也符合生活的真实。还有二位提到的动物拟人化问题，作者在修改中也要适当注意，描写要准确，既符合艺术的真实，也要考虑到动物习性，这毕竟不是童话。

建议作者修改以后用。

《米罐》审读意见

这部作品写了一个孩子在逆境顽强成长的故事,具有浓郁的乡土生活气息。说实话,我们很少走进一个残疾孩子的心灵,而这部作品正是给我们揭示了这样一个孩子的内心世界,读来还是很令人唏嘘不已的。作者在揭示米罐的精神世界时写得很有层次。因残疾而受欺负,被歧视,他先是隐忍,以自己的真诚、执着去博得孩子们的接纳,以自己的善良、爱与宽容去换得人们的真情和尊重。在这里我们看到的是一个孩子的至真至善。

其实他对友情有多么珍重,他内心的孤独就有多大。所以他视一切有生命的没有生命的东西为伙伴,只要被他认定的就会死心塌地地爱上。比如对姐姐,感情很真挚。除此以外,一只被淘汰的小鹅,一把小号,还有泥捏的小人,他给小人一一取上伙伴的名字,说明他对参与伙伴之中是多么渴望;更不用说他后来痴迷上的木偶,这些都会成为他命根子一样的宝贝,都值得他全身心地去爱。

在我们正常人看来,他似乎很执拗,甚至执拗到不通情理。其实执拗也是一种抗争。他和小伙伴们一起玩站大树,开始他站得笔直,是为了讨得孩子们的认可,当他得知几个孩子故意把他晾在路上而去捉鱼,赶车的大爷一次次把他提到路边,他又一次次站回来,其实站得笔直的性质就变了,变成一种无声的抗争。他最激烈的一次抗争就是他看谷子时一把小号被小伙伴踩坏了,他哭个半死,生了一场大病,其实这就是米罐的抗争,是长期压抑后的拼命一搏。这是一个孩子所能做的一切,是天性的释放。如果他一直隐忍、宽容就不是孩子了。

其实这部作品所呈现的不止是伤害、压抑与歧视,最重要的是他写了一个孩子的顽强生长。后来他到了戏班,因热爱而痴迷,因痴迷而成功,让人们看到内在精神的力量。

作品对于其他人物也写得很好,很真实。在米罐大哭大闹住院三天以后,欺负他的孩子和他们的家长也包括自己的爸爸,开始反思、自责、内疚,并改变了对米罐的态度。米罐被孩子们接纳,也得到了乡邻和家人的关爱。特别是弟弟米典,这个孩子很正直,始终不同意爸爸的做法,一直在关爱着这个同胞哥哥,驮着他看戏。

爸爸、老蔡这两位父亲形象塑造得尤其真实生动。爸爸临死之前,给米罐买一双大鞋,盼着他长高长大,拳拳之心十分感人。同时也不排除他的内疚成分,对不起这个残疾孩子。按照规矩,老蔡本不应该把木偶戏的本事传给米罐,也早就知道他躲在柜子里偷戏,最后还是被这个孩子的执着精神所感动,收他为徒,并把手艺都毫不保留地传授给他。并从他身上受到启发,让传统的木偶表演重新焕发异彩。

这个作品也有一点不足,就是有个别地方写得有点刻意,为了打动人心,能看出作者用了技巧,没有达到举重若轻、不露痕迹的地步。比如,爸爸买大鞋一场,感人是感人,但值得商榷。戏做得有点刻意。一个濒死的人,为了表达自己的内疚,不理智地表达。而后来米罐装了一大鞋子土,把自己栽成一棵树,也写得有点过。拿捏得不好,反而觉得艺术上不老到。

《鸣鹤》审读意见

这部作品修改以后还是集中在抗日战争时期,中日韩三个家族跌宕起伏的命运上,内容很丰富,立意很高,用生动的故事表明战争是全人类最大的祸患,受害的不只是被入侵的中、韩,也包括日本侵略者本身。在儿童文学中像这么厚实的作品还不多见,包括以前有影响的、获了大奖的战争题材小说,比如,张品成的"赤色小子系列"、李东华的《少年的荣耀》、黄蓓佳的《野蜂飞舞》、史雷的《将军胡同》、左昡的《纸飞机》、殷健灵的《野芒坡》等等,这些作品还都是战争背景下的孩子生活,故事线条比较简单,屏蔽掉了战争的血腥与残酷一面的描写。而这一部写得更生猛一些,复杂一些,因而也更丰厚。

要想在一部十几万字的儿童文学作品中,写好一部史诗级的三国四大家族(包括鹤家族)的命运不容易,而且还要写得好看,让少年儿童读得下去,实在是有难度。用儿童文学写史诗,总有点小马拉大车的感觉,勉力支撑、臃肿不舒展,品相不好看。这就需要在一个"巧"字上下功夫,不都是直面描写,得有几处让人拍案叫绝的艺术点。

依我看目前稿已完成十之七八,有了一个很好的基础,但还需要修改,大的结构可以不大动,但情节和细节上尚需好好打磨。具体说来有以下几处:

第一,这是一部战争背景下,人世间你死我活的惨烈故事,不是一部动物文学。丹顶鹤与贯穿全书之中的"鹤"之精神是全书的灵魂所在。鹤的故事很重要,但也只是陪衬,是为了衬托人之精神的高洁、不屈。所以开头,人一定要先出场,人与人的矛盾是主要的,三个日本孩子出场太晚了。将丹顶鹤的故事后移到第19页（见文稿，我只改了三页）。开头昭阳追在金雕后面，贺一凡救下丹顶鹤酷酷以后，先不交代，可留下一个悬念，后面再穿插进去两只丹顶鹤的爱情故事。

酷酷和昭阳两只鹤的爱情不要太拟人化，像人谈恋爱一样，别扭，在评奖时也容易被人抓住细节描写不当，授人以柄，因小失大不值。

鹤、鹰、狐狸斗法可压缩，或者打碎分解，穿插在全书其他章节中。

凡是直面成人行为的情节尽量压缩，或者转换成孩子视点。比如，第88至94页，救治伤员时，可让孩子偷窥到；介绍日本人的家族关系要简练。第97至99页，最好不要太展开，尽管这个人物对突出主题很有用。矿难要压缩。

作品中穿插了一部小戏，不要把剧本都搬上来，可用简介剧本内容或描写。

陆凤翔被后藤带走，贺一凡救她一节，贺的行为不必展开。前后一个故事，属于转换镜头，从不同角度讲了一个故事。

地下党吕蒙这个人物直到第148页才出现，出现得太晚了，要么就换一个前面两大家族中的人物。不能随便想加就加人物。

贺九声与后藤的对手戏很多，贺老先生对他的认识有个过程，不能一开始就认清他是一个人面兽心的家伙。开始后藤的谦逊与贺九声的死杠有点不对劲，反而觉得贺先生不近人情，要有一个循序渐进、逐步认识的过程，这样才合乎情理。

细节描写：

用一根鱼竿，用鱼线把人吊上来不可信。细细的线把一个十几岁的孩子拉出淤泥肯定会割伤。

关于语言方面，尽量用现场描写，增加现场感，少用客观解释和叙述。

三个家族的家庭人员关系有点复杂，孩子们有时对谁是谁的三大爷、二舅妈等亲戚关系搞不清，也没兴趣。

总之，尽量删压闲笔，紧紧围绕故事和情节，不要太铺展。文笔啰唆，再干净简练一些会更好。

难得一见的好东西，请刘虎自己沉淀一下再动笔，再修改一遍，相信会有大的升华。

《乔乔和他的爸爸》审读意见

　　这部作品题材一般,普通的学校生活,离异家庭孩子的成长,这一切在儿童文学中都比较常见。题材上不出新,就很考验作者的艺术功力。可以说作者在这个老套子还是下了很大功夫,力求有所建树。从现在的文本看,完成度很高。

　　作品最大的优点是没有流于表面浅层次故事,深入到了人物的精神世界和内心情感。每个人物的情感脉络都很清晰,真实自然,丝丝入扣。小主人公乔乔因为父母离婚,心灵受到极大伤害。特别妈妈弃他和爸爸而去,飞往美国,去追求自己所向往的生活,这种不负责的自私行为,深深伤害了乔乔,他对妈妈充满了怨怼,并且出于男孩子的自尊心,他也羞于向同学坦承家庭变故。作者对于乔乔的心理活动和行为举止把握非常准,刻画得也很细腻到位。可喜的是,处于家庭变故冲击下的乔乔,得到了周围所有人的理解和关爱。封底有两句话说得很好:"成长的伤,在接纳与改变中愈合。成长的痛,在友爱与美善中消融。"这是乔乔之幸,也希望所有在精神苦痛中挣扎的孩子能有这样的幸运。从这个意义上讲,这部作品对于整个社会,不论是孩子还是大人都是很有启示和教益的。

　　文中还有两个人物写得非常好,一个是女孩子樊秋远,一个会点拳脚、很仗义直爽、乐于助人的女汉子形象。一个是农村来的孩子孙家齐。二者相比,我更喜欢孙家齐。这个人物写得很真实,作者没有把他简单的脸谱化处理,而是写出了这个孩子的复杂性格。他很要强上进,数学拔尖,英语极烂。他也有私心,把他的数学宝典守得死死的,在数学上也不肯帮助别人。他也虚荣，不想让同学知道他的父母不是什么大夫和护士，而是医院的护工。同时他又是一个宽容大度的孩子，在与乔乔相处的过程，进退有度，宽容理解，分寸感把握得很好。

作者在处理乔乔和樊秋远、孙家齐的关系上，分寸感拿捏得很好，乔乔和这二人相处，是良善对良善，真诚对真诚，正是因为有他们的理解和坦诚，最终让乔乔走出悲伤，摆脱自我不良情愫，坦然面对父母离婚的事实，变得坚强而乐观，最终成为好朋友。

和乔乔的同学们相比，实际上爸爸这个人物写得比较单薄一些，着墨不多，刻画不够细腻。老婆跑路了，他以一种宽容大度的形象出现，对于孩子的成长当然有益，但内心的细微复杂的情绪并没有刻画好。

总之，从这部作品中看出，作者在文学创作比较成熟老到，驾驭人物的能力和结构故事的能力都很强。只是有点中规中矩，无论题材还是艺术表现手法上新意不够，也算是一个小小的遗憾和不足。

书名一般。不够艺术，不够出彩，也不靓。

意见不一定合适，仅供参考。

《少年黄文秀》审读意见

不知此书的编辑工作进行到什么程度了,还有没有修改的空间和时间。我不想按一部成品书来对待,因为目前这一稿还不够完美、不够圆满,还有很大的提升空间。从编辑的角度上,我认为至少有两点明显不足,一是文不对题;二是下笔千言,离"人"万里。

对于这部纪实文学,看得出作者倾注了大量心血,创作态度很严肃。作品有激情、有感染力。目前从内容上看,这部作品着力表现的是一位青年楷模是如何成长起来的,重在背景、成长环境,而不是要表现这个"人",对于黄文秀的成长基础作品写得很充分。

无疑黄文秀是优秀的,她虽然生长在大山深处,生活贫穷困窘,但精神营养富足充盈,作品很好地处理了"穷"与"富"的关系,大量的笔墨游离在"黄文秀"之外,用了很多生动的情节和细节表现家乡之苦,家乡之穷,很好地佐证"贫穷,对于一个孩子的成长,有时也是一笔财富"。同时也用了大量笔墨写周围人的善良与追求,形象地诠释了这句名言"一方水土养一方人"。文中写得最好的是父亲好人黄忠杰,这个始终心怀梦想与希望,乐观坚毅的汉子是一代底层大众的典型代表。他立志带领全家走出大山,让孩子们接受良好教育,改变一家人的命运。这种追求是现实的,具有泥土般的纯朴,也是理想的,兼具松柏一样的高洁,令人敬仰。这本书从塑造人物上说,与其说是写少年黄文秀,不如说是写一个伟大的父亲。

正是基于这样的内容,书名很不恰当。《少年黄文秀》其一,黄文秀社会知名度并不高,我估计大多数人不知道黄文秀是谁,不了解她的事迹。这与我们的宣传有关,对于时代楷模,宣传一阵子,并没有深入人心。书名不好,直接影响市场效益。其二,与内容不符。作品揭示的是叫黄文秀的女孩是如何成长为一位"时代楷模"的。她扎根一方水土、向着太阳生长,莫不如叫"土地、阳光和我",或者叫一个更文艺范儿的名字,"沃土上的花朵"或其他。

从结构看,作者以时间为主线,从黄文秀尚未出生写起,一直到研究生毕业。平铺直叙,直到全书的三分之一,还不知道"黄文秀"在哪里,直到一半才出现了一个不起眼的小姑娘,如果不提前看一看书后黄文秀介绍,根本不知道这本书在写什么。这种"下笔千言,离题万里"怎么能抓住读者的眼球呢?

建议把后面的黄文秀介绍和照片前移。文字上增加一章,写黄文秀牺牲以后,千家哀悼,万众送别的场面。具体怎么写,依作者为重,总之,要先引出"黄文秀",然后再倒序进入正文。另外,黄文秀出生以前,是不是要写那么多,可不可以压缩,一切依本书的主要内容和题旨而定。如果是以写黄文秀为主,那就压缩一下,如果是意在揭示一位英模的成长基础,尚可保留。总之,根据这部作品的基调和内容,综合调整修改。就此可与作者做进一步沟通。

另外,封面也不好,太抽象了,不知想表达什么。那朵小花如果没有提示,不会引起读者注意的。

不恰当之处,请恕直言。意见仅供参考。

《世界上没有真正的空房子》审读意见

审读意见仔细看了，大家提得很对，很认真，也很准，有些地方与我不谋而合。

在我们所接触到的当代儿童文学作品中，刘东这部算个"另类"，不是我们通常所见的一眼就能看到底、故事很清晰明了那种。首先从阅读层次上来说，显然它不属于"儿童"文学，应该是一部青春小说，不适合给十岁左右的孩子看，读者对象应该是高中生、准青年。另外，这部作品直面当代社会生活和高中校园生活，内容比较厚重，色彩也丰富，有明丽的亮色，也有沉重的黑色，当然也有灰色，这是我们最难把握的。

说它"另类"，也体现在写法上，"空房子"是现实，也是一个象征，也可能他是先有了"世界上没有真正的空房子"这个理念以后，又编织了这个故事。父亲失踪，看似现实，其实也是一个"噱头"，是承载一个少年成长故事的架子，所以他的笔触不在亲情关系上，而是以"那个事件"为背景，写一个男孩子的成长以及围绕着这个事件的社会生活、情感生活。正是基于这两点定位，所以作品的尺度比较大，正如大家所指出的，有很多"犯忌"的情节和细节。

如何处理这个问题，首先是用与不用的问题。说实话，这部作品在成人文学里面，这些所谓问题都不是事儿，但放在少儿社，用衡量一部儿童文学作品的标准来看，那都是过不去的坎儿。如果我们还想出这部作品，双方各退五十步，从出版这一方，放开一点尺度，从作者那一方，把明显的问题加以修改，不是非必需的、不影响整部作品和人物形象的细节部分重新润色修改。比如,单、何关系问题,自杀问题,妈妈的抑郁症问题都可以修改。至于唐颂的网恋,李佳琦的个性,我意不大砍大杀,一灭了之。因为这是全书中的重要情节,也是全书的亮点之一。唐颂与一个初中小女孩网恋险些酿成大祸,这样的情节不违社会现实,从另一个角度来说,也是对当代少年的教育与警醒。

李佳琦其实是单如双成长的重要一环,没有她的点题,单如双就没有反思与成长。至于这个人物的个性,作者定位于早熟、叛逆、率真、古灵精怪又不失正义与善良,这样一个孩子有什么不好呢。这个人物相当真实可爱。至于她"缠"着单如双,完全是当代小女孩的行为,符合她爱憎分明、是非分明的个性特点。

依我看,这是一部难得的,有深度、有感染力的好作品,里面写得好的情节很多,除了你们提到的单与奶奶的亲情,还有单与陶乐乐的关系,单与唐颂、李宗强的关系都处理得很别致,不落俗套。反而是单如双与何伊然的关系写得比较刻意、生硬,不太真实,还不只是违规的问题,这个一定要改一改。特别是开头,一场罕见台风,父亲失踪,还有比这更大的事吗,为什么要把笔触引到一周前对何伊然的承诺上,从这儿进入整个故事太莫名其妙了。

总之,这部作品基础不错,综合大家意见,再和作者沟通一下。请他认真修改,文字上也稍微控制一下,情节紧凑一些,不要太铺展。

"童心向党"系列之《小小脚印共成长》审读意见

这个选题很好,专为迎接建党 100 周年而策划。沿着党的历史,从孩子的角度,以小切口进入,在表现重大主题的同时又不失儿童特色。

12 本书反映了 12 个不同历史时期孩子们的故事。优点不一一谈,只谈一点疑惑或不理解之处:

第一,为什么选安源煤矿大罢工,而不是 1921 年中国共产党成立?毛主席第一次到安源是 1920 年 11 月,后来还去过多次,但共产党领导的第一次大规模的煤矿工人罢工运动,是 1922 年,主要领导人是刘少奇和李立三。在我党历史上,著名的工人运动、农民运动还有秋收起义、南昌起义等,为什么单单选中了安源?

第二,在重要的历史时期,我觉得应该加上抗美援朝。这一仗让中国和平安定了几十年,也是我国在极端困难的情况下,重挫不可一世的美国,打出了中国人的威风。据说直到今天,美国在世界上有两次败仗,都是被中国打败的。特别是在当前中美对峙的大背景下,出版这本更有现实意义。当然是我一孔之见,可否加上这一本,请你们酌定。

第三,新中国成立后的 6 本,一本在天安门广场义务劳动,预示着新中国成立。一本支援大西北,加快工业建设,孩子们学科学爱科学的,这一本里是不是加上一点卫星、原子弹的内容?这是我国国防现代化和工业现代化的重要项目,或者就此内容单搞一本。一本当代深圳科学城的,代表改革开放。现有三本扶贫脱贫的是不是多了一点,且都是老少边穷地区的故事。可否加一本反映改革开放伟大成果的作品,如高铁、航天、数字化等,可从中选其一。

第四，新中国成立前的 6 本，一本安源、一本长征、一本延安、一本孩子剧团、一本刘胡兰、一本小萝卜头。说实话选得不太典型，安源、长征和延安在历史节点上都很重要，但都是泛泛的历史故事，没有典型人物。应该选取一个直接参与抗日的小英雄，比如，小英雄雨来、王二小、小兵张嘎、潘冬子等，他们都是直接参与战争的孩子，而小萝卜头只是随母亲关在监狱里的一个孩子。

第五，现在 12 本有长有短，在印张上是否应该一致。

这是在选题整体结构上的疑问，具体每一本的不当、不足之处我已经在书稿上标明，有些是内容方面的改动，有些是文字上的推敲（节后原稿返回后可细阅）。总之，这套书从整体设计到具体内容还比较粗糙，还有精益求精提升的空间。

当然，这套书已经进行到这种程度，恐怕也不太好调整，你们视情况而定吧。我只是尽其职责罢了，意见仅供参考。

《锦裳少年》审读意见

《锦裳少年》的题材很好,作者在"后记"中把这部作品的精髓概括得很清楚,梨园寻梦,就是想追寻昆曲100多年来的兴衰变迁、几起几落的历史演变,围绕着昆曲,写了五代伶人的命运和他们之间的情感纠葛,并试图通过这些表现多种情怀,亲情、家国情、儿女情、男女情等。应该说这部作品内容厚重,内涵丰厚,人物形象各异,很有分量。作者的想法很好。

但就目前稿子来说还不成熟,直感一是构思太过宏大,人物关系复杂,内容太多,而作品的体量太小,承载不下。

二是作者对于昆曲专业知识的取舍还有待提炼。看得出,她下了很大功夫,通过采访或翻阅资料掌握了很多东西,就像刘姥姥进了大观园,看什么都新鲜,都想写进来,反而少了从容淡定,取舍不当,急吼吼地抓了皮毛,丢了内核。

正因为以上两大问题,致使这部作品流于表皮和形式,在故事内容和人物形象塑造上有很大缺失。三部都有明显的不足。

第一部失之于杂,细节繁杂,人物庞杂。在这一部中要写出时代背景和人物关系,要为全篇做铺垫。正因为作者想得很多,体量大,人物关系也很复杂,所以这一章非常难写。这一章的主要问题是人物多,悬念多,如前所说,偏偏又有点儿津津乐道地在昆曲行当的细枝末节上花费了大量笔墨,淹没了故事主线。

本来有适当的悬念是好事,关键是到最后揭开悬念的谜底却不甚了了,就没意思了。老靳因章然带了一方帕子就让他进高班,看似有悬念,其实老靳本身就有违科学训练法,一个老戏班主,不应该犯这样的低级错误,让一个半路来的生手进高班,只是压压腿,拉拉筋就能学下去吗?假如这一点不成立,整个戏就没了基础。另外,章然只因外公梅君不见他,就负气放弃学业,半路进了戏班。且不说这个由头太轻,就这个戏的铺垫也不足,他的父母就由着孩子这么做吗?他的母亲没有从他父亲那里传承到什么吗?他的外婆也只是对梅君的怨恨吗?当初为什么嫁他,她当时是怎么一个处境?这些都是欠推敲,补充,否则不能服人。真实性就差了。

另外,这一章时空交错的写法,怎么起势很重要。现在是用梅靳离别而起,当读者以为这是一部旧时故事时,用一个梦境般的托词就拉到了当代,小主人公章然出现。接下来,老靳在时空交错中忙如穿梭,一会儿老靳,一会儿小靳,角色跳来跳去,看得很累,却不得故事要领。说实话,如果不是审稿,要硬着头皮看下去,一般读者是读不下去的,可读性差是一大败笔。

如果以章然来到昆曲班开头,以老靳看到帕子再现当年和梅君的故事是不是会更自然一点儿?可再思量。

第二部失之于俗,没有超越那些写战争题材的小说。这一部不像第一部云山雾障的,线条还清晰,主要内容是一场大轰炸,炸散了昆曲班,改变了人生命运。这一章写得比较落俗套,没有新意。这一部从季均和木笛开始,最后却写丢了这个人物。有关木笛的故事跨到了第三部,第二部显得不完整。

第三部失之于薄。内容单薄,缺少丰富而生动的故事情节。一场比赛,让改了行的柳雯得了头彩。一把木笛本应该写出很多故事,但都是草草交代,没有故事情节。章然、袁袅晴、梅君和荣卫邦、荣欣形象模糊。保养笛子的老人出现得也太突兀,后面又没了接续的故事。人物召之即来、挥之即去,是小说的一大忌。

还有一点,是从不出山的梅君突然现身比赛现场,点明老靳带不了章然,那为什么当初要给章然帕子,让他去找老靳?文中说是为了讨债,讨什么债?不太清楚,仅仅是因为老靳用了他的创新意见吗?如果他是这么鸡肠小肚的人,就不会隐藏这么多年,这个人物前后矛盾,形象立不起来。

这部作品的人物太多了。主要人物形象三老(第三代)、三少(第五代)写得尚好,其他次要人物则裹进来很多,比如,大华、季均、麻花、大猴王、小猴王,修笛子的,其实还可以适当删除一些。

至于这部作品怎么修改,没有成熟意见。直观上有两种方案。第一种,依这个架子,可以扩充为三部。写透五代百年昆曲的发展,写得从容一点,把人物好好塑造一下,故事编圆。对作者来说不留遗憾。这个题材也值得这么写,有这么大的身量。这在成人文学界没有问题,但面对少年读者,有点担心,一是读者会不会喜欢,二是能否吃得下?

我在位时,曾出版过《萝铃的魔力》这套书,是一部幻想文学,共出版了6+1部,每一部上下两册30多万字。小读者们迷得不行,追捧到70多个孩子接龙手抄了第三部30多万字。这部书得益于故事好。他写的是几大家族的恩怨情仇,每一部有一个中心故事,并留下悬念。反观这部书,有这么强的故事性吗?就目前看,发生在第二三代艺术家的故事还比较完整(第二部),在第五代身上三个孩子的故事很单薄。当然,放开以后,作者可以补充很多故事情节,这就看王璐琪的本事了。

第二个方案是减法。人物要减,故事线索要减,要么以白师父和小靳的故事为主,搞成一部旧时戏。要么以第五代孩子学戏为主,搞成一部非遗传承戏。不论哪一种,两大道具一个手帕,一个木笛恐怕要删除一个了。其实木笛的故事更曲折,只是没展开。内容上要把笔触转到写人物、写故事上,不要在行当的细节上花费那么多笔墨。另外,不要扯那么多线头,搞得内容紧凑,故事清晰一点儿。如果写当代孩子,也可以观照到时代背景,主要是写如何把昆曲传承下去,为了传承几代人的精神也彰显出来。

这两种修改方案,我倾向第一种,下点儿功夫,搞出一部重头戏,接力社也有这出版实力。看作者积累的这些东西,包括昆曲专业知识,也够。按第二种方案改,很可能失之于平平,因为近几年已经出版了太多的非遗保护类的作品,如《颜料坊的孩子》等,如果想超越这些,写出亮点和新意,有难度。

总之,意见不一定恰当,仅供参考。尤其说得直白的地方,请璐琪多包涵,因为不是别人,要是一位新作者,我也就委婉一些,不说这么多了。

《颜料坊的孩子》审读意见

同意初审对这部作品的较为详细的分析和评判。翻开作品，首先扑面而来的是江南水乡苏州的气韵，这种气韵体现在作品的情景、故事、文化和人物的精神世界里面，它不仅仅是小说的一种环境设置，而是一方面土壤滋养出了其中的人物和他们的故事以及价值追求。

小说以姜思序堂一家四口的生活为切入点，写了传统工艺在社会大环境变迁下的式微以及承继的可能性。既可以从文化的角度来解读作品，文中较为细致地写了书、画、颜料制作等方面的内容（这些内容不是一种作秀的文化符号，而是融入人物的生活里，体现在人物的情致中），同时也为以颜料坊为典型例子，写了在时代潮流冲击下这些传统文化面临的危机和寻求未来出路的迷茫。另外，也可以从成长的角度来理解作品，姜思、姜序姐弟俩在这种社会大环境和家庭小环境之中，在经历一系列家庭变故之后，对祖父辈的理解，对自我的设想，对未来的担当，都水到渠成地体现在作品之中。

尽管这部作品不以快节奏的故事推进和紧张的、富有悬念的情节营造见长，但是整个作品是有艺术魅力的，它写活了里面的每一个人物，从大人到孩子，读之都能浮现于纸面；它写活了生活的气韵，大人和孩子在面对生活难题时，都以自己的方式去认识艰难和承担责任；它写出了希望，传统文化自身所呈现的魅力，以及来自祖辈父辈的坚守和彰显，在代际之间传承和弘扬。

从作品的生活气息、人物塑造、成长书写以及文化担当的角度看，都较好地融合在一起，有出版的价值，建议出版。

"我是你的守护星"系列之《奔弦之箭》审读意见

二位已对这部作品进行了详细认真的分析与评价,同意二位意见。"我是你的守护星"系列前4部都有不俗的市场效益,这一部延续了前几部的创作风格和艺术特色,可读性艺术性兼得,相信也会有较好的市场表现。

我觉得在这一部中作者更重视读者的阅读取向和传统道德取向,故事更讨巧。她从当下校园生活切入,以"爱情"为主要内容,辅以星宿诸神千年追踪,再加上中国元素很浓且高大上的艺术文化垫底,艺术、情感、玄幻三者交织穿插、相互辉映,可谓要风得风,要雨得雨,故事内容多彩、圆润、丰厚。如果说前半部分以两位少年鉴定国宝为线,展示了多件稀世珍宝及背后故事,略显堆砌、单薄的话,后半部分则写得很厚实,很丰满,也很感人。

另外,这部作品承载的主题也很丰富,其一是"爱与守护"这个一以贯之的老主题,有神对人的守护,大人对孩子的守护,恋人间的守护等等。其二,作品传达了传统的、也是被世人所推崇的恋爱观。这也是我们认定这部作品虽写爱情,不以为过,反而赞誉的主要原因。说实话,"爱情"是少年文学中比较敏感的题材,我们对此也很慎重。但这两对爱情写得很正面,很到位,无论是轩风和析木的青年男女之间的生死恋,还是取訾和穆予青梅竹马,两小无猜,从童稚的友谊发展起来的少年之恋,感情脉络清晰、一波三折,甚至是荡气回肠,情感写得很足,拿捏也很到位。特别是对穆予这个人,因为是自叙的方式,所以刻画得更加细腻、真实、感人。也给同龄孩子以正面的引导,什么是真正的"爱恋",不是花前月下的浪漫,也不是海誓山盟的表白,而是守护、担当与奉献,就像穆予为了取訾可以舍弃生命,取訾为了穆予可以舍弃长生不老的神女之身,而愿手拉手,从少年走到白头。其三是弘扬了中国传统文化,前几部可能是以星宿、宗教文化为主,该部则是以中国文化遗产、文物以及坚毅、勇敢、达观的中国精神为主。

另外,还有一点不得不提的补充意见是,作为一部长篇小说,多位人物形象都写得很好,关于几位主人公的性格特点,两位已有详论,不再赘述,就连着墨不多的外公也非常可爱。

小有疑问的就是在作品的后面,作为女神的取訾现身,书中的解释是因为大火隐身千年,而且还与转世的少女取訾有对话,这点写得比较突兀。既然取訾并未死去,怎么会有转世之说呢?也许是我没有看太明白,或者是对前几部书中有关情节印象不深,请责任编辑与作者再沟通核实。

同意出版。

《我是天才》审读意见

这是一部很有力度和深度的批判现实主义作品，主要揭露批判了当前的教育现状，这所弱智学校"拙稚园"只不过是一个典型化了的场所，其实在中国的教育制度下，家家都想把自己的孩子培养成"天才"，由此诞生了种种稀奇古怪的、大大小小的竞赛，比如汉语大赛、成语大赛、最强大脑、英语大赛等等，还有就是对各种特质儿童的宣传包装，少年大学生、天才儿童、十六岁上哈佛等等，中国的教育和对教育的认知进入了一个怪圈，从这个意义上讲，出版这样一部长篇小说，很有现实社会意义。

具体到文本，我觉得目前还不是很圆满，还有些牵强难以自圆其说之处。一个是故事，七岁的小女孩到"拙稚园"生活，对于母女两个方面铺垫都不够。现在设置的种种原因，如家庭的、学校的、自身的耳聋、想通过被外国人领养而出国等等，当然都是她想进入"拙稚园"的背后推力，但力度上还不够，写得还不充分。对于她的妈妈来说，如果把一个没有得病的孩子送进弱智学校，最后搬离那座城市，把一个孩子彻底抛弃，其感情的激荡、斗争也没有写足。总之，要有一个非常充足的、顺理成章的理由，让小女孩走进弱智学校，这是这部小说的根基。

二是对于两个孩子的年龄定位，还可以写得更大一些，这样才能与文中的内容相吻合，以他们与卢园长的斗智斗勇，实在是太老到，太有心计和手段了。

三是对于教育、对于"拙稚园"的揭批力度，目前作者设计的是小女孩是一个假的"Rett"患者，男孩子更是一个花钱雇来的所谓"天才儿童"。自然，这样的设计批判力度会更大更有力,但是在写作上有难度,要把女孩的母亲和女孩的行为、情感写足写透,还要做些细细的加工。不是简单地把两个孩子的年龄段提升就能解决的问题。另外,女孩是借阵发性耳聋才导致走进弱智学校的,她在学校中一次耳聋也没有发作,这一点在写作上也有疏漏。

总之,这是一部基础很好的长篇小说,在故事、人物和细节上再做进一步的修改后可以出版。

作者已经修改,同意出版。

《古镇少年》审读意见

同意二位意见。作品反映的是桂林附近一座古镇底层百姓生活图景，故事围绕着一个青春期男孩的心路历程展开，在写法上并不是常见的儿童文学写法，有点散淡的意识流手法，题材比较少见，写法也趋于成人化，还是有一定的出版价值。

这部作品优点长处二位评价很到位，我只就不足谈点个人不成熟的看法。

第一，这部作品结构不严谨，故事比较散。其实笔法散淡的作品也很多，其中也不乏经典，重要的是作品最后能够"圆"起来，前面要有铺垫，后面要有结局，就这一点这部作品就没做到，比如，开篇用了那么多的笔墨写胖胖的爸爸，也就是那个种草莓的，后面完全没有了这个人物。再如表舅说出现就出现，前面没有铺垫，后面也没说清，偷了老赵的佛像说走就走了，这个人想来就来，想走就走，随意性太大。和"我"家的关系也没说清。表舅应该是他妈妈的表弟，他和妈妈之间有没有什么瓜葛，以前也曾有过来往的，不然更觉得突兀。尤其是他用什么办法让校长答应小主人公去上学的，他帮"我"的目的难道只是为了让"我"帮他放哨？不上学不是更能帮他，和他成为一伙的吗？

故事也很散，内在勾连不够。尤其是表舅来得很突兀，这个情节的设计对整部作品的意义何在，这个情节包括这个人物对"我"的成长的影响何在，似也没写清楚。

第二，人物形象定位不清，人物个性模糊。其中写得最好的是奶奶，其他人物则一般。首先是小护士云杉,这是一个初涉社会,家境不好,爱美,也没有太大追求的人。"我"在青春萌动期意外邂逅了这个人物,后来奶奶死了,她走了。她留给这位男孩子的影响是什么呢?应该说他们之间的交往,点燃男孩"性"的萌动,是这男孩最刻骨铭心的一段青春悸动,除此之外还有其他的什么吗?在意志、品质、人格素养上对男孩有什么影响吗?看不出来。还有甜甜这个人物也刻画得不好,她的离去也莫名其妙,人物的内在脉络没写清楚,她和虎子的关系似也不了了之。这个人物该怎么定位呢?是一个具有坚毅品格、积极上进的好学生,还是像现在这样,一个孤僻的、封闭的、处在悬崖边上的人,拉一拉会走上正路,推一推随时都可能坠落下去,还是其他样貌的人?第三位是虎子,这个人物形象是清晰的,是一个最终滑下去的人物。但他滑下去的根源是什么?三个孩子当中,他是家庭最正常的一个,他爸爸是镇上财政所的小职员,他过着衣食无忧的生活,但看不到他父亲对他的影响和教育。第四个人物是老师,这是一个另类老师形象,他是一个考出小镇以后,又回来当老师的本乡人,自认为懂孩子们,"你们那一套都是我玩剩下的,瞒不过我",他以一个过来人的姿态站在学生面前,可是他对孩子们的教育和影响是什么?作为一个老师,他那种润物细无声的引导又在哪里呢?只是因为他和"我"爸妈是同学,并且也曾和"我"爸爸一起追求过"我"妈妈(他是暗恋),当"我"犯了错误时,对"我"有格外关照,他对"我"教育的核心是走出小镇,但当"我"被学校开除以后,他并没有发挥作用,似乎这个人物的内在也不是很清晰。

第三,主题不清,正面的东西不多。我们反对说教和脸谱化,但是作为一部儿童文学总要给孩子们以正面的、积极向上的引导,让他们从故事、从各色人物身上学到一些有益的东西。这部作品的立意似乎不高,从最底层人物的身上,除了奶奶,从其他人物身上没有看到闪光的内在品质。

这部作品建议修改,不是一般性的个别提法、写法的修改,而是大改,把故事编圆,把人物个性写好,把正面的感人的、让人唏嘘的、催人上进的东西写出来。

以下是不成熟的建议,仅供参考。

前三分之一如范艳妮所说,太拖太散,不知故事的主线在哪里,要改变这种状况,云杉要早出现,表舅要早出现,胖爹这个人物可去掉,是不是从偷草莓写起,请再斟酌。云杉这个人物要重新定位,她和男孩的关系,我意,男孩把她当成妈妈(这点写得比较足,大体把握还算准,不当之处二位审读时已经详细点明,建议修改)。而她则一直是把男孩当成弟弟,在她的身世中应该有个失去的弟弟(比如父母离婚被妈妈带走,或者因某种原因去世),她和男孩的亲昵举动,要把握在姐弟情上,而不是小情人关系,如果是姐弟情,让男孩给她染脚指甲这种行为就写过了。第二,设置一条暗线,国宝级文物佛像丢失,表舅是公安局的侦察员,到男孩子家是来追查佛像的,虎子和一帮社会青年也在寻找这尊佛像,"我"一直置身事外,并不知情。具体情节可再细化,但注意这条暗线只是一条辅线,千万不要搞成一个破案故事,冲淡了原作中的青春故事,真要那样还不如不设置。我提这一点的主要目的是想设计一条能把整个作品串联起来的线索,作者如果另有高明之见,也可不这样设计。

　　总之,这部作品基础不错,要在故事和人物关系的严密性上下功夫,希望通过修改,让人物个性和主题都有较大提升,要从底层的普通生活中找到闪光的、最本质的东西,找到中华民族最质朴、最本性的东西。里面没有完人,也没有坏人和恶人,他们都是普通人,但每个人都有闪光点。

《童年烟火》审读意见

这部作品题材少见,从一个为医院住院家属提供帮助的敞开式厨房着眼,以太阳放射式结构串联了多个感人的故事。作者以生死病痛之间的故事,承载了多个重大命题,比如:生活观,如何乐观坚毅地生活,困境中互相帮助,互相关爱,相濡以沫,共渡难关;人生观,涉及人活着是为了什么,情与钱的天平怎么摆等;生死观,怎么才是有尊严地活着,有尊严地死去以及大夫的职责;等等。在一个个感人的小故事中,深切表达了亲情、友情、感恩等高贵情愫。一个小小的厨房实际上是一个人生的大舞台,每天都在上演现世往生的活报剧。题材很好,内涵也很厚重。

用一部儿童文学来反映这么沉重的生活,自然是难度倍增,真是戴着脚镣跳舞,受限很多。最大的难度是如何"适度",多一分则长,少一分则短,实在是不好把握。不言不透,言透又不行。实在是太难了,看了这部作品感到不满足的地方概出于此。

第一个不足,是感觉故事太平。以文中设置的几个故事为例,所有的故事都出自夏子和冬子两姐妹的视点。一个是月芽儿的故事,一个爱跳舞的孩子不幸得了肉骨瘤,从保守治疗到不得不截肢,到装上假肢。第二个是小雨点的故事,癌症,五次化疗,掉光了头发,迎来希望,在第六次化疗中,白细胞为0,最终一个小小的炎症要了命。第三个秦大爷与秦奶奶的故事,生死相依,恋恋不舍。韩双与林松的故事,爱情长跑。第四个,茉莉姐姐与妈妈的故事,母女情深,为了安慰妈妈提前举办婚礼。第五个,白露妈妈,法律博士,提前举办葬礼。还有得大肠癌的爸爸与女儿的故事。六个病人的故事,再加上善良的夏子一家，任医生这些人物，无论如何这个故事也不该平淡。为什么读起来就平淡了呢？我想了想，不一定恰当，一个是写法问题，每一个故事都是以旁观者的视点，冷静叙述，缺少渲染，特别缺少感同身受的切肤之痛，和内在情感描述，写得浅了，表面化了，也就少了打动人心的力量。

二是几个故事平分秋色，分散了笔力。其实应该设计一条主线，最具备写好这部作品基础的应该是月芽儿的故事。月芽儿是夏子跳舞时结识的一个朋友，月芽儿从得知得了肉骨瘤，到住院，保守治疗，到开肉刮骨疗毒，到化疗剃掉头发，到最后不得不截肢，步步都是从希望到破灭，再燃起希望，再破灭，一波三折，是可以写出动人的东西来的。还有月芽儿的美丽、善良与小雨点与夏子姐妹的友谊，她的懂事、求生欲望，她对跳舞的渴望，写得越足，越能反衬命运的无常，越能打动人心。你应该很好地塑造起一个纯真少女的形象来，她的心理活动、情感一定要写足，包括她剃掉头发，不该是那么随便的，她内心的纠结要写足。这个人物的内心情感写不好，就会流于一个常见的俗套故事。现在人物的形象感比较差。

要把这条线写足，其他故事都是辅线。还有一条辅助线要写好的，是秦大爷的故事，那是一条深沉的暗含人生真情、婚姻意义的故事，不要轻易处理，再好好想想，写出真情与更深刻内涵来。至于结婚戏，提前葬礼戏，都有点故意煽情的味道，是删是留，要留怎么留也请慎重考虑。总之不要平分秋色，面面俱到。现在过于强调敞开式厨房的视点了，一切都是从"我们"所接触、所看到的事实出发，真实则真实，但感人的力量不够。几个故事怎么设置你再想想，主次轻重要分得清清爽爽才好。

三是作为一部儿童文学，当然最应该注重的是情感。这里每一个家庭的生活都是沉重的，苦难的，面对亲人的病痛，坚强地面对与挣扎，一次次怀抱希望又失望，盼望着明天的太阳终将升起，可是他或她终究是奔月亮而去。面对无力回天、天人两隔，逝者的不舍，生者的无奈，都是真实的带血带泪的撕裂。我知道你是有意回避了或弱化了很多东西，本该暗沉的色调刻意涂上一层暖色与明朗。由于你的刻意，回避、弱化、虚假了这个故事，适度的沉重与悲伤，甚至有点感官刺激也是必要的。沉重的生活和情感的激荡都没有写足，偏"左"了！

四，有两处不真实的地方，夏子和冬子剃光头不是不可以，但是要铺垫足。前面的戏没铺垫足就让两个女孩为了照顾月芽儿和小雨点的情感而剃光头，就显得造作不真实了。想没想过，她们剃了光头以后，上学怎么面对同学？第二，是任医生的形象问题，我记得你和我说过，有人说你把她写得太好了。我看不是太好了，是这个形象并没有把握准，一个医生在什么时候说什么话，在什么时候做什么事，没写准。可能是缺少这方面的生活。比如，文中写，任医生给两个孩子讲了很多有关癌症治疗的方法，在那种情况下，一个医生不会对两个突然来到医院的小孩子讲那番医学知识的；还有，任医生到敞开厨房为一个孤儿做饭，为一个远房亲戚做饭，这也不真实，医生不会那么接地气的，他们是绝对不会到大街上这么个小饭馆去做饭的。任医生的形象塑造还要好好刻画，还少好多细节的东西。

五，有关题目，我觉得文中引用法国诗人的放烟花很好，可在这上面动动脑子。

无论怎么说，这部作品写到这个程度已经很不容易了，基础很好，但还有很大的提升空间。我只是画龙点睛式的提醒，不要受我意见的制约和影响，你再好好想想，该加的加，该减的减，再好好锤炼一遍，一定能成功的！

《我们的宣言》审读意见

这是一部题材十分新颖的长篇小说,反映的是基层党支部带领百姓同反动势力斗争的故事。这在儿童文学中还是第一份。《共产党宣言》在基层,马克思主义的无产阶级革命理论直接用于基层的反封建、反剥削、反压迫,推翻旧制度建立新社会伟大斗争。不是《觉醒时代》中所表现的李大钊、陈独秀等一批知识分子如何传播马克思主义,唤起民众觉醒,创建中国共产党,这部作品表现的是党组织在基层建立,《共产党宣言》就在基层传播,党直接以马克思主义为指导领导当地的农民反抗地主阶级黑恶势力,马克思主义理论与我国农村实际最密切的结合。过去有过梁斌《红旗谱》、冯德英《苦菜花》等一批反映基层农民运动、土改、农民翻身闹革命的经典作品。这部作品更有史诗性,史料价值。以胶东乐安县城为中心包括周边的几个村子黄蒲台青蒲台三里庄几个村子的农民生活及斗争,既有浓郁的地方特色,同时也具有典型意义。

这也是一部很难写的书,怎么写这个故事,确实颇费思量。真实背景是1920 年传入胶东农村的《共产党宣言》,最早的版本。几经辗转被保存 40 多年后终于得见天日,成为我国珍贵的文物。按照军科院军史研究中心李涛和山东广饶县党史研究中心王海荣两位的文章介绍,如果沿着保护《共产党宣言》这条线来走,也是有很多曲折故事的,也可能是更符合儿童文学的特质要求,主线清晰,内容集中。相对来说比较容易写,好把握。

作者没这么写,而是找了一条更难的路子。可以看出作者为此做了大量功课。这部书选择了一个孩子的视点,写的是成人故事。通过木松这个小孩子反映了20世纪二三十年代以乐安城为中心的方圆几个村庄的人民怎么在《共产党宣言》的指导下,与以谢老爷为代表的恶势力做斗争的故事。这个很独特。相比之下要比写保护《共产党宣言》丰富得多,厚重得多,意义更大。

具体到这部作品,我认为写好了两点,写得比较弱的也有两处。写得比较好的两处:一是特定时代背景下的地域文化和红色主题书写。二是塑造了一系列人物形象。

作者在乐安县城和周围村子青蒲台、黄蒲台、三里庄等地域布局上下了很大功夫,写出了一方水土养一方人,一方水土有一方独特的文化特质。这里的人仁义、讲究、有文化、懂礼节,不是蛮荒之地的粗鄙之人,是儒家文化滋养的一方人。赶大车的良大爷,原以为他没有文化,其实是基层支部的负责人。还有耍猴老侯,大义凛然、从容赴死,救下了良大爷,一身正气。吕老师卖掉一百亩地,办义学。莫先生那更是一个古董级的人物,老秀才、办私塾,写一手好字。县里来了官,要求他一幅字,他说"啥也不懂的兵痞子,辱了斯文",一身正气。从小就有反抗精神的四姑,是她带回了《共产党宣言》,着墨不多,却活灵活现。其实他们的生活都很困苦,四姑来了,"出门饺子进门面",妈妈给四姑做了杂面面条。通过多个人物及细节,构建了敦厚、勤劳、质朴、刚强、没有奴颜媚骨、知书达礼、大义为先的一代农民。

地域文化也写得很下功夫。乐安城是一座具有深厚文化传统的县城,两千多年的历史,厚厚的城墙,街道旁是老古槐参天,店铺林立,里面有制笔的成文堂、中药铺广仁堂、关帝庙、做糕点的三义和、得月楼,写到殷湖庄园的紫胞玉带砚台。还有窑货市、木市、布市、粮市、棉花市、花鸟市等等,如果没有战争、没有剥削,那是一个多么安然自得、繁华安定的小县城。叫乐安名副其实。在地域文化的书写上,作者文笔从容,有条不紊,下了很大功夫,也足见其文学功力。

这一部作品,毕竟是一部红色主题书写,讲了木松第一次看见《共产党宣言》,到知道党支部成立、县支部成立,到党支部在农民中进行宣传,激发农民的觉悟;讲了四姑对木松说《共产党宣言》这本书"写的是怎么才能让穷人有饭吃,有衣穿,过上好日子";讲了两个孩子在一起讨论党是什么,中国共产党是北斗星、勺子星,穷人跟着它走不迷糊;讲了成立农会、木货协会、童子团,领导农民反剥削、反压迫的斗争,收编改造"红枪会"。文中多处提到"枪杆子"的重要性,比如,写了游行时谢老爷儿子的开枪,写了有组织的反抗活动,偷麦、砸木行、游街等等。没有拔高,很多革命道理是夹在故事情节中说出来的,比如,第120页吕老师看着雪被下的乐安城讲的一番话。显然那是最露骨的宣传了,但也是触景生情,多了一分感慨,于彼时彼地很契合。也没有扭曲走样,很真实。比如,有一章,写到家法族规。良大爷、英叔三叔铁了心地要造反,大过年的被族长惩罚。在族长看来,世代要做良民,不能造反,造反就违背家规。这时,良大爷说了一番话,更是入情入理:"大爷爷,你看看咱们祖里的人,哪个不是起早贪黑地忙活,哪个不是瘦得皮包骨头?就您老人家,一年到头也吃不了几个白面馍。谁不想过安稳日子,可安稳日子就是等着受穷,等着没心肝的富人喝我们的血啊,只有共产党想着咱穷人,要带着咱穷人过吃饱穿暖的好日子。你说我能退吗?"说得老族长哑口无言。

  写"红色"又不脱离人性的本色,是复合色。宣传党的主张入情入理,唤醒民众觉醒一点就透,凸显了《共产党宣言》和中国共产党的大众性,是劳苦大众的党,党的主张就是民众的信仰与追求,因此能够为广大民众所接受,所追随,并为之奋斗,不惜抛头颅洒热血。

  第二个就是塑造了良大爷、四姑、吕教师、莫先生、老侯、吉大夫等一系列人物形象。每个人物都个性鲜明。良大爷就是一个朴实的、有觉悟的农民。四姑着墨不多,个性鲜明,从小时候坚决不裹脚,到不让到外边上学就跳河,直到带回《共产党宣言》。这个人物的个性非常鲜明。吕老师是教书先生,说起话来文绉绉的,比如,在城墙上那一段话,要是让良大爷来说,就不对。而吕老师说出来恰如其分。莫先生和耍猴的老侯都个性鲜明。

  不足也有两处,作为一部儿童文学,还是觉得内容庞杂了一些。人物多了一些,有名有姓的有 20 多个人物,有很多人物写到最后就丢了。轻与重的处理上还可再斟酌。太过厚重,作者始终是努着劲在写。怎么能举重若轻,不正面进攻,找一个巧妙的角度,使之更符合儿童文学的特质,更适读,还有提升的空间。如果能做减法,内容线条更清晰一些就更好了。

第二,儿童的形象比较弱,儿童生活在内容上所占比例也较少,弱化了儿童形象和儿童生活。往孩子生活上靠一靠会更好。比如,童子团的团长大节、大虎、春雨等,特别是良大爷和兰婶都是作品中的重要人物,他们的儿子吉祥,形象就很模糊。

再就从孩子的眼里看成年人活动,很难写。比如,写到共产党,按说是秘密组织,不能让孩子知道,但是不知道又怎么写出来呢,所以有些地方处理得比较生硬。比如,第 46 页,前面是孩子们逗猴子,四姑出来了,拉"我"走到一棵树边,笑眯眯地捧住"我"的脸,小声说:"木松,大好事,从今天起,咱乐安县也有党组织了。"你说这四姑是不是有点突兀呀!

还有一个小孩子轻易地就看到《共产党宣言》,然后就问这本书,由此引出《共产党宣言》,这些地方还是有点突兀。

虽然有些不足,但不影响此书成为一部题材独特、内容厚实的红色主题之作。